Laura Labas
Emerald Witches
Ahnenmond

Laura Labas

EMERALD WITCHES

AHNENMOND

Mit einer Karte

PIPER

Wenn Ihnen dieser Roman gefallen hat, schreiben Sie uns unter Nennung des Titels »Emerald Witches. Ahnenmond« an *empfehlungen@piper.de*, und wir empfehlen Ihnen gerne vergleichbare Bücher.

Von Laura Labas liegen im Piper Verlag vor:
Lady of the Wicked 1. Das Herz der Hexe
Lady of the Wicked 2. Die Seele des Biests
Emerald Witches 1. Ahnenmond
Emerald Witches 2. Seidenblume

Die koreanischen Begriffe in diesem Roman werden im Glossar ab S. 399 erläutert.

Originalausgabe
ISBN 978-3-492-70643-8

Karte: Stephanie Gauger, Guter Punkt München
Satz: psb, Berlin
Gesetzt aus der Legacy Serif
Druck und Bindung: CPI Books GmbH, Leck
Printed in the EU

Für Bacon
-넌 제일 좋은 고양이였어. 사랑해.

Vorwort

Liebe Leserin, lieber Leser,
»Emerald Witches« spielt in Seoul, der Hauptstadt von Südkorea. Schon während der Planung dieser Dilogie war es mir wichtig, das Setting so authentisch wie möglich zu gestalten, und während meines mehrwöchigen Aufenthalts in Seoul wurde dieser Wunsch noch viel stärker. Ich wusste direkt, es war die richtige Entscheidung, nach Südkorea zu reisen, um die einzigartige Atmosphäre dort einzufangen. Die pulsierende Hauptstadt, die melodische Sprache und die Kultur haben mich vom ersten Moment an begeistert. Für mich als in Europa aufgewachsene Person waren die Unterschiede zur westlichen Kultur spannend und herausfordernd. Ich freue mich, einen Teil meiner Begeisterung durch diese Dilogie mit dir teilen zu können. Die meisten Orte und Plätze, die du beim Lesen entdecken wirst, habe ich selbst besucht, sie bei Tag und auch manchmal bei Nacht gesehen und mir dabei vorgestellt, wie sich Hana und Bobby dort bewegen ... Ein unglaubliches Gefühl.

»Emerald Witches« beinhaltet einige romanisierte koreanische Begriffe, Vokabeln und Phrasen, die ich zu Verständniszwecken und zugunsten des Leseflusses gelegentlich angepasst habe. Durch die vereinfachte Darstellung hoffe ich, dir die südkoreanische Atmosphäre näherzubringen. Im Glossar am Ende des Buches kannst du die Bedeutung der kursiv gedruckten Vokabeln nachschlagen.

Nun wünsche ich dir viel Spaß beim Lesen!

Deine Laura

SEOUL

HONGDAE
YANGHWA-BRÜCKE
SEONYUDO PARK
MAGISCHES PORTAL
JEOLDUSAN
SCHREIN
GURO-GU
BOBBYS APARTMENT
YEONGDEUNGPO
NORYANGJIN

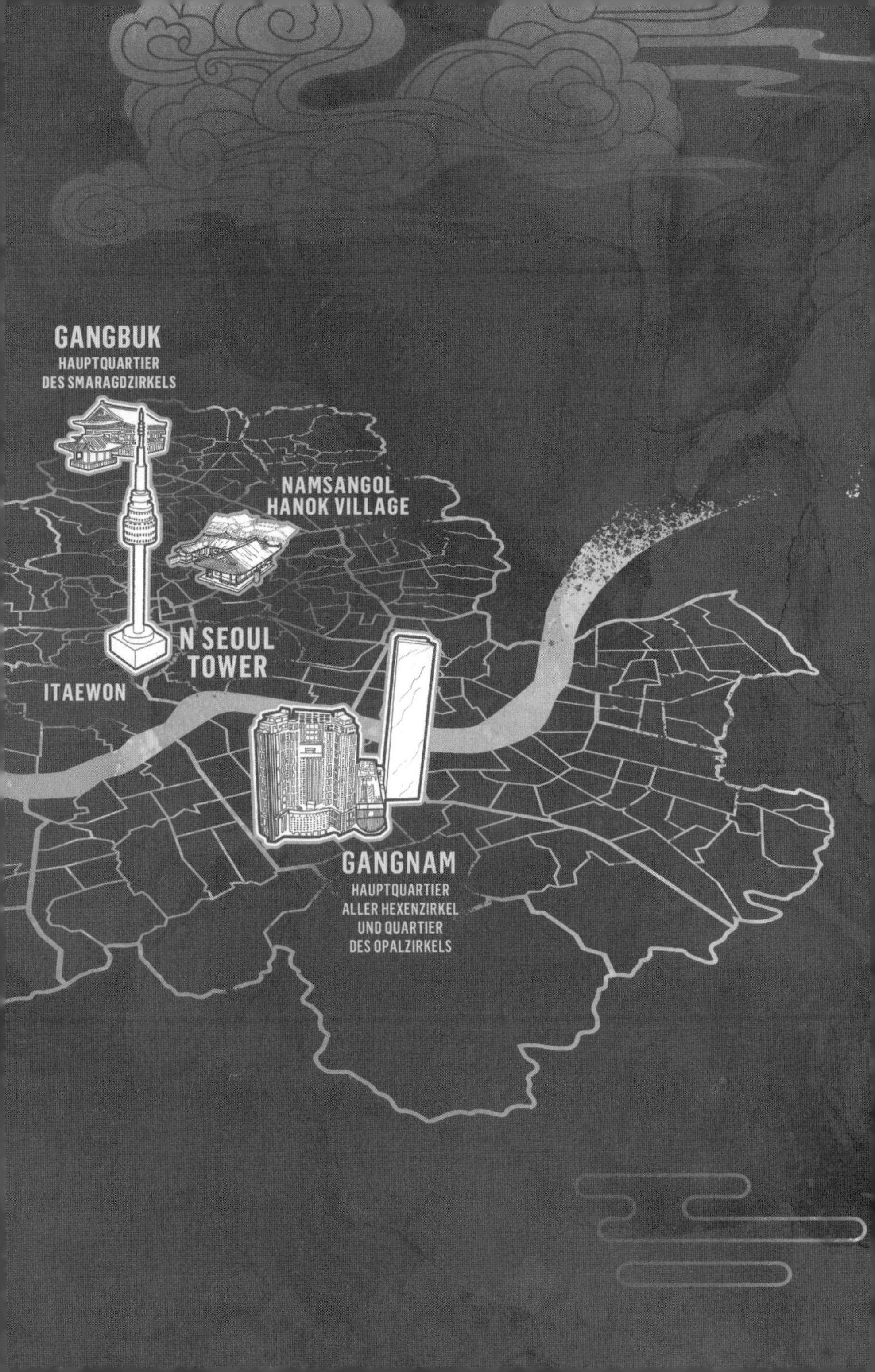
GANGBUK
HAUPTQUARTIER
DES SMARAGDZIRKELS
NAMSANGOL
HANOK VILLAGE
N SEOUL
TOWER
ITAEWON
GANGNAM
HAUPTQUARTIER
ALLER HEXENZIRKEL
UND QUARTIER
DES OPALZIRKELS

1

Der Smaragd glühte auf. Ich ließ die feingliedrige Kette durch meine Finger gleiten, während ich den Blick auf den grünen Edelstein meines Zirkels gerichtet hielt.

Der Smaragdzirkel, einer von sieben Hexenzirkeln in Seoul.

»Es gibt keinen Grund, den Stift in den Mund zu nehmen, Kim Ung«, ermahnte Jisoo, eine meiner beiden besten Freundinnen, ihren neunjährigen Schüler.

Ich konnte von meiner Position aus nur seinen Hinterkopf erkennen, da er ganz vorne im Raum saß und ich mit Subin, meiner zweiten besten Freundin, hinten im Schneidersitz auf dem Boden. Während Jisoo die Kinder unseres Zirkels im Nachmittagsunterricht anleitete, versuchten Subin und ich uns an der Papierdekoration für meinen großen Tag morgen. Weder sie noch ich besaßen eine größere Begabung für Bastelkram. Das Ergebnis der Kinder stellte das unsere weit in den Schatten. Gehörte Basteln zu den Tätigkeiten, die man nur als Kind gut beherrschte?

Frustriert zerknüllte ich einen blauen Papierstreifen und lehnte mich seufzend gegen das Holzregal, in dem sich die Bastelutensilien normalerweise befanden. Die Kante einer roten Plastikbox drückte sich unangenehm in meinen Rücken, aber ich war zu faul, um mich zu bewegen. Stattdessen ertrug ich den dumpfen Schmerz.

Das sagte wohl einiges über meine Persönlichkeit aus.

»Sie haben versprochen, uns von der letzten Jagd zu erzählen, wenn wir mit den Aufgaben fertig sind«, erinnerte der Junge Jisoo an ihr Versprechen.

Jisoo war ein Jahr jünger als ich und mit achtzehn Jahren die jüngste Lehrerin unseres Zirkels. Anders als Subin und ich hatte sie sich dazu berufen gefühlt, den Kindern ihre Zeit und Geduld zu schenken. Subin und ich hielten uns hier lediglich auf, weil wir nichts Besseres zu tun hatten.

Als Hexen des schwächsten Zirkels erreichten uns fast nie Aufgaben, weil sie bereits von einem der sechs Zirkel über uns abgegriffen worden waren. Einmal abgesehen davon, dass ich sowieso nichts tun durfte, was auch nur ansatzweise Spaß machen würde.

Jisoo verschränkte die Arme vor ihrem zierlichen Oberkörper und betrachtete Ung für einen Moment. Aber nicht nur er sah sie gespannt an. Auch die Blicke der anderen zehn Kinder, die allesamt unter zwölf Jahre alt waren, blieben auf sie geheftet.

Nach einem kurzen Moment legte sie die Kreide weg und klopfte ihre Hände sauber. Das Geräusch trug zur plötzlich spannungsgeladenen Stimmung bei. Selbst Subin hatte aufgehört, ihre Papiergirlande zu malträtieren, und sah Jisoo abwartend an.

So schüchtern sich Jisoo auch manches Mal gab, weil Subin und ich ständig laut waren, so gerne stand sie dann doch im Rampenlicht. Wenn es unsere Hexenoberste Choi Rose nicht verboten hätte, hätte Jisoo sicherlich einen erfolgreichen Social-Media-Kanal geführt. Irgendwas mit Mode oder Make-up.

»Eure Eltern und meine *Umma* wollen euch schützen«, begann Jisoo in ihrer gewählten Art. Subin und ich machten uns manches Mal darüber lustig, dass sie sich jedes Wort zurechtlegte, bevor sie es aussprach. »Deshalb gibt es keine Feldberichte.«

»Jisoo, komm schon«, flehte Subin neben mir mit einem unterdrückten Grinsen. »Du kannst die Kleinen doch nicht auf derart glühenden Kohlen sitzen lassen.«

Nur Subin vermochte Jisoo derart aus der Reserve zu locken. »Wir müssen uns vor den Kindern verantwortungsvoll benehmen, Subin-*Unni*«, wies Jisoo die Ältere zurecht. Da Subin die Älteste von uns war, wurde sie sowohl von Jisoo als auch von mir *Unni* genannt. Ein Zeichen des Respekts, aber auch der Zuneigung. Für Jisoo war auch ich eine große Schwester, *Unni*.

Im Gegensatz zu Subin und mir trug sie ihr Haar kurz. Sie war so zierlich und klein, dass man sie auf den ersten Blick ein paar Jahre jünger schätzen würde.

»Trotzdem können wir sie ein wenig auf das Kommende vorbereiten, oder nicht?« So leicht gab sich Subin nicht geschlagen, auch wenn Jisoo ihre Schwäche war. Subin hasste es, Meinungsverschiedenheiten zu verlieren, aber wenn sie sich dann doch einmal geschlagen gab, konnte man sich sicher sein, dass es zu Jisoos Gunsten geschah.

Ich versuchte, nicht zu erpicht auszusehen. In meiner Gegenwart redete fast niemand aus dem Smaragdzirkel über die Jagd. Ich nahm an, dass es unterschiedliche Gründe dafür gab. Meine Eltern wollten mir vermutlich die verbotene Frucht nicht attraktiver machen, und Subin und Jisoo vermieden damit meine schlechte Laune, weil ich nicht vor Neid platzte.

Ich eiferte nicht darauf hin, Dämonen zu töten, doch ich hasste es, ausgeschlossen zu werden. Seit Jahren wurde ich mit Samthandschuhen angefasst, damit mir bloß nichts vor dem großen Tag geschähe, an dem das Ahnenmondritual stattfinden würde.

Der Ahnenmond würde aufsteigen und die Grenze zwischen unserer Welt und der unserer Vorfahren damit durchlässig werden. Das war der einzige Zeitpunkt, an dem ein Machtwechsel stattfinden konnte.

Einerseits fieberte die Hexenwelt auf dieses Ereignis hin, andererseits sah sie ihm angstvoll entgegen. Letztlich konnte eine neue Hexe an der Spitze unserer Gesellschaft sowohl alte Probleme lösen als auch neue kreieren.

Und ich sollte diese neue Hexe werden. Verrückt.

Trotzdem wusste ich kaum, wie die nächtlichen Jagden vonstattengingen. Während meines Unterrichts waren unsere Lehrer besonders streng gewesen, und anders als Jisoo hatten sie sich nicht erweichen lassen.

Als Hexen in Seoul bekamen wir nach dem regulären Unterricht in den öffentlichen Schulen zusätzlich Nachmittagsstunden aufgebrummt, um etwas über die Geschichte unserer Vorfahrinnen und das Magiegeschick zu lernen. Obwohl wir damit täglich mindestens zwei Stunden eingespannt gewesen waren, hatten wir selten mehr über Dämonen gelernt, als dass sie böse und brutal waren.

»Während der gestrigen Jagd ist nichts Außergewöhnliches passiert«, begann Jisoo und ließ sich zu einem Bericht hinreißen. Sie setzte sich auf das Kissen hinter ihrem niedrigen Pult und platzierte die Hände auf ihren Knien. »Wir sind dieses Mal zusammen mit den Hexen aus dem Rosenquarzzirkel losgeschickt worden und sind insgesamt zu siebt gewesen. Die *Yeohwang* wählte für uns Gangdong aus.«

Ich schüttelte den Kopf.

Es war ein offenes Geheimnis, dass die Oberste aller Hexen auf uns, den Smaragdzirkel, herabsah. Den Grund kannte ich jedoch nicht. Weder *Umma, Appa* noch *Halmoni* hatten mir auf meine Fragen geantwortet. Alles wie immer also.

Aber da ich wusste, dass die *Yeohwang* Choi Rose uns nicht mochte, war es keine Überraschung, dass sie für die Hexen Gangdong als Areal ausgewählt hatte. Dort geschah nie etwas. Keine Dämonen. Keine Überfälle. Nichts.

»Wir haben uns aufgeteilt und sind die Straßen abgegangen, bis unsere Schicht vorbei war.« Jisoo räusperte sich. »Ich habe jedoch gehört, dass der Opalzirkel einen mächtigen Goblin gefunden und getötet hat.«

Ein kalter Schauder rann meinen Rücken hinab.

Wenngleich es mir von Kindesbeinen an eingeimpft worden war, ich konnte mich nicht daran gewöhnen, dass in dieser Leichtigkeit vom Tod eines Wesens gesprochen wurde. Selbst wenn es sich dabei um einen Dämon handelte.

Ich betrachtete die Kinder von hinten. Sie warfen sich gegenseitig Blicke zu, aber ich konnte ihre Gesichter nicht erkennen und deshalb nur raten, was in ihren Köpfen vorging.

»Ist es wirklich wahr, dass Jungs die Jagd verboten ist?«, fragte Ung schließlich. Er schien der Mutigste von allen zu sein, obwohl er nicht der Älteste war.

»Das stimmt. Da ihr keine magischen Fähigkeiten besitzt, wäre es zu gefährlich, euch mitzunehmen.«

»Aber warum müssen wir dann blöde Kampfkurse besuchen?« Der Junge neben Ung platzierte seine Unterarme hart auf dem Tisch vor sich.

»Damit ihr euch im Fall der Fälle selbst verteidigen könnt. Außerdem schadet es eurer Disziplin nicht.« Jisoo lächelte schelmisch. Es hätte nicht viel gefehlt, und sie hätte ihm die Zunge rausgestreckt.

Subin kicherte. Ich verdrehte die Augen.

»Das ist trotzdem doof«, grummelte Ung.

»Achte auf deine Sprache, Kim Ung«, ermahnte ihn Jisoo streng. »Seid froh, dass euch die Türen offenstehen und ihr eine Karriere eurer Wahl verfolgen könnt. Uns Hexen ist dies nicht gestattet.«

»Aber meine *Umma* hat einen normalen Job«, sagte Rina aus der zweiten Reihe.

Jisoo nickte. »Unser Smaragdzirkel befindet sich in einer ... besonderen Lage. Deshalb haben wir eine Sondergenehmigung erhalten, um Jobs auszuführen, die Geld einbringen, uns aber nicht zu lange von zu Hause fernhalten. Deine *Umma* arbeitet im Homeoffice als Illustratorin, nicht wahr?«

Rina nickte. Offenbar war sie mit der Antwort zufrieden.

Ich hingegen musste ein Schnauben unterdrücken. Besondere Lage? Dass ich nicht lache! Wir befanden uns ganz einfach am untersten Ende der Nahrungskette und bekamen von allem nur die Überbleibsel. Wenn einige Hexen nicht auch regulär arbeiteten, würden wir schon bald verhungern.

Schuld an unserer Stellung war allerdings zudem, dass die Hexen unseres Zirkels nicht sonderlich talentiert waren.

Nun, alle bis auf mich.

Wenig später wurde die Stunde von Jisoo beendet, und wir machten uns auf den Weg zur Küche, um uns an den *Tteokbokki* zu bedienen, die *Appa* vom Straßenhändler um die Ecke mitgebracht hatte. Die länglichen, zähen Reiskuchen mit der scharfen roten Soße gehörten zu meinen Lieblingsgerichten. Subin hingegen verabscheute scharfes Essen und bediente sich stattdessen am frisch gekochten Reis aus dem Reiskocher.

Schweigend setzten wir uns an einen freien Tisch in der geräumigen Küche und beobachteten die Kinder, die nach und nach von ihren Eltern abgeholt wurden. Wir lebten alle am gleichen Ort in Gangbuk, aber auf drei *Hanoks,* traditionelle Gebäude, verteilt. Von den anderen Zirkeln aufgrund unserer Armut mit Mitleid bedacht, vom Opalzirkel mit Missachtung gestraft. Es fiel mir schwer, die Opalhexen nicht zu hassen, weil sie die anderen Zirkel unterstützen konnten, uns aber nicht.

Seufzend schob ich die Keramikschüssel von mir und lehnte mich zurück. Gleich würden wir ins Ost-*Hanok* gehen, in dem ich mir mit Jisoo und Subin ein Zimmer teilte. Es hätte schlimmer kommen können.

Hätte ich darauf bestanden, hätte man Jisoo und Subin auch mit meiner Cousine Bora zusammentun können, doch ich brauchte kein ganzes Zimmer für mich allein, und ich wollte meine Privilegien nicht ausreizen.

Und Privilegien wurden mir einige zuteil.

Vor Jahren hatten wir herausgefunden, dass ich über ein außergewöhnlich großes Potenzial verfügte, um Magie in mich aufzunehmen und zu nutzen. Seitdem hatte es sich weiter vergrößert. Ich übertrumpfte damit jede andere Hexe meiner Altersklasse, und die meisten waren deshalb der Ansicht, das Ritual zum Ahnenmond wäre reine Formsache.

Ich würde mich gegen andere, gleichaltrige Anwärterinnen in einem Kampf durchsetzen und damit den Opalzirkel vom Thron stürzen.

Mein Zirkel würde wieder Macht über alle anderen erlangen, und wir müssten nicht mehr am Ende des Monats jeden Won, jedes Geldstück, dreimal umdrehen. Die glorreichen Tage der Vergangenheit des Smaragdzirkels würden wiederbelebt werden.

Denn einst waren wir es gewesen, die sich Ahnenmond um Ahnenmond gegen die anderen Zirkel durchgesetzt hatten. Wir hatten die stärksten Hexen hervorgebracht, als Nachfahrinnen von Prinzessin Bari. Die Mächtigste unserer Art.

Doch mit der Zeit hatten wir an Ansehen, Stellung und schließlich auch an Macht verloren. Auf Generationen schwacher Hexen folgten noch schwächere. So lange, bis ich geboren wurde.

»Wollen wir?«, fragte ich ungeduldig.

»Es dauert noch eine Weile, ehe wir loskönnen«, grummelte Subin.

»Ich will nicht aufgehalten werden«, gab ich zurück, grinste aber.

Ich liebte es, Subin zu reizen. Ihre Zündschnur war verführerisch kurz.

»Du bist manchmal unausstehlich, Hana«, beschwerte sie sich.

»Trotzdem liebst du mich, oder?«

»Wäre ich sonst deine beste Freundin?« Sie warf mir einen langen Blick zu.

»Du könntest ja nur so tun und eigentlich bloß mit Jisoo befreundet sein wollen«, gab ich zu bedenken, obwohl ich das gar nicht so meinte. Wenn ich mir einer Sache sicher war, dann dass Jisoo und Subin für immer an meiner Seite sein würden. Weil sie es so wollten. Nicht weil sie gezwungen wurden oder sich dadurch eine Machtposition erhofften, nachdem ich zur nächsten *Yeohwang* aufgestiegen wäre.

»Das wäre wirklich clever von mir, nicht wahr?«

»Clever? Wohl eher erbärmlich, weil du nicht zu deiner Meinung stehen könntest«, widersprach ich.

»Natürlich könnte ich das, doch es ist einfacher, dich an der Nase herumzuführen, als mich mit deinem schmollenden Alter Ego auseinanderzusetzen.«

»Ich habe kein schmollendes Alter Ego!«

»Wenn du das sagst…« Sie grinste von einem Ohr zum anderen.

»Lasst gut sein, ihr zwei«, sagte Jisoo ruhig. Als hätte sie einen Zauberspruch gesprochen, verfielen wir in Schweigen.

Leider (oder zum Glück?) funktionierte unsere Art von Magie so nicht.

Nachdem wir unser Geschirr weggeräumt hatten, machten wir uns endlich auf den Weg ins Ost-*Hanok*. Vor Aufregung kribbelte es bereits in meinem ganzen Körper. Ich gehörte nicht zu den Personen, die gerne den lieben langen Tag damit verbrachten, zu Hause zu sein und nichts zu tun. Insbesondere dann nicht, wenn man in einer Millionenmetropole wie Seoul lebte. In dieser Stadt gab es immer etwas zu entdecken. Etwas zu erleben. Mit und ohne Magie.

Heute Nacht allerdings wäre ich höchstwahrscheinlich das letzte Mal für sehr lange Zeit fähig, mit meinen Freundinnen durch die Straßen von Itaewon zu streifen. Wenn ich beim morgigen Ahnenmondritual als Siegerin hervorging, würde ich von Aufgaben und Verantwortung erschlagen werden. Wer wusste schon, wann ich wieder eine freie Minute hätte?

Aus diesem Grund wollte ich mir den geheimen Ausflug nicht nehmen lassen. *Koste es, was es wolle.*

2

Seit wir uns in unser Zimmer zurückgezogen hatten, waren zwei endlos lange Stunden vergangen.

Einen Großteil davon hatte ich mit Warten verbracht. Darauf, dass der restliche Haushalt sich schlafen legte. Wenn das so weiterging, würde ein weiterer Ahnenmond-Zyklus mit dem Opalzirkel an der Spitze vergehen. Um mir die Zeit zu verkürzen, sah ich mir die neueste Folge eines romantischen Dramas an, in dem die weibliche Hauptrolle gerade erfahren hatte, dass sie am Abend zuvor ihren neuen Chef geküsst hatte. Ich liebte solche Twists.

Die Folge war jedoch schon bald zu Ende, und ich starrte wieder nervös an die Decke. Morgen. Der Ahnenmond würde morgen aufsteigen, also sollte ich mir jetzt noch keine Gedanken darüber machen.

Seoul beherbergte insgesamt sieben Hexenzirkel, und seit bereits zwei Ahnenmond-Zyklen herrschte der Opalzirkel über alle anderen. Er hatte in den letzten dreißig Jahren Macht und Reichtum angehäuft. Der Obersten, die Mitglied des Opalzirkels war, oblag es, den anderen Hexen zu befehligen und ihnen die Drecksarbeit zu überlassen, während sie und ihr Zirkel ein ausschweifendes und sorgenfreies Leben in eleganten Wolkenkratzern genossen. Den Gerüchten zufolge ging sie nur noch einmal im Monat auf die Jagd und verbrachte die restliche Zeit damit, rauschende Feste zu veranstalten.

Ob ich verbittert war?

Keineswegs.

Okay. Vielleicht ein kleines bisschen.

Ich stand auf.

»Bist du fertig?«, fragte ich und klopfte zur Untermalung meiner Worte an die Holzleisten der geschlossenen Papierschiebetür. Dahinter schloss sich ein kleiner Raum an, den wir zum Kleiderschrank und Umkleideraum umfunktioniert hatten. Wir schliefen sowieso alle in dem großen Zimmer.

»Normalerweise müssen wir immer auf dich warten«, zischte Subin und schob die Tür auf. »Und sei gefälligst leise, wenn du nicht erwischt werden willst.«

»Uns wird sich schon niemand in den Weg stellen«, entgegnete ich plötzlich zuversichtlich. Die steigende Aufregung rückte jede Sorge in den Hintergrund. »*So* willst du gehen?«

Subin hatte ihr pechschwarzes Haar zu einer aufwendigen Frisur aufgetürmt. Ein paar Ringellocken fielen in ihr weißes Gesicht, das sie mit pinkem Blush akzentuiert hatte. Ihre Augen hatte sie mit Eyeliner und blauem Lidschatten betont. Von ihren Ohren baumelten goldene Kreolen. Gold fand sich auch an ihrem Gürtel wieder, den sie um ihr schwarzes, eng anliegendes Kleid geschlungen hatte. Die Ärmel reichten bis zu den Handgelenken, der Saum hörte kurz über den Knien auf. Nur wenige Zentimeter darunter begannen ihre dunkelgrauen Stiefel in Wildlederoptik.

Ich verdrehte die Augen.

»Was ist falsch daran? Ich dachte, wir gehen *aus?*« Sie drängte sich an mir vorbei, um einen konzentrierten Blick in den Wandspiegel zu werfen.

»Hast du dich nicht genug betrachtet?«, murmelte ich. »Du wirst keine Zeit haben, eine Hexe abzuschleppen.«

»Müsst ihr immer streiten?« Jisoo blickte von ihrem Smartphone auf. Ich konnte Bilder ihrer Lieblings-Fashionista auf dem Display erkennen. Ob sie des Nachts davon träumte, genauso wie sie zu sein? Sie saß im Schneidersitz auf dem Boden und wartete wie immer geduldiger als ich.

»Wir streiten nicht«, sagten Subin und ich gleichzeitig. Ich fing ihr Lächeln auf und erwiderte es.

Wir gerieten zwar oft aneinander, aber Subin und ich besaßen eine innere Verbundenheit, die dadurch nicht beeinträchtigt wurde. Jisoo gehörte als gleichwertiger Teil zu unserem kleinen Kreis dazu und hielt mit ihrer süßen Albernheit das Gleichgewicht zwischen uns.

»Wir gehen *raus*«, sagte ich schließlich ruhiger. »Wir gehen nicht *aus*. Keine Clubs. Keine Partys. Keine anderen Hexen. Das ist zu gefährlich. Ich könnte in der Menge versehentlich von einem Dämon berührt werden.«

Und *das* würde mich für das Ritual morgen disqualifizieren, wie meine Eltern nicht müde wurden zu betonen. Dadurch würde ich *unrein* werden. Die Chance, für meinen Zirkel zu kämpfen, wäre verpufft. Aus diesem Grund war es mir bisher auch untersagt, mit auf die Jagd nach gefährlichen Dämonen zu gehen. Obwohl ich die stärkste Hexe des Zirkels war.

Es war schlichtweg frustrierend.

Ich fühlte mich nicht zugehörig, wenn meine Freundinnen Dämonen jagten und mich zurückließen. Ich konnte bloß die Tagebücher meiner Vorfahrinnen lesen, die darin die spannenden Jagden auf Dämonen beschrieben. Aber es war etwas anderes, sie nachzulesen, als sie selbst zu erleben. Ich konnte mit meinen neunzehn Jahren an zwei Händen abzählen, wie oft ich fremden Dämonen begegnet war. Und bis auf einmal hatte ich immer Abstand bewahrt.

Dabei wollte ich nichts lieber, als mich als Teil des Zirkels zu fühlen. Ich nahm an, dass Subin und Jisoo mich deshalb in die Stadt begleiteten. Weil sie mich aufmuntern wollten.

Nun, und weil sie sichergehen wollten, dass ich keinen Blödsinn anstellte.

»Wenn du solche Angst hast, solltest du direkt zu Hause bleiben. Ich habe nichts dagegen.« Subin löste sich von ihrem Spiegelbild. »Du weißt, dass ich nur mitkomme, weil ich dir allein nicht traue. Du könntest mit deinem Temperament in Schwierigkeiten geraten und das Schicksal des gesamten Smaragdzirkels aufs Spiel setzen.«

Ich blinzelte. »Wann hast du denn diese Rede vorbereitet?«

»Lass ihr etwas Spaß, Subin-*Unni*«, mischte sich Jisoo ein.

»Ich weiß nur nicht, warum sie unbedingt rauswill. Die Jagd ist nichts Besonderes.«

»Das sagst du nur, weil du im Gegensatz zu mir teilnehmen kannst.«

Subin setzte zu einer Erwiderung an, doch Jisoo kam ihr zuvor.

»Hana arbeitet seit Jahren härter als jede andere Hexe an ihren Fähigkeiten. Wenn morgen alles glatt läuft, wird sie die neue *Yeohwang*, und von Spaß und Freizeit kann sie sich in den nächsten Jahren verabschieden.«

Ich wusste, dass mir Jisoo helfen wollte, aber ihre Antwort ließ mich erschaudern. Bis dahin war es mir gut gelungen, die Erwartungen und die kommenden Aufgaben entweder von mir zu streifen oder zu ignorieren. Doch ihre Worte ließen die Wirklichkeit wieder in greifbare Nähe rücken.

War ich dafür bereit, einen ganzen Zirkel, nein, *sieben* Zirkel anzuführen? Meine eigenen Bedürfnisse zurückzustellen, um meinen Zirkelschwestern zu dienen?

Es gab keine andere Wahl. Keine andere Möglichkeit.

Vielleicht hatten mir *Umma* und *Appa* deshalb so viele Freiheiten gelassen. Weil sie erkannt hatten, dass ich Spaß, Freizeit und Freude brauchte, um innere Stärke für meine ernste Zukunft zu entwickeln. Damit meine Gefühle nicht in Reue getränkt würden.

»Jisoo«, sagte ich gerührt und strich ihr über den Kopf.

Subin schnaufte, sagte aber nichts weiter. Sie und ich waren gleich groß, mein Gesicht war ein wenig runder als ihres, meine Augen etwas kleiner, doch abgesehen davon sahen wir uns sehr ähnlich. Sie war die Tochter meiner Großtante, und das erkannte man sofort. Da ich nicht andauernd mit ihr verwechselt werden wollte, färbte ich meine Haare seit einigen Jahren bronzefarben. Der Ansatz kam wieder mal durch.

Ob mir nach dem Ahnenmond Zeit bliebe, zum Friseur zu gehen?

Vermutlich nicht. Auch wenn ich nicht genau sagen konnte, was mich erwartete und wofür meine Zeit draufginge.

Es war nicht so, dass man mir nichts erzählte, aber jedes Mal, wenn ich das Gespräch darauf lenkte, wurden meine Eltern zurückhaltend und seltsam. Es erweckte in mir eine Anspannung, die mir selbst das Gespräch unangenehm machte.

Wahrscheinlich ging es ihnen ähnlich wie vielen Eltern, die ihre Kinder verabschieden mussten. Doch anstatt auf die Uni zu gehen, würde ich, wenn alles nach Plan lief, die nächste Königin der Hexen von Seoul werden.

Aber sollten sie mich dann nicht gerade deshalb besser auf meine neuen Pflichten vorbereiten? Obwohl ich viel in unseren Aufzeichnungen las, hatte ich nicht das Gefühl, genug zu wissen. Ich hatte keine Ahnung, was unsere *Yeohwang* den ganzen Tag machte, wenn sie keine extravaganten Partys schmiss.

»Gern geschehen.« Jisoo ergriff meine Hand und ließ sich von mir hochziehen. »Gehen wir jetzt? Subin hätte ihre Schuhe draußen anziehen sollen.«

»Dann würden wir ganz sicher entdeckt werden. Die zu schnüren, dauert ein paar Minuten.« Mit einem Finger fuhr sie sich unter den Augen entlang und verschmierte die schwarze Tusche. »Warum bleibt Schminke nie dort, wo ich sie haben will?«

»Keine Zeit für Verschlechterungen.« Ich stemmte meine Hände in ihren Rücken und drückte sie aus dem Zimmer.

Im Haus herrschte Stille.

Die Hexen, die nicht bereits auf ihren *Yos*, den traditionellen Matratzen, lagen, befanden sich im Hauptquartier in Gangnam, um bei den Vorbereitungen für das Ritual zu helfen. *Appa* und einige andere Väter hatten sich für einen Abend mit *Chimaek*, Bier und frittiertem Hähnchen, verabredet.

Männer besaßen keine magischen Fähigkeiten, aber sie waren eng mit unserer Gesellschaft verwoben. Insbesondere wenn sie Söhne von Hexen waren oder Hexen gezeugt hatten. Es gab auch Menschen, die erst im Laufe ihres Lebens von unserer Existenz erfuhren, wenn sich zum Beispiel eine Hexe in einen Mann außerhalb unserer Gesellschaft verliebte und ihn heiraten wollte. Aber das kam nicht häufig vor.

»*Halmoni* muss hier irgendwo sein. Seid besser leise«, beschwor ich meine Freundinnen und legte einen Finger an den Mund. Subin war mit ihren Stiefeln viel zu laut. Selbst meine Großmutter würde sie hören.

»Das sage ich doch die ganze Zeit …«, nuschelte sie neben mir.

»Au, das war mein Fuß! Subin-*Unni!*« Jisoo hielt sich den Fuß und tötete Subin beinahe mit ihren Blicken.

»Hana? Bist du das?« *Halmoni* hatte uns gehört. *Verfluchter Goblin!*

Wir hielten inne. Ich presste erneut einen Finger auf meine Lippen. Wenn wir nur lange genug still blieben …

»Willst du beim Zubereiten des *Kimchi* helfen? Du könntest mir die Fischsoße reichen.«

Innerlich seufzend löste ich mich von meinen Freundinnen. Mit einer Handbewegung bat ich sie, zurückzubleiben. Ohne ihre Anwesenheit würde ich mich leichter aus *Halmonis* Fängen befreien können.

Ich liebte meine Großmutter, aber an meinem letzten freien Abend wollte ich kein *Kimchi* zubereiten. So gerne ich das fermentierte Gemüse auch aß.

Ich betrat die Küche, die im Vergleich zur Küche des mittleren *Hanoks* sehr klein war. Dennoch war sie mit den wichtigsten Dingen ausgestattet – einem riesigen Kühlschrank sowie einem silbernen Reiskocher. *Halmoni* saß auf einem niedrigen Hocker, die behandschuhten Hände vor sich in einen roten Plastikeimer mit klein geschnittenem und gewürztem Gemüse getaucht. Der scharfe Geruch von *Gochujang* stieg mir in die Nase.

Von allen erwachsenen Hexen unseres Zirkels war *Halmoni*

die stärkste, was man bei diesem Anblick nicht vermuten würde. Sie wirkte wie eine normale menschliche Großmutter. Ihr graues Haar wurde teilweise von einem bunten Tuch verdeckt, ihre Wangen waren von tiefen Falten durchzogen, und ihre Augen glänzten amüsiert, als sie aufblickte.

»*Halmoni,* du bist noch wach.«

»Als würde ich vor deinem großen Tag schlafen können.« Sie schnalzte mit der Zunge. »Die Fischsoße«, erinnerte sie mich, als ich mich nicht bewegte.

Zähneknirschend reichte ich ihr die bauchige Flasche, in der die dunkle, salzige Soße schwappte.

»Meinst du, ich werde die anderen Anwärterinnen verletzen müssen?«, fragte ich aus einem Impuls heraus. Ich verschränkte die Arme vor meinem Oberkörper. Plötzlich ergriff mich eine seltsame Nervosität, und ich hatte es nicht mehr ganz so eilig, zu meinen Freundinnen zurückzukehren.

»Sie werden sich nicht einfach ergeben, Hana. Auch sie müssen für die Ehre ihrer Zirkel kämpfen.« Das war der einzige Aspekt, vor dem es mir mehr graute als vor den Konsequenzen nach einem siegreichen Kampf. Ich wollte keine anderen Hexen mit meiner Magie verletzen. »Aber …«, fügte *Halmoni* mit einem kurzen Blick auf mich hinzu, »… sie alle wissen, zu was du fähig bist. Keine von ihnen wird dich unnötig herausfordern. Sie werden gegen dich kämpfen, verlieren und ihr Gesicht wahren, ohne ernsthaft verletzt zu werden. Weniger brutal als während des letzten Ahnenmonds.«

Interessiert horchte ich auf. »Was ist passiert?«

Aus dem Augenwinkel nahm ich eine Bewegung wahr. Subin und Jisoo hatten sich an die Wand gegenüber der geöffneten Tür gelehnt und lauschten genauso aufmerksam wie ich.

Der Opalzirkel wurde in unserem Quartier die meiste Zeit totgeschwiegen.

»Choi Rose galt nicht als Favoritin, obwohl sie dem stärksten Zirkel angehörte. Tatsächlich war der Ausgang so offen, wie lange nicht mehr während eines Rituals. Niemand konnte sicher sagen, wer die sieben Zirkel anführen würde.« *Halmoni* knetete das Gemüse, um die Fischsoße mit den anderen Gewürzen zu vermengen. Ihr Gesicht hatte einen distanzierten Ausdruck angenommen. »Der Kampf unter dem Ahnenmond war lang und brutal.« Sie stockte.

»Was ist?«

»Ich weiß nicht, ob es dir hilft oder dir schadet, die Vergangenheit zu erfahren.«

»Du hast die Geschichte nicht begonnen, um jetzt aufzuhören, *Halmoni.*«

»Du kennst deine Großmutter zu gut, hm?« Sie strich mit dem Handrücken über ihre Stirn. »Drei Anwärterinnen sind gestorben. Darunter auch die beste Freundin deiner Mutter. Sie war die Erste, die von Roses Magie erschlagen wurde.«

Entsetzt öffnete ich den Mund, um etwas zu sagen, aber mir fiel nichts ein. Nach und nach setzten *Halmonis* Worte etwas in mir in Gang. Ich erinnerte mich an die Gespräche mit *Umma* und *Appa.* Wie sie über die Oberste des Opalzirkels gesprochen hatten. Mit düsteren Blicken und geballten Fäusten.

Ich war immer der Meinung gewesen, sie würden ihr die Stellung neiden.

Offenbar steckte weit mehr dahinter.

»Einfach so?« Ich räusperte mich. Meine Stimme fühlte sich kratzig an. Nicht als wäre sie meine eigene. »Sie hat sie einfach so getötet?«

»Niemand darf während des Rituals eingreifen. Sie hat getan, was sie tun musste, um zu gewinnen.« *Halmoni* seufzte. »Die Überlebenden waren so schwer verletzt, dass sie keine Bedrohung mehr dargestellt haben, und Rose wurde zur neuen *Yeohwang* erklärt. Unsere Vorfahrinnen haben ihr die Macht verliehen, über uns zu herrschen. Wer waren wir, uns gegen sie zu erheben?«

Ich stützte mich mit einer Hand am Kühlschrank ab. Reichlich spät wurde mir klar, dass ich absolut nichts wusste von dem, was mich erwartete, und dass dies eine absolute

Katastrophe war. Ich hatte mich immer für klug und selbstbewusst gehalten, mutig und der Herausforderung ins Gesicht blickend – heute wurde mir bewusst, dass ich nichts von alledem war. All die Jahre hatte ich mich wie ein kleines Kind hinter meiner Mutter versteckt gehalten und akzeptiert, dass sie mir die Ohren zuhielt und die Augen verschloss.

»Warum erzählst du mir jetzt davon?«

»Deine Eltern waren dagegen, aber ich glaube, dass du wissen musst, was für eine Person Choi Rose ist.«

»Ist das wichtig? Sie wird nicht gegen mich antreten, sondern eine Anwärterin ihres Zirkels ...«

»Wenn ein fauler Apfel im Korb liegt, finden sich dort in der Regel noch einige mehr.« Sie streifte ihre Gummihandschuhe ab.

»Also ... soll ich mich in Acht nehmen?« Als *Halmoni* nichts sagte, stieß ich frustriert den Atem aus. »Warum haben wir ihre Herrschaft bisher akzeptiert, wenn sie so brutal ist? Wenn sie ... so schlecht ist?«

»Auch wenn der Baum von Motten zerfressen ist, fällt er nicht um, wenn kein starker Wind weht«, antwortete sie erneut mit einem Sprichwort.

Manchmal glich es einer unmöglichen Aufgabe, aus *Halmoni* schlau zu werden.

»Mit dir kann sich alles ändern, Hana.« Ihr Rücken knackte, als sie sich dehnte. »Nun geh schon. Ich sehe dir an, dass du mir nicht helfen willst.«

»Das ist es nicht ...«, widersprach ich lahm, bewegte mich aber schon zum Ausgang. »Hab dich lieb, *Halmoni.*«

»Husch!« Sie scheuchte mich mit einer Handbewegung raus.

Grinsend wandte ich mich Subin und Jisoo zu. Letztere wirkte begeisterter als Subin, die scheinbar fast im Stehen eingeschlafen war. Sie gähnte und blinzelte mehrmals, als ich sie am Handgelenk packte und zur Tür zerrte.

Durch das Gespräch mit *Halmoni* war meine Vorfreude gedämpft worden. Doch ich wollte mir meinen vermutlich letzten Abend in Freiheit nicht verderben lassen. Seoul war eine magische Stadt, und es gehörte zu meinen Lieblingsbeschäftigungen, sie des Nachts zu durchstreifen.

Und wenn wir ganz großes Glück hatten, fanden wir auch einen Dämon, den wir natürlich mit großem Abstand verfolgten. Ich widersetzte mich vielleicht vielen Regeln, aber ich würde nicht riskieren, von einem Dämon berührt zu werden. Nicht, wenn das Schicksal meines Zirkels auf dem Spiel stand.

Meine Entschlossenheit hatte sich verfestigt, nachdem ich von Choi Roses Vergangenheit gehört hatte.

Ich hatte unsere Anführerin erst ein paarmal von Weitem und ein einziges Mal von Nahem gesehen. An dem Tag, an dem ich auch die anderen Anwärterinnen kennengelernt hatte. Sie hatte meinen Smaragdanhänger in die Hand genommen und eine Segnung gemurmelt. Ihr Gesicht war ernst geblieben, was ich nicht als schlimm empfunden hatte. Ich hatte mir, ehrlich gesagt, kaum Gedanken um unsere *Yeohwang* gemacht. Meine Konzentration hatte hauptsächlich meinen Konkurrentinnen gegolten, deren Blicke immer wieder zu mir gehuscht waren.

Sie hatten von mir gehört.

»Erde an Hana.« Jisoo schnipste mit den Fingern vor meinem Gesicht. »Wir können auch …«

Ich schüttelte den Kopf. »Ich möchte … Ich brauche diesen Abend. Um mich sicher zu fühlen und meine Magie aufzuladen.«

»Dazu wirst du morgen auch noch eine Gelegenheit bekommen.« Subin trat aus dem Haus, während Jisoo und ich in unsere Sneakers schlüpften.

»Es wird nicht das Gleiche sein. Ich will dabei nicht beobachtet werden.«

Da weder Subin noch Jisoo nachvollziehen konnten, was ich fühlte, ließen sie die Sache auf sich beruhen.

Wir stiegen an der nächsten Haltestelle in die Metro und fuhren mit der blauen Linie bis zur Station Hoehyeon. Der Namsan Tower, der bloß einen Spaziergang von der Haltestelle entfernt lag, war meistens unsere erste Anlaufstelle. Zum einen war der Anblick des beleuchteten Fernsehturms in der Nacht beeindruckend, insbesondere, wenn er wie heute mit grünem Licht angestrahlt wurde, zum anderen pulsierte dort die Aurenmagie am kraftvollsten.

Hexen besaßen keine eigene Magie. Wir saugten sie von Gegenständen um uns herum auf. Um die Objekte bildeten sich magischen Auren, die wir in uns aufnehmen konnten. Dabei war es egal, um was für Gegenstände es sich handelte. Magie konnte sich in einem Turnschuh bilden oder in einem Glockenturm. Je mehr menschliche Erinnerungen und Berührungen den Gegenstand tränkten, desto stärker war die Magie, die man ihm als Hexe entziehen konnte. Insbesondere dann, wenn diese Erinnerungen und Berührungen emotional waren.

Touristenattraktionen wie der N Seoul Tower waren prädestiniert für machtvolle Magie, weil sie tagtäglich von so vielen Menschen mit den verschiedensten Gefühlen aufgesucht, angesehen und auch berührt wurden. Doch für schwächere Hexen wie Jisoo und Subin war es gefährlich, die Aura anzuzapfen. Sie konnten nicht so potente Magie in sich aufnehmen, geschweige denn verwerten. Wenn es einer Hexe nicht gelang, die Verbindung rechtzeitig zu kappen, drohte man innerlich zu verbrennen. Im schlimmsten Fall konnte man sogar daran sterben.

Ich selbst hatte mich auch noch nie an die Aura des Namsan Towers gewagt, aber ich hoffte, es nach meiner Ernennung zur *Yeohwang* tun zu können. Vielleicht würde ich dann weniger zurückhaltend sein. Jetzt hatte ich noch das Gefühl, dem Turm nicht würdig zu sein. Eigentlich wusste ich, dass ich mächtig genug war, um die enorme Magie in mich aufzunehmen und die Verbindung zu kappen, bevor mein Potenzial sein Limit erreichte.

Es hatte mich trotzdem bisher nicht davon abgehalten, dem Turm regelmäßige Besuche abzustatten, um mir vorzustellen, wie es sich anfühlen würde, mehr und mehr und mehr Magie aufzunehmen. Die magische Aura pulsierte blau, was sich mit dem grünen Licht vermischte. Es war schwer, den Blick abzuwenden.

Mit der Zeit lernte man, die magischen Auren um sich herum zu erkennen und zu unterscheiden. Die verschiedenen Farben hatten nichts mit der Stärke zu tun, sondern mit der Menge der Magie, die vorhanden war.

Blau glich einer nie endenden Quelle, Grün war ein solides Becken, an Rosa bediente ich mich meistens, weil ich mein Potenzial, ähnlich wie ein Tank, damit füllen konnte, ohne überzulaufen; Rot und Gelb zeigten übersichtliche Mengen von Magie an, die meistens an normalen Alltagsgegenständen zu finden waren. Dazwischen gab es noch viele Schattierungen, die die Stadt um uns herum in einen beeindruckenden Farbwasserfall tauchten. Wenn ich nicht gerade auf der Suche nach einer Magiequelle war, dämpfte ich meine Sicht auf Auren, damit ich mich nicht in dem Farbenspiel verlor und im schlimmsten Fall eine rote Ampel übersah.

Subin zwinkerte einem vorbeigehenden jungen Mann zu, der sich eilig davonmachte, als glaubte er, von Subin jeden Moment mit einem Netz eingefangen zu werden.

Wir hatten den Namsan Park erreicht. Die ersten fünfzig Meter waren anstrengend, weil es steil nach oben ging. Die grüne, wenn auch nur durch Laternen erhellte Landschaft um uns herum machte das aber wieder wett. Genauso die alte Festungsmauer, die sich bis nach oben zum Fernsehturm schlängelte. Auf halbem Weg drehten wir uns um. Die Aussicht auf die Wolkenkratzer ließ sich von hier am besten genießen.

Händchen haltende Paare drängten sich an uns vorbei, bevor sie an der Mauer stehen blieben, um ein Selfie zur Erinnerung zu schießen.

»Was machen wir jetzt? Wo willst du hin?« Jisoo hatte sich bei mir eingehakt. Das gelbe Licht der kleinen Pfadleuchten schimmerte auf ihrem Gesicht und warf dunkle Schatten unter ihre Augen. Ich sah zurück zum Turm, der als schmale grüne Silhouette auf der Anhöhe zu erkennen war.

»Lasst uns die Atmosphäre genießen und vielleicht …«

»Vielleicht treffen wir auf einen … Ah, sieh mal einer an. Wenn man vom Tiger spricht.« Subin blickte an uns vorbei und deutete mit einem Kopfnicken auf den Weg, der weiter oben von unserem abzweigte und vom Turm wegführte.

Mit Jisoo an meinem Arm drehte ich mich um und bemerkte den Dämon sofort.

Anders als Menschen oder Hexen besaßen Dämonen keine Auren. Sie hoben sich durch den Mangel an Farben ab.

Dieses Exemplar verfolgte ein älteres Pärchen, das gut gelaunt über den Asphalt schlenderte. Der Dämon, der wie ein normaler Mann in den Zwanzigern aussah, klebte förmlich an dessen Fersen.

Er hob eine Hand. Seine Finger wackelten, als würde er ein unsichtbares Klavier bedienen. Auch seine Kleidung passte zu einem abgerissenen Künstler – ein zu großer brauner Anzug, der um seine Schultern schlackerte. Das schwarze Haar hing wirr in seine Stirn.

Ich konnte genau erkennen, wie er die Aurenenergie des Paares in sich aufsog. Ein Strom grüner und gelber Farben, der sich von ihren Körpern entfernte und um seinen ausgestreckten Arm wickelte. Er öffnete seinen Mund und atmete die Aura ein.

»Sollen wir jemandem Bescheid sagen?« Subin griff bereits nach ihrem Smartphone.

Ich schüttelte den Kopf. »Das ist ein Aurendämon. Er wird keinen ernsthaften Schaden anrichten.« Die Auren der Menschen würden sich nach ein paar Tagen der Erschöpfung wieder vollständig regeneriert haben. Ich legte den Kopf schief. »Allerdings …«

Subin stöhnte auf. »Nicht wieder das.«

»Warum nicht? Das ist das einzige Geheimnis, in das ich auch morgen nicht eingeweiht werde. Es könnte meine letzte Chance sein!«

Unwillkürlich folgten wir dem Aurendämon bereits weg vom Tower Richtung Itaewon. Ein hippes Viertel, das für sein schillerndes Nachtleben bekannt war, welches Einheimische und Touristen gleichermaßen anlockte.

»Wir hätten noch ein wenig Zeit«, merkte Jisoo an und kam mir dadurch zu Hilfe.

»Warum musst du unbedingt wissen, wo sich die Eingänge zur Unterwelt befinden?« Subin beschwerte sich zwar, aber sie hakte sich bei mir auf der anderen Seite ein. Die Absätze ihrer Stiefel klackerten und zogen die Aufmerksamkeit einiger Passanten auf sich. »Wir werden sie eh nie betreten. Was gut so ist.«

»Ich bin einfach neugierig. Warum bist du es nicht?«

»Wenn man wühlt, findet man irgendwann etwas, was man gar nicht wollte.«

»Du klingst wie *Halmoni*«, meckerte ich. »Lass uns ihm einfach ein bisschen folgen. Wenn er uns zu einem Eingang führt, umso besser. Wenn nicht, dann haben wir eben nur einen Spaziergang gemacht.«

»Okay. Aber wir müssen auf Abstand achten.«

»Jawohl!« Ich grinste aufgeregt. Ich konnte Subin nicht sagen, warum ich so erpicht darauf war, einen der Eingänge zur Unterwelt Seouls zu finden.

Die Unterwelt war eine magische Stadt im Untergrund, die sich von Menschen unbemerkt ausgebreitet hatte. Soweit ich aus Büchern erfahren hatte – denn in meiner Familie sprach niemand darüber –, waren Zirkelhexen nicht willkommen. Dort hausten Dämonen, Geister, Goblins und viele weitere Monster zusammen, ohne befürchten zu müssen, von uns gejagt zu werden. Die Vorstellung von einem so vielfältigen – und zugegeben gefährlichen – Ort hatte schon immer eine starke Faszination auf mich ausgeübt.

Ich konnte nicht bestimmen, woran es lag.

War es, weil man mich bisher von der Jagd ferngehalten hatte? Oder lag es daran, dass mein Leben nicht spannend genug war? Dass gelegentlich das Gefühl in mir aufstieg, nicht für voll genommen zu werden, obwohl ich doch so mächtig war?

Manchmal kribbelte es regelrecht in meinen Fingern, und ich konnte mich nur mit Mühe zurückhalten, Magie zu wirken.

Das war eins der wenigen positiven Dinge, auf die ich mich nach dem Ahnenmond freute: Ich dürfte endlich Jagd auf sämtliche Dämonen machen und meine Angriffsmagie einsetzen.

Ohne mich wie im Training zurückhalten zu müssen. Weil ich meiner Lehrerin nicht schaden wollte, brach ich meine Angriffe immer ab, bevor sie auf sie trafen. Es war schlichtweg frustrierend, so mächtig zu sein und doch nichts tun zu dürfen.

Nach zehn Minuten des Verfolgungsspaziergangs hatte sich auch Subin entspannt, und wir konnten die laue Sommernacht genießen. Straßenmusiker hatten ihre Instrumente bereits eingepackt, aber aus den Bars und Restaurants drang ein Mix aus unterschiedlichen Melodien. Menschen verschiedener Ethnien tummelten sich auf den steilen bunten Straßen Itaewons, stellten sich in Schlangen, nachdem sie sich in die Wartelisten der Restaurants eingetragen hatten, oder suchten in großen Gruppen die nächste Busstation auf.

Der Geruch von gegrilltem Schweinebauch sowie scharf gewürztem *Tteokbokki* wehte immer wieder zu uns heran. Mein Magen rumorte vor Verlangen. Wir nutzten die Gelegenheit, uns bei einer *Ahjumma* mit Corn Dogs einzudecken, an denen wir während der Verfolgung nagten.

Der Aurendämon schlängelte sich einige Meter vor uns an den Passanten vorbei. Von dem Paar hatte er längst abgelassen. So wie es aussah, war er gesättigt und ging entweder nach Hause in die Unterwelt oder … etwas anderes fiel mir nicht ein.

»Das werde ich vermissen«, verkündete ich seufzend und zog meine Freundinnen enger. Das abgenagte Holzstäbchen hatte ich zu einem Müllsack gelegt, der bereits auf die Straße gestellt worden war, um später von der Müllabfuhr abgeholt zu werden. »Versprecht mir, dass ihr an mich denkt, wenn ihr das nächste Mal einen Streifzug unternehmt.«

»Du bist die Einzige von uns, die auf diese Streifzüge besteht«, erinnerte mich Jisoo amüsiert. »Aber du wirst schon nicht mit Aufgaben zugeschüttet werden. Deine Eltern und die anderen Hexen werden dir helfen und dir alles beibringen.«

Ich machte ein unbestimmtes Geräusch.

Nach *Halmonis* beunruhigenden Worten war ich mir bei gar nichts mehr sicher. Ich hatte das Gefühl, nicht mal die Hälfte von dem zu wissen, was ich wissen sollte. Bisher war mir die Gesellschaft der Hexen in Seoul wie ein gut geöltes, wenn auch unfaires Uhrwerk vorgekommen. Es würde schon irgendwie weiterlaufen, ganz gleich, wer letztlich an der Spitze stünde.

Aber war es tatsächlich so? Würde das Hexenwerk mit mir an oberster Stelle genauso florieren wie unter Choi Roses Führung? Ich wollte nicht so grausam sein wie sie. Ich hatte nicht vor, eine meiner Konkurrentinnen zu töten, und bisher war ich der Meinung gewesen, dass ich das auch nicht tun müsste. Aber was wäre, wenn ...

Was wäre, wenn Rose genau wusste, dass man mich nicht darauf vorbereitete? Wenn sie ihrer Anwärterin zuflüsterte, mich bis aufs Äußerste zu reizen, um mich zu einer Entscheidung zu zwingen? Eine Entscheidung, die ich längst getroffen hatte, und die ich nicht ändern würde.

Ich könnte keine Hexe töten.

Wenn sie das wüsste, dann hätte der Opalzirkel wieder gewonnen. Ich würde morgen höchstwahrscheinlich sterben, sollte eine andere Anwärterin weniger Skrupel besitzen als ich.

War es das, was mir *Halmoni* hatte sagen wollen? Dass ich mich auf den Tod oder ... einen Mord vorbereiten musste?

Sieben Anwärterinnen, mich eingenommen, würden sich gegenüberstehen und für die Ehre ihres Zirkels kämpfen. Ich wäre bereit, meine Magie gegen sie einzusetzen, um sie notfalls kampfunfähig zu machen, aber niemals ... niemals würde ich jemanden töten.

Gänsehaut breitete sich auf meinem Körper aus, als hätte mich ein böser *Gwishin* gestreift. Ein Geist, der nicht ins Jenseits gegangen war, sondern mit schlechten Absichten in der Menschenwelt ausharrte.

»*Aishi*«, fluchte Subin. »Er hat uns gesehen.«

»Was? Wer?« Ich blickte von der Straße auf und direkt in das grinsende Gesicht des Aurendämons.

Die Welt schien für wenige Sekunden stillzustehen. Die düstere Vorahnung, die ich zuvor nicht ganz hatte greifen können, verstärkte sich und wurde zu einem tosenden Wirbelsturm.

Sein Grinsen wurde breiter.

Die Menschen um uns herum verschwammen zu einem Strudel aus wilden Farben und lauten Geräuschen.

»Hana-*Unni!* Komm! Lass uns verschwinden.« Jisoo riss an meinem Ärmel.

Mir gelang es endlich, mich von seinem Blick zu lösen, und ich folgte ihr und Subin durch Itaewon. Es war seltsam, dass uns der Dämon bemerkt hatte. Normalerweise konnten Dämonen Hexen nicht erkennen.

Aber nein. Das stimmte nicht ganz. Es galt für alle Dämonen *außer* Aurendämonen. Für sie war sichtbar, dass es sich bei uns nicht um normale Menschen handelte. Da sie sich von Auren ernährten, nahmen sie diese wahr und erkannten, dass unsere Auren nicht verzehrt werden konnten. Sie unterschieden sich von denen der Menschen und besaßen einen goldenen Schimmer.

An der nächsten Weggabelung bogen wir rechts ab, weg von der Touristenmasse und hin zur nächsten Metrostation. Wir beeilten uns, über die Noksapyeong-Brücke zu gehen. In meinem Nacken kribbelte es.

Folgte er uns?

Als ich einen Blick über die Schulter warf, konnte ich niemanden erkennen.

Wir waren allein, während wir an der Kreuzung warteten, um auf die andere Straßenseite zu gelangen.

Die Fußgängerampel sprang auf Grün. Wir liefen förmlich über die Straße und stellten uns auf die Rolltreppe nach unten. Ich atmete aus.

Er hatte uns bloß Angst einjagen wollen.

Das Licht flackerte, als wir unten ankamen. Zeitgleich bogen wir um die Ecke.

Subin blieb abrupt stehen. Jisoo und ich wären beinahe in sie hineingerannt, wenn ich uns nicht im letzten Moment abgebremst hätte. Ich hielt beide Freundinnen an einem Unterarm umfasst.

»Ich habe doch gesagt, heute rauszugehen war eine ganz schlechte Idee«, murmelte Subin.

Vor uns war der Aurendämon aufgetaucht. Er musste einen der anderen Eingänge genommen haben, um uns hier abzufangen.

Sein linkes Auge zuckte. »Habt ihr euch verlaufen?«

Mein Griff um Jisoos Arm verstärkte sich. Aurendämonen konnten zwar nicht unsere Auren verzehren, aber sie konnten uns mit ihrer übermenschlichen Körperkraft attackieren. Und sobald er mich berührte, wäre es aus mit dem Ahnenmondritual.

»*Aishi*«, flüsterte ich.

3

Instinktiv umfasste ich meinen Smaragdanhänger. Als würde er mir Sicherheit geben, doch das tat er nicht. Allein unsere Magie würde uns jetzt retten können.

Was war schon ein Aurendämon? Zusammen würden wir mit ihm fertig werden.

»Du hättest uns nicht verfolgen sollen«, warnte ich den Dämon, während ich die rosa leuchtenden Wände der Metrostation anzapfte. Um unsere Magie aufzuladen, mussten wir uns in Sichtweite einer Quelle befinden oder zumindest so nah daran, dass wir das Pulsieren der magischen Aura spüren konnten. Subin und Jisoo nährten sich von den gelb und grün leuchtenden Mülleimern und Gepäckschließfächern. Für sie wäre die rosafarbene Energie zu viel.

»Ich habe *euch* verfolgt?« Sein Lachen war rau und unangenehm. »Ihr Biester wolltet mich aus dem Hinterhalt angreifen, nicht wahr? Mich auslöschen, weil ich mich von köstlichen Auren ernähre.«

»Das war nicht …«, widersprach Jisoo, aber Subin schüttelte den Kopf.

»Warum bist du nicht weggelaufen, *Gaesaekki?*«, fragte Subin.

Ich spürte, wie mich Magie ausfüllte. Die Aura des Gebäudes verblasste. Ich hatte sie vollständig aufgesaugt und fühlte mich so unbesiegbar wie jedes Mal, wenn ich aufgeladen war. Um meine Hände zuckten die ersten Blitze. Knisterten und warteten darauf, gegen mein Ziel geschleudert zu werden.

Ich hatte noch nie gegen einen Dämon gekämpft, aber ich

konnte es kaum abwarten. Nun, da der erste Schock überwunden war, fühlte ich meine Selbstsicherheit zurückkehren. Ich begrüßte sie wie einen alten Freund.

Subin, Jisoo und mir würde nichts passieren. Ich würde den Dämon mit meiner Magie auf Abstand halten, und gemeinsam würden wir ihn vernichten.

»Ich will euch wie Welpen winseln hören.« Er gluckste. »Außerdem gibt es für jede tote Hexe eine Belohnung.«

Die Blitze versiegten. Wir Hexen wechselten einen Blick.

»Belohnung?«, fragte ich gleichzeitig, während Subin fluchte.

Jisoo zuckte mit den Schultern.

»Passt auf!«, rief Subin und schubste mich zur Seite. Jisoo kreierte mit ihrer Magie einen gelben Strahl, den sie gegen den Dämon schleuderte.

Er hatte unsere Unachtsamkeit ausgenutzt und war auf uns zugerannt. Er drehte sich um die eigene Achse. Dadurch konnte er sich unter dem Strahl hindurchducken. Jisoo musste ihre Magie sofort wieder aufladen. Sie war noch schwächer als die meisten anderen unseres Zirkels.

Subin ließ mich los, damit sie eine schillernde rote Wand vor Jisoo hochziehen konnte. Der Dämon sog scharf die Luft ein, als er dagegenprallte. Rote Brandblasen erschienen auf seinen Händen, mit denen er Jisoo hatte packen wollen.

Ich kämpfte mich aus der Starre und beschwor lange rosafarbene Blitze, die von blauen Streifen durchzogen wurden. Es war ein Leichtes, mir einen Trainingskampf vorzustellen. In der Theorie wusste ich, was zu tun war, um jemanden kampfunfähig zu machen.

Der Dämon brüllte auf, als ihn meine Blitze umwickelten und verbrannten. Ich biss die Zähne zusammen. Angst, von Menschen entdeckt zu werden, mischte sich zu dem Gefühlscocktail in meinem Inneren. Menschen konnten unsere Magie nicht wahrnehmen, jedoch würden sie durchaus sehen, dass der Dämon sich vor Schmerzen wand.

Aber wäre das etwas so Schlechtes? Wir könnten uns dann vielleicht davonschleichen.

Und wenn wir den Dämon dadurch direkt zu unserem Quartier führten?

Auf keinen Fall. Wir steckten zu tief drin. Es war besser, den Dämon zu pulverisieren.

Jisoo hatte ihr Potenzial neu aufgeladen, aber ich schüttelte den Kopf. Sie sollte sich nicht einmischen. Für den Fall, dass sie sich verteidigen müsste. Ich wollte sie nicht schutzlos lassen.

Stattdessen half mir Subin. Sie erzeugte einen knisternden Magieball zwischen ihren Handflächen und warf ihn gegen den Kopf des Dämons.

Er wurde davon zu Boden geschleudert. Meine Blitze lösten sich auf. Uns trennten mehrere Meter voneinander, doch ich konnte das Weiß seiner Augen erkennen. Er stöhnte. Nicht ganz bei Bewusstsein. Nicht ganz ohnmächtig.

Ich schluckte.

»Was tust du?«, rief Subin atemlos.

Unwillkürlich war ich auf den Dämon zugegangen. Dabei schrie alles in mir danach, zurückzuweichen.

Zum einen wollte ich nicht von ihm berührt werden, und zum anderen fürchtete ich mich vor der Entscheidung, die ich jetzt treffen musste und die ich morgen erneut treffen sollte.

Würde ich den Dämon töten?

Es war so leicht, es sich vorzustellen. Ich müsste meine Magie zu einem Ball formen, wie es Subin getan hatte. Nur etwas kleiner. Etwas effektiver und stärker. Und mit diesem Ball in seiner Brust würde er explodieren. Sich in Abermillionen Teilchen auflösen und dadurch nie wieder erweckt werden können.

Seine schwarze Seele wäre für immer verloren.

Warum zögerte ich? Er hätte mit uns das Gleiche getan, wenn sich ihm die Chance geboten hätte. Er hatte es selbst gesagt.

Außerdem war das der Job einer Hexe. Nacht für Nacht streifte meinesgleichen durch Seoul und tötete Dämonen.

Ich war nur noch wenige Schritte von ihm entfernt.

Auf einmal wirkte er nicht mehr gefährlich, dafür aber sehr jung. Nicht mehr so arrogant. Seine Lider flatterten. Seine Haut war an einigen Stellen verkohlt. Ein unangenehmer Geruch stieg mir in die Nase.

Niemand hatte mir bisher davon erzählt, wie es riechen würde, wenn Dämonen mit unserer Magie in Berührung kamen.

Warum wurde uns so viel verschwiegen?

Warum wurde *mir* so viel verschwiegen?

Ich war so wütend auf meine Eltern. Auf *Halmoni.* Auf den gesamten Smaragdzirkel.

Entschlossen hob ich die Arme und hielt die Handflächen einander zugedreht, ohne dass sie sich berührten. Zuckende rosafarbene Magie entstand scheinbar aus dem Nichts. Aber ich wusste es besser. Sie kam direkt aus meinem Inneren. Ich hatte nicht mehr viel übrig in meinem Akku, bevor ich ihn neu aufladen müsste. Doch es sollte für einen letzten Schlag genügen.

Die Magie wuchs zu Tennisball-Größe an und wand sich zwischen meinen Händen wie ein lebendiges Wesen. Ich schrie durch zusammengebissene Zähne, weil es mir so viel abverlangte, die Magie noch zurückzuhalten. Es war nicht genug. Nur ein Schlag. Mir blieb bloß ein Schlag, sonst müsste ich das Risiko eingehen, dass sich der Dämon wieder erholte.

»Worauf wartest du?«, rief Subin hinter mir.

»Ich …«

Konnte ich es?

Konnte ich ein Leben auslöschen, auch wenn es nur das eines Dämons war? Er würde für immer verschwinden. Nichts würde von ihm übrig bleiben. Hatte er Freunde? Würde jemand nach ihm suchen? Sich an ihn erinnern?

Was war mit seinen Eltern?

Ich war nicht bereit und ließ los.

Die Magie versiegte. Der Ball löste sich auf. Mein Akku war leer.

Stöhnend stützte ich mich auf den Knien ab.

»Hana-*Unni!*«, warnte mich Jisoo eine Sekunde, bevor ich selbst wahrnahm, dass der Dämon erwacht war. Er sprang auf, streckte seine Hände aus und ... bekam mich nicht zu fassen.

Jemand hatte einen Arm um seinen Hals gelegt und ihn daran zurückgezogen. Hände umfassten sein Gesicht. Ein fürchterliches Knacken folgte. Der Aurendämon sackte in sich zusammen.

Nicht für immer tot, aber außer Gefecht gesetzt. Von ...

»Bobby«, keuchte ich. »Was machst du hier?«

»Offenbar dein Leben retten.« Er grinste schief. Mein Herz klopfte.

Bobby war ... Bobby.

Er gehörte ebenfalls zu den Dämonen, allerdings war er ein Albdämon. Das Schlimmste, was er anstellen konnte, war, Menschen schlechte Träume zu bescheren. Seine Art stand nicht auf der Liste der zu tötenden Dämonen. Ich hatte ihn vor ein paar Monaten kennengelernt und mich mehr oder weniger mit ihm angefreundet. Da wir zwei verschiedenen Arten angehörten, war das nicht ganz so einfach.

Anfangs war ich ihm des Öfteren gefolgt, weil ich gehofft hatte, er würde mich zu einem Eingang in die Unterwelt führen. Stattdessen hatte er mir nur gezeigt, wo er hauste. Keine moderne Fünf-Sterne-Suite, sondern ein heruntergekommenes Haus am Rand von Guro, auf der anderen Seite des Hangangs, des Flusses Han. Ich war nicht in die Dachwohnung eingeladen worden, doch ich konnte mir vorstellen, dass sie wenig ansprechend aussah.

Bobby war anderthalb Köpfe größer als ich, schlank, aber muskulös, ungefähr in meinem Alter. Deshalb sprachen wir auch zwanglos miteinander. Nach fast jeder Begegnung änderte er seine Haarfarbe. Heute schimmerte sein Haar pastellblau und fiel ihm leicht in die Stirn. Eine kleine Narbe befand sich über seiner dunklen linken Augenbraue. Bevor ich sie bemerkt hatte, hatte ich nicht mal gewusst, dass Dämonen Narben haben konnten. Uns war beigebracht worden, dass sie alle nicht tödlichen Wunden heilen konnten. Und tödliche Wunden, die nicht durch Magie verursacht worden waren, würden ihnen nur einen vorübergehenden Tod bescheren.

Er trug helle Jeans, schwarze Chucks sowie ein weißes Unterhemd mit einem offenen dunkelblauen Hemd darüber. Sein Lächeln wurde breiter, und wie jedes Mal tat sich etwas in meiner Magengegend. Ein seltsames Ziehen, das ich nicht einordnen konnte. Zudem wurde meine Atmung flacher, und mir wurde schwummrig, als würde nicht genug Sauerstoff mein Gehirn erreichen.

»Bist du sprachlos?«, fragte er mit einem Augenzwinkern, als ich ihn viel zu lange anstarrte.

Ich blickte auf seine Hände, mit denen er das Genick des Aurendämons gebrochen hatte, und die er nun aneinanderrieb. Die Finger waren schlank und langgliedrig. An zwei von ihnen glänzten silberne Ringe.

»Lass uns gehen, Hana«, bat Subin. Sie konnte Bobby nicht leiden, weil er erstens ein Dämon war und zweitens ein Dämon war.

Jisoo stimmte ihr nickend zu.

»Wir hatten alles im Griff«, widersprach ich Bobby langsam, als mein Gehirn wieder funktionierte. Ich ignorierte meine Freundinnen für den Moment. Adrenalin raste durch meine Adern. Es war schwer, mich von dem High zu lösen, das von meiner Magie verursacht worden war. Selbst die Erschöpfung wurde in den Hintergrund gedrängt.

Gleichzeitig überkam mich Wut wegen meiner eigenen Unfähigkeit. Ich hätte beinahe alles zerstört, weil ich Mitleid mit einem Dämon gehabt hatte. Was, wenn er erst mich und dann Subin und schließlich Jisoo getötet hätte? Wie hätte ich meinen Vorfahrinnen in der Nachwelt begegnen sollen? Mit gesenktem Kopf und nach oben ausgestreckten Händen, damit sie mich bestrafen konnten.

Auf Knien am besten.

»Rede dir das nur ein.« Sein silbernes Augenbrauenpiercing unter der Narbe reflektierte das künstliche Licht, als er sich entspannt auf mich zubewegte. Er versenkte die Hände in seine Hosentaschen und neigte den Kopf.

»Dwaesso!« Vergiss es.

»Habt ihr ihn absichtlich provoziert? Oder …«

»Er sagte, es gäbe eine Belohnung für getötete Hexen«, antwortete ich, froh, dass er nicht darauf pochte, den Prinzen in glänzender Rüstung gespielt zu haben. »Davon hast du nie was gesagt.«

Einen Schritt vor mir hielt er an. Ich verschränkte die Arme. Er war mir noch nie so nahegekommen, aber ich besaß Hemmungen, zurückzuweichen. Ich hatte ihm durch mein Zögern vorhin schon eine zu große Schwäche offenbart. Wenn ich ihm zeigte, dass ich von ihm eingeschüchtert war, würde er das in Zukunft gnadenlos ausnutzen.

Er zuckte mit einer Schulter. Seine Stimme senkte sich gefühlt um zwei Oktaven. »Warum hätte ich das tun sollen?«

»Vielleicht weil es eine wichtige Information für uns gewesen wäre?« Ich schluckte schwer. Warum fühlte sich die Situation plötzlich gefährlich an? Nicht er-schlägt-mich-gleich-gefährlich, sondern wenn-er-mich-weiter-so-ansieht-springt-mein-Herz-aus-der-Brust-gefährlich.

»Dann solltest du dich eher bei deinem Zirkel beschweren und nicht bei mir. Ich bin nicht für euch verantwortlich.«

Frustriert verdrehte ich die Augen.

Ignoriere dein Herz.

»Können wir jetzt?«, fragte Subin. »Bevor der da wieder aufwacht und uns Probleme bereitet?«

»Ich würde mich auch ein zweites Mal für euch um ihn kümmern«, versprach Bobby mit einem verschmitzten Lächeln.

Subin schnaubte.

»Hana-*Unni?*« Jisoos Unterton verriet mir, dass sie Subins Meinung teilte.

»Okay«, gab ich nach und wandte mich zum Gehen, als Bobby den geringen Abstand zwischen uns überbrückte.

Er beugte sich vor. Die Hände weiterhin in den Hosentaschen.

Für einen Sekundenbruchteil traf sein Blick meinen, und er schlug mich damit in seinen Bann.

Ich bewegte mich nicht.

Dann küsste er mich.

Er schloss die Augen. Seine Lippen pressten sich auf meine.

Bobby.

Küsste.

Mich.

Ich war wie versteinert. Die Arme hielt ich verschränkt, die Augen riss ich auf. Mein Herz war das Einzige, das sich bewegte. Es pochte so schnell, dass ich glaubte, die Erde würde beben.

Ani! Nein!

Es war nicht nur Bobby, der mich aus heiterem Himmel küsste.

Es war ein Dämon, der mich berührte.

Ein Dämon, der mich für das Ahnenmondritual unbrauchbar machte.

Disqualifizierte.

Das Wort hallte wie ein Todesurteil durch mein leer gefegtes Inneres.

Ich atmete ein, und Bobbys Geruch füllte mich aus. Er duftete nach frischer Wäsche und einer herben Note.

Langsam zog er sich zurück.

Das Blut rauschte so laut in meinen Ohren, dass ich Subins und Jisoos Ausrufe nicht verstehen konnte. Ich konnte nicht mal meine eigenen Gedanken verstehen.

»*Ani*«, flüsterte ich. »Warum hast du das getan?«

»Mir war danach.« Wieder dieses schiefe Grinsen. Aber dieses Mal … dieses Mal war es nicht charmant. Dieses Mal wollte ich es ihm aus dem Gesicht schlagen.

»*Gaesaekki!*«, beschimpfte ich ihn völlig aufgelöst.

Ich sog Magie aus der rechten Wand. Die rosafarbene Aura strömte auf mich zu und füllte mich aus.

Ich kam jedoch nicht dazu, sie gegen den Albdämon einzusetzen. Er salutierte vor mir und rannte wie ein Feigling vor mir davon die Treppen nach oben. Subin und Jisoo hielten mich an den Armen zurück, als ich ihm hinterherjagen wollte.

Zorn brannte in meinen Adern. Ich konnte keinen klaren Gedanken fassen. Was hatte er sich nur dabei gedacht? Klar, wir hatten immer mal wieder miteinander geflirtet, doch nicht … Nie, um es irgendwo enden zu lassen. Nie, um etwas beginnen zu lassen.

»Das bringt nichts, Hana«, beschwichtigte mich Subin, aber ihre zitternde Stimme verriet ihre eigene Unsicherheit.

Ich hörte auf, mich zu wehren.

So schnell, wie der Zorn gekommen war, so schnell verließ er mich wieder. Meine Beine sackten ein. Ich fiel auf die Knie. Subin und Jisoo hockten sich neben mich.

Hilfesuchend sah ich sie abwechselnd an. Als ich Jisoos feuchte Augen bemerkte, konnte ich meine eigenen Tränen nicht mehr zurückhalten. Ungehindert rannen sie meine Wangen hinab. Subin presste ihre zitternden Lippen zusammen. Jisoo weinte ungehemmt.

»Was machen wir jetzt?« Meine Stimme brach.

Niemand antwortete mir.

4

Schweigend und mit gesenkten Köpfen schlichen wir zurück nach Hause. Wir hatten den Aurendämon in der Metrostation Itaewon zurückgelassen. Theoretisch hätte ich ihn erledigen oder anfassen können, nachdem Bobby mich bereits einmal berührt hatte, aber mir fehlten sowohl die Konzentration als auch der Elan.

Ich war zu nichts anderem imstande, als nach Hause zu gehen. Und selbst dafür brauchte ich die Führung meiner beiden Freundinnen. Ich bemerkte ihre besorgten Blicke.

Zudem strahlte Subin eine unterschwellige Verärgerung aus, die ich in tausendfacher Ausführung selbst für mich empfand.

Unsere Mütter waren noch nicht von den Vorbereitungen im Hauptquartier zurückgekehrt, und *Halmoni* hatte sich bereits schlafen gelegt.

»Du hättest auf mich hören sollen«, murmelte Subin verärgert.

Wir hatten uns umgezogen und uns nebeneinander auf die ausgebreiteten *Yos* gelegt. Jisoo löschte das Licht, sodass der Schein des runden Monds den Raum erhellte.

Ich betrachtete die Zimmerdecke. Mein Herzschlag hatte sich beruhigt, doch die gleiche Ruhe fand sich nicht in meinen Gedanken. Immer wieder spulte ich zu dem Moment zurück, der alles verändert hatte.

»Und was ist, wenn es keinen Unterschied macht?«

Ich neigte mein Gesicht leicht zu Jisoo, die rechts neben mir lag.

»Was meinst du damit?«

Subin drehte sich mit dem Rücken zu mir. Sie schmollte. Zu Recht.

Ich hätte nicht bleiben sollen. Ich hätte nicht mit der Gefahr spielen sollen, die Bobby verkörperte. Wir hätten auf den letzten Abend in Freiheit verzichten und ihn hier verbringen können …

»Vielleicht gehört die Warnung, als Anwärterin keinen Dämon zu berühren, nur zu einem dieser Märchen, die Eltern ihren Kindern erzählen. Um sie davon abzuhalten, etwas Dummes zu tun.« Jisoo holte tief Luft. Es war allein ihrer Aufregung geschuldet, dass sie überhaupt so viel gesagt hatte. Normalerweise drückte sie sich kurz und knapp aus.

»Denkst du das wirklich?«

Subin schnaubte.

»Möglich wäre es. Wie sollen sie denn herausfinden, dass dich ein Dämon geküsst hat?«

Instinktiv legte ich ihr eine Hand auf den Mund. »Pst! Nicht so laut!«, warnte ich sie. »Wenn es nicht beim Ritual rauskommt, will ich nicht, dass sie es von uns erfahren.«

Jisoo nickte.

Ich zog meine Hand zurück und setzte mich auf. Mein Blick glitt über Subins Gestalt, die sich unter der Decke abzeichnete. Ich schüttelte sie leicht an der Schulter, bis sie sich auf den Rücken rollte.

Sie hatte sich abgeschminkt und trug ihr Haar offen. Dadurch wirkte sie im Mondschein jünger und verletzlicher. Ich wusste, dass sie nicht nur mir Vorwürfe machte. Da sie die Ältere von uns beiden war, wenn auch nur um ein Jahr, sah sie die Schuld hauptsächlich bei sich.

»Ich übernehme die Verantwortung, Subin-*Unni*«, versprach ich ihr.

Sie setzte sich so schnell hin, dass ich zurückzuckte.

»Was soll das bedeuten? Du kannst keine Verantwortung übernehmen, Hana. Du wirst disqualifiziert werden, und das war's. Alle Hoffnungen sind heute Nacht verpufft. Ist dir das bewusst?«

»Noch ist nichts entschieden«, entgegnete ich lahm.

Subin schüttelte den Kopf. »Ich hätte … *Ich* hätte die Verantwortung übernehmen sollen. Dich zügeln sollen. Es ist meine Schuld.«

»Subin-*Unni*«, stieß ich flehend aus und griff nach ihrer Hand. »*Jebal.*«

Sie riss sich von mir los.

»Ich weiß nicht, warum wir dir das Verhalten jahrelang haben durchgehen lassen. Dir wurde alles versprochen, aber du hast nur das gewollt, was du nicht haben konntest.«

Ich fühlte mich vor den Kopf gestoßen. Seit wann dachte sie so über mich?

»Das ist nicht wahr.«

»Ist es nicht? Es steht seit Jahren so gut wie fest, dass du die nächste *Yeohwang* wirst, doch anstatt dich zu freuen und dich darauf vorzubereiten, willst du bei uns mitspielen. Bei denen, die nichts haben und die gezwungen werden, auf die Jagd zu gehen. Als wäre das ein Spiel.«

»Subin-*Unni* …«

»Ich … Ich bin zu wütend, um hier zu schlafen. Ich lege mich in Boras Zimmer. Gute Nacht.« Mit der Decke um ihren schmalen Körper gewickelt stapfte sie über den Holzfußboden davon. Die Schiebetür drückte sie leise hinter sich zu.

Als ihre dumpfen Schritte verklangen, ließ ich mich zurückfallen.

»Ich weiß nicht, wie ich das wiedergutmachen soll«, wisperte ich und legte mir den Arm über das Gesicht. »Warum sagt sie so was? Denkt ihr wirklich so über mich?«

Bobby.

Dieser *Saekki*!

»Gib ihr etwas Zeit. Sie meint das nicht so. Wir verstehen den Druck, der auf dir lastet, aber …«

»Aber?«

»Für uns ist es auch nicht einfach. Die Jagd ist nicht leicht. Wir werden zwar nicht dazu gezwungen, Dämonen zu töten, aber dabei zuzusehen, ist schrecklich genug.« Noch nie hatte Jisoo mit mir darüber gesprochen. Ich hielt den Atem an. »Subin und ich sehen das ähnlich, aber wir können es niemandem sagen. Dämonen sind schlecht, also müssen wir sie töten, oder? Es ist noch schwerer, wenn du jedes Mal einen Aufstand machst, weil du uns nicht begleiten darfst.«

Tränen stiegen mir in die Augen. Ich ergriff Jisoos Hand.

»*Mianhae,* Jisoo«, entschuldigte ich mich. »Ich hatte keine Ahnung.«

Sie drückte meine Hand. Ich konnte das sanfte Lächeln gerade so in dem wenigen Licht ausmachen.

»Warum hat der Dämon das getan, Hana-*Unni?*«, fragte Jisoo in unser Schweigen hinein. »Ist er in dich verliebt? Können Dämonen lieben?«

»Bestimmt. Sonst gäbe es nicht die zahllosen Geschichten, die uns *Halmoni* immer erzählt.« Dämonen liebten und hassten genauso wie Menschen und Hexen. Glaubte man den alten Sagen, sogar um einiges intensiver. »Aber ich denke nicht, dass er in mich ... Ich denke, für ihn war es nur ein ... Scherz.«

Ein Scherz, der die Zukunft meines gesamten Zirkels zerstört hatte.

»Da ist sie ja! Unsere Anwärterin!«, begrüßte mich *Umma*, als ich die Küche betrat.

Sie öffnete ihre Arme, während *Appa* eine Torte aus dem Kühlschrank zauberte. *Halmoni* drückte eine Kerze in den pinkfarbenen Zuckerguss, und Jisoos Mutter zündete sie mit einem Schlenker ihres Zeigefingers an. Angriffsmagie, die zwar zur Vernichtung kreiert wurde, aber konzentriert eingesetzt auch hin und wieder das Leben erleichtern konnte.

Ich konnte ihre Freude kaum ertragen. Das schlechte Gewissen nagte wie eine Ratte an meinem Gemüt. Jisoo und Subin saßen am Frühstückstisch und wirkten genauso bedrückt.

Ich hasste mich selbst dafür, dass ich nicht allein in diese Situation geraten war. Meine besten Freundinnen mussten dadurch auch leiden.

Und schon bald wird der ganze Zirkel die Wahrheit erfahren.

Trotz Jisoos tröstender Worte glaubte ich nicht, dass wir mit dem Geheimnis davonkämen. Irgendjemand würde mir ansehen, würde erfühlen, dass ich von einem Dämon berührt worden war. Dann wäre alles aus.

Nur weil es jetzt noch nicht passiert war, hieß das nicht, es würde nicht noch geschehen.

»Wir sind so stolz auf dich, Hana.« *Umma* hielt mich für einen Moment fest, bevor sie mich zur Torte schob.

»Es ist doch nicht mein Geburtstag«, murmelte ich.

»Was macht das schon? Es ist der Tag, auf den der Smaragdzirkel so lange gewartet hat.« *Appa* wartete grinsend. Er hatte sich einen dunkelbraunen Anzug angezogen, dazu eine Fliege, da er als mein Vater den ganzen Tag damit beschäftigt sein würde, andere Zirkelangehörige zu begrüßen. Es war praktisch, dass er als Informatiker im Homeoffice seine Zeit selbst einteilen konnte.

Zwiegespalten beugte ich mich vor und pustete die Kerze aus. Ich wollte dieser dramatischen Aufführung meiner Familie so schnell wie möglich entfliehen.

Es kostete mich all meine Selbstbeherrschung, die Ereignisse von gestern Nacht nicht auszuplaudern. Ein weiterer Blick auf Subin und Jisoo, und ich wäre geliefert.

Es war eine Sache, sich des Nachts aus dem Haus zu schleichen und ein bisschen Freiheit zu kosten, doch eine ganz andere, dem Zirkel die bevorstehende Katastrophe zu verschweigen.

Ich konnte es nicht.

»*Umma?* Können wir reden?«, bat ich leise, als die anderen sich an den Tisch setzten. Meine Mutter suchte in einer Schublade nach einem Tortenheber.

Sie hatte sich für den heutigen Tag ebenfalls herausgeputzt, trug eine grüne Seidenbluse und eine elegante Stoffhose mit Bügelfalte.

»Was gibt es?«

Ihr fröhliches Lächeln war wie ein Messer, das sie unwissend direkt in mein Herz stieß.

»Mir ist nicht so gut«, beeilte ich mich zu sagen, bevor die Wahrheit über meine Lippen stolperte. »Die Aufregung und so. Ich ruhe mich etwas aus, okay?«

Ummas Züge wurden weicher. Sie tätschelte meine Wange. Ich spürte ihre heilende Magie, die mir Kraft schenkte.

Obwohl sie zum schwächsten Zirkel gehörte, war meine Mutter die gefragteste Heilerin unter allen Hexen in Seoul. Sie konnte vielleicht nicht so viel Magie in sich aufnehmen, doch sie konnte sie am präzisesten verwenden.

»Aber natürlich. Wir rufen dich, wenn wir aufbrechen. Es wird alles gut werden.«

Ich zwang mich zu einem Lächeln. Ich war so aufgewühlt, als wäre ein zerstörerischer Sturm durch mich hindurchgefegt. Nicht nur das schlechte Gewissen hielt mich umklammert. Ich hatte außerdem *Halmonis* Worte nicht vergessen und fragte mich, wie viel davon mir *Umma* absichtlich verschwieg.

Ich konnte nicht verhindern, dass sich ein Hauch von Wut in mir ausbreitete. Sie würde mich ahnungslos in ein Ritual laufen lassen, das möglicherweise ein brutales Ende finden würde.

Warum? Vertraute sie so sehr in meine Fähigkeiten oder war das Gegenteil der Fall? Rechnete sie damit, dass ich so oder so versagen würde?

Auch für diese Fragen war ich zu feige. Meine Entscheidungen in diesem Moment wurden nur von meinem Bedürfnis gelenkt, niemanden mehr anlügen zu müssen. Ob mit meinen Blicken oder Worten.

Ich wollte bloß allein sein.

Allein, um Mordpläne zu schmieden.

Aus welchen Gründen auch immer Bobby mich geküsst hatte, ich würde ihn eines Tages dafür büßen lassen.

5

Nur weil es sich um einen besonderen Tag handelte, hatte man mich mit einem schwarz glänzenden SUV abgeholt, der von innen noch neu roch. Ich war die Erste und würde am längsten in dem Wagen ausharren müssen, bis wir die Hälfte der Anwärterinnen eingesammelt hatten. Aber ganz ehrlich? Das machte mir nichts aus.

Der Ledersitz schmiegte sich kühl an meinen Rücken, die Klimaanlage vertrieb die feuchte Hitze von draußen, und die abgedunkelten Fenster erlaubten mir, mich auf das Kommende zu fokussieren.

Entgegen den Wünschen meiner besten Freundinnen hatte ich mich nicht getraut, meinen Eltern die Wahrheit zu sagen. Ich konnte nicht verhindern, dass sich der Funken Hoffnung in meinem Inneren von meinen eigenen Träumen nährte und weiter anwuchs.

Der Kuss war ... eine minimale Berührung zweier Personen gewesen. Wahrscheinlich hatte mein Körper nicht mal realisiert, dass es sich bei der anderen Person um einen Dämon gehandelt hatte. Kein Grund zur Panik. Ich war offenbar nicht plötzlich mit einem glühenden V für Verräterin versehen worden.

Ich musste einzig meine Nerven unter Kontrolle behalten und stark bleiben. Jisoo und Subin würden kein Wort darüber verlieren. Das Geheimnis würde ich bis zu meiner Einweihung als neue *Yeohwang*, Königin der sieben Zirkel, behalten und dann ... vielleicht wäre es Zeit, veraltete Gesetze wie dieses abzuschaffen. Ich wollte nicht, dass auch die nächsten Anwärterinnen von der Jagd ausgeschlossen würden.

Wie ich würden sie ansonsten alles bekommen außer dem Gefühl von Zugehörigkeit.

Ich justierte den Sicherheitsgurt, als wir Gangbuk verließen.

Vielleicht würde ich mich doch einen Hauch wohler im klapprigen Lieferwagen einer meiner Tanten fühlen. Sie führte zusammen mit ihrem Mann einen Cateringservice, da sie – anders als meine Mutter – nicht über genügend magisches Potenzial oder Talent verfügte, um eine wichtige Rolle für Choi Rose zu spielen. Sie schien die anderen Hexen jedoch nie um ihre Position zu beneiden. Im Gegenteil, sie wirkte geradezu euphorisch, wann immer sie arbeiten und unser ärmliches Hauptquartier verlassen konnte. Aber vielleicht war das auch nur gespielt. Seit meinem Gespräch mit *Halmoni* wuchsen die Zweifel und das Misstrauen an. Ich wusste nur noch nicht, ob beides gerechtfertigt war.

Mein Blick fiel auf den Hinterkopf des Fahrers. Er hatte nicht viel gesagt, nachdem er plötzlich vor der Tür gestanden und uns alle überrascht hatte. Niemand von uns hatte so recht geglaubt, dass Rose daran denken würde, mir einen Chauffeur zu schicken.

Auch jetzt konnte ich es kaum glauben. Ich kannte unsere *Yeohwang* nicht, aber *Halmonis* Worte vom Vorabend ließen mich immer noch erschaudern. Sie war niemand, der grundlos Nettigkeiten verteilte.

Ich hoffte, dass sie oder eines ihrer Zirkelmitglieder einfach dem normalen Prozedere gefolgt war und sich keine versteckte Drohung hinter der Geste befand. Nicht dass ich klug genug gewesen wäre, diese zu erkennen.

Wir erreichten den Topaszirkel, und Ira stieg ein. Wir begrüßten uns mit einem knappen Nicken, bevor sie sich möglichst weit weg von mir nach hinten in die dritte Reihe setzte. Es war ja nicht so, als würde ich beißen …

Was dachte ich da? Ich wollte, dass die anderen Anwärterinnen Respekt vor mir hatten. Ich wollte, dass sie sich heute

Nacht sang- und klanglos geschlagen gaben, damit ich keiner von ihnen ernsthaft schaden müsste.

Ich könnte sie nicht verletzen, geschweige denn töten.

Wie hatten *Halmoni* und *Umma* mich derart unvorbereitet lassen können? Mich in dem Glauben lassen, es würde ein Klacks werden, zur *Yeohwang* aufzusteigen, obwohl das Gegenteil der Fall sein könnte? Wenn mich nur eine der Anwärterinnen herausforderte, würde ich die so sicher geglaubte Position verlieren.

Ich war nicht darauf vorbereitet worden, andere zu verletzen. Vielleicht war es naiv von mir gewesen, nicht damit zu rechnen, aber wie hätte ich auch etwas anderes denken können? Die Zirkel waren sich zwar nicht allesamt wohlgesonnen, aber Gewalt oder offene Feindseligkeit herrschte nicht zwischen uns.

Trotz der Klimaanlage schwitzte ich heftig. Ich wurde das Gefühl nicht los, dass man mich absichtlich ins offene Messer laufen ließ.

In meinem angsterfüllten Zustand gefangen, merkte ich kaum, wie Kyeongeun einstieg. Die Anwärterin des Rosenquarzzirkels.

Was ich allerdings bemerkte, war der mangelnde Blickkontakt und ihre verkrampften Fäuste, die sie in ihren Schoß drückte. Anders als Ira floh sie nicht vor mir nach hinten, sondern setzte sich in meine Reihe. Ich nahm das nicht als Zeichen der Freundschaft. Der Raum im Auto war begrenzt. Irgendwo musste sie sich niederlassen.

Ich wandte mich ab und lehnte die Stirn ans kühle Fenster. Wieder dachte ich an Bobby.

Rachegelüste vermischten sich mit etwas, das ich nicht benennen konnte. Der Hass vernebelte jeden klaren Gedanken. Natürlich waren meine Gefühle ihm gegenüber irrational. Er hatte nicht ahnen können, was er mit einer einzigen Berührung zerstören würde. Dämonen bekamen keine Informationen von unseren Zirkeln. Wenn es um das Hexenwerk ging, waren wir untereinander vielleicht neidisch und uneins, aber nach außen hin bildeten wir eine gemeinsame Front. Rituale und Zeremonien wurden als größte Geheimnisse behandelt.

Trotzdem hatte er mich ohne meine Zustimmung geküsst, und das war immer noch ein sehr guter Grund, ihn zu hassen. Ihm gedanklich tausend eklige Flüche an den Kopf zu werfen. Ich wünschte, wir Hexen wären zu so etwas imstande, wie oft in Romanen beschrieben und Hollywoodstreifen gezeigt.

Leider gehörte das nicht zu unserem Repertoire. Wir konnten heilen, und wir konnten angreifen. Viel Spielraum dazwischen gab es nicht. Zumindest war er mir nicht gezeigt worden.

Ich sollte mittlerweile an all dem zweifeln, was ich gelernt hatte. Es gab offenbar einiges, was ich nicht hatte erfahren sollen.

Nun war ich es, die die Hände zu Fäusten ballte. Kyeongeun hatte sich neben mir entspannt.

Wann war diese Horrorfahrt vorbei?

Ich revidierte meine Entscheidung. So lange allein mit meinen Gedanken zu sein, tat mir nicht gut.

Ich brauchte Action.

Ich brauchte Ablenkung.

Ich brauchte meine besten Freundinnen.

Unwillkürlich hatte ich die Fäuste gelöst und strich nun mit dem Finger unter meinem rechten Rippenbogen entlang. Dort befand sich unser Freundschaftstattoo, das wir uns vor einem Jahr hatten stechen lassen. 3강. Drei Kang. Eine Anspielung auf unsere gleichen Nachnamen. Wir würden immer miteinander verbunden sein. Auch wenn Subin gerade ziemlich angepisst von mir und meiner Unachtsamkeit war. Ich wünschte mir, sie würde mir verzeihen, sobald ich das Ritual erfolgreich abgeschlossen hatte.

Wir hatten Gangnam erreicht. Das Hauptquartier war nicht mehr weit.

Meine Nervosität steigerte sich ins Unermessliche. Wieso hatte ich nie genauer nachgefragt? Wieso hatte ich mich immer auf dem Zuspruch meines Zirkels ausgeruht?

Meine Unwissenheit nagte an mir.

Ich hatte beiläufig von dem Reinheitsritual, dem *Cheonjeong,* gehört, aber ich wusste nicht genau, was währenddessen geschah. Dort wurden Anwärterinnen auf eine mir unbekannte Art geprüft, ob sie frei von höllenweltlichen Einflüssen waren.

Meiner Berechnung nach müsste ich dieses Ritual überstehen, um zum Ahnenmondritual zugelassen zu werden.

Wie schwer konnte das schon sein?

Das Hauptquartier in Gangnam war ein beeindruckender Wolkenkratzer, dessen Zwilling sich auf der gegenüberliegenden Straßenseite wie ein Spiegel präsentierte. Dort lebte der Opalzirkel dank Choi Rose in Saus und Braus.

Würden wir die Plätze tauschen mit mir als *Yeohwang?* Würde der Opalzirkel in unsere heruntergekommenen *Hanoks* ziehen und wir in dieses Stahlgebäude?

Eine Vorstellung, die meiner Hoffnung neue Kraft einflößte.

Es durfte nicht alles vorbei sein. Ich musste meinen Zirkel stolz machen. Was sonst bliebe mir im Leben?

Der SUV fuhr in die Tiefgarage des Hauptquartiers und parkte unweit eines Lifts, in den wir Anwärterinnen von einem anderen Mann gelotst wurden. Wie unser Fahrer trug auch er einen schwarzen Anzug mit einem Opal als Brosche, um sich als Teil des Zirkels auszuweisen. Anders als bei Hexen handelte es sich bei den Schmuckstücken der Männer nicht um richtige magische Steine. Einerseits wären sie an den Männern verschwendet gewesen, weil sie nichts mit der pulsierenden Macht hätten anfangen können, und andererseits war es wohl ein weiteres Zeichen für die Klassengesellschaft. Hexen sahen sich ganz oben in der Pyramide, und alle ohne magische Fähigkeiten waren ganz unten, obwohl wir unsere Magie nur einsetzten, um sie zu schützen. Ziemlich paradox, wenn man genauer darüber nachdachte.

Umma hatte meinem Vater in aller Heimlichkeit einen richtigen Smaragd geschenkt, den er wie seinen größten Schatz hütete. Ich hatte schwören müssen, nicht mal Subin oder Jisoo etwas davon zu sagen.

Für mich war es im ersten Moment eine romantische Geste gewesen; dann hatte ich erkannt, dass meine Eltern gegen unsere *Yeohwang* und die alten Gesetze rebellierten. Auf ihre geheime Art.

Ich bewunderte sie, aber ich war auch verwirrt. Während meiner Erziehung und Ausbildung hatten sie mir nicht ein einziges Mal einen Grund gegeben, an unserer Gesellschaft zu zweifeln. Klar, ich sollte den Smaragdzirkel zu Ruhm und Ehre führen, aber eben innerhalb der Strukturen. Ich sollte keinen Aufstand anzetteln.

Ein weiterer Hinweis, der mich früher hätte aufrütteln sollen.

Der Mann betätigte den Knopf für den zehnten Stock, ehe sich die Türen des Lifts lautlos schlossen. Mein Herz rutschte tiefer, je höher wir stiegen. Ich versuchte, mich abzulenken, doch es gelang mir kaum.

Mein Blick glitt über die Knopfleiste. Wie gewohnt war die Zahl Vier nicht vorhanden. Stattdessen prangte ein dickes F an ihrer Stelle. Die Ähnlichkeit der Aussprachen von »Vier« und »Tod« im Chinesischen machte diese Auswechslung in den Augen vieler Abergläubischer notwendig. Ich hingegen empfand das fett gedruckte F als viel bedrohlicher, weil es so fremd war.

»Hier entlang«, sagte der Mann, nachdem wir den zehnten Stock erreicht hatten und in einen hell erleuchteten Gang getreten waren.

Ira und Kyeongeun sahen sich neugierig um. Ich fühlte mich etwas besser, da ich offenbar nicht die Einzige war, die nicht regelmäßig ins Hauptquartier kam.

Anders als die Anwärterin des Opalzirkels. Sie musste sich hier wie zu Hause fühlen, war es doch nur einen Steinwurf davon entfernt. Tatsächlich wirkten sie und die anderen drei bereits anwesenden Anwärterinnen eher gelangweilt als beeindruckt. Wir schlossen uns ihnen in einem offen gestalteten Raum mit hohen Decken und Kerzenleuchtern an. Eine Wand bestand aus einer Fensterfront, die den Blick auf den Zwillingsturm und Seouls Dachlandschaft offenbarte.

Mir stockte der Atem.

Die Aussicht ließ mich für einen Moment alles um mich herum vergessen. Ich wurde von ihr angezogen wie eine Motte vom Licht.

Ich blendete meine Konkurrentinnen und das Gewusel um mich herum aus und trat bis ans Fenster. Ich konnte mich nicht daran erinnern, jemals etwas so Beeindruckendes gesehen zu haben. Dabei war der Himmel von einer drückenden Wolkendecke verhangen, und die Hitze flimmerte zwischen den Gebäuden. Trotzdem war es ein Anblick, der mir meine unbedeutende Existenz vor Augen führte.

Ich wollte mich nicht wichtig nehmen. Ich wollte eigentlich auch nicht die nächste *Yeohwang* werden. Wir Hexen waren nur kleine Fische im Becken von Seoul. Es gab viel mehr Menschen und viel mehr Dämonen. Trotzdem existierte diese riesige Last auf meinen Schultern, die von Generation zu Generation weitergereicht worden war.

»Kang Hana?« Blinzelnd kam ich wieder zu mir. »Kang Hana?«

Die Ungeduld war deutlich in der Stimme zu hören. Wahrscheinlich rief sie mich nicht erst zum zweiten Mal.

Ich wandte mich eilig zu einer der Hexen des Opalzirkels um. Ich erkannte sie an dem Edelstein um ihren Hals. Im Gegensatz zu meinem schimmerte ihrer bunt und war leicht durchscheinend.

»Ja?«, antwortete ich zuckersüß. Die Arroganz, die Opalhexen schon mit der Muttermilch aufzunehmen schienen, hatte ich noch nie ertragen können. Ich machte nicht mal den Versuch, die Bitterkeit zu unterdrücken.

»Es wird Zeit, dich umzuziehen. Das *Cheongjeong* beginnt

gleich.« Sie presste ihre vollen Lippen zusammen. Das schwarze Haar fiel geglättet in ihr rundes Gesicht, als sie mit einer Hand zu den anderen Anwärterinnen zeigte, die sich bereits an der Kleiderstange bedient hatten. Dort hing bloß noch eine übrig gebliebene rote Kutte. Oder war es ein Nachthemd?

Aus der Ferne ließ sich das nicht eindeutig bestimmen, aber es war tatsächlich das scheußlichste Kleidungsstück, das ich seit Langem gesehen hatte. Und das musste was heißen, weil ich mit *Halmoni* unter einem Dach lebte. Ihr Modegeschmack war eindeutig zusammen mit ihrem *Kimchi* geknetet und schließlich gegärt worden, bis nur noch ein zermatschtes Etwas zurückgeblieben war.

»Ich helfe dir«, verkündete die Hexe, die ungefähr im Alter meiner Mutter war.

»Äh, ich kann mich allein umziehen.« Ich verdrehte die Augen.

Glücklicherweise bestand die Hexe nicht darauf, mir zu *helfen,* sondern positionierte sich neben der Tür. Ich spürte ihren verurteilenden Blick ununterbrochen auf mir, als würde sie mir ein Unglück an den Hals wünschen.

Ich verstehe dich. Geht mir genauso mit unserer Yeohwang.

Da wir unter Frauen waren und ich keine peinliche Disney-Unterwäsche trug, machte es mir nichts aus, mich im selben Raum zu entkleiden. Zudem achtete – bis auf die Opalhexe – sowieso niemand auf mich. Ich hängte meine Jeans, mein T-Shirt und meinen Hoodie an die Kleiderstange und zog das Hemd an, bevor ich die schwarzen Knöpfe vorne zumachte.

Jup. Eindeutig hässlich.

Immerhin sahen alle sieben Anwärterinnen gleich scheußlich aus. Man konnte uns von hinten nur an den unterschiedlichen Haarfarben und -längen unterscheiden. Tatsächlich waren wir sogar fast gleich groß, und die weiten Hemden verbargen die Unterschiede unserer Figuren.

Aussehen sollte mein geringstes Problem sein.

Wenn mir nicht bald offenbart wurde, was das Reinheitsritual genau beinhaltete, wäre ich verdammt. Denn erst dann könnte ich mir einen Plan überlegen, wie ich sicherstellen konnte, dass niemand von meinem dämonischen Kuss erfuhr.

Ich stutzte. Was würde passieren, wenn man es herausfand? Würde man mich nicht nur disqualifizieren, sondern auch aus dem Smaragdzirkel werfen?

Mir wurde übel. Daran hatte ich gar nicht gedacht. Vielleicht müsste ich mich als zirkellose Hexe durch Seoul schlagen, was noch schlimmer war, als über ein geringes Potenzial zu verfügen.

»Anwärterinnen«, meldete sich die Opalhexe an der Tür zu Wort. Sie faltete ihre Hände und schenkte dieses Mal nicht nur mir einen strengen Blick. »Wir begeben uns nun in die Wasserhalle, in der das *Cheongjeong* stattfinden wird. Es handelt sich um reines Prozedere. Noch wird euch niemand schaden.«

Noch.

Die Blicke aller streiften mich, lasteten schwer auf mir. Die Panik kitzelte in meinem Rachen, und ich musste heftig schlucken.

Ich wollte, dass sie mich respektieren, damit sie mich nicht herausforderten. Aber das Ritual und ihre Aufmerksamkeit zerdrückten mich.

»Folgt mir«, befahl die Opalhexe und drehte sich um. Die Tür wurde mit einem Magiestoß geöffnet. Ein klitzekleiner Hauch ihrer Angriffsmagie, die sie gezielt einzusetzen wusste. Kontrolle, von der ich noch Welten entfernt war.

Bisher hatte ich kaum gelernt, mein magisches Potenzial auszufüllen, geschweige denn, es in kleinen Dosen einzusetzen.

Gestern, als wir gegen den Aurendämon gekämpft hatten, war das erste Mal gewesen, dass ich in die Nähe von gezielter Kontrolle gekommen war.

Es war nicht so, dass ich nicht trainiert wurde. Aber meine Lehrstunden unterschieden sich offenbar von denen der anderen Zirkel.

Wie Küken folgten wir nacheinander der Opalhexe durch

den Gang. Stimmen erklangen und wurden lauter, als wir einen offenen Durchgang erreichten, durch den uns die Hexe lotste.

Mein Herz machte einen Satz, als ich augenblicklich meine Mutter erkannte. *Umma* stand mit meiner Tante abseits der anderen Zuschauer, die sich allesamt um ein großes steinernes Wasserbecken versammelt hatten. Es war in die Mitte des Raumes eingelassen worden und besaß ungefähr die Länge eines Tennisfelds und die Hälfte seiner Breite. Der Rand wölbte sich zu steinernen Drachenfiguren. Das Wasser war klar und ließ den Blick auf die hellen Fliesen frei. Um das Becken herum standen die Hexen in kleinen Gruppen und unterhielten sich leise. Kerzen an Wandleuchtern erhellten das Innere des Raumes. Fenster gab es keine. Kälte zog über meinen Körper und hinterließ eine Gänsehaut darauf.

Ich widerstand dem Drang, mir über die Arme zu reiben.

Zeig keine Schwäche, sagte ich mir selbst, obwohl ich kurz davor war, in Tränen auszubrechen.

Ich hätte *Umma* von Bobby erzählen sollen. Sie hätte gewusst, was zu tun wäre. Sie hätte mir mit einem Rat zur Seite stehen können, weil sie schließlich wusste, was zu erwarten war.

Warum war ich bloß so feige gewesen?

Aber war es wirklich zu spät? Ich blickte um mich. Die Anwärterinnen hatten sich mit mir zu einer Gruppe zusammengeschlossen. Die Opalhexe war zur Seite getreten, weil sie ihren Job erledigt hatte.

Die Stimmen versiegten. Die Anspannung war fast greifbar.

Da sich das Becken zwischen *Umma* und mir befand, zerschlugen sich meine irrationalen Pläne von allein. Es würde jedem im Raum auffallen, wenn ich die Anwärterinnen verließ, um mit meiner Mutter zu sprechen. Vermutlich würde sie mir nicht mal zuhören, weil sie von meiner Handlung so schockiert wäre.

Ich wandte den Blick ab. Noch war nichts verloren.

Anders als ich erwartet hatte, würde nicht die *Yeohwang* das Ritual leiten.

Choi Rose war zwar anwesend, doch sie stand nicht am Fuß des Beckens, sondern etwas abseits neben weiteren Opalhexen. Eine andere Hexe, die ein ähnliches Hemd wie wir trug, breitete die Arme aus und lächelte freundlich. Ihr dunkelblondes Haar war auffällig und verlieh ihr einen sanften Schimmer, der fast übernatürlich wirkte. Ich kannte sie, auch wenn ich noch nie zuvor mit ihr gesprochen hatte. Jeder kannte Choi Roses Lebenspartnerin Elana. Ihre Mutter war Dänin und Teil des Zirkels in Dänemark gewesen. Nachdem sie gestorben war, hatte ihr koreanischer Vater sie mit nach Seoul gebracht, und sie wurde vom Opalzirkel aufgenommen. Wahrscheinlich nur, weil sie ein ungewöhnlich großes Potenzial aufgewiesen hatte. Andernfalls hätte man sie an den Smaragdzirkel weitergeschoben oder gar nicht erst in unseren Reihen akzeptiert. Neben Rose galt Elana als die stärkste Hexe in Seoul.

»Willkommen Anwärterinnen«, begrüßte sie uns. Sie wirkte freundlich und gar nicht arrogant, aber ich traute dem Schein nicht. Mir fiel zwar kein Grund ein, warum sie Nettigkeit vortäuschen sollte, aber es gab sicherlich einen. Wir hatten ja bereits festgestellt, dass ich kaum etwas über die politischen Strukturen meiner eigenen Gesellschaft wusste. *Gomawo, Umma* und *Appa.* »Ich freue mich über die mir zuteilgewordene Ehre, das *Cheongjeong* heute leiten zu dürfen«, fuhr sie fort und ließ ihre Arme nach einer einladenden Geste wieder sinken. »Eine Anwärterin nach der anderen wird ins Wasser steigen, und wir werden zusammen das Ritual durchführen. Es wird weder wehtun noch werdet ihr in irgendeiner Weise Schaden nehmen. Rosenquarz?«

Kyeongeun löste sich von unserer Gruppe und ging am Beckenrand entlang. Ihre Gestalt spiegelte sich zusammen mit dem Licht der Kronleuchter auf der Wasseroberfläche. Sanfte Wellen schwappten an den Rand und färbten die rauen Steinfliesen dunkel.

Kyeongeun erreichte Elana und zog die Plastikschlappen aus, ehe sie über die Treppe ins Wasser stieg. Das Becken war so tief, dass das Wasser bis zu ihren Schultern reichte, nachdem sie die letzte Stufe verlassen hatte. Sie drehte sich wieder zu Elana um. Die Spitzen ihres Haares wurden nass, das rote Hemd waberte leicht im Wasser und erinnerte an eine Blutlache, die sich ausbreitete.

Ich blinzelte hektisch, um das unerwünschte Bild loszuwerden.

Obwohl niemand mehr etwas gesagt hatte, nachdem sich Kyeongeun nach vorn begeben hatte, wurde das Schweigen auf unerklärliche Weise intensiver. Die Atmosphäre in der Halle erstickte mich beinahe. Von wegen »reines Prozedere«. Es wirkte fast so ernst, wie ich mir das eigentliche Ahnenmondritual vorgestellt hatte.

Der Funke meiner Hoffnung wurde zusehends kleiner und erbärmlicher. Irgendwie würde man es mir ansehen. Elana würde erkennen, dass ich von einem Dämon berührt worden war. Daran gab es kaum noch einen Zweifel.

Elanas Oberkörper klappte ruckartig nach vorne. In der nächsten Sekunde zuckte er wieder zurück, ihr Rücken unnatürlich gestreckt. Sie wedelte mit den Armen, die zu leuchten begannen. Grüne und blaue Flammen. Ein seltsamer Singsang verließ ihre Lippen. Die Sprache unserer Vorfahrinnen. Die Sprache der Geister, mit denen sie Kontakt aufnahm.

Ich war so von ihrem Anblick gefangen, der an den traditionellen Schamanismus erinnerte, dass ich all meine Probleme vergaß. Sie war eine Hexe alter Zeiten, und sie rief die Macht unserer Ahninnen und füllte mit ihr das in ihr ruhende Potenzial aus.

Ich wusste nicht, was sie sagte. Kannte die Sprache nicht. Worte, die sich in scheinbarer Willkür aneinanderreihten. Aber ich wusste um Magie, und ich wusste um Macht. Beides ließ Elana heller erstrahlen als hundert Sterne zusammen.

Nach einiger Zeit durchbrach Kyeongeuns Keuchen Elanas

Summen, das den Singsang abgelöst hatte. Die Anwärterin des Rosenquarzzirkels blickte an sich herunter. Obwohl sie mit dem Rücken zu mir stand, konnte ich das Glühen ihres Zirkelsteins erkennen. Der Schimmer breitete sich aus und färbte sogar die Wände um uns herum rosafarben.

Elanas Summen verklang, sie drehte sich einmal um die eigene Achse und verbeugte sich dann.

»Das Ritual ist vollendet. Sie ist rein.« Ein lautes Aufatmen. »Du wirst antreten können, Lee Kyeongeun.«

Mich überkam der Impuls zu applaudieren, und ich sah eine ähnliche Reaktion in den Gesichtern der Zuschauer. Aber wir hielten an uns.

Kyeongeun verließ das Becken auf zittrigen Beinen. Sie musste von einer Hexe ihres Zirkels gestützt werden. Beide kehrten in den Pulk der Zuschauenden zurück.

Es folgte Anwärterin auf Anwärterin in keiner bestimmten Reihenfolge. Oder mir wurde sie nicht ersichtlich. Ich konzentrierte mich hauptsächlich auf meine widerstreitenden Gedanken. War es gut, als Letzte dranzukommen? Wäre Elanas Energie dann vielleicht aufgebraucht und man würde meine *Unreinheit* nicht erkennen?

Je länger ich jedoch wartete, desto nervöser wurde ich. Es fiel mir von Sekunde zu Sekunde schwerer, mein Geheimnis nicht laut rauszuschreien.

Ich hatte immer geglaubt, ziemlich gut darin zu sein, meine kleinen Geheimnisse zu bewahren.

Ich hatte keine Ahnung gehabt.

Als ob es ein wirkliches Geheimnis gewesen war, dass ich mich nachts aus dem Haus geschlichen hatte. *Halmoni* hatte doch angedeutet, dass sie davon wusste. Und wenn ich ehrlich war, hatte ich es bereits lange vorher geahnt.

Jetzt. Hier. Heute. Das war das erste Mal, dass ich ein richtiges Geheimnis besaß. Und in ihm ruhte die Macht, die Träume des Smaragdzirkels zu vernichten.

»Smaragd.«

Ich war an der Reihe. Meine Hände waren so feucht, dass sie dunkle Spuren auf meinem Hemd hinterließen, als ich sie daran abwischte.

Alle Zuschauer hatten sich mir zugewandt, doch es war nur ein Blick, der mich förmlich verbrannte. Der von Choi Rose.

Unsere Augen trafen sich bloß kurz, als ich mich versichern wollte, dass sie es war. Sofort sah ich wieder nach vorn. Mein Herz schlug so schnell wie die Flügel eines Kolibris. Trotzdem hatte ich das Gefühl, dass es nicht genug wäre. Dass mein Körper bald der Panik nachgeben und versagen würde.

Das kalte Wasser war Segen und Fluch zugleich.

Es lenkte mich von meiner aufsteigenden Hysterie ab, war jedoch gleichzeitig so kalt, dass ich heftig zu zittern begann. Wie hatten die anderen Mädchen das ausgehalten?

Wieso mussten wir überhaupt im Wasser stehen? Ich konnte mich nicht daran erinnern, dass in meinem Unterricht davon berichtet worden war, dass wir dadurch eine besonders gute Verbindung zu unseren Ahninnen erhielten.

Elana wiederholte das, was sie schon sechsmal zuvor getan hatte. Immer mit kleinen Variationen. Immer mit neuer Inbrunst. Die Aufmerksamkeit der Zuschauer schwand. Sie glaubten nicht an eine Überraschung. Die meisten wussten, dass ich den heutigen Tag als neue *Yeohwang* beenden würde.

Zunächst spürte ich nichts außer der Kälte, die allmählich meine Gliedmaßen betäubte. Irgendwann nahm jedoch mein Zittern ab. Das Wasser fühlte sich weich und verheißungsvoll an. Mein Herzschlag verlangsamte sich.

Elana zuckte unkontrolliert. Ihr Haar war plötzlich wie elektrisch aufgeladen. Die blonden Strähnen bewegten sich in einer nicht spürbaren Brise. Ihre aufgerissenen Augen färbten sich weiß, dann durchstieß mich ein Blitz. Ich wurde nach hinten geschleudert und krachte bis auf den Boden des Beckens. Schmerzen erblühten in meinem Rücken. Mein Steißbein schrie.

Ich öffnete die Lippen. Fehler. Wasser schoss mir in Mund

und Nase. Panisch schlug ich um mich, ehe meine Instinkte einsetzten und ich mich zurück an die Oberfläche kämpfte.

Prustend stand ich am anderen Ende des Wasserbeckens, wo es den Ahninnen sei Dank nicht tiefer war.

Alle sahen mich an. Elana blutete aus der Nase. Ihr dunkles Blut tropfte auf die Fliesen. Die Stille wurde durch das laute Knacken eines Steins durchbrochen.

Das Unheil vorausahnend senkte ich langsam den Blick und sah an mir herab. Mein Zirkelstein ... Der Smaragd war beschädigt. Mehrere Risse durchzogen ihn. Die Magie, die ich in ihm gespeichert hatte, quoll wie Blut aus ihm hervor. Blau, grün, rosa, orange, gelb ... Sie ergoss sich im Wasser und verschwand.

Mit fahrigen Bewegungen umfasste ich den Stein. Vergeblich versuchte ich, ihn vor den Blicken der Anwesenden zu verstecken.

»Das Ritual ist vollendet. Sie ist unrein«, wisperte Elana offenbar genauso schockiert wie ich. »Du wirst nicht antreten können, Kang Hana.«

Es rauschte in meinen Ohren.

Das Geräusch vermischte sich mit dem aufkommenden Stimmengewirr. Ich sah nicht auf. Meine Wangen brannten. Ich konnte die Tränen nur mit allergrößter Mühe zurückhalten.

Da ich nicht schwimmen konnte, musste ich schrecklich langsam durch das Wasser waten, bis ich die Treppe erreicht hatte. Die Stimmen waren lauter geworden. Ich konnte sie nicht verdrängen. Alle fragten sich das eine: Was nun?

Und dann rief jemand: »Wer übernimmt ihren Platz?«

Ich erstarrte mitten in der Bewegung. Warum hatte ich nicht daran gedacht? Warum hatte ich nur mein eigenes Versagen, meine eigene Schande vor Augen gehabt? Jemand anderes aus meinem Zirkel würde an meiner Stelle antreten und den restlichen Anwärterinnen im Kampf gegenüberstehen müssen.

»Hana.« *Umma* nahm meine Hand und zog mich nach oben und schließlich in Richtung Ausgang, damit ich das weitere Gespräch nicht mehr verfolgen konnte.

Wir blieben im Korridor stehen. Sie schwieg. Ich sah in ihr Gesicht, in dem ich nichts lesen konnte.

»Warum fragst du mich nicht?«, raunte ich. Mit einer Hand hielt ich noch immer den Stein umfasst, als würde sich dadurch irgendjemand täuschen lassen.

»Weil die Antwort nicht wichtig ist«, sagte sie nach einem kurzen Moment und strich über meine Wangen. »Ich bin bloß froh, dass du in Sicherheit bist.«

Es war der letzte Schlag. Sie glaubte, ich war von einem Dämon attackiert und während eines Kampfes berührt worden. Wenn sie die Wahrheit wüsste, wie es zu der Berührung gekommen war, würde sie vor Scham in Grund und Boden versinken.

6

Uns blieb keine Zeit, uns weiter zu unterhalten. *Umma,* als wichtiges Mitglied des Smaragdzirkels, wurde zurückgerufen, um eine Entscheidung zu treffen, wer an meiner Stelle beim Ahnenmondritual teilnehmen sollte. Wie ich wenig später erfuhr, nachdem ich mich abgetrocknet und umgezogen hatte, fiel die Wahl auf Jisoo. Subin war den Regeln zufolge mit ihren zwanzig Jahren bereits zu alt. Jisoo eigentlich ein wenig zu jung. Ich konnte nicht verstehen, warum man nicht die Regeln Subin zugunsten beugte. Jisoo war die Hexe unter allen Zirkelmitgliedern, die das kleinste Potenzial besaß. Sie konnte kaum genug Magie aufnehmen, um einem Dämon einen Magieball an den Kopf zu werfen. Wie sollte sie da während des Rituals überhaupt eine Chance haben?

Nachdem Jisoo das *Cheongjeong* überstanden hatte, durfte ich sie sehen. Meine Mutter brachte mich zu ihr und Subin in einen separaten Raum. Jisoo fiel mir sofort in die Arme. Subin blieb mit gerunzelter Stirn an der Fensterfront stehen.

»Hana-*Unni*«, schluchzte Jisoo an meiner Schulter. Ich spürte ihre warmen Tränen. »Was soll ich tun? Ich kann nicht kämpfen. Ich kann kaum ein Glas mit Magie umstoßen, ohne meinen Akku aufladen zu müssen.«

»*Mianhae*«, sagte ich und weinte mit ihr. »Es tut mir so, so leid, Jisoo.«

»Ich hab Angst.« Sie schniefte.

Ich hatte sie noch nie zuvor derart aufgelöst gesehen. Es war alles meine Schuld. In mir breitete sich glühender Selbsthass aus.

Als Jisoo von mir abrücken wollte, umfasste ich ihre schmalen Schultern. Ich hielt sie fest, als hinge mein Leben davon ab. Dabei war es andersherum.

Ihr Überleben stand auf dem Spiel. Nicht mehr meines.

»Versuch einfach, allen aus dem Weg zu gehen, okay? Wenn irgendein Magiestoß in deine Richtung kommt, lass dich fallen und bleib liegen. Kämpfe nicht«, beschwor ich sie. »Ich habe das dumpfe Gefühl, dass das Ritual nun in Chaos ausartet, weil jede Anwärterin ihre Chance wittert.«

»Und wessen Schuld ist das?«, meldete sich Subin das erste Mal seit meiner Ankunft zu Wort. »Du hättest es vorher sagen sollen. Vielleicht hätte deine Mutter etwas tun können, damit du das Ritual überstehst. Warum kannst du nie zu dem stehen, was du tust und wer du bist?«

»Was soll das jetzt heißen?«, fragte ich herausfordernd an Jisoo vorbei.

Subin hob das Kinn, hielt meinen Blick für eine Sekunde, dann brach sie mit uns in Tränen aus. Einen Augenblick später umarmten wir uns zu dritt und hielten einander fest. Sie war für den Moment vielleicht enttäuscht von mir, aber letztlich gehörten wir zusammen. Wir waren eine Einheit.

Wir hatten uns gerade erst halbwegs beruhigt, als Jisoo von einer Opalhexe abgeholt wurde. Ich gab mir Mühe, nicht erneut loszuweinen und Jisoo stattdessen zum Abschied einen Blick voller Zuversicht zu schenken.

Subin und ich folgten den anderen Zuschauern wenig später ins höchste Stockwerk, wo das Ahnenmondritual stattfinden würde. Hier war ich noch nie gewesen, und es verschlug mir den Atem. Das Penthouse bestand hauptsächlich aus einem großen, offenen Raum mit einer U-förmigen Galerie, die durch zwei schwarz glänzende Treppen an gegenüberliegenden Enden betreten werden konnte. Sie zog sich wie ein eleganter Rahmen um den Rand des Raumes. Breite Fensterfronten nahmen jeweils die westliche und östliche Seite ein. Dunkelheit hatte sich allmählich über die Skyline der Stadt gesenkt.

Der Vollmond stieg auf und blitzte zwischen den Wolken hervor.

Es gab ein quadratisches Podium, auf dem die Anwärterinnen in ihrer normalen Kleidung standen. Weg waren die roten Hemden.

Unwillkürlich umfasste ich wieder meinen zerstörten Smaragd. Ich hatte *Umma* nicht mal fragen können, was das für mich bedeutete. Würde ich einen neuen bekommen? Welche Konsequenzen erwarteten mich?

Ich stieg hinter Subin die Treppe hinauf und kam neben meinen Eltern an der Balustrade zum Stehen. *Appa* legte eine Hand auf meine Schulter. Er wirkte nicht wütend, eher traurig.

Es brach mir das Herz.

»*Appa* …«

»Es ist okay«, beruhigte er mich und strich über meinen Kopf. Mit einem Kopfnicken deutete er auf Jisoo. Sie stand hinter den anderen Anwärterinnen auf dem Podest. Die Augen auf den Boden gerichtet. Sie wirkte klein und verloren. »Wir können nichts mehr ändern. Es ist bloß wichtig, dass Jisoo überlebt, ja?«

»Okay«, sagte ich mit betont fröhlicher Stimme, weil ich nicht schon wieder weinen wollte.

Ich hatte weder einen Grund noch das Recht dazu. Wenn schon, dann dürfte Jisoo die Beherrschung verlieren, doch sie blieb tapfer.

Als Choi Rose auf der Galerie auftauchte und sich direkt gegenüber vom Podest positionierte, wurden die Lichter gedimmt. Nur noch ein paar Leuchter an den Treppen erhellten den Raum.

Ich konzentrierte mich auf die Auren, und der Raum erstrahlte in einer Vielzahl von bunten Lichtern. Die Gegenstände, die ich vorher bloß als altes Mobiliar abgetan hatte, entpuppten sich nun als sehr stark aufgeladene Relikte. Sie waren für die Anwärterinnen bereitgestellt, die sich im Kampf daran aufladen sollten. Von Grün bis Rot gab es fast alle Schattierungen, jedoch fand ich kaum etwas Gelbes. Jisoo würde sich nicht an tiefe Magiequellen herantrauen, aus Angst, überzulaufen. Sie könnte sich dabei selbst schaden.

Genauso wie ich zuvor, sah sie sich suchend um, bis ihr Blick an einer dunklen Statue hängen blieb. Gelb.

Ihr magisches Potenzial hatte sie sicherlich bereits zu Hause aufgeladen. Sie könnte, wenn nötig, zwei Angriffe wirken oder sich verteidigen, bevor sie eine Möglichkeit fände, sich zu ergeben.

Als ich unsere *Yeohwang* ansehen wollte, bemerkte ich, dass alle Zuschauer entweder Rose oder die Anwärterinnen ansahen. Einzig die Opalhexen konzentrierten sich auf sich selbst. Sie bewegten sich langsam auf der Galerie in verschiedene Richtungen, ehe sie an den Treppen und Ausgängen postiert stehen blieben.

Ein mulmiges Gefühl beschlich mich, das jedoch schnell vertrieben wurde, als Choi Rose das Wort an die jungen Hexen richtete.

»Ich grüße unsere wertvollen Anwärterinnen! Es gibt keine andere Nacht im Zyklus unseres Daseins, in der wir unseren Nachwuchs derart zu schätzen wissen. Wir …« Sie setzte ihre stumpfe Rede fort, während der Ahnenmond weiter aufstieg.

Ein Echo, das von *Halmonis* warnenden Worten beeinflusst wurde, zerrte das mulmige Gefühl zurück: Was, wenn Choi Rose noch nicht bereit war, ihre Macht abzugeben?

Sie sprach davon, was für eine Ehre der heutige Tag wäre und wie sehr sie sich freute, ein Teil davon zu sein. Ihre Augen sprachen eine andere Sprache. Wirkten kalt und distanziert.

Meine Angst wuchs aus unerklärlichen Gründen an. Keines ihrer Worte wirkte ehrlich.

Eine Lüge folgte der nächsten.

»*Umma, Appa.*« Ich versuchte, meine Eltern auf das seltsame Verhalten der Opalhexen aufmerksam zu machen, aber sie hörten mir nicht zu.

Eine Rosenquarzhexe warf mir einen verärgerten Blick zu.

Sie wollte weder die geringste Regung noch ein geflüstertes Wort ihres Schützlings verpassen. Sie wartete meine Reaktion nicht ab, sondern wandte sich direkt nach ihrer wortlosen Schelte wieder den Anwärterinnen unter uns zu.

Ich öffnete den Mund ein weiteres Mal, um meine Sorgen auszusprechen, als die Zeit dafür schon abgelaufen war.

Rose benutzte ihre Magie gegen sich selbst, aber nicht, um sich anzugreifen, sondern um eine Art Sprungfeder unter ihren Füßen zu kreieren. Dadurch konnte sie elegant von der Galerie zwischen die Anwärterinnen aufs Podium springen, als hätte sie dies bereits tausendmal gemacht.

Das überraschte Keuchen im Publikum verriet, dass dies nicht Teil des Rituals war.

Umma packte *Appas* Hand, aber sie war außerstande, den Blick vom Geschehen zu wenden. Wir waren allesamt wie erstarrt.

Wir ahnten, dass etwas Schreckliches geschehen würde, doch niemand reagierte. Wir waren trainiert darauf, abzuwarten, ob das Schlechte wirklich eintraf, anstatt uns direkt zu schützen.

Eine Explosion aus Farben verschleierte mir die Sicht. Ich hatte mich auf die verschiedenen Auren konzentriert und konnte somit erst nicht erkennen, was vor sich ging.

Rose drehte sich wie eine tanzende Fee innerhalb der Magie, die sie den Reliquien entriss. Die Arme ausgebreitet und sich von Anwärterin zu Anwärterin bewegend.

Es geschah so schnell. Niemand griff ein. Der Schock hielt uns … mich fest umklammert.

In Roses linker Hand entstand ein regenbogenfarbener Dolch, mit dem sie mit brutaler Präzision Kyeongeun und Ira nacheinander die Kehlen durchtrennte. Blut mischte sich mit den Farben der Magie.

»Jisoo!« Ich schrie auf.

Instinktiv versuchte ich, über die Balustrade zu klettern, aber ich rutschte an der glatten Oberfläche ab. Mein Blick glitt zu meiner Freundin, die direkt hinter Rose stand. Anstatt sich gegen die Angreiferin zu wehren, sah sie jedoch zu mir auf. Zwischen den Farbnebeln konnte ich die Angst in ihrem Gesicht erkennen. In der nächsten Sekunde wurde ich von meinen Eltern festgehalten, gleichzeitig wirbelte Rose herum und tötete meine beste Freundin.

Ich schrie und schrie.

Ich war nicht die Einzige. Der Tumult war so riesig und allumfassend, dass es einem Wunder glich, dass Rose weitermachen konnte.

Nein. Kein Wunder.

Während ich gegen die Umklammerung meiner Eltern ankämpfte, nahm ich wahr, wie sich Opalhexen anderen Hexen in den Weg stellten. Sie mit Angriffsmagie in Schach hielten.

Sie steckten mit Choi Rose unter einer Decke. Sie hatten alles geplant.

Aber warum?

Warum?

Auch *Umma* versuchte, sich einen Weg freizukämpfen, während mich *Appa* weiter festhielt.

Jisoo …

Und dann erkannte ich, was Rose eigentlich tat. Im weißen Schein des Mondes floss silbriges Licht aus Jisoo und den anderen getöteten Anwärterinnen heraus. In einem Wirbel stieg es nach oben, ehe es in Roses Brust verschwand.

Ich brauchte keine Erklärung. Ich spürte die Wahrheit in meinem Inneren widerhallen.

Sie hatte das magische Potenzial der Anwärterinnen gestohlen.

Als meine Eltern von mehreren Opalhexen angegriffen wurden, ergriff ich meine Chance und sprang über die Balustrade. Dabei nutzte ich meine Magie auf ähnliche Weise wie Rose. Ich kam jedoch alles andere als elegant unten auf. Mein rechtes Fußgelenk schmerzte vom harten Aufprall, aber ich ließ mich nicht ablenken. Sofort steuerte ich auf Jisoo zu, nahm ihr Gesicht in meine zittrigen Hände.

Sie starrte ins Leere. Ihr warmes Blut rann über meine Arme und tropfte von meinen Ellbogen. Aus dem Augenwinkel sah ich, dass Rose auch die Anwärterin ihres eigenen Zirkels getötet hatte. Alle sieben Konkurrentinnen lagen auf dem Podest in ihrem eigenen Blut. Ermordet. Ohne ihr magisches Potenzial. Allein.

»Jisoo.« Ich schluchzte. »Wach auf.«

Ich drückte mein Gesicht an ihre Wange, wollte ihre Wärme spüren. Wollte mich vor der Wahrheit verstecken. Sie jagte mich unnachgiebig durch den dunklen, dunklen Wald, der mein Verstand war.

»Hana!« *Umma* hockte neben mir. Sie schüttelte mich an den Schultern. Fenster zerbrachen durch Magie. Scherben rieselten auf uns herab. Meine Wange wurde getroffen und schmerzte. Die anderen Zirkelhexen gaben sich nicht kampflos geschlagen. »Du musst gehen. Oder sie wird dir dasselbe antun.«

Angst, Wut und Trauer spiegelten sich in dem Gesichtsausdruck meiner Mutter. Ich wusste, sie würde nichts lieber tun, als mit mir hier zu sitzen und Jisoo festzuhalten. Aber die Gefahr war noch nicht vorüber. Auch wenn mir in diesem Moment nichts weniger wichtig war als mein eigenes Leben.

»Nimm das.« *Umma* griff an mir vorbei und löste Jisoos Smaragdanhänger von ihrem Hals. Er war blutverschmiert und warm, als er meine Haut neben meinem eigenen zerstörten Anhänger berührte. »Denk an Jisoo. Flieh, damit wir uns keine Sorgen um dich machen müssen. Hast du dein Potenzial aufgeladen?« Ich sah sie fassungslos an, ehe ich nickte. »Gut.«

Vorsichtig löste sie mich von Jisoo, zog mich auf die Beine. Zerrte mich unsanft an eines der zerbrochenen Fenster. Der Wind in so großer Höhe riss an unserer Kleidung, unseren Haaren.

»Du kannst das«, beschwor mich *Umma* nach einem Blick auf den Abgrund.

»Ich habe es erst einmal versucht«, erwiderte ich panisch. Ich hatte noch nicht zu mir gefunden. Im Geiste hielt ich weiterhin Jisoos Gesicht in meinen Händen. »Und ... Und was ist mit euch? Mit Subin?«

»Wir beschützen sie. Sie ist nicht in der gleichen Gefahr wie du«, flüsterte sie und küsste meine Stirn. Ich nahm einen tiefen Atemzug ihres Geruchs, den nur *Umma* hatte und den ich unter tausend anderen erkennen würde. »Vertraue deinem Erbe und deinen Fähigkeiten. Beides wird dir den Weg zeigen und dich beschützen. Geh!«

Ein Energieball streifte meine Schulter. Ich schrie auf. *Umma* stieß mich von sich.

Der Abgrund verschluckte mich. Ich fiel.

7

Die Schmerzen in meinem Fußgelenk und meiner Schulter wurden von meiner brennenden Haut verdrängt, als die Kälte beim Herunterfallen in meinen Körper biss. Nur mit allergrößter Mühe und mit jedem Quäntchen Magie in meinem Potenzial konnte ich den Absturz abfedern. Es gelang mir gut genug, um nicht zu sterben und mir keine Knochen zu brechen, als ich mit den Füßen voran auf dem harten Asphalt aufkam. Mehr nicht. Ich verlor das Gleichgewicht, rollte über den grauen Boden und blieb irgendwann liegen.

Es war mitten in der Nacht. Die Straßen in diesem Teil der Stadt waren dicht befahren, doch kein Autofahrer hielt vor Schreck an. Niemand hatte mich fallen gesehen. Und wenn doch, glaubte der- oder diejenige wahrscheinlich den eigenen Augen nicht.

Stöhnend drehte ich mich auf die Seite. Jeder einzelne Muskel schrie protestierend auf, aber ich musste mich bewegen. Ich konnte bereits die Rufe der Opalhexen hören.

Umma hatte recht. Rose wollte sich auch mein Potenzial einverleiben: das größte von allen aus meiner Altersklasse. Ich musste weg, und zwar schnell.

Erst wenn ich in Sicherheit war, würde ich Zeit haben, mir einen Plan zurechtzulegen. Ich würde meine Familie aus Roses Fängen retten. Das stand so fest wie die Statue von Admiral Yi Sun Shin.

Mühsam rappelte ich mich auf. Die Glastüren des Hauptquartiers glitten auseinander, und eine Gruppe Opalhexen wurde auf die Straße gespuckt.

Noch hatte mich niemand entdeckt.

Ich lief los. Erst leicht humpelnd, dann mit zunehmender Geschwindigkeit, die Schmerzen mühsam unterdrückend.

Während ich davonrannte, lud ich meinen Akku an einem Müllcontainer mit roter Magie auf. Dann fand ich eine rosafarbene Aura an einer Garage und sog jeden Tropfen Magie auf, ehe ich in eine Gasse bog.

Ich wollte in keinen Kampf verwickelt werden, aber ich würde mich ganz sicher nicht einfach so ergeben, damit mir von Choi Rose die Kehle durchtrennt werden konnte. Jisoos Gesicht, die letzten Sekunden, schwammen vor meinen Augen, und ich stolperte über einen zurückgelassenen Schirm. Würde mich Subin dafür hassen, dass ich ohne sie geflohen war? Ich hasste mich ja selbst dafür.

Der laute Motor eines Motorrollers heulte auf. Der Fahrer düste ohne Rücksicht auf Verluste an mir vorbei. An seinem Lieferkasten das Symbol von *Shuttle Delivery*. Es war nichts Neues, dass Lieferanten der Meinung waren, sich nicht an die Verkehrsregeln halten zu müssen, aber heute hatte ich dafür weniger Verständnis als sonst. Ich rief ihm mit gereckter Faust ein paar wüste Beschimpfungen hinterher, obwohl ich wusste, dass er mich durch seinen Helm und die lauten Verkehrsgeräusche nicht hörte.

Ich presste die Augen für eine Sekunde zusammen. Jisoo hätte mich ausgelacht, wenn sie hier gewesen wäre, und Subin hätte mitgemacht.

Denk nicht an sie, ermahnte ich mich. *Erst musst du überleben. Dann kannst du trauern und für Gerechtigkeit sorgen.*

Es stellte sich nur die Frage: Wie bei den drei Höllen sollte ich das schaffen? Wie sollte ich überleben?

Ich wagte einen Blick über die Schulter. Die Hexen hatten meine Fährte aufgenommen, mich gesehen und anvisiert. *Aishi.* Es bedürfte ein Wunder, ihnen zu entkommen.

Lief es also auf einen Kampf hinaus? Den ich garantiert nicht gewinnen würde. Ich hatte noch nie zuvor dafür trainiert, gegen andere Hexen anzutreten. Was ironisch war, wenn man bedachte, dass ich genau das heute Nacht hätte tun sollen.

Ich befand mich auf dem Apgujeong-Rodeo. Einige Menschen kamen mir entgegen und warfen mir argwöhnische Blicke zu. Mein eigener fiel hingegen auf einen *PC Bang*, ein Internetcafé, wenige Meter von mir entfernt. Ich dachte nicht weiter darüber nach und sprintete in die vermeintliche Sicherheit.

Die Opalhexen würden mich wohl kaum in einem menschlichen Geschäft angreifen. Die Wahrscheinlichkeit, damit einen großen Aufruhr anzuzetteln, wäre viel zu groß. Unsere Prämisse war, die menschliche Polizei nicht in unsere Angelegenheiten zu involvieren.

Das Innere des *PC Bangs* war dunkel. Ich musste zuerst durch einen länglichen Flur mit schwarzen Wänden und pinken Neonröhren an der Decke, bevor ich den einzigen Raum erreichte. Er war riesig und mit mehreren Reihen von mit Plexiglas abgetrennten Tischen gefüllt, auf denen schwarze Monitore standen. Ein Dutzend Kunden saß mit Headsets an den PCs und zockte die verschiedensten Games. Es roch nach fettigem Fast Food, das man sich an seinen Platz servieren lassen konnte, um sein Spiel nicht unterbrechen zu müssen.

Ich drehte mich zu einer Mitarbeiterin hinter dem dunklen Tresen um. Sie trug einen Haarreifen mit Katzenohren, und ihre Augen waren stark geschminkt. Ein Piercing glänzte an ihrem Kinn.

Sie öffnete ihren Mund und schloss ihn wieder, ehe sie die ersten Worte rausbrachte.

»Ist das Blut?«

Ich riss die Augen auf. Jisoos Blut. Ich hatte sie angefasst, und ihr Blut befand sich auf meinen Händen und in meinem Gesicht. »Kunstblut«, beeilte ich mich zu sagen. In dem dämmrigen Licht konnte sie den Unterschied sicherlich nicht erkennen. »Habe vergessen, es abzuwaschen. Arbeite in einem Escape Room.«

Stirnrunzelnd akzeptierte sie meine Erklärung und widmete sich wieder ihrem Handy.

Ich versuchte, meine Atmung zu kontrollieren und mich unauffällig zu verhalten. Mit langsamen, aber gezielten Bewegungen betrat ich den hintersten Gang.

Ich tat so, als würde ich mir die verschiedenen Monitore ansehen, während ich ein Auge auf den Eingang gerichtet hielt. Ein Kunde schlug heftig auf seine Tastatur und ließ mehrere Flüche verlauten. Die Angestellte warf ihm einen drohenden Blick zu, den er mit einem genervten Stöhnen quittierte. Aber er verstand die Warnung und regte sich ab.

Mein Herz sank, als meine Aufmerksamkeit auf drei Opalhexen gelenkt wurde. Nachdem sie eingetreten waren, zögerten sie keine Sekunde.

Sie trennten sich und streiften einzeln durch die Gänge. Es dauerte nicht lange, bis sie mich gefunden hatten. Sofort und entschlossen setzten sie ihre Magie gegen mich ein. Ein magischer Ball traf den Monitor vor mir. Er explodierte, und Funken sprühten.

Die Angestellte schrie entsetzt auf. Die Kunden sahen sich irritiert um und nahmen die Headsets von ihren Köpfen.

Wie konnten die Hexen riskieren, dass ein unschuldiger Mensch bei ihrem Angriff verletzt wurde?

Schockiert ging ich hinter einem Stuhl in Deckung und kroch unter den Tisch. Das Plexiglas zwischen den PCs über mir schmolz unter der Hitze eines Blitzangriffs. Schützend hielt ich die Hände vor mein Gesicht, als weitere Funken auf mich niederregneten. Mehr Leute schrien. Ich hörte das Umkippen von Stühlen und das Zerschellen von weiteren Monitoren, die bei der Flucht der Menschen dran glauben mussten.

Ein knisternder Magieball folgte auf den nächsten. Ich blieb in der Hocke sitzen. Was sollte ich tun? Ich musste mich wehren. Ich konnte nicht weiter wie erstarrt bleiben.

Verzweifelt kreierte ich einen orangefarbenen Ball in meinen

Händen, streckte mich und warf ihn in Richtung Ausgang über die Tische hinweg.

Nicht sicher, ob ich damit jemanden getroffen hatte.

Ich wusste allerdings, dass ich so weder gewinnen noch fliehen könnte.

Sie würden mich in wenigen Sekunden von allen Seiten eingekesselt haben und festnehmen. Dann würde Choi Rose nichts mehr davon abhalten, sich auch an meinem Potenzial zu bedienen wie an einem besonders schmackhaften Festmahl.

Panisch sah ich mich um. Mein Herz pochte aufgeregt. Da ich mich im letzten Gang befand, konnte ich den Eingang nicht sehen. Dafür blitzte links hinter mir ein Neonschild mit den Zeichen für Damen- und Herrentoilette. Würde es mir helfen, mich dort einzusperren? Wohl nicht, es sei denn, es gäbe ein Fenster, durch das ich fliehen könnte.

Ich drehte meinen Kopf zur anderen Seite, bevor ein weiterer Monitor explodierte. Eilig warf ich einen neuen Magieball blind nach vorne, in der Hoffnung, die Hexen ein paar Sekunden aufzuhalten.

Da! Eine zweite Tür und über ihr ein Notausgangsschild. Das war meine einzige Möglichkeit, aber um sie zu nutzen, müsste ich jetzt handeln.

Weitere Angriffssalven folgten. Ich sandte magische Blitze, um mir mehr Zeit zu verschaffen, und dazwischen lud ich mein Potenzial an den Gegenständen auf. Die Opalhexen hatten den Notausgang sicherlich in dem aufsteigenden Rauch der zerstörten Monitore und dem dunklen Ambiente noch nicht bemerkt. Sie ließen sich Zeit, weil sie glaubten, dass ich in der Falle saß.

Irgendwie musste ich es bis zur Tür schaffen. Ich konnte bis zum Rand des langen Tischs krabbeln, aber die restlichen anderthalb Meter bis zur Tür würde ich ohne jegliche Deckung überstehen müssen. Ich bräuchte genug Magie, um einen Schild aufrechtzuerhalten. Dann wäre ich für wenige Sekunden vor etwaigen Angriffen geschützt.

Du kannst es schaffen!

Nur vier Meter. Ich krabbelte weiter. Scharfkantige Plastikfragmente rissen meine Handballen auf. Ich biss die Zähne zusammen. Blieb nicht stehen.

Ein Magiestoß war so heftig, dass der Tisch, hinter dem ich mich versteckt hielt, in der Mitte auseinanderbrach. Plexiglas, Monitore und Tastaturen flogen zu Boden. Scherben kratzten über meine Wangen und Unterarme. Strom knisterte.

Ich duckte mich noch tiefer, krabbelte zur Tür. Meine Schulter, an der ich im Hauptquartier von einem Angriff getroffen worden war, schmerzte wegen der zusätzlichen Last. Ich lud meinen Akku an dem noch unbeschädigten, gelb glühenden Getränkeautomaten auf.

Zwei Meter. Und nur noch einen halben, bevor ich mich aus meiner Deckung begeben müsste.

Ich glaubte nicht, dass ich es schaffen würde. Jede Sekunde rechnete ich mit einer Opalhexe, die über mir auftauchte. Ich entsandte einen weiteren Blitz mit ausgestreckter Hand in den Flur Richtung Eingang und erwartete einen sofortigen Gegenangriff.

Es folgte keiner.

Stattdessen schrien die Opalhexen vor Schmerzen auf. Die Angestellte und die Kunden waren längst verstummt, vermutlich weil sie im Gegensatz zu mir hatten fliehen können. Wer also attackierte die Hexen?

Was geschah am anderen Ende des *PC Bangs?*

Nach kurzem Zögern entschied ich mich, dass es mich nicht kümmern sollte. Ich nutzte ihre Ablenkung, erhob mich und rannte geduckt bis zum Notausgang. Als ich die Tür erreicht hatte, drückte ich die Klinke nach unten. Sie war versperrt.

Die Schreie wurden lauter. Schweiß rann mir die Schläfen hinab. Ich konzentrierte meine Angriffsmagie auf die Opalhexen, aber anstatt sie zu attackieren, zerschmetterte ich damit das Schloss. Die schwere Tür ging ächzend auf.

Die verbliebene Hitze des Tages umhüllte mich, sobald ich nach draußen stolperte.

Sirenen erklangen und näherten sich. Irgendjemand musste die Polizei gerufen haben. In meinem Zustand würden sie mich sofort aufgreifen, weshalb ich mir keine Zeit zum Durchatmen ließ. Ich torkelte zur nächsten belebten Straße.

Trotz der warmen Nacht zitterte ich wie Espenlaub. Meine Beine waren wie Gummi, und in meinem Magen rumorte es. Ich schaffte es gerade bis zur Hausecke, als ich mich übergeben musste. Ich würgte erst mein karges Frühstück hervor und schließlich bittere Galle, bis nichts mehr in meinem Magen war. Erst dann hörten die Krämpfe auf, und ich konnte weitergehen.

Am liebsten hätte ich mich irgendwo versteckt, aber mein Überlebensinstinkt siegte über die Erschöpfung. Ich lief in die entgegengesetzte Richtung des *PC Bangs*. Nahezu kopflos. Einfach nur so weit weg wie möglich.

Ich erwachte erst aus meinem Wahn, als ich Gangnam verlassen und Seocho betreten hatte. Ich war in meinem Leben nur wenige Male hier gewesen. Eigentlich nur dann, wenn einer aus meiner Familie Geburtstag gehabt hatte. In Seocho gab es eine Konditorei, die die leckersten Torten der ganzen Stadt anfertigte.

Kuchen und Torten brachten mir in meiner aktuellen Situation allerdings herzlich wenig.

Ohne danach Ausschau gehalten zu haben, fand ich eine verlassene Bushaltestelle. Die Laterne war kaputt. Niemand befand sich in meiner unmittelbaren Nähe. Erschöpft ließ ich mich auf der Bank nieder, zog die Beine an und verbarg das Gesicht zwischen Knien und Brust. Mein eigener ranziger Atem drehte mir den Magen um, aber er krampfte umsonst. Es gab nichts mehr, das ich hervorwürgen könnte.

Ich konnte keinen einzigen Schritt mehr gehen. Meine Kräfte waren am Ende. Meine Verletzungen waren zwar zu einem dumpfen Pochen geschrumpft, aber ich spürte, wie der Schmerz gegen meine Taubheit ankämpfte. Schon bald würde ich all meine Blessuren spüren. Nach dem Blut auf meiner Kleidung zu urteilen, würde es mich umhauen.

Ich hatte jedoch weder Geld noch ... Ich stutzte, fasste in die Tasche meines Hoodies und zog mein Handy hervor.

»O ja!«

Ich sandte ein stummes Dankesgebet an meine Ahninnen. Vielleicht war es jetzt noch keine so gute Idee, aber sobald ein paar Stunden vergangen waren, würde ich Subin anrufen. Für den Moment schrieb ich ihr eine Nachricht, dass es mir gut ging und ich hoffte, ihr ebenso.

Jisoo ließ ich unerwähnt.

Allein der Gedanke an sie brachte eine Lähmung hervor, gegen die ich mich kaum wehren konnte. Aber ich durfte nicht stillstehen. Ich durfte die Trauer nicht zulassen. *Umma* hatte dafür gesorgt, dass ich fliehen konnte. Ich durfte sie nicht enttäuschen, indem ich aufgab und in das Loch fiel, das Jisoos Verlust in mir gerissen hatte.

In meiner Handyhülle befanden sich außerdem zehntausend Won und meine T-Money-Karte. Als ich die Karte vor den NFC-Leser meines Handys hielt, sah ich, dass ich mir noch genau eine Fahrt irgendwohin leisten könnte.

Die Frage war nur, wohin.

Sollte und konnte ich einen Trip nach Hause riskieren? Was wäre die Alternative? Ich kannte bloß einen einzigen Ort, an dem sich zu hundert Prozent keine Hexen aufhalten würden.

Bobbys Wohnung.

Zumindest glaubte ich, er würde dort wohnen. Aber wollte ich sein Gesicht sehen? Sein selbstzufriedenes Lächeln?

Ich würde mich nicht beherrschen können, würde der Albdämon vor mir stehen. Mit ihm hatte das Desaster seinen Anfang genommen. Wenn er mich nicht berührt hätte, dann ... dann wäre Jisoo noch am Leben.

Ich setzte mich schließlich zur nächsten Metrostation in Bewegung. Es gab keine realistische Alternative. *Bobby* war keine Alternative.

Ich würde nach Hause fahren und herausfinden, wie die Lage vor Ort aussah. Vielleicht hatten sich *Halmoni* und andere Mitglieder meines Zirkels in Sicherheit begeben können.

Es dauerte länger als gedacht, bis ich Gangbuk erreichte. Aufgrund der frühen Morgenstunden fuhren die Züge unregelmäßig.

Während der Fahrt hatte ich meinen Kopf mit der Kapuze vom Hoodie bedeckt. Das Gesicht hatte ich möglichst gesenkt gehalten und gleichzeitig versucht, meine blutbefleckten und zerrissenen Ärmel vor neugierigen Blicken zu verstecken. Ich hätte mir allerdings keine Mühe machen brauchen. Niemand hatte auf mich geachtet. Diejenigen, die mit mir im Waggon der Metro gesessen hatten, waren entweder betrunken, schläfrig oder mit ihren Handys beschäftigt gewesen.

Deshalb hatte auch niemand bemerkt, als sich die Wunde an meiner Schulter erneut geöffnet hatte. Blut war durch den Stoff meines dunklen Hoodies gesickert.

Glücklicherweise hatte ich eine Station später aussteigen und eine leere, öffentliche Toilette aufsuchen können. Mit einer Plastiktüte, die ich an der Haltestelle gefunden hatte, hatte ich mir unter dem Hoodie einen behelfsmäßigen Druckverband angelegt. Einhändig war das gar nicht so einfach gewesen, doch nach mehreren Versuchen hatte es schließlich funktioniert.

Jetzt hatte ich allerdings das Gefühl, als würde mir der Arm jeden Moment abfallen, so taub fühlte er sich an. Ich wünschte, ich hätte *Umma* genauer dabei beobachtet, wie sie ihre Heilmagie einsetzte. Die Magie, für die sie gefeiert wurde. Die Magie, die sie hoffentlich am Leben hielt, weil Rose sie schätzte.

Aber wem machte ich etwas vor? Ich hatte nicht den blassesten Schimmer, wen oder was Choi Rose schätzte. Deshalb war ich hier. Ich musste mir eigens einen Überblick verschaffen. Sehen, was ich tun konnte. Ob ich helfen konnte.

Mein Handy zeigte fünf Uhr dreiunddreißig an, als ich in die Straße einbog, in der ich mein Leben lang gewohnt hatte. Ich war viel länger ziellos durch die Gegend gelaufen, als es mir vorgekommen war. Eilig trat ich zurück in die Schatten. Das Tor war geöffnet, und zwei SUVs waren davor geparkt.

Ich war zu spät.

Kurz wog ich meine Möglichkeiten ab, ehe ich mich wieder umdrehte, um eine der verwinkelten Gassen zu betreten. Es ging ein Stück eine Treppe hoch. Schnaufend steckte ich die Hände in die Seiten. Die Schmerzen waren kaum zu ertragen.

Ich kletterte von der hinteren Mauer, die unser Grundstück von dem der Nachbarn abgrenzte, auf den einzigen Laubbaum weit und breit, und von dort aus aufs Schindeldach des Ost-*Hanoks*. Leise und mit Bedacht. Ich durfte unter keinen Umständen entdeckt werden. *Umma* hatte mir eine Möglichkeit zur Flucht verschafft, weil sie an mich glaubte. An meine Fähigkeiten.

Mir gelang es, mich über die Spitze des Dachs zu ziehen. Dadurch wurde mir der freie Blick auf den Innenhof zwischen den drei *Hanoks* gewährt.

Von der sonst lieblichen Idylle des von *Halmoni* gepflegten Steingartens war in dieser Nacht nichts zu finden.

Die strengen Stimmen, das leise Schluchzen … Beides war schon während des Kletterns zu mir geweht worden, doch ich hatte mir nicht erlaubt, mir die Situation auszumalen.

Ich erkannte allerdings sofort, dass ich sie mir nicht in all ihrer Schrecklichkeit hätte vorstellen können.

Während die Männer und Jungen vor dem West-*Hanok* auf dem Boden knieten, standen die Hexen unseres Zirkels in einer Reihe hintereinander. Vor *Halmoni* hatte sich eine Opalhexe mit roten Haaren positioniert. Sie hielt einen Kasten aus glänzendem Kristall gefertigt in ihren Händen. Wie einen Stern, den sie vom Firmament gepflückt hatte.

Offensichtlich hatte ich die Aufforderung verpasst, da *Halmoni* wusste, was von ihr verlangt wurde. Sie rief ihre Magie und goss sie in den Kristallkasten, der daraufhin in Regenbogenfarben erstrahlte. Die Hexe, die neben derjenigen mit dem Kasten stand, legte *Halmoni* eine Kette mit glänzenden Eisengliedern um. Der Verschluss in ihrem Nacken verschmolz, sodass er nicht einfach so wieder geöffnet werden könnte.

Obwohl ich noch nie ein derartiges Artefakt gesehen hatte, konnte ich mir seine fürchterliche Funktion zusammenreimen.

Nachdem *Halmoni* die gespeicherte Magie dem Kasten übergeben hatte, verhinderte die Kette nun, dass sie ihr Potenzial erneut füllen könnte. Der Opalzirkel hatte sie von Magie abgeschnitten. Und er hatte vor, allen anderen Hexen das Gleiche anzutun.

Subin stand hinter *Halmoni,* die sich zu den Männern begeben sollte. Sie war nunmehr genauso machtlos wie sie. Ihr erhobenes Kinn veränderte sich jedoch nicht. Sie strahlte weiterhin eine beeindruckende Selbstsicherheit aus. Da ich *Halmoni* jedoch mein Leben lang kannte, bemerkte ich das kurze Aufblitzen von Furcht in ihrer Mimik, bevor sie sich wegdrehte.

Mein Blick wanderte zurück zu Subin. Sie war verletzt, wies einige Schürfwunden an ihren Unterarmen und ein Veilchen auf. Ihre Fäuste waren geballt, die Unterlippe bebte.

Ich wollte vom Dach springen und mich schützend vor sie stellen. Der Impuls wurde immer stärker.

»... sofort«, sagte die rothaarige Opalhexe.

Ich war zu weit weg, um alles zu verstehen, was Subin ihr an den Kopf warf. Aber es wurde deutlich, dass sie sich weigerte.

Die Hexe mit den Halsbändern trat vor und schlug Subin ohne Vorwarnung mit dem Handrücken ins Gesicht. Ein Raunen ging durch die versammelte Menge. Selbst einige der anderen anwesenden Opalhexen schienen erschrocken über die Tat.

Körperliche Gewalt unter unseresgleichen war nicht wirklich verboten, aber verpönt. Es war etwas, das Menschen taten, jedoch keine Hexen.

Das hatte sich wohl auch in dieser Nacht geändert. Brutalität färbte Choi Roses Herrschaft dunkelrot.

Ich hatte ein Bein über die Dachspitze geschwungen, ehe ich wusste, was ich tat. Mein Herz pochte, als sich Schmutz löste und zu Boden rieselte. Eine Hand wurde auf meinen Mund gepresst. Jemand zog mich grob zurück auf die andere Seite. Ich wehrte mich. Mit den Fingernägeln kratzte ich über die Haut des Fremden. Ich bewegte meine Schultern hin und her; gleichzeitig fürchtete ich, den Halt zu verlieren und herabzustürzen.

»Ich bin es.«

Bobby?

8

Bobby löste die Hand von meinem Mund und presste einen Finger auf seine Lippen. Als er sicher war, dass ich keinen Ton verlieren würde, bedeutete er mir, ihm zu folgen.

Ich wagte einen Blick zurück, aber ich konnte nicht mehr in den Hof sehen. Wusste nicht, was mit Subin geschah. Da ich keinen Aufschrei hörte, war meine einzige Hoffnung, dass Subin sich für den Moment geschlagen gegeben hatte. Um zu überleben.

Denn dass Choi Rose gewissenlos über Leichen ging, um ihr Ziel zu erreichen, war uns mittlerweile allen klar. Worüber ich jedoch überrascht war, war die anstandslose Kooperation des gesamten Opalzirkels. Ich konnte nicht fassen, dass jede einzelne Hexe ihr brutales Verhalten guthieß.

Ich kletterte hinter Bobby vom Dach und folgte ihm in den Schatten eines Hauseingangs.

Bobbys Haar war nicht mehr blau. Das fiel mir als Erstes auf. Er hatte es violett gefärbt, was ich nur erkannte, weil er kurzzeitig den Kopf aus dem Eingang streckte und das Licht der Straßenlaterne von seinem Haar reflektiert wurde.

Ich sah ihn an. Meine Hilflosigkeit und Verzweiflung verwandelten sich in Wut und Hass.

»Was denkst du, was du hier tust? Warum hast du mich zurückgehalten?«, zischte ich, um mögliche Patrouillen nicht auf uns aufmerksam zu machen.

»Was *ich* denke?«, erwiderte er höhnisch. »Was denkst *du?* Sie hätten dich, ohne zu zögern, getötet! Ist dir das nicht klar?«

»Ich hätte ihnen nicht die Chance dazu gegeben und ...« Ich stockte. »Was genau machst du hier? Woher weißt du von ...?«

»Von den geopferten Anwärterinnen? Das ist das heißeste Thema unter meinesgleichen. Alle reden darüber.« Er fuhr sich mit einer Hand durch sein Haar, das sofort wieder an Ort und Stelle fiel. Sein durchdringender Blick nahm mich gefangen. »Ich bin hergekommen, um nach dir zu sehen.«

»Du machst Witze.«

»Warum sollte ich?« Normalerweise zierte ein ironisches Lächeln seine vollen Lippen. Heute schlug mir nichts als Ehrlichkeit entgegen.

Ich hasste es.

Mich überkam der Impuls, die täuschend echte Ehrlichkeit von seinem Gesicht zu kratzen.

»Du hast *alles* zerstört«, sagte ich. Meine Stimme brach.

Er packte mein Handgelenk. »Lass uns von hier verschwinden.«

Ich kreierte aus der Magie, die aus mir herausfloss, schlangenartige Fesseln, die sich um Bobbys Arme, Beine und um seinen Hals legten. Er würde sich nicht von der Stelle bewegen können.

Anders als ich erwartet hatte, wehrte er sich nicht. Er blieb vollkommen ruhig, wodurch sich der Nebel vor meinen Augen teilweise lichtete. Der Nährboden meiner Wut verkleinerte sich.

»Schalte deinen Verstand ein, Kang Hana. Wohin willst du gehen? Allein? Wer wird dir abgesehen von mir helfen? Dämonen stellen sich nicht offen gegen Hexen.«

Ich zurrte die Fesseln enger, wollte, dass er aufhörte, meine Gedanken mit seinen Worten zu infiltrieren. Doch es war zu spät.

Die Wahrheit ließ sich nicht ändern oder ignorieren.

Die Erschöpfung, die seit Beginn der Nacht auf mich gelauert hatte, zwang mich zum Loslassen.

Bobby rieb sich den Hals, nachdem sich die Magiefesseln in tausend Funken aufgelöst hatten.

Wahrheit …

Sie fühlte sich wie meine eigenen Fesseln an. Ich konnte nicht sofort handeln, auch wenn ich nichts lieber tun wollte. Aber Bobby hatte recht. Wie würde ich gegen die anwesenden Opalhexen bestehen können, wenn ich nur durch Glück einer Handvoll von ihnen entkommen war?

Für den Moment mussten Subin, *Halmoni* und der restliche Smaragdzirkel ohne mich überleben.

»Wohin?«, krächzte ich.

Wir bewegten uns vorsichtig in der schwindenden Dunkelheit, bis wir eine Bushaltestelle erreicht hatten. Ich achtete kaum auf den Weg, hatte jedoch bereits die Ahnung, dass wir uns in Bobbys Wohnung wiederfinden würden.

Mein Argwohn dem Dämon gegenüber blieb weiter bestehen. Ich traute Bobby nicht mal ein kleines bisschen, aber ich nahm seine Hilfe an. Ich war am Ende meiner Kräfte. Zumindest wusste ich, dass er mich nicht sofort verraten oder töten würde. Beides hätte er vorhin ohne großen Aufwand erledigen können. Er hätte mich bloß vom Dach schubsen müssen, anstatt mich zurückzuhalten.

Eine kleine Sorge weniger für den Moment.

Wir stiegen aus dem letzten Bus in Yongcheong aus, nachdem Bobby für meine Fahrt bezahlt hatte. Direkt gegenüber befand sich ein *CU*-Gemischtwarenladen. Ich wartete draußen, bis der Albdämon mit zwei weißen Plastiktüten wieder aus dem Geschäft kam.

»Ich habe nichts Essbares in der Wohnung«, hatte er erklärt, bevor er in den Laden verschwunden war. Da ich keine Lust gehabt hatte, von den Kunden begafft zu werden, war ich draußen geblieben und hatte an einer Hausecke gewartet.

Wir erreichten Bobbys Apartment nach einem beschwerlichen Aufstieg und einer sich der Straße anschließenden Außentreppe, die auf das flache, grün gestrichene Dach des Hauses führte. Dort gab es eine kleine Wohnung, wie sie oft in Seoul auf Dächern zu finden war. Ich hatte noch nie eine betreten, aber man besaß gewisse Vorurteile: sehr klein, Insektenbefall, im Sommer super heiß und meistens innen und außen heruntergekommen.

Bobbys Wohnung war jedoch überraschend sauber und einfach eingerichtet. Kein Ungeziefer krabbelte herum, und die Klimaanlage vertrieb schnell die aufgestaute Hitze. Ich zog hinter Bobby die Schuhe aus und schlüpfte in bereitstehende Pantoffeln, bevor ich mich zu ihm in die kleine Küche begab. Es handelte sich dabei um einen offenen Raum mit Wohnbereich. Eine grüne Couch, ein niedriger Holztisch und ein Fernseher standen darin. Der breite Teppich war grau und fadenscheinig, die Wände waren weiß und ohne Fotos oder anderweitige Verzierungen.

Nach kurzem Zögern setzte ich mich an die schmale Kücheninsel. Bobby räumte seinen Einkauf ein, bevor er Wasser auf den Herd stellte.

»Wo ist das Bad?«, fragte ich, als mein Blick auf meine verschmutzten und blutigen Hände fiel.

»Im Flur rechts. Handtücher liegen im Schrank.«

Ich wollte sagen, dass ich sicherlich nicht duschen würde, aber ich hielt mich zurück. Wahrscheinlich sah ich noch schlimmer aus, als ich mich fühlte, auch wenn ich das kaum für möglich hielt.

Im Badezimmer gab es ein kleines Fenster, das teilweise geöffnet war und vor dem ein schwarzes Moskitonetz hing. Ich tauschte die Pantoffeln gegen bereitstehende Badelatschen, bevor ich eintrat. Die morgendliche Brise umhüllte mich, als ich die Tür langsam zuzog. Meine Hände zitterten. Sofort hielt ich sie unter den Hahn, wusch sie mit Seife und lauwarmem Wasser und spritzte mir anschließend eine Ladung davon ins Gesicht.

Wie ich vorausgeahnt hatte, fühlte ich mich danach nicht besser. In einem tranceartigen Zustand streifte ich die schmutzige Kleidung von meinem Körper und löste den Plastikdruckverband. Die Wunde hatte zu bluten aufgehört und fühlte sich schmerzhafter an, als sie eigentlich war. Nach kurzem Zögern stellte ich mich unter den Duschkopf. Ich schloss die Augen und genoss das heiße Wasser auf meiner geschundenen Haut. Schmerz vermischte sich mit Wohltat. Tränen rannen meine Wangen hinab, wurden aber weggespült, ehe ich ihr Salz auf meinen Lippen schmecken konnte.

Noch durfte ich nicht fallen. Noch befand ich mich nicht in Sicherheit.

Ich riss die Augen auf, als die Erinnerung an Jisoo mich zu übermannen drohte.

Bleib stark.

Nachdem ich mich abgetrocknet hatte, schlüpfte ich wieder in meine schmutzigen Sachen, weil ich keine Alternative hatte. Ich würde sicher nicht nur mit einem Handtuch bekleidet nach draußen gehen. Ein paar meiner Verletzungen hatten sich wieder geöffnet. Ich stoppte mit Toilettenpapier die Blutung. An einigen Stellen war meine Haut grün und blau verfärbt, eine besonders schlimme Wunde an meinem Haaransatz pochte heftig. Ich musste mit den Fingernägeln zwei Glassplitter rauspulen. Die Verletzung an meiner Schulter war immerhin nicht erneut aufgegangen.

In einem Medizinkasten im Schrank über dem Waschbecken fand ich Pflaster, Mullverband und ein Antiseptikum, was ich alles großzügig anwandte.

Mein Haar kämmte ich mit den Fingern durch und ließ es dann feucht herabfallen. Den Hoodie ließ ich nach kurzer Überlegung aus. Es war warm genug, um lediglich das T-Shirt zu tragen.

Ich kehrte in die Küche zurück und fand Bobby mit zwei dampfenden Schüsseln Ramen vor. Ich setzte mich ihm gegenüber an die Insel und legte die Hände um die warme Schüssel.

»*Gomawo.*« Auch wenn ich ihm nicht vertraute, konnte ich höflich sein.

Er nickte, bevor wir beide in Schweigen verfielen und die heißen Nudeln schlürften.

Die Schärfe und die Wärme breiteten sich wohltuend von meinem Bauch in meinen gesamten Körper aus. Mein Zittern ließ endlich nach. Ich war froh, dass mir nicht sofort wieder übel wurde.

»Warum lebst du hier?«, fragte ich schließlich, weil ich die Stille nicht ertrug.

»Es ist ganz nett.« Bobby zuckte mit der linken Schulter. Im Schein der Deckenlampe wirkte das Violett intensiver, und Bobbys reine Haut strahlte förmlich im Kontrast dazu.

Ich hätte es nicht zugegeben, aber es gefiel mir.

»Und die Unterwelt ist es nicht?«

Bobby sah mich an, ehe ein sanftes Lächeln seine Lippen zierte und Fältchen um seine Augen sichtbar machte. »Immer noch neugierig.«

»Es ist eine gerechtfertigte Frage, finde ich. Die meisten deiner ... Art leben nicht ... an der Oberfläche.«

Sein lautes Gelächter traf mich unerwartet. Ich zuckte zusammen. »Man lehrt euch wirklich nichts, oder?« Er nahm meine Schüssel, um mir eine zweite Portion einzuschenken. Als er sie mir zurückgab, zögerte er einen Moment.

»Was guckst du so?«, fragte ich irritiert.

»Willst du *Kimchi?*«

»Hast du welches?«

»Sehe ich aus wie ein Typ, der Beilagen macht?«

Schmollend tauchte ich die Stäbchen ein und rührte die Ramen einmal um. »Ehrlich gesagt, du siehst aus wie ein Typ, der viel Freizeit hat. Zumindest ausreichend, um alle zwei Tage die Haare anders zu färben.«

»Das ist einfacher als Kochen.«

»Warum fragst du überhaupt, wenn du kein *Kimchi* dahast?«

»Ich war neugierig.«

»Kannst du nicht im Stillen neugierig sein?« Dass ich nach dem Grund für sein Starren gefragt hatte, ließen wir beide unerwähnt.

Für ein paar Sekunden herrschte Schweigen, das von Anspannung ersetzt wurde.

»Wolltest du denn *Kimchi?*«

Es hätte nicht viel gefehlt, und ich hätte ihm die Stäbchen an den Kopf geworfen.

Ich seufzte. »Beantwortest du mir ein paar Fragen?«

»Warum sollte ich?« Er ließ die Hand sinken, mit der er sich erneut durchs Haar streichen wollte. Stattdessen stützte er sich mit beiden Armen auf der Kücheninsel ab. Seine Haut war nicht ganz so hell wie meine, aber ich konnte ein paar dunkle Adern, hervorstechende Muskelstränge und Sehnen erkennen. Er hielt sich fit.

»Du schuldest mir was.«

»Huh?«

»Du hast mich ... geküsst.«

Er blinzelte einmal. »Und?«

»Erstens, ich habe dir nicht die Erlaubnis dazu gegeben.«

»Du hast recht«, sagte er augenblicklich und nickte. »Es t...«

»Sag nicht, dass es dir leidtut«, fiel ich ihm ins Wort. »Das würde ich dir eh nicht glauben.«

»Was ist mit zweitens?«

»Zweitens, durch den ... Kuss ...« Ich lief flammend rot an. »Weil du mich berührt hast, wurde ich als Anwärterin ausgeschlossen, und meine ... eine meiner besten Freundinnen, Jisoo, musste meinen Platz einnehmen. Sie ist eines der Opfer, die Choi Rose ...« Ich holte tief Luft. Ich musste es sagen. Ich war noch nie jemand gewesen, der vor einer schwierigen Aufgabe zurückgeschreckt war. Trotzdem ... Einmal ausgesprochen, würde es Teil der Realität werden. *Ani.* Es war schon Teil der Realität. Jisoo war fort. Für immer. »Die *Yeohwang* hat sie getötet, um sich ihr Potenzial einzuverleiben.«

Jisoo. Mein Innerstes krampfte sich zusammen. Ich konnte kaum atmen. Nie wieder würde ich Jisoos Lächeln sehen. Nie wieder würde sie Subin und mich miteinander versöhnen. Nie wieder ...

»Also habe ich dein Leben gerettet?«, folgerte Bobby für sich und lenkte mich damit kurzzeitig von meiner Trauer ab.

Ich sprang auf. »*Ani!* Du hast ... Du hast ihres auf dem Gewissen!«, widersprach ich vehement.

Bobby ließ sich nicht provozieren. Er wartete ein paar Sekunden, bis er etwas erwiderte.

»In einem Mordfall trägt nur der Mörder Schuld und niemand sonst, Kang Hana.«

Es klang wie etwas, das *Umma* sagen würde. Nur deshalb blieb ich still. Nur deshalb riss ich mich zusammen.

»Aber ich akzeptiere die Schuld des Kusses und bin bereit, dir drei Fragen zu beantworten.«

»Warum drei?« Er hob beide Augenbrauen. »*Dwaesso.* Okay. Erste Frage: Warum wohnst du hier und nicht in der Unterwelt?«

»Du willst wirklich damit eine Frage verschwenden?« Als Antwort verdrehte ich die Augen. Ich wollte mehr über ihn erfahren, um ihn besser einschätzen zu können. Meine Tapferkeit, die ich ihm, einem Dämon, gegenüber an den Tag legte, war größtenteils bloß gespielt. Ich hatte keine Ahnung, was seine Motivation oder die von anderen seiner Art sein könnte. Und wenn mir der Blick in den Hof meines Zuhauses eines gezeigt hatte, dann, dass ich meinen Horizont würde erweitern müssen, um über mich hinauszuwachsen und meinem Zirkel letztlich zu helfen. »In Seoul werden mir lukrativere Jobs angeboten als in ... in der Unterwelt.«

»Was für Jobs?«

»Ist das deine zweite Frage?«

»*Ani.* Moment.« Ich dachte darüber nach. War es wichtig, was Bobby den lieben langen Tag unternahm? Vermutlich. Gab es jedoch etwas Wichtigeres als das? »Von wem hast du erfahren, dass Choi Rose die Anwärterinnen getötet hat?«

So gern ich auch mehr über Bobby selbst erfahren wollte, ich musste die Gesellschaft der Dämonen im Allgemeinen verstehen. Herausfinden, auf welche Weise sie mit uns Hexen verbunden waren. Vielleicht ließ sich dadurch eine Möglichkeit erkennen, wie ich sie für mich nutzen könnte. Das war etwas, das Choi Rose sicherlich nicht kommen sah. Was, wenn ich ein paar Dämonen engagieren könnte, mir zu helfen?

Albern. Wir waren Feinde. Für Geld, das ich ohnehin nicht besaß, würden sie nicht für mich arbeiten.

Aber wenn ich wusste, wie Bobby an eigentlich geheime Informationen gelangt war, würde ich vielleicht von der gleichen Quelle erfahren können, was hinter verschlossenen Türen vor sich ging.

Bobby hatte mit seinem Ausruf gar nicht so falsch gelegen. Scheinbar lehrte man uns jungen Hexen kaum etwas aus der richtigen Welt. Ich hatte nicht den blassesten Schimmer, wie und ob es eine dämonische Gesellschaft außerhalb der Unterwelt gab.

»Weiß nicht mehr genau. Von irgendeinem Bekannten. Ein Wasserdämon vielleicht. Er sagte, er hätte ein paar aufgebrachte Hexen aus eurem Hauptquartier stürmen gesehen. Vorher wären Scheiben zersprungen, und Magie hätte in der Luft geknistert.«

»Aber wie hat er von den Anwärterinnen erfahren?«

»Er ist neugierig. Hat einen der Nichtmagischen befragt.«

»Nichtmagischen?«

»Eure männlichen Mitglieder. Von ihm hat er alles gehört.«

Ich knetete unruhig meine Hände. Wahrscheinlich hatte der Wasserdämon gewisse Methoden eingesetzt, um Antworten zu erhalten. Es wäre müßig, mich bei Bobby darüber zu beschweren. Er könnte auch nichts dagegen unternehmen. Würde ich jedoch so weit gehen und den Wasserdämon kontaktieren, um mehr zu erfahren? Heiligte das Ziel die Mittel?

Die Information stieß mir jedoch sauer auf, weil sie meine Überzeugung erschütterte. Ich hatte nicht geglaubt, dass es so einfach für Dämonen wäre, an Informationen zu gelangen.

Bedeutete das, dass Bobby von dem Reinheitsritual gewusst hatte?

Er hatte sich vorhin nichts anmerken lassen, aber das bedeutete nichts. Er war ein guter Schauspieler. Außerdem hatte er ganz genau gewusst, wo ich wohnte. Konnte er mir eines Nachts nach Hause gefolgt sein, so wie ich ihm einst nachspioniert hatte?

»Was willst du jetzt tun?«, fragte er, als ich nichts weiter fragte. Oder er hatte so wie ich mitgezählt. Die drei Fragen waren aufgebraucht.

»Ich weiß es nicht.«

Ich nahm die Schüssel und stellte sie in die Spüle. Bobby stand nur wenige Zentimeter hinter mir. Sein Körper strahlte eine angenehme Wärme aus, die mir das Gefühl vorgaukelte, in Sicherheit zu sein.

Ich befand mich in einem Zwiespalt. Sollte ich ihn direkt nach dem Ritual fragen? Würde er mir ehrlich antworten?

Oder würde ich ihn abschrecken und einen Rauswurf riskieren? Ich wusste nicht, wo ich sonst hinsollte.

»Hm, okay. Du kannst für den Moment hier bleiben, wenn du willst. Das ist meine ... Entschuldigung für alles«, sagte er plötzlich.

Bobby richtete mir die Couch her und gab mir eine Decke, bevor er sich in das angrenzende Schlafzimmer zurückzog.

Ich setzte mich auf das Sofa und blinzelte gegen die aufsteigenden Tränen.

Allein.

Ich versuchte zu atmen, aber meine Lunge protestierte.

Die Wände engten mich von allen Seiten ein. Ich hörte Roses Lachen, das meine eigenen Gedanken zu übertönen versuchte. Jisoo fiel vor mir auf die Knie. Weiße Hände auf ihre aufgerissene Kehle gepresst und rotes Blut, das darüberfloss.

Ich wusste, ich war einer Panikattacke nahe. Schon wieder. Ich konnte mich nicht von der Traurigkeit lösen. Dem Verlust, den Jisoo darstellte.

Meine beste Freundin. Meine liebe, süße Jisoo.

Mein Leben war bisher behütet verlaufen, doch jetzt musste ich das erste Mal damit zurechtkommen, etwas zu verlieren, das ich bisher als selbstverständlich erachtet hatte. War das meine Strafe? Waren die Ahninnen unzufrieden mit mir gewesen?

Ich ballte die Hände zu Fäusten. Mein Kopf fühlte sich wie in Wasser getaucht an. Das Wohnzimmer verschwamm vor meinen Augen. Das Blut rauschte in meinen Ohren.

Bobby hatte die Klimaanlage ausgeschaltet, und die sich aufstauende Hitze im Haus stieg mir in die Wangen. Ich wankte von der Couch und kämpfte mich nach draußen auf die Terrasse. Der Morgen brach in sanften Pastellfarben an.

Meine Beine fühlten sich schwach und fremd an. Ich ließ mich auf die braune Plastikbank, die dort stand, fallen. So gerne ich auch vor meinen Gefühlen und der Trauer davonlaufen wollte, mir fehlte die Körperkraft. Instinktiv griff ich nach einer Decke neben mir und legte sie mir um die Schultern. Tränen bildeten einen riesigen Ozean in meinen Augen, ehe sie mein Gesicht benetzten. Ich war zu klein für die Traurigkeit in meinem Inneren. Sie drohte mich auseinanderzureißen. Verzweifelt zog ich meine Knie an und umschlang sie mit den Armen, um mich zusammenzuhalten.

Die bekannten Geräusche des Verkehrs weit unten lullten mich ein. Dennoch blieb ich in meinem Albtraum gefangen.

Ich war vollkommen auf mich allein gestellt. Ohne meine Familie. Ohne meinen Zirkel. Ohne Subin. Ohne Jisoo.

Ich hielt die Tränen nicht zurück. Mein gesamter Körper wurde von den Schluchzern geschüttelt, die ich die vergangenen Stunden zurückgehalten hatte.

Warum konnte ich nicht zurück? Warum konnte ich nicht zu dem Moment zurückkehren, bevor Choi Rose von der Empore gesprungen war? Ich hätte sie aufgehalten. Zumindest hätte ich Jisoo Zeit verschafft.

Ein Augenblick, der alles zerstört hatte. Gestern noch war Jisoo an meiner Seite gewesen. Heute war sie fort. Gestern noch hatte sie mich getröstet. Heute war sie zu einer Erinnerung geworden.

»*Mianhae*«, schluchzte ich. »*Jinjja mianhae,* Jisoo.«

9

»Du willst Jisoo retten?« Choi Rose gackerte vergnügt. Das magische Messer in ihrer Hand schimmerte in Regenbogenfarben. Sie hielt es so, dass es von jedem der Anwesenden gesehen werden konnte. »Stell dich und halte deine Kehle für mich bereit! Wenn du nicht als Anwärterin versagt hättest, würde ich nicht Jisoo brauchen. Dein Potenzial ist so viel mächtiger.«

»Ich tu es. Bitte verschone sie!«, flehte ich, obwohl die Angst ein riesiges Monster war, das sich um meinen Körper gelegt hatte. Sie drohte mich zu lähmen. Ich war nicht bereit zu sterben. Doch auch Jisoo war nicht bereit gewesen. Ich musste das für sie tun. Ich musste meinen rechtmäßigen Platz als Anwärterin des Smaragdzirkels einnehmen und sterben. Mich opfern, damit andere leben konnten.

»Lauf weg, *uri Ttal!*«, rief *Umma*. *Appa* weinte.

Ich hatte *Appa* noch nie weinen gesehen. Es brach mir das Herz.

Ich blieb nicht stehen. Lief mit erhobenem Haupt die Treppe hinunter, bis ich direkt vor Choi Rose stand. Ihr Lachen wurde lauter und lauter. Die Grimasse, die sie zog, fratzenhaft und unwirklich. Ihre Mundwinkel breiteten sich bis zu ihren Ohren aus, und ihre Augen wuchsen über ihr Gesicht hinaus. Sie hob das magische Messer und zielte auf meine Kehle ab.

Ich schloss die Augen. Das bunte Leuchten des Dolches konnte ich sogar durch meine Lider erkennen. Es wurde intensiver und intensiver ...

»Wach auf.« Stirnrunzelnd erwartete ich trotz des seltsamen Befehls den Todesstoß. Er kam nicht. Stattdessen rüttelte mich Choi Rose an den Schultern.

Nein. Nicht Rose.

Bobby.

Blinzelnd kam ich zu mir. Der Albtraum gestattete mir widerwillig, seinen Fängen zu entkommen.

Bobby hatte sich über mich gebeugt. Die aufgehende … nein, die untergehende Sonne strahlte ihn von hinten an. Sanftes Orange.

Als er merkte, dass ich erwacht war, zog er sich ein Stück zurück.

Ich rieb mir die Augen. Die Decke fiel mir von den Schultern. Schweiß lag wie ein klebriger Film auf meinem gesamten Körper. Ich hatte länger geschlafen, als ich vorgehabt hatte.

In meinem Mund haftete ein metallischer Geschmack. Hatte ich mir im Schlaf auf die Zunge gebissen?

»Hier. Iced Americano mit Sirup.« Bobby reichte mir eine Tasse mit klimpernden Eiswürfeln. Als ich sie zwischen meinen Händen hielt, nahm er sich eine zweite vom Beistelltisch.

»Woher weißt du, dass ich ihn mit Sirup mag?«

»Geraten.« Er setzte sich neben mich auf die Bank.

Vorsichtig nippte ich an dem Getränk. Eine überraschend gute Mischung.

Mein Herz krampfte sich zusammen. Wie konnte ich nach Jisoos Tod überhaupt etwas als gut empfinden? Das schlechte Gewissen regte sein dämonisches Haupt.

»Warum hast du mich nicht früher geweckt?« Ich konnte kaum glauben, dass er genauso lang wie ich geschlafen hatte. Zum einen brauchten Dämonen meines Wissens nach weniger Schlaf, zum anderen hatte er nicht die gleiche Odyssee mitgemacht wie ich.

»Wirkte auf mich, als bräuchtest du deinen Schönheitsschlaf. Obwohl das nicht ausgereicht hat.« Er warf mir von der Seite einen langen Blick zu. »Du siehst immer noch schrecklich aus. Wie der Hölle entstiegen.«

»Ich habe nicht vor, in nächster Zeit bei einem Schönheitswettbewerb mitzumachen«, grummelte ich. Ich nahm einen weiteren Schluck. »Und welche Hölle wäre das?«

»Die dritte wahrscheinlich.«

»Warum nicht die erste oder die zweite?,« fragte ich prompt, überrascht, dass er mir überhaupt geantwortet hatte. »Bist du schon in jeder von ihnen gewesen?«

»Lass uns nicht über mich reden.« Er drehte sich zu mir und legte den Arm auf die Lehne hinter mir. »Du bist viel interessanter.«

Seine dunkelbraunen Augen glänzten fast so sehr wie das Piercing in seiner Braue, während sich auf seinen Lippen ein verschmitztes Lächeln bildete. Für eine Millisekunde vergaß ich, warum ich hier war und wer er war.

Dann kam ich mit Gewalt wieder zu mir. Der Sturz in die Wirklichkeit tat mir fast körperlich weh.

»*Ani.*«

Bobby blinzelte. »Huh?«

»Wir werden nicht über mich reden. Noch nicht jedenfalls. Du wirst mir meine Fragen beantworten. Und dieses Mal alle«, stellte ich klar. Allmählich schwand der Nebel aus meinem Kopf.

»Warum sollte ich?«, höhnte er. »Deine drei Fragen zu beantworten war schon höflich von mir.«

»Weil ich dir nicht vertraue, und wenn du mich nicht davon überzeugen kannst, dass du harmlos bist, werde ich deiner Existenz hier und heute ein Ende setzen.«

»Ein Ende setzen?«, echote er verärgert. So mochte ich ihn lieber. Er sollte seine grinsende Maske ablegen und mir sein wahres Gesicht zeigen. »Nenn das Kind beim Namen, Kang Hana. Du wirst mich töten? So wie du den Aurendämon getötet hast?« Er lachte trocken auf. Ich wollte ihn schlagen. »Ich zittere schon vor Angst.«

»Du …«

Er beugte sich zu mir vor. Unsere Nasenspitzen berührten sich beinahe. »Du hast es nicht in dir zu töten, *Manyeo.* Lass uns also, wie bereits von mir vorgeschlagen, auf dein Leben schauen.«

Ich dachte nicht nach. Die Wut pulsierte bereits durch meine Adern. Ich vergaß, dass *Halmoni* mich gelehrt hatte, dass Hexen ihre Magie nie im Zorn wirken sollten. Es war mir egal. Alles war mir egal.

Mein Potenzial war aufgefüllt. Meine Akkus aufgeladen. Mit einem Gedanken und einer Handbewegung kreierte ich einen gelben Magiestrahl, der sich um Bobbys Mitte legte und ihn mit einem Ruck von der Bank beförderte. Die Tasse flog ihm in hohem Bogen aus der Hand und zerbrach auf dem grün gestrichenen Zementboden.

Ich erhob mich langsam, ohne den Blick von seiner sich windenden Gestalt zu nehmen. Auch er war nun wütend. Das violette Haar bewegte sich im Wind, während er versuchte, sich von den Strängen zu befreien.

»Das war vorher«, sagte ich leise. »Du hast offenbar nicht den blassesten Schimmer, zu was ich fähig bin. Pass besser auf, Albdämon.«

Er hielt still. »Ja, ja, du bist jetzt super mächtig und so.«

Ich verengte die Augen und bewegte die Finger meiner linken Hand. Meine magischen Seile, gespeist von meinem noch vollen Potenzial, gehorchten, und Bobby schwebte über dem Abgrund. Ich ließ ihn sich einmal um seine eigene Achse drehen, dann nach oben und nach unten.

Zum ersten Mal sah ich so etwas wie Verunsicherung in seiner Miene. Das Gefühl von Macht ersetzte die Wut.

»So kannst du mich nicht töten«, sagte er dennoch, als würde ihn seine Furcht nicht beherrschen. Und womöglich tat sie das nicht. Bobby war anders als ich. Stärker. Ich würde es nie zugegeben, aber ich beneidete ihn. »Einen Sturz würde ich überleben.«

»Aber er würde wie drei Höllen schmerzen.« Ich wartete einen Moment, bevor ich betont lässig fortfuhr: »Hmm, vielleicht hast du recht, und ich kann es nicht durchziehen. Aber ich werde in Zukunft nicht zögern, dich zu verletzen. Sobald ich merke, dass du mich betrügst oder mit mir spielst, ist es vorbei mit dir. Das ist die einzige Warnung, die ich dir gebe, Bobby.«

»*Manyeo* …«

»Dämon.«

»Okay, okay. Ich werde ein paar deiner Fragen beantworten«, sagte er und gab sich schließlich geschlagen.

Der Sieg fühlte sich hohl an.

»Alle Fragen.«

»So gut, wie ich kann.« Er schielte zum Abgrund. »Wenn du nun so freundlich wärst …«

Ich spielte nicht mit ihm, sondern ließ ihn zurück auf sicheren Boden. Die magischen Fesseln verschwanden, und sofort füllte ich mein Potenzial mit der Magie in meiner Umgebung auf. Ich hatte nicht viel aufgebraucht, aber ich wollte gewappnet sein, falls ich mich doch gegen Bobby würde verteidigen müssen.

»Bist du hungrig? Ich jedenfalls habe jetzt einen Bärenhunger. Wer hätte gedacht, dass eine Konfrontation mit schrecklichen Schmerzen den Appetit anregen würde?«, plapperte Bobby drauflos, als wäre er keineswegs von meiner Magie und meiner Entschlossenheit erschüttert worden.

Guter Schauspieler, dachte ich ein weiteres Mal.

»Ich könnte was essen«, sagte ich, weil er offenbar auf eine Antwort wartete.

Ich sah ihm dabei zu, wie er die großen Scherben seiner ruinierten Tasse aufhob, bevor ich ihm nach drinnen folgte. Nach einem kurzen Besuch im Badezimmer setzte ich mich wie gestern an die Kücheninsel. Eine schwarze Kakerlake krabbelte über die weiße Oberfläche und widerlegte den guten ersten Eindruck von der Wohnung. Ich verzog angeekelt das Gesicht. Während Bobby mit einer Pfanne ausholte, schnipste ich mit dem Finger. Funken sprühten und erreichten die Kakerlake, ehe sie sich in grauen Rauch auflöste.

»Praktisch.«

Ich sah Bobby an. »In der Tat.«

»Schon gut, ich habe die Warnung verstanden, ja? Du brauchst nicht mehr diese Sache mit deinen Augen zu machen.«

»Sache ... mit meinen Augen?«

»Ja, sie schießen förmlich Blitze in meine Richtung.« Er machte Geräusche zur Untermalung.

»Tun sie nicht«, widersprach ich automatisch.

Er schenkte sich eine Antwort. Stattdessen stellte er Fertigreis in die Mikrowelle und holte *Mandus,* gefüllte Teigtaschen, aus dem Kühlschrank, die er in einer Pfanne anbriet.

»Was willst du ... noch wissen?«, fragte er, mir den Rücken zugewandt.

»Warum hast du mich geküsst?« Endlich hatte ich mich emotional von diesem Erlebnis gelöst, um diese Frage zu stellen. »Und erzähl mir keinen Müll darüber, dass du mich magst.«

»Warum wäre das Müll?«

»Weil wir beide wissen, dass es nicht stimmt.«

»Tun wir eigentlich nicht.« Er wandte sich mir zu und lieferte mir seinen besten, schwärmerischen Blick. Pff. »Ich mag dich, Kang Hana. Du bist klug, schlagfertig, mutig und schön. Du forderst mich heraus und gehst mir auf den Senkel. Das ist ziemlich aufregend. Also, ich habe dich geküsst, weil ich dich mag. Das Einzige, das ich bereue, ist, dass ich nicht nach deiner Erlaubnis gefragt habe. Oder dir nicht zumindest Zeit gelassen habe, auszuweichen.«

Während er unser Essen anrichtete, ließ ich mir seine Worte durch den Kopf gehen. Ich glaubte ihm immer noch nicht. Dafür verhielt er sich nicht wie jemand, der auf einen stand. Ich hatte von Subin ganz andere Geschichten gehört. Immer, wenn sie eine Verehrerin gehabt hatte, in die auch sie selbst verknallt gewesen war, hatte sie ihr jeden Wunsch von den Lippen abgelesen. Subin war von der anderen Hexe umschwärmt worden, und sie hatte versucht, Subin alles zu geben, wonach es sie verlangte.

Also das komplette Gegenteil von dem, was Bobby tat.

Oder?

Er hatte mich vor meinem eigenen unüberlegten Handeln gerettet, indem er mich vom Dach gezerrt hatte. Dann hatte er mich zu sich nach Hause gebracht und mich versorgt. Mir einen Ort zum Schlafen gegeben.

Ich schüttelte den Kopf.

Ani. Besser, ich dachte nicht zu sehr darüber nach und ließ das Thema vorerst auf sich beruhen.

»Was weißt du über das Reinheitsritual der Hexen?« Das wäre der einzige andere Grund, warum er mich berührt hatte. Ich konnte mir zwar nicht vorstellen, was für ihn dabei rausgesprungen war, mich zu disqualifizieren, aber das erschien mir immer noch wahrscheinlicher als … Gefühle für mich zu haben.

»Reinheits-was?«

Stirnrunzelnd fixierte ich ihn. Seine Miene offenbarte leichte Verwirrung mit einer Mischung aus Desinteresse und einem Hauch Höflichkeit.

»*Dwaesso*«. Für den Moment trat ich den Rückzug an.

»Glaubst du wirklich, es wäre besser gewesen, wenn diese … Choi Rose dich und nicht deine Freundin getötet hätte?«, fragte er nach einem kurzen Moment des Schweigens.

»Ich …« Ich hasste mich dafür, aber mir kam sofort die Frage in den Sinn, ob Jisoos Leben wertvoller war als meines. Hätte es einen Unterschied gemacht? Sie musste im Jenseits auf mich hinabschauen und mich hassen. Für meine Gefühle und meine Gedanken. Für meinen Wunsch, weiterzuleben. »Ich bilde mir ein, dass ich es hätte verhindern können. Jisoos magisches Potenzial ist … war nicht mit meinem oder Roses zu vergleichen. Sie hat keine Chance gehabt. Aber ich … wenn ich Rose gegenüber gestanden hätte, vielleicht hätte ich sie aufhalten können. Vielleicht hätte ich schneller reagieren können, weil meine Instinkte eingesetzt hätten. Aber so …« Warum hatte ich nichts getan? Warum war ich wie gelähmt gewesen? Andere Hexen hatten schneller als ich reagiert, aber sie waren von den Opalhexen aufgehalten worden. Auf mich hatte niemand bis auf meine Eltern geachtet. *Ich* hätte meine Magie einsetzen und Choi Rose aufhalten können, anstatt zu versuchen, über die Balustrade zu klettern.

Bobby machte ein unbestimmtes Geräusch, bevor er mir den dampfenden Teller hinschob. Nach einem fragenden Blick seinerseits nickte ich, und er bedeckte *Mandus* und Reis mit Tomatenketchup. Anschließend setzte er sich neben mich und griff zu.

Ich tat es ihm nach und umfasste die metallenen Stäbchen. Die *Mandus* waren köstlich.

»Ich dachte, du durchlöcherst mich jetzt mit Fragen«, kommentierte Bobby mein Schweigen nach einigen Minuten.

»Plötzlich weiß ich nicht mehr, was ich wissen will«, murmelte ich.

»Hm. Hätte ich das vorher gewusst, hätte ich mich nicht so dagegen gewehrt.«

»Bobby …«

»Ja?«

»Danke, dass du mich zurückgehalten hast. Letzte Nacht. Ich hätte andernfalls meine Chance verspielt, meinem Zirkel zu helfen.«

»Ähm, gern geschehen.«

Ich verputzte die gesamte Portion. Meine trägen Gedanken waren mit einer neuen Zielstrebigkeit versehen. Wie könnte ich Rose besiegen und meine Familie retten? Der Ahnenmond war bereits untergegangen, und ich war nicht die nächste *Yeohwang*. Was blieb mir sonst?

»Ich brauche Hilfe«, sagte ich langsam.

»Von wem?«

Ich öffnete den Mund und schloss ihn wieder. »Ich weiß es nicht … Ich kenne niemanden.«

Wie frustrierend. Was hatte sich *Umma* nur dabei gedacht, mir bei der Flucht zu helfen, anstatt selbst das Weite zu suchen? Sie hätte viel besser gewusst, wie sie dem Zirkel helfen könnte.

»Du kennst mich«, widersprach Bobby prompt.

»Großartig«, sagte ich sarkastisch.

»Was ist mit deiner … Magie?«, fragte Bobby, ohne beleidigt zu sein.

»Mein Potenzial ist groß, aber das reicht nicht aus, um gegen Rose und ihren Opalzirkel zu bestehen. Rose hat zudem ihr Potenzial ausgeweitet, indem sie …«

»Wäre es denn so schlimm, sie als *Yeohwang* zu behalten? Du könntest einfach … weglaufen.«

Wütend wandte ich mich ihm zu. Auch er hatte sich auf dem Hocker zu mir gedreht. Unsere Knie berührten sich. »Sie hat eine meiner besten Freundinnen getötet und hält meine Familie gefangen! Sie ist es nicht wert, die Krone zu tragen. Ich … ich wünschte, es gäbe etwas, mit dem ich ihr das Gleiche antun könnte, was sie den Anwärterinnen angetan hat.«

»Du meinst, etwas, das ihre Magie stehlen würde?«

»Ja, oder … warte, weißt du etwas davon?« Nur langsam hatte ich die Aufregung in seiner Stimme registriert.

»Was?«

»Was?!«

»Ich weiß gar nichts. Es ist nur …« Er fuhr sich mit einer Hand durch sein vermutlich weiches Haar. »Es ist bloß eine Geschichte. Ich habe in ihr etwas über dich gehört. Deshalb konnte ich sie mir merken.«

»Über mich?«

»Na ja, eher über deinen Zirkel im Allgemeinen. Über die Hexen und so, weißt du? Dein Wunsch hat mich daran erinnert.«

»Was ist das für eine Geschichte?« Ich war so gespannt, dass ich leicht nach vorne gerückt war. Meine Knie stießen erneut gegen seine, aber ich wich nicht zurück. Etwas an der Art, wie er sprach, erinnerte mich an die Zeiten, in denen *Halmoni* Geschichten erzählt hatte. Ich wusste, ich war etwas Wichtigem auf der Spur.

Angespannt hielt ich die Luft an.

»Die Legende von Prinzessin Bari und dem Stab der Verdammnis.«

10

Prinzessin Bari war nicht nur in unseren Kreisen eine bekannte Sagengestalt. Auch Menschen kannten sie und erzählten ihre Geschichte. Aus diesem Grund gab es mittlerweile - nach Hunderten von Jahren der Berichte - unzählige Varianten ihrer Abenteuer.

»Ich habe die Geschichte zuletzt auf der Verabschiedung eines Dämons gehört«, erklärte Bobby.

Ich strengte meine Gehirnzellen an. »Und ich während eines *Gut*-Rituals. Aber trotzdem weiß ich nicht, worauf du hinauswillst.«

»Dann kennst du sicherlich das Grundgerüst der Geschichte. Sie ist fast immer gleich. Prinzessin Bari wurde von ihren Eltern ausgesetzt, in den meisten Überlieferungen sogar mehr als einmal, weil sie nicht der erhoffte Sohn war. Obwohl ihre Mutter sogar einen glückverheißenden Traum gehabt hatte.«

»Ja, an den Teil erinnere ich mich gut.« Das war meist der Part, bei dem ich einschlief. Vielleicht konnte ich deshalb nichts mit Bobbys Hinweisen anfangen. »Was ist dann passiert? Wurde sie nicht gefunden oder so?«

Bobby nickte. »Ein magischer Reisender hat sie aufgenommen, obwohl es ihm nicht erlaubt war, eine Frau als Lehrling zu nehmen. Doch er versorgte sie, und Bari wuchs heran. Schließlich erkrankten ihre beiden Eltern. Sie erfuhren, dass nur das Heilwasser aus dem westlichen Himmelreich ihr Gebrechen heilen könnte. Nachdem sich jedoch keine ihrer anderen Töchter auf die beschwerliche Reise begeben wollte, ließen sie Bari suchen und an den Hof bringen. Als Mann gekleidet, willigte sie ein, sich auf den Weg zu machen.«

»Das habe ich nie verstanden«, grummelte ich. »Die Eltern haben Bari verstoßen, trotzdem hat sie ihr Leben aufs Spiel gesetzt, um sie zu retten. Versteh ich nicht.«

»Kann man eine Tochter dafür verurteilen, dass sie ihre Familie liebt und alles für sie tut?«

Ich rutschte unruhig auf meinem Hocker hin und her. »Vielleicht nicht ...«

Zufrieden setzte Bobby seine Geschichte fort. »Nachdem sie Tausende Kilometer hinter sich gebracht hatte, traf sie auf den Buddha. Er erkannte sofort, dass sie eine Frau war, und fragte, ob sie wirklich genug Kraft hatte, noch mal so viel zu laufen. Bari antwortete, dass sie nichts außer dem Tod aufhalten könnte. Um ihre Entschlossenheit zu belohnen, gab er ihr den ersten der drei magischen Gegenstände.«

»Die Seidenblume«, murmelte ich. Bobbys Erzählung zupfte und zerrte an meinem Gedächtnis. »Was bewirkt sie?«

»Ihre Wirkung ist vielfältig und mächtig. Mit ihr konnte Bari Berge versetzen und Ozeane trockenlegen, um weiterzugehen. Aber sie konnte auch die Farben eines Schmetterlings verändern und von einem Apfelbaum Melonen wachsen lassen.«

»Wow. So eine Blume ist noch praktischer als meine Magie«, kommentierte ich sarkastisch.

»Prinzessin Bari gelang es mithilfe der Seidenblume, Millionen von Seelen zu befreien, die in einer Festung aus Dornen und Stahl festgehalten worden waren. Schließlich erreichte sie den westlichen Himmelszipfel. Das Heilwasser, der zweite der drei magischen Gegenstände, wurde jedoch von einem Jangnandämon bewacht.«

Ich ließ ein abfälliges Geräusch erklingen. »Trickster. Meiner Meinung nach die schlimmste Dämonenart.«

»Du hast ja auch so viele getroffen.«

»Ich habe genug gehört. *Halmoni* sagt, sie können zwar zwischen Gut und Böse unterscheiden, wählen aber jedes Mal das Böse. Sie empfinden Befriedigung dabei, wenn sie Leid und Zwietracht um sich herum säen. Misstrauen und Hass sind die unersättlichen Leidenschaften eines Jangnandämons.«

»Nun, dieser war jedenfalls nicht anders. Er brachte Bari dazu, ihm Söhne zu gebären. Nach dem zwölften Sohn wäre es ihr erlaubt, ihn mit dem Heilwasser und den Blüten der Wiederauferstehung, dem dritten magische Objekt, zu verlassen. In einigen anderen Versionen hat sie ihn mithilfe eines *Dokkaebis,* eines Goblins, ausgetrickst und ist davongelaufen.«

»Ah, sie hat es geschafft, bis zu ihren Eltern durchzudringen, aber sie waren bereits beide tot, oder? Prinzessin Bari öffnete die Särge und ließ sie mit den Blüten wiederauferstehen, bevor sie sie mit dem Heilwasser endgültig von ihren Krankheiten heilen konnte.« Ich tippte mit den Fingern auf die Theke. »Ich glaube, dadurch erhielt sie ein magisches Potenzial, das größer war als das jeder Hexe vor oder nach ihr.«

»So sagt man.«

»Aber was ist mit dem Stab gemeint?«

»In der Version, in der sie den Trickster überlistet, benutzte sie seinen eigenen Stab gegen ihn. Der Goblin hat ihn gestohlen und ihr gebracht. Durch den Stab der Verdammnis hat sie ihn in den hintersten Winkel der dritten Hölle befördert und dort eingesperrt.«

»Das kommt mir vage bekannt vor«, murmelte ich. »Der Rest ist mir aber mehr in Erinnerung geblieben ...«

»Der Jangnandämon hat den Stab ursprünglich benutzt, um seine Feinde damit zu berühren und ihnen ihre Macht zu entziehen. Deshalb habe ich daran gedacht, als du ... nun ja, als du Rose etwas Ähnliches antun wolltest.«

Ich spürte die aufsteigende Aufregung, die ich aber schnell wieder zu dämpfen wusste.

»Letztlich ist es nur eine Geschichte ...«

»*Jinjja?*« Bobby erhob sich, um das schmutzige Geschirr zu spülen. »Ich kann zwar nichts Genaues zu dem Stab sagen, aber immerhin weiß ich, dass das Heilwasser wirklich existiert. Ich habe es mit eigenen Augen gesehen.«

»Du machst Witze, oder?«

»Warum sollte ich?«

»Du hast gesehen, wie irgendeine magische Limo, und nicht nur ein teures Wasser aus Tibet oder so, jemanden heilen konnte?«

»Glaub, was du willst. Ich bin nicht von der Existenz des Stabs abhängig.«

»Ich auch nicht«, nuschelte ich in meinen Unterarm hinein. Den Kopf hatte ich auf ihn gelegt. Was hatte ich denn schon zu verlieren? Es war ja nicht so, als hätte ich einen besseren Plan in petto.

Außerdem ... *Vertraue deinem Erbe und deinen Fähigkeiten. Beides wird dir den Weg zeigen und dich beschützen.* Das waren *Ummas* letzte Worte an mich gewesen. Hatte sie damit unsere Vorfahrin gemeint? Doch sie hatte den Stab mit keinem Wort erwähnt.

»Wo?«, fragte ich, bevor ich es mir anders überlegen konnte. »Wo hast du es gesehen?«

»Das Wasser? Jemand im ... Untergrund hatte es. Er wiederum hatte es von jemand anderem. Dieser ist berühmt für seine Sammlungen. Ziemlich mächtiges Zeug, das er angeblich angehäuft hat.«

»Wie ist sein Name?«

Bobby trocknete seine vom Spülwasser nassen Hände ab. Ich hätte ihm helfen können.

Ich wollte nicht.

»Mino. Er ist ein *Dokkaebi.*«

»Ein Goblin also«, wiederholte ich nachdenklich. »Bring mich zu ihm. Ich werde ihn selbst nach den anderen Artefakten fragen.«

»Bist du sicher, dass du das tun willst?«

Ich hob beide Augenbrauen. Am liebsten hätte ich nur eine angehoben, um mein Erstaunen und meinen Spott gleichermaßen auszudrücken, aber das hatte ich noch nie gekonnt. Anders als Jisoo.

Wieder dieser stechende Schmerz in meiner Brust. Die anrollende Welle, die meinen Niedergang suchte. Erinnerungen, die wie einzelne Nadelstiche meinen Körper durchbohrten.

»Hast du mir nicht von dem Stab erzählt, damit ich ihm nachgehe? Und jetzt willst du es mir im selben Atemzug wieder ausreden? Ich kann nicht allein gegen Choi Rose bestehen, aber mit dem Stab könnte ich ihr die Macht rauben. Ich brauche ihn.«

»Das habe ich nicht gesagt. Nur, Mino hat keinen angenehmen Ruf. Ich glaube nicht, dass du etwas aus ihm rausbekommst. Nicht ohne einen Preis jedenfalls.«

»Das könnte tatsächlich problematisch werden. Viel zum Tauschen habe ich nicht.« Das Einzige an Wert, das ich noch besaß, war Jisoos Smaragdanhänger, und von ihm würde ich mich nicht trennen. »Allerdings ist das kein Grund, es nicht zu versuchen.«

»Du könntest dir ein paar Tage Zeit lassen. Vielleicht fällt dir noch eine bessere Idee ein, wie du deinem Zirkel helfen kannst.«

»Wenn du mir nicht helfen willst, finde ich Stab und Goblin schon allein.«

Bobby schnaubte. »Du kennst nicht mal den Weg in den Untergrund von Seoul. Und selbst wenn du ihn findest, sobald die Dämonen dort eine Zirkelhexe sehen, werden sie angreifen.«

»Solange ich keinem Aurendämon über den Weg laufe, sollten sie nicht erkennen, dass ich eine Hexe bin«, erwiderte ich und hielt Bobbys Blick stand.

Ich wurde nicht schlau aus ihm.

Konnte nicht sagen, ob er mir helfen oder mir ein Hindernis sein wollte.

»Schön. In Ordnung. Ich helfe dir. Aber damit du es weißt, kaum einer kennt Minos genauen Aufenthaltsort. Und es steht nicht fest, ob er sich mit dir treffen wird.«

»Ein Schritt nach dem anderen«, sagte ich triumphierend.

Ich hätte es nicht zugegeben, aber mit Bobbys Hilfe ging es so viel einfacher und schneller, Zugang zur Welt der Dämonen zu erlangen.

»Wir müssen zuerst dein Outfit ändern. Du siehst noch immer aus wie überfahren.«

»Gib mir eine Jeans und ein Shirt, dann können wir losgehen.«

Bobby warf das Küchentuch auf die Theke. »Du bekommst ganz sicher nicht meine Sachen.«

»So teuer sind sie nun auch wieder nicht.«

»Sie gehören mir. Das reicht als Grund.«

»Ich verspreche, ich werde dir neue kaufen, sobald Rose tot und vergraben ist.«

»Also nie«, murrte er, ging aber in sein Schlafzimmer.

»Das habe ich gehört.«

»Solltest du auch. Hier.«

Ich folgte ihm und erreichte ihn gerade rechtzeitig, um zu sehen, wie er irgendwelche Kleidung aus der hintersten Ecke seines Schranks zerrte.

»Das zieh ich nicht an«, protestierte ich. »Darf ich?«

Ich wartete keine Antwort ab, sondern stellte mich neben ihn und suchte mir aus seinem überschaubaren Stapel Hosen eine raus, die an ihm eng sitzen musste. Mir könnte sie passen, wenn ich die Hosenbeine zweimal umschlug und den Bund mit einem Gürtel enger zurrte. Passend dazu holte ich ein schwarzes T-Shirt mit einer Comicfigur hervor, die ich nicht kannte. Dazu könnte ich meine eigenen Schuhe tragen.

Ich drehte mich zu Bobby um und versuchte, nicht rot anzulaufen.

»Könntest du mir frische Unterwäsche besorgen, während ich dusche?«

Er blinzelte einmal. »Bin in zehn Minuten wieder da«, sagte er bloß, anstatt mich auszulachen oder die Sache künstlich in die Länge zu ziehen. Wer hätte gedacht, dass er so sensibel sein konnte?

Ich schloss mich daraufhin im Bad ein und spülte mit heißem Wasser den Schweißfilm von meiner Haut. Die Wunden schmerzten, und ich musste sie neu verbinden. Ich hoffte, dass das Jucken bedeutete, dass sie heilten, und nicht, dass sie sich entzündeten.

Bobby klopfte zehn Minuten später an die Tür. Ich öffnete sie einen Spalt, damit er mir die weiße Plastiktüte reichen konnte. Sicherheitshalber blickte er in die entgegengesetzte Richtung.

»*Gomawo.*«

»Kein Problem«, nuschelte er. Sein Nacken war flammend rot.

Während ich die Badezimmertür wieder zudrückte, dachte ich über das aufkommende Gefühl nach. Wohlbehagen? Ich war mir das erste Mal sicher, dass er zu hundert Prozent die Wahrheit gesagt hatte.

Seltsam.

Bobby duschte nach mir. Ich nutzte die Zeit, um meine Haare zu föhnen und sie zu einem hohen Pferdeschwanz zu binden.

Ich spielte mit meinem Smartphone in den Händen, überlegte, es auszuschalten oder nicht. Was, wenn man mich darüber orten konnte? Wenn mich die Opalhexen aufspürten? Es war besser, das Risiko zu minimieren.

Bevor ich es endgültig ausschaltete, versuchte ich jedoch Subin anzurufen. Ich bekam nur die Mailbox dran. Sie hatte auch nicht auf meine Nachricht geantwortet. Als Nächstes versuchte ich es bei *Umma*, dann bei *Appa* und schließlich bei meiner Cousine Bora. Niemand nahm ab. Ich konnte mir denken, wieso.

Choi Rose hatte nicht nur ihre Magie gekappt, sondern auch ihren Zugang zur Außenwelt. Wut flammte mit neuer Macht in mir auf.

Ich stellte das Handy aus, ehe meine Hand sich darum krallte. Hatte es mir zuvor noch an Entschlossenheit gemangelt, so kehrte sie jetzt wieder zurück. Wenn der Stab der Verdammnis existierte, dann würde ich ihn finden. Nichts würde mich aufhalten. Das war das Einzige, das ich tun konnte, und ich würde unter keinen Umständen versagen.

Es hatte Momente in meinem Leben gegeben, in denen ich mich von den Wünschen und Vorstellungen meiner Mitmenschen hatte beeinflussen lassen. In denen ich mich ihnen gebeugt hatte, um kein Problem zu sein oder zu kreieren. Meinen Wunsch, an der Jagd teilzunehmen, mehr über Dämonen und die Unterwelt zu erfahren ... All das hatte ich runtergeschluckt, obwohl es wider meine Natur war.

Aber nicht mehr. Jetzt würde ich alles daransetzen, um meinen Zirkel zu retten. Niemand würde mich aufhalten.

Bevor Bobby aus dem Badezimmer kam, versteckte ich das Handy hinter einem Sofakissen.

»Bereit?«, fragte der Albdämon aus dem Flur.

Er hatte sich für seine üblichen Farben entschieden: schwarze Jeans, weißes kurzärmeliges Hemd, der typische schwarze Ring an seinem rechten kleinen Finger und eine silberne Kette um den Hals, die ich nicht kannte.

»Ist der Durchgang weit von hier?«, fragte ich zugegebenermaßen etwas nervös. Endlich würde das große Geheimnis gelüftet werden, dem ich in den letzten Jahren nachgejagt war.

»Es gibt insgesamt vier Eingänge in der Nähe des Hangangs«, antwortete Bobby, als wir nacheinander die Treppe herabstiegen. Die Dunkelheit hatte einen Großteil der glühenden Hitze vertrieben, weshalb ich nicht sofort wieder in Schweiß ausbrach. »Wir nehmen den in Hapjeong. Es gibt theoretisch einen, der näher liegt. Aber Yeongdeungpo ist keine Option.«

»Warum nicht?«

»Für mich allein ist es schon eine gefährliche Gegend, aber für dich als Hexe?« Er leckte sich über die Lippen. »Gehen wir stattdessen lieber andere Risiken ein, ja?«

»Okay.« In dieser Angelegenheit musste ich ihm wohl oder übel vertrauen.

Bobby fragte nicht nach meiner Meinung, als er mich dazu brachte, in einen Bus zu steigen. Er hatte ja recht. Zu Fuß wären wir eine halbe Ewigkeit unterwegs. Trotzdem wurde ich unter Menschen zunehmend nervöser. Ich drückte mich in den Sitz und blickte durch das Busfenster nach draußen.

Wenn es etwas gab, das ich noch weniger sehen wollte als Choi Rose, dann war es mein eigener Anblick, der sich in der Scheibe spiegelte. Die Schuldgefühle waren mir deutlich ins Gesicht geschrieben. Und das Schlimmste? Ich haderte gleichzeitig mit mir selbst, weil ich nicht wusste, ob sie gerechtfertigt waren. Sollte ich mich schuldig fühlen, weil ich Jisoo nicht gerettet hatte und abgehauen war? Oder sollte ich mich schuldig fühlen, weil ich anzweifelte, dass es meine Schuld war?

Ein quälender Teufelskreis.

Bobby saß neben mir und summte vor sich hin. Scheinbar völlig sorglos. Ich öffnete den Mund, um ihn zurechtzuweisen, weil wir bereits argwöhnisch beäugt wurden, als ich im selben Moment realisierte, von *wem* wir beäugt wurden.

»Wir müssen gehen.«

Bobby schreckte auf. »Was? Warum?«

»Schau nicht hin. Nimm meine Hand. Wir steigen beim nächsten Halt aus.«

Ich versuchte, mich nicht von der Wärme, die Bobbys Hand ausstrahlte, ablenken zu lassen. Seine Finger passten perfekt zwischen meine. Und das war etwas, worüber ich nun wirklich nicht nachdenken sollte.

Ich zählte lautlos bis drei, dann hielt der Bus an. Ich drückte Bobby zur Seite. Sobald ich aufrecht stand, setzte ich meine Magie ein. Die Lichtröhren, die an der Decke entlangliefen, wurden von kompakten Magiebällen getroffen und explodierten. Glasscherben rieselten auf uns herab. Dunkelheit umschloss uns kurzzeitig und lenkte die Opalhexen lange genug ab, um uns einen kleinen Vorsprung zu verschaffen.

»Oh, Hexen«, kommentierte Bobby, der Blitzmerker, als wir nicht nur die entsetzten Ausrufe der normalen Passagiere hörten, sondern die Flüche der Opalhexen.

»Ja. Hexen«, bestätigte ich und zerrte an seinem Arm, weil er stehen geblieben war, um zurückzugucken. »Wärst du so nett und würdest losrennen?« Er verhielt sich, als hätte er mich nicht gehört. »Bobby!«

»Ich kenne einen Weg, um sie loszuwerden. Komm!«

Ich wehrte mich nicht. Sollte er ruhig die Führung übernehmen, solange wir uns endlich von der Stelle bewegten.

»Wirst du sie verletzen?«, fragte ich atemlos. Wir schlängelten uns zwischen den Menschen auf dem Bürgersteig hindurch, bevor wir eine belebte Kreuzung überquerten. Ein Blick über meine Schulter verriet mir, dass die Ablenkung nicht mehr funktionierte. Die Opalhexen waren uns dicht auf den Fersen.

»Irgendwelche Einwände, wenn es so wäre?«

Wir bewegten uns so schnell, dass ich Seitenstechen bekam. Bobby hingegen schien nicht mal außer Puste. Eine weitere Stärke der Dämonen, nahm ich an.

»*Ani*«, antwortete ich, ohne nachzudenken.

Die Opalhexen hatten ihre Unschuld in dem Moment verloren, in dem sie Choi Roses Verhalten akzeptiert und sie sogar unterstützt hatten. Es gab keine Entschuldigung dafür. Sie trugen eine Mitschuld am Tod der Anwärterinnen.

Kurz fragte ich mich, was wohl mit den Eltern der Opalanwärterin war. Wie fühlten sie sich? Hatten sie von dem geplanten Mord gewusst? Ich konnte mir nicht vorstellen, was für Personen dies gutheißen würden. Oder hatte Rose vorgesorgt und die Eltern eingesperrt? Ich traute ihr ebenso zu, dass sie sie vorher getötet hatte, um jedes mögliche Hindernis aus dem Weg zu räumen.

Bobby zog mich die eiserne Treppe immer weiter hinauf. Meine Lunge drohte zu bersten, aber ich blieb nicht stehen. Das wäre meinem Todesurteil gleichgekommen.

Wir erreichten schließlich die oberste Stufe und rannten

auf die rechte Fußgängerseite der Yanghwa-Brücke, die Yeongdeungpo und Mapo miteinander verband. Autos fuhren in rasender Geschwindigkeit an uns vorbei. Der Wind zerrte an meinem Pferdeschwanz.

Wir passierten eine Bushaltestelle, bevor der Weg schmaler wurde. Grüne Beleuchtung schien von unter der Brücke herauf und mischte sich mit dem gelben Licht der Laternen, die in regelmäßigem Abstand auf der Brücke standen. Das Brückengeländer bestand aus weißem Eisen. Ich wankte einige Male, weil ich ihm nicht zu nahe kommen wollte. Unter den Laternen hatten unzählige Spinnen ihre Netze gewoben, um ihre Beute zu fangen, die von dem Licht angezogen wurde.

Die Aussicht auf die nächtliche Skyline registrierte ich nur nebenbei. Der Großteil meiner Aufmerksamkeit galt der Flucht.

Wir hatten die Hälfte der Strecke bereits hinter uns gelassen und den weißen Brückenbogen erreicht, als mich heftige Kopfschmerzen in die Knie zwangen.

Unwillkürlich entriss ich Bobby meine Hand und presste sie stattdessen mit der anderen an meine Schläfen. Ich stöhnte auf, als die Qualen zunahmen.

Mir hatte zwar noch nie jemand eine Axt in den Kopf geschlagen, aber ich glaubte, es würde sich ähnlich anfühlen.

»*Aishi*«, hörte ich Bobby über das Rauschen in meinen Ohren hinweg ausrufen.

Er ging vor mir in die Knie und legte eine Hand auf meine Schulter. Dunkel nahm ich wahr, dass er abwechselnd hinter uns blickte und mich ansah.

»Was … hast du getan?«, stieß ich zwischen zusammengepressten Zähnen hervor. Denn ich glaubte keinen Moment, dass meine Schmerzen zufällig aufgekommen waren.

»Äh, ich habe vergessen, dass du ja auch eine Hexe bist«, nuschelte er. Wie so oft, wenn er unsicher war, fuhr er sich mit einer Hand durchs Haar. »Ist es sehr schlimm?«

»*Michinnom.*« *Verrückter Bastard.* »Was bei den drei Höllen …?«

»Es ist eine Barriere, um Hexen fernzuhalten. Davon gibt es ein paar in Seoul. Wir Dämonen müssen uns ja vor euch schützen«, erklärte er eilig und stolperte über seine eigenen Worte.

»*Aishi!* Ist das dein Ernst?«, schrie ich ihn an. »Mein Kopf platzt gleich.«

»Ähm ...«

»Das ... passiert nicht wirklich, oder?«

»Nun ja ...«

»Bobby!«, rief ich hysterisch, bevor ich Anstalten machte, mich zu erheben. Mein Kopf würde heute *nicht* explodieren, und mein Gehirn würde *nicht* auf die vorbeifahrenden Autos spritzen.

»Komm.« Er packte mich am Unterarm, um mich zurück zum Anfang der Barriere zu zerren, der fast identisch war mit dem Beginn des Brückenbogens.

Sofort lichtete sich der Schmerz. Ich konnte die Augen wieder öffnen. Der Anblick, der sich mir bot, war jedoch äußerst unangenehm.

Die sechs Opalhexen hatten zu uns aufgeschlossen und lungerten rund zehn Meter vor uns auf dem Fußgängerweg. Offenbar wussten sie im Gegensatz zu mir von der Barriere. Sie hatten gewonnen. Für mich gab es keinen Ausweg.

Die Schmerzen hätte ich vielleicht ein paar Minuten länger ertragen, um die Brücke zu überqueren, aber mit der Gefahr, dass ich meinen Kopf verlieren könnte ... Nein danke.

Die Hexen formierten sich. Sie trugen schwarze, wehende Kleidung. Ihre Opalsteine glänzten wie Sterne auf dem dunklen Stoff. Sie hatten sich Tücher vor Münder und Nasen gebunden, sodass ich sie nicht erkennen konnte. Was nicht viel in mir auslöste, schließlich hatte ich sie auch vor dem Ahnenmond nur wenige Male zu Gesicht bekommen. Ich hätte sie nicht als die erkannt, die sie waren, wenn ich nicht die Opalsteine gesehen und die knisternde Aura um sie herum gespürt hätte.

Ich füllte mein Potenzial an den vorbeifahrenden Autos auf. Die Hexen hielten mich nicht auf, obwohl sie es sehen mussten.

Ein Mindgame, das mir aufzeigen sollte, dass sie die Oberhand besaßen, ganz gleich, mit wie viel Magie ich um mich warf.

Konnte ich mich gegen ein halbes Dutzend von ihnen zur Wehr setzen? Ich hatte zwar Bobby an meiner Seite, aber ein Albdämon konnte im Kampf nicht viel ausrichten. Wahrscheinlich müsste ich ihn eher dazu zwingen, sich hinter die Barriere zurückzuziehen, damit ich mir um sein Wohlbefinden keine Gedanken machen müsste.

Der einzige Vorteil, den wir hatten, war, dass der Weg gerade breit genug war, dass nur zwei von ihnen nebeneinander stehen konnten.

»Ich hätte nicht auf dich hören sollen«, zischte ich wütend über die ausweglose Lage. »Jetzt stecken wir fest.«

»Kannst du nicht gegen sie kämpfen?«

Ich verdrehte die Augen. »Mir bleibt nichts anderes übrig. Die Frage ist aber, ob wir einen Kampf überleben werden.«

»Hast du keine Antwort darauf?«

Ich konnte das Gesicht der Anführerin der Gruppe durch das Tuch nicht sehen, dennoch glaubte ich, sie würde lächeln. Kleine Fältchen hatten sich um ihre Augenwinkel gebildet.

»Doch. Aber sie würde dir nicht gefallen.«

Dann folgte der erste Energiestoß.

11

Instinktiv schubste ich Bobby zur Seite und beschrieb mit meiner freien rechten Hand einen Bogen in der Luft. Glitzerndes Gold schoss aus meinen Fingerspitzen und verband sich zu einem dicht gestrickten Netz. Es spannte sich als Schutzschild vor uns. Der Energiestoß prallte daran ab. Der nächste folgte jedoch umgehend, und ich musste gleichzeitig meinen Akku an den vorbeifahrenden Autos aufladen und die Magie benutzen. Etwas, das ich noch nie zuvor getan hatte und das mir alles abverlangte.

Die magische Aura der Brücke war grün und mit blauen Adern durchzogen. Fast wie ein unendliches Becken, an das ich mich noch nicht herangewagt hatte, aus Angst, der Aura nicht würdig zu sein. Wenn ich die *Yeohwang* geworden wäre, hätte ich es in Anwesenheit meines Zirkels versucht, weil ich dann ein Vorbild sein und meine Stärke beweisen musste.

Doch so wie meine Gegnerinnen kämpften, blieb mir vielleicht nichts anderes mehr übrig, wenn ich mich nicht von ihnen gefangen nehmen lassen wollte.

Und das wäre desaströs.

Umma hatte mir die Möglichkeit zur Flucht verschafft, anstatt sie selbst wahrzunehmen. Sie hatte ihre Hoffnungen in mich, ihre Tochter gesetzt, und ich wollte sie nicht enttäuschen, indem ich mich so leicht überwältigen ließ.

Wenn ich Bobby doch nur vorher gefragt hätte, was er vorhatte! Jetzt saß ich in der Sackgasse. Der einzige Weg raus führte durch die Hexen hindurch.

Ich rollte über den Boden, als gleich drei Energiestöße auf

mich zuflogen. Wie grüne, rosafarbene und gelbe Gewitterwolken, getränkt mit konzentrierter Magie. Sie hatten neblige Umrisse, in denen Blitze knisterten. Irgendwann verpufften sie in der Luft, und die Magie senkte sich in die Aura eines nahen Gegenstands. Doch bis dahin waren sie gefährlich. Wäre ich von drei von ihnen gleichzeitig getroffen worden, hätte ich erst mal nicht mehr aufstehen können.

Bobby zog mich am Kragen hinter das Brückengeländer, das uns vorübergehend Deckung verschaffte. An diesem Punkt weitete sich der Fußweg zu einer halbkreisförmigen Aussichtsplattform. Aber ich konnte sie nicht betreten, weil ich mich dann von meinem Kopf verabschieden müsste.

Das hier würde nicht lange gut gehen. Wenn ich die Opalhexen nicht mit regelmäßigen Energiestößen zurückhielt, würden sie schon bald weit genug aufgerückt sein, um mich zu fassen.

»*Aishi*«, fluchte Bobby und stieß gegen mich. Sein Oberarm blutete. Eine klaffende Wunde war von dem Energiestoß zurückgeblieben, der ihn nur gestreift hatte.

Ich saugte die Magie aus meinem Potenzial und erschuf ein neues goldenes Netz, das sich schützend über uns legte.

Wir überquerten den Fußgängerweg und versteckten uns hinter der ersten Stahlsäule des Brückenbogens.

»Warum kannst du das nicht aufrechterhalten und gleichzeitig angreifen?«, fragte Bobby, als er sich enger an mich presste. Die Stahlsäule war nicht breit genug, um uns beiden Deckung zu geben. Auf meinen Schutzschild vertraute er offenbar nicht.

»Weil ich schon damit beschäftigt bin, zeitgleich meinen Akku aufzuladen«, rief ich über den Lärm der vorbeifahrenden Autos zurück, deren Fahrer nichts von dem magischen Kampf mitbekamen. Sie würden uns vermutlich als seltsame Personen wahrnehmen, die auf einer Brücke Verstecken spielten, doch Magie konnten sie nicht sehen. »Mir wurde nie beigebracht, drei Dinge auf einmal zu tun.«

»Was hast du dein Leben lang getan?«, murmelte Bobby und traf damit genau ins Schwarze.

Ich wusste es selbst nicht. Vielleicht hatten andere mehr gelernt als ich, da es ihnen im Gegensatz zu mir gestattet worden war, auf die Jagd zu gehen.

»Die Frage stelle ich mir selbst, keine Sorge«, gab ich bissig zurück.

Es war eine Sache, wenn ich mein Leben infrage stellte, und eine ganz andere, wenn es ein dämonischer Fremder tat.

Plötzlich knisterte die Balustrade, die die Fahrbahn vom Fußgängerweg trennte. Risse breiteten sich auf den einzelnen Streben aus. Ein magischer Stoß nach dem anderen. Die Stahlsäule vor uns knarzte gefährlich.

»Schnell. Zurück!«

Bobby und ich stolperten rechtzeitig von der Balustrade weg, die in Millionen kleine Einzelteile explodierte. Wie ein Sprengsatz.

Autofahrer hupten panisch, weil es das Einzige war, das sie in einer unübersichtlichen Situation wie dieser tun konnten. Sie wollten sofort von der Brücke runter.

Ich wollte mich ihnen anschließen, aber ich hatte Probleme, auf die Beine zu kommen. Bobby war durch die Druckwelle auf mich geflogen und drückte mich runter.

Die Opalhexen sahen ihre Chance gekommen. Die Tücher vor ihren Gesichtern flatterten. Sie waren nur noch wenige Meter von uns entfernt. Die vorderste Hexe kreierte einen magischen Ball in ihren Händen. Blitze knisterten darin.

»Zeit, aufzugeben, Kang Hana«, sagte sie mit tiefer Stimme.

»Schade«, wisperte Bobby an meinem Ohr, bevor er sich zurückzog, um mich aufstehen zu lassen. »Unser kleines Abenteuer ist wohl schon vorbei.«

Ich öffnete den Mund, ohne zu wissen, was ich sagen wollte. Er hatte recht. Wir hatten verloren. Vielleicht sollte ich die Hexen ablenken, damit er eine Chance bekäme, zu entkommen. Es gab keinen Grund, warum wir beide sterben sollten.

Ich hob das Kinn, ballte die Hände zu Fäusten. Ich musste mit der wenigen Magie in meinem Potenzial zurechtkommen. Wenn ich mich auflud, wären die Opalhexen alarmiert, und mein Ablenkungsmanöver würde im Keim erstickt werden, bevor es überhaupt startete.

»Auf ...« Ich kam nicht dazu, den Satz zu beenden.

Ein blaues Monster tauchte wie aus dem Nichts hinter den Opalhexen auf und preschte voran. Die Hexen wussten nicht mal, wie ihnen geschah, als das drachenähnliche Wesen mit dem Kopf voran gegen sie stieß. Eine nach der anderen flog durch die Luft. Es war reines Glück, dass sie nicht von der Brücke fielen.

»Ein *Haechi*«, wisperte ich ehrfürchtig.

Haechis waren magische Wesen, die die Gestalt von Löwen besaßen. Zudem wurden ihre Körper mit blau-schwarzen Schuppen bedeckt, die sich mit gleichfarbigen Fellstellen abwechselten. Aus dem Kopf dieses Exemplars erwuchs ein kleines rotes Horn, und von seinem Hals baumelte eine silberne Glocke. Die Tatzen waren weiß und riesig. Krallen wuchsen aus ihnen hervor, mit denen es nach den Opalhexen schlug. Die Energiestöße, mit denen die Anführerin der Gruppe es angriff, prallten von seinen Schuppen ab, ohne es zu verletzen.

Das *Haechi* brüllte indigniert. Mich überkam das Gefühl, dass es seine Rolle als Retter genoss. Wenn *Haechis* mit ihren breiten Mäulern und den scharfen gelben Zähnen lächeln konnten, so hatte es das gerade getan.

»Wir müssen gehen. Jetzt«, zischte Bobby. Er riss mich damit aus meiner Starre. Blut sickerte weiterhin aus seiner Armwunde.

»Wohin? Wir sind immer noch eingekesselt ...« Auch wenn das *Haechi* die sechs Opalhexen beschäftigte. Es war schnell und extrem wendig, was man ihm bei seiner Größe nicht zugetraut hätte. Von seiner Schulter bis zum Boden maß es ungefähr eineinhalb Meter.

»Kannst du schwimmen?« Bobby zerrte mich an den Rand der Brücke und blickte über die Balustrade auf den dunklen Hangang.

»Was?«

»Macht keinen Unterschied. Ich rette dich.«

Bevor ich seine Worte verarbeitet hatte und protestieren konnte, hatte er mich bereits mit übermenschlicher Kraft über seine Schulter gelegt und war auf das Brückengeländer geklettert. Ein Energiestoß verpasste uns um Haaresbreite.

Mein Blick glitt über die Opalhexen und traf den des *Haechis*. Eine unbekannte Wärme durchfuhr mich. Mit ihr kam die Erkenntnis, dass das *Haechi* schon einmal mein Leben gerettet hatte. Im *PC Bang*.

Das *Haechi* streckte die lange Zunge raus. Amüsierte es sich?

Der Albdämon bewegte sich unter mir.

»*Jebal!*«, schrie ich. Zu spät.

Bobby sprang, und ich flog mit ihm.

Im Fallen lösten wir uns voneinander. Ich dachte nicht nach. Instinktiv nutzte ich den Schutzschild, um unseren Aufprall abzufedern. Trotzdem schmerzte es wie drei Höllen, als wir die Oberfläche des Flusses durchbrachen. Wasser schoss mir in die Nase. Ich musste mich zwingen, den Mund geschlossen zu halten.

Die Strömung riss mich mit. Mein goldenes Magienetz verblasste. Ich drehte mich um mich selbst. Tiefblaues Wasser überall.

Wo war unten?

Wo war oben?

Ich strampelte mit Händen und Füßen, ohne Erfolg.

Meine Lunge brannte. Vor meinen Augen bildeten sich dunkle Schlieren.

Für einen kurzen Moment verlor ich den Halt meiner Existenz. Ich konnte mich nicht mehr daran erinnern, warum ich kämpfte. Für wen ich kämpfte.

Was ist, wenn ich loslasse …?

Eine Hand schloss sich um mein Handgelenk. Bobbys Hand. Er rückte in mein Blickfeld. Die Wangen aufgepustet. Mit einem Kopfnicken deutete er nach oben. Zumindest hoffte ich, dass es oben war und er richtig lag.

Wieder vertraute ich ihm.

Ich nutzte mein letztes bisschen magisches Potenzial, um uns anzutreiben. Tatsächlich hatte ich nie gelernt zu schwimmen, aber mit den Beinen strampeln konnte auch ich als wasserscheue Hexe.

Prustend kamen wir wenige Sekunden später an die Oberfläche.

Mein Potenzial war leergeschöpft.

»Halt dich an meinen Schultern fest«, wies mich Bobby zwischen zwei tiefen Atemzügen an.

Ich gehorchte, da ich andernfalls sofort wie ein Stein untergegangen wäre. Und ich wollte der Finsternis in meiner Seele kein weiteres Mal begegnen.

»Nicht so fest«, beschwerte er sich, als er mit mir an seinem Rücken ans Ufer schwamm. Die Straßenlaternen an den Fuß- und Radwegen, die sich direkt oberhalb des Ufers befanden und mit Treppen erreicht werden konnten, boten genug Licht zur Orientierung.

Immerhin hatten wir es auf die andere Seite des Flusses geschafft.

Kraftlos zogen wir uns auf die Zementplatte, ehe wir die zugewachsene Treppe hinaufkraxelten. Bei dem Wetter war selbst um zehn Uhr abends die Hölle los. Radfahrer rasten auf zwei Bahnen hin und her, Fußgänger in sportlicher Kleidung versuchten, im strammen Lauf Kalorien zu verbrennen.

Bobby und ich setzten uns auf die oberste Stufe. Grashalme piksten durch meine Jeans. Nur einen Augenblick Pause, um Kräfte zu sammeln.

»Wie haben sie uns gefunden?«, fragte Bobby mehr sich selbst. Er steckte den Kopf zwischen die angewinkelten Beine. »Und *Haechis* gibt es wirklich? Da verbrenn doch einer meine Hexe …«

Ich zog die Brauen bei seinem kuriosen Sprichwort zusammen. War wohl ein Dämonen-Ding.

»Ich bin nicht sicher, wie sie das geschafft haben. Ich habe mein Handy extra ausgeschaltet.«

»Haben sie dich vielleicht auf magische Dingsbumsweise geortet?«

Ich verdrehte die Augen, während ich meinen Pferdeschwanz und mein T-Shirt auswrang. Dabei fiel mir durchaus auf, dass Bobbys Blick auf meinen kurzzeitig entblößten Bauch fiel. Schnell hatte er sich wieder im Griff.

»Das könnten sie nicht.« Ich setzte mich wieder neben ihn. »Die *magische Dingsbumsweise* haben sie vielleicht ausprobiert, aber ...«

»Aber?«

»Solange ich den Smaragd besitze, sind wir vor einer Ortung geschützt. Er ist allerdings nicht meiner. Deshalb haben sie es wahrscheinlich versucht, weil sie nicht wussten, dass ich mir Jisoos genommen habe«, dachte ich laut. *Umma* hatte ihn mir gegeben, als hätte sie die Vorgehensweise der Opalhexen vorausgeahnt.

»Also war ihr Auftauchen im gleichen Bus nur Zufall?«

»Du klingst nicht überzeugt.«

»Zufälle gibt es nicht. Darüber solltest du mal nachdenken.«

»Ich vertraue meiner Magie und Jisoos Smaragd. Mehr muss ich nicht tun.«

»Wie du meinst. Allerdings ... was ist mit dem ...« Er schüttelte den Kopf und schmunzelte. »Ich fühle mich albern, es überhaupt auszusprechen.«

»Soll ich dich daran erinnern, dass du ein Dämon bist in einer Welt mit vielen, vielen weiteren übernatürlichen Wesen?« Ich stieß ihm leicht in die Seite, dabei zuckte er zusammen. Das Licht der Laterne reichte nicht bis zu uns, und in der Dunkelheit konnte ich die Wunde nicht sehen. Sie war offenbar noch nicht gänzlich verheilt. Da er ein Dämon war, sollte es nicht allzu lange dauern. Vielleicht ein paar Minuten noch.

»Das ist was anderes.« Er rieb sich über die schmerzende Stelle.

»So oder so, *Haechis* existieren.« Nachdenklich leckte ich mir über die Lippen. »Dieses hat mir schon vorher einmal den Arsch gerettet. Bevor ich dich getroffen habe, hat es die Opalhexen angegriffen, damit ich ihnen entkommen konnte.«

»Hm, also hat es zu *dir* eine Verbindung aufgebaut? Interessant.«

»Stand das jemals infrage?«, neckte ich ihn.

»Entschuldigung, aber ich bin auch eine wichtige Figur auf dem Spielbrett.«

Ich lachte leise. »Rede dir das weiter ein.«

Bobby fing meinen Blick auf. Sein Lächeln war sanft wie der dunkle, sternenlose Himmel über uns.

Mir blieb das Lachen im Hals stecken, und ich musste schlucken. Kurz glaubte ich, er würde meine Wange berühren, stattdessen streiften seine Finger meine Schläfe, als er ein Blatt aus meinen nassen Strähnen fischte.

»Wo sind wir eigentlich rausgekommen?« Ich räusperte mich beim Aufstehen.

»Mapo. Wenn ich richtigliege, ist es nicht mehr weit von hier bis zum Durchgang.« Bobby folgte mir hinauf zum Fußgängerweg.

Ich hatte ihm absichtlich meinen Rücken zugewandt. Ich wollte nicht, dass er meine roten Wangen sah. Selbst in der Dunkelheit wäre das möglich. Und falls er fragte, was mit mir los wäre, könnte ich ihm nicht mal antworten. Ich war selbst ahnungslos.

Meine Füße rieben sich in den nassen Sneakern auf, aber immerhin war es so warm, dass meine Sachen schnell trockneten.

»Kannst du nicht was dagegen tun?«, fragte Bobby entnervt. Wir gingen nebeneinander am Hangang entlang. Hin und wieder wurden wir von einem Jogger oder einem Pärchen überholt. Fischer hatten sich mittlerweile überall am Ufer aufgestellt und warfen ihre Köder ins Wasser.

»Ich bin keine …«, begann ich, aber er fiel mir ins Wort.

»Hexe?«

»Lustig.«

»Nein, wirklich. Was bist du nicht?«

»Zauberin.« Ich pustete mir eine Strähne aus dem Gesicht, ehe ich mit einer Hand ungeduldig nachhalf. »So funktioniert unsere Magie nicht. Außerdem bin ich erschöpft.« Das erinnerte mich daran, dass ich besser mein Potenzial auffüllen sollte.

Ich bediente mich an einem weißen Toilettencontainer, bis dessen Aura vollkommen auf mich übergangen war und meinen Akku bis zur Hälfte aufgefüllt hatte. Im Vorbeigehen nahm ich noch diese und jene Aura auf.

»Und wie funktioniert deine Magie?«

Ich zögerte. Am Ende des Tages war Bobby immer noch ein Dämon und damit mein Feind. Doch es wäre ja nicht so, als würde ich ihm geheimes Wissen mitteilen. Wahrscheinlich hatte er bisher nie darüber nachgedacht und niemanden seiner Bekannten danach gefragt. Ich zweifelte nicht für einen Moment an, dass der Großteil der Dämonen wusste, zu was Hexen imstande waren und zu was nicht. Es war für sie eine Sache des Überlebens.

»Magie unterscheidet sich grob gesagt zwischen Heil- und Zerstörungsmagie. *Chiyu* und *Gonggyeok*. Beide *Maboeb*-Arten ... Magie-Arten sind körperbasiert. Wir können heilen, und wir können zerstören, aber unser Ziel muss immer etwas Lebendiges sein.«

»Was ist mit der Balustrade und dem Stahlträger? Sie sind durch eure Magie auseinandergebrochen.«

Ich nickte. »Das fällt unter Kollateralschäden. Aber das Heraufbeschwören der Magie geht nur mit dem Willen, die Magie auf gute oder schlechte Weise mit einem Körper zu verbinden. Früher war es anders, glaube ich. Vor ein paar Hundert Jahren oder so.«

Besonders starke Hexen konnten heute noch weltliche Dinge manipulieren, wie zum Beispiel einen Stift schweben lassen oder ein Stück Papier zerreißen. Ich war während eines

Ausflugs in die Bibliothek der Ahninnen über eine Schriftrolle gestolpert, die ich nicht hätte finden dürfen. Darin war beschrieben, wie Schamaninnen aus einer anderen Dynastie ganze Wälder in Brand gesetzt, Fluten heraufbeschwört und Felsen zersplittert hatten.

Über Schamaninnen wurde in unseren Zirkeln jedoch nicht gesprochen. Seit der ersten *Yeohwang* waren sie verboten worden. Wer sich nicht an die Gesetze hielt, wurde verbannt. Nur der *Yeohwang* sollte die Macht unserer Vorfahrinnen vorbehalten sein, was auch immer das genau bedeutete.

»Interessant.« Bobbys Schultern spannten sich an. »Wir sind fast da. Halte die Augen auf.«

»Niemand wird wissen, wer oder … viel eher *was* ich bin.«

»Und wie genau hat das vor ein paar Tagen für dich funktioniert?«

»Ich sagte doch, solange wir keinem Aurendämon begegnen … Und sie sind bei Weitem nicht so zahlreich, wie du glaubst«, nuschelte ich indigniert. Außerdem wollte ich nicht an die jüngste Vergangenheit erinnert werden.

»Und woher willst du das wissen?« Mit hochgezogener Braue sah er mich an. Sein Piercing fing das Licht der Straßenlaterne ein. Wir befanden uns nun direkt unter der Dangsan-Bahnbrücke. Ein paar Sportgeräte standen hier zur freien Verfügung sowie Bänke, die auf den Fluss ausgerichtet waren. »Du bist noch nie in Mirro gewesen, oder?«

»Mirro?«, wiederholte ich, anstatt ein Gegenargument anzubringen.

»Der wahre Name unserer Domäne. Wird Zeit, dass du ihn erfährst, damit du uns nicht mit deiner Naivität verrätst.«

»Ich verstehe nicht. Ich dachte, der Untergrund oder die Unterwelt …«

»Ihr Hexen nennt diesen Bereich so. Nicht wir.«

»Aber warum kennt niemand von uns den Begriff Mirro?«

»Wir können sehr beschützend sein, was unser Zuhause angeht.«

»Unser? Du kannst dich nicht entscheiden, was du als dein Zuhause ansiehst, oder?«

»Ist das wichtig? In Mirro gibt es Personen, die ich beschützen möchte. Also beschütze ich auch Mirro. Ob ich nun dort lebe oder nicht, macht keinen Unterschied für mich.«

»Hm, macht Sinn«, gestand ich widerwillig ein. Es verlangte mir jedes Mal etwas ab, Bobby recht zu geben. Egal, zu welchem Thema.

»Wo genau befindet sich das Tor?«, fragte ich, als wir den Fahrradweg überquerten, um die Treppe nach weiter oben zu nehmen. Sie führte unter der Metrobrücke Dangsan hindurch, aber was oben lag? Keine Ahnung. Ich war hier noch nie zuvor gewesen.

»Märtyrerschrein Jeoldusan. Er gehört zu den jüngsten Durchgängen, die sich gebildet haben.«

»Ein bisschen grausam, ein Portal dort zu errichten, wo Hunderte Christen hingerichtet worden sind.« Der Schrein war zum Gedenken an die Verfolgung und Tötung der Gläubigen errichtet worden. Ich hatte während meines Unterrichts davon gehört, war aber selbst nie hier gewesen.

»Die Portale bilden sich ohne das Zutun anderer. Und der Ort ist gar nicht mal so schlecht, so verirren sich Hexen niemals freiwillig hierher.«

»Warum nicht? Besitzt die Unterwelt ... ich meine, Mirro, eigene Magie?«

»Es scheint so.« Wir erreichten den Treppenanfang. Links von uns befand sich eine Kirche, rechts war der Schrein auf einem dunklen Platz ohne jegliche Beleuchtung. »Ist es dir nicht aufgefallen? Religiöse Denkmäler weisen keine nutzbare Magie für euch auf. Das habe ich zumindest gehört.«

»Huh. Du hast recht.« Zwei zu null für Bobby. Ich konnte in unserer unmittelbaren Nähe keine einzige brauchbare Aura entdecken. Gut, dass ich mein Potenzial eben erst aufgeladen hatte.

»Vorsicht«, ermahnte mich Bobby und ging voran. »Das Tor wird nicht so bewacht wie der Durchgang in Yeongdeungpo, aber hin und wieder lungern hier Dämonen rum, die auf Krawall aus sind.«

Ich stellte mich neben ihn, als plötzlich etwas am Saum meines T-Shirts zog. Verwirrt blickte ich neben mich und bekam den Schreck meines Lebens. Ich musste mir auf die Zunge beißen, um nicht laut aufzuschreien.

Das *Haechi* war erneut aufgetaucht, und dieses Mal knabberte es an meinem Shirt. Als es meinen Blick bemerkte, ließ es mich los und sah mich aus unschuldig wirkenden schwarz-gelben Augen an. Die Zunge hing seitlich aus seinem Maul.

»Äh, Bobby?«

»Was?« Er drehte sich zu mir um. »*Daebak!*«

Noch während Bobby seiner Überraschung Ausdruck verlieh, schrumpfte das *Haechi* auf die Größe eines Chihuahuas. Es wartete mit wedelndem Schwanz, dann hüpfte es hoch, und ich schloss automatisch meine Arme um sein weiches, mit harten Schuppen durchsetztes Fell.

»Ich glaube, es will mit«, sagte ich verunsichert. Gleichzeitig wurde der anfängliche Schrecken von unerklärlicher Zuneigung ersetzt. Das *Haechi* war wirklich süß, wie es sich sofort an mich schmiegte und mich ansah, als wäre ich seine persönliche Göttin.

»Mach, was du willst, aber wir sollten jetzt gehen. Es ist niemand in der Nähe.«

Durch die Anwesenheit des *Haechis* fühlte ich mich ruhiger. Ich wusste, dass diese Wesen in den alten Legenden immer dann auftauchten, wenn etwa Minderheiten bedroht wurden oder einflussreiche Personen ihre Macht missbrauchten, und die *Haechis* stellten sich dagegen. Wenn es jemals einen Zweifel gegeben hatte, dass ich das Richtige tat, so war er beim Erscheinen dieses mythischen Wesens verschwunden.

12

Wir standen direkt vor der Steinformation von Jeoldusan, und ich konnte nichts als Dunkelheit zwischen den Statuen sehen.

Die gesamte Formation bestand aus diesen drei Hauptstücken. Die linke Statue ragte rechteckig in die Höhe und wies, wie auch die anderen, in den Stein gehauene Personen auf. Wahrscheinlich die geopferten Christen. Über dem mittleren Brocken ragte ein grobkantiger Felsen auf, der von zwei Steinsäulen durchbohrt wurde. Auf dem rechten Stein ruhte ein waagerecht liegender Schädel, der so groß wie ein kleiner Pkw war. Der Schädel war eckig und kunstvoll gestaltet.

Ähnlich wie die Spitze eines Marterpfahls.

Das *Haechi* kletterte auf meine Schulter. Bobby wirkte entspannter jetzt, da wir nur noch einen Steinwurf von Mirro entfernt waren. Er glaubte offenbar nicht, dass wir aus dem Hinterhalt angegriffen werden würden.

Ich blinzelte.

Nichts geschah.

Ich kniff ein Auge zu.

Nichts geschah.

Ich legte meinen Kopf in den Nacken und versuchte, über uns etwas zu sehen.

Immer noch nichts.

»Bist du sicher, dass sich hier ein magisches Tor befindet?«

»Du musst es fühlen. Dann wirst du es sehen.«

Ich schnaubte.

»Das war kein Scherz. Streck deine Hand aus. So.« Er

umfasste meinen Arm und drehte ihn so, dass meine Handfläche in Richtung der Steinformation zeigte. In etwa so, wie ich sie hielt, wenn ich einen Angriff startete. »Schließe deine Augen und spüre die Energiewellen. Wie ein Meer, das ans Ufer schwappt. Sie fühlen sich weich und samtig an.«

Nur weil sich Bobbys Antworten in der letzten Stunde zunehmend als richtig erwiesen hatten, ignorierte ich den Fauxpas auf der Brücke und gehorchte ihm. Ich atmete tief ein und aus. Das *Haechi* blieb still auf meiner Schulter sitzen. Bobby ließ mich los.

Aus dem Nichts wurde schnell ein beeindruckendes Etwas, das mich als Gefühl von meiner Handfläche ausgehend umhüllte. Behutsam öffnete ich die Augen. Das Portal hatte sich mir offenbart.

Ähnlich wie Bobby es beschrieben hatte, glich der Anblick einer Wand aus sanften Wellen in verschiedenen, glänzenden Blautönen. Es war wunderschön.

»Nur so konntet ihr eure Tore für so lange geheim halten?« Die Wellen waberten von silbrigen Fäden durchzogen zwischen der mittleren und rechten Statue.

»Ihr Hexen seid zu ungeduldig, hochnäsig und arrogant. Denkt, ihr seht genau hin und wisst alles. Das ist euer Fehler. Komm.«

Ich machte zwei Schritte auf das Tor zu, bevor mich schreckliche Angst überkam. »Was ist, wenn sie herausfinden, dass ich eine Hexe bin? Was ist, wenn ich in Mirro sofort einem Aurendämon begegne?«

»*Jetzt* bekommst du Angst?«

»Ja und?«

Er seufzte tief. »Wahrscheinlich würde nichts passieren ...«

»Aber du ...«

»Solange niemand deinen Zirkelstein sieht, solltest du in Sicherheit sein. Tatsächlich leben sogar ein paar Hexen in Mirro. Verbannte Hexen.«

»Was?«, schrie ich entsetzt.

Er drückte grob einen Finger auf meinen Mund und sah sich suchend um. Doch wir wurden nicht angegriffen.

Ich lächelte entschuldigend.

»Kommst du jetzt oder nicht? Wir sollten hier nicht länger ausharren als nötig. Für den Fall, dass dich die Opalhexen noch orten können.«

Ich hätte zwar liebend gern noch mehr über die verbannten Hexen in Mirro erfahren, aber er hatte einen Punkt. Nickend nahm ich das *Haechi* von meiner Schulter, um es an meinen Oberkörper gedrückt festzuhalten. Ich wusste nicht, was mich beim Durchgehen erwartete, und wollte das magische Wesen nicht versehentlich verlieren.

Die neun Stufen waren schnell erklommen. Das Portal ragte wie ein großes Tor vor uns auf. Bobby zog mich hinter sich her.

Absolute Stille umhüllte uns. Ich ging weiter.

In meiner Nase kitzelte es, und ein Kribbeln breitete sich in meinem Körper aus. Dann hatten wir die andere Seite erreicht, und das allumfassende Blau wurde durch den Anblick eines nächtlichen Markts ersetzt.

»Es ist …« Ich schluckte, nachdem ich meinen offenen Mund bemerkt hatte. »Es ist nicht unterirdisch.«

Bobby grinste. Er stakste voran zwischen die Marktstände. Damit ich ihn zwischen den Fußgängern nicht verlor, beeilte ich mich, ihm nachzulaufen. Es gab so viel zu sehen.

Die Häuser waren ähnlich gebaut wie im restlichen Seoul. Manche waren modern, andere traditionell. Es gab Elektrizität, und es gab kleine Autos. Keines davon fuhr allerdings. Sie waren in Nebenstraßen geparkt. Ich nahm jedoch an, sie waren nicht nur zur Zierde gedacht.

Alles in allem wirkte Mirro wie ein hipper Teil Seouls mit einem Touch Düsternis. Den größten Unterschied bildeten die seltsamen Waren von merkwürdigen Knochenspielen über leuchtende Medaillons bis zu kuriosen Wesen. Dazu kamen die eindeutig nicht menschlichen Besucher. Der Markt wurde ausschließlich von Dämonen bevölkert. Es gab Dutzende verschiedene Arten.

Hier mussten sie ihre wahren Gestalten nicht hinter einem Schleier verstecken. Hier konnten sie sich zeigen, wie sie waren. Mit grüner oder blauer Haut, mit Hörnern auf der Stirn oder Stacheln auf den Armen, mit spitzen Ohren oder leuchtend pinken Augen. Ich starrte. Es war ein Anblick, der mich verzauberte.

Bisher hatte ich Dämonen ausschließlich als bösartige Feinde betrachtet. Ich musste zugeben, dass es selbst Bobby schwer mit mir hatte.

Sie nun aber in Freiheit zu sehen, mit lächelnden Gesichtern und Freude in den Augen, zeigte mir zum ersten Mal, dass jeder von ihnen eine eigene Geschichte besaß. Sie waren nicht von Grund auf böse.

Sie waren nicht das absolute Feindbild der Hexen.

Ich umfasste das *Haechi* fester und presste für eine Sekunde mein Gesicht in sein Fell, weil ich mich schämte. Für meine eindimensionalen Gedanken, die ich nie zuvor infrage gestellt hatte.

Verschiedenste Essensgerüche drangen in meine Nase. Händler priesen lautstark ihre Waren an, die ich fasziniert betrachtete. Überall waren leuchtende Farben, und selbst das *Haechi* fiel mit seinem blauen Fell nicht weiter auf. Die Dämonen trugen traditionelle koreanische Roben kombiniert mit moderner Kleidung und Seidenmänteln. Hin und wieder sah man auch ausladende Hüte oder andere ausgefallene Kopfbedeckungen.

Ich blickte nach oben in den sternenklaren Nachthimmel. Eine Illusion? Sterne suchte man in Seoul aufgrund der Luftverschmutzung oft vergeblich. Zwischen den Häusern spannten sich beschriftete Banner. Die Sprache war mir allerdings fremd. Die Zeichen erinnerten an *Hangul,* aber seltsam verdreht. Als wären sie … spiegelverkehrt.

»Unsere eigene Dämonenschrift. Hübsch, nicht wahr?«

»Heißt diese Zwischenwelt deshalb Mirro? Ist sie ein Spiegel der menschlichen Welt?«

Bobby ließ sich das einen Moment durch den Kopf gehen.

»Teilweise. Sie ist ein Spiegel der menschlichen Welt und der drei Höllendimensionen. Mit der Zeit wurde sie jedoch zu einem Zuhause. Zumindest ist das meine Interpretation.«

Sehnsucht tränkte seine Stimme, aber mir erschloss sich nicht, wieso. Schnell wurde ich abgelenkt und vergaß, tiefer zu graben.

Wir hatten uns unwillkürlich einem Stand genähert, der verschiedene seltsame kleine Wesen anbot. Sie befanden sich eingesperrt in Vogelkäfigen, manche in eckigen Hamsterhäusern. Dreibeinige Krähen fixierten potenzielle Kunden mit starrem Blick. Ein schwarzes Schild hing von einem ihrer halbrunden Käfige.

»*Samjoko*«, las Bobby laut vor. »Erwerben Sie jetzt ihr Exemplar und Sie werden innerhalb eines Jahres neue Macht gewinnen.«

»Haben Sie Interesse?«, fragte der Händler, der unsere Aufmerksamkeit bemerkte.

»Nein danke.« Bobby schüttelte den Kopf. »Es wird nicht mal gesagt, welche Art von Macht. Werde ich mächtig im Toilettenputzen oder Müllrausbringen?«

Ich lachte leise.

Neben dem *Samjoko* gab es noch andere Kleinwesen, deren Namen ich noch nie zuvor gehört hatte, und ein einziges *Bonghwang*. Eine phönixähnliche Kreatur mit rot glühendem Gefieder und goldenem Schnabel.

Bobby und ich ließen uns von der Menge treiben.

Die Härchen auf meinen Armen richteten sich auf. Ich spürte eine fremde Art von Magie in der Luft, die mir zusetzte. Meine Atmung fühlte sich schwerer an. Wahrscheinlich lag es an dieser Zwischenwelt.

Ich hoffte, ich würde mich schnell daran gewöhnen.

Ich ließ mich trotzdem von der fröhlichen Stimmung anstecken und vergaß für kurze Zeit den Grund meines Aufenthalts in Mirro. Auch Bobby hielt sich mit seinen ermahnenden Worten zurück. Wir schlenderten von Stand zu Stand und besahen uns die außergewöhnlichsten Auslagen. Verfluchter Schmuck, Werkzeuge für Folter (oder für Heilung), Sternenkarten von Mirro und sämtlichen Höllendimensionen (dort gab es Sternenhimmel?), Figuren zum Anzünden (Hallo, Voodoo!) und zu guter Letzt: Süßigkeiten. Jeder dritte Stand pries Süßigkeiten an. Meistens Schokolade, die doppelt mit buntem Zucker überzogen war. Glasiertes Obst, Marzipan und gezuckertes Lakritz fanden sich auch überall.

»Dämonen lieben Zucker wohl, hm?«, fragte ich nach dem zehnten Süßigkeitenstand.

Bobby konnte nicht widerstehen und kaufte einen rot glasierten Apfel.

»Willst du auch?«

Ich entschied mich für eine Tüte Lakritz, das nicht zusätzlich mit Zucker bestreut worden war. Das *Haechi* verzog die Nase und hüpfte auf meinen Kopf, was etwas Gewöhnung meinerseits bedurfte.

»Diese Magie ... Ich wusste nicht, dass ihr dazu fähig seid, sie zu wirken«, sagte ich, als wir vor einem Schausteller stehen geblieben waren. Er spielte mit grünem Feuer, das mehr mit einer Magieflamme als mit richtigem Feuer gemein hatte.

»Nicht alle.« Bobbys Mund war rot verfärbt, und er versuchte, mit einer Serviette Schadensbegrenzung zu betreiben. »Die meisten Fähigen sind Eumak- oder Mipungdämonen. Sie hüten diese Fähigkeit wie einen kostbaren Schatz. Dass *Dokkaebis* dazu in der Lage sind, müsstest du ja wissen.«

Ich benutzte meine Aurensicht. »Ist er ein Eumak- oder ein Mipungdämon?«

Der Schausteller hatte schwarze Hörner, die auf seiner Stirn wuchsen. Seine Unterarme wiesen zudem ebenso dunkle Schuppen auf, deren Abstände Richtung Schulter immer größer wurden. Auch die Lippen und Fingerkuppen waren schwarz wie Tinte.

»Eumak.«

»Ich kann es sehen«, murmelte ich. Der Dämon entzog seiner Umgebung eine schwarz-lilafarbene Masse, die den Magieauren in der Menschenwelt ähnelte. Nur wirkte sie fester, klebriger. Er formte sie zu einer Flamme und machte sie im nächsten Moment grün und damit für alle sichtbar. »Sie benutzen keine Menschenauren, sondern etwas, das ich noch nie außerhalb von Mirro gesehen habe. Dunkle Energie. Aus den drei Höllen entstammend? Vielleicht …«

»Vielleicht?«

»Es könnte sein, dass die Energie entsteht, wenn Dämonen etwas berühren und mit ihren Erinnerungen tränken. Dadurch könnte diese spezielle Magie entstehen. Ähnlich wie wir Hexen die Magie nutzen, die von menschlicher Berührung, mentaler und körperlicher Natur, entstanden ist. Sehr interessant.« Jisoo hätte sich gleich in die Bibliothek aufgemacht, um verschiedene Theorien zu formulieren und zu recherchieren. Subin hätte ihr von vorneherein gesagt, dass sie nichts finden würde. Die Dokumente über Dämonenfähigkeiten waren spärlich gesät.

Mein Herz krampfte sich bei dem Gedanken an meine besten Freundinnen zusammen. Ich vermisste sie so. Wie ging es Subin?

»Wohin willst du jetzt?«, fragte Bobby, als der Dämon seine Show beendete. Statt ihm Beifall zu klatschen, bejubelte man ihn und bewarf ihn mit goldenen Münzen.

»Ich … bin nicht sicher.« Wohin ging man, wenn man sich auf der Suche nach magischen Objekten befand? »Und du hast keine Ahnung, wo sich der Goblin aufhält? Mino?« Bobby schüttelte den Kopf. »Hm, du hast gesagt, er handelt mit Antiquitäten. Gibt es denn auch Geschäfte in Mirro? Mit denen könnte er vielleicht in Kontakt stehen, wenn er seine Sammlung erweitern oder verkaufen will.«

Bobbys Augen blitzten auf. »Ist das dein erster guter Einfall?«

»Ha-ha.« Ich nahm das *Haechi* von meinem Kopf und setzte es auf den Boden. »Bleib in der Nähe, ja?«

Es wuchs ein paar Zentimeter in die Höhe, sodass es nicht so leicht von den dämonischen Passanten übersehen werden konnte.

Bobby kannte sich nicht so gut aus, wie ich erwartet hatte. Wir mussten uns durchfragen, ehe wir Namen und Adressen zweier Antiquitätenläden bekamen. Wir suchten den uns nächstgelegenen Shop in einer unscheinbaren Seitenstraße auf. An ihn grenzte ein Friseur, eine Poststelle (»Jetzt! Höllische Briefmarken zum halben Preis!«) und ein Kräuterhaus, von dessen offen stehender Tür ein schwerer Pflanzenduft zu uns herüberwehte.

Halmoni hätte sich dort liebend gern umgesehen …

Von außen wirkte der Antiquitätenladen aufgeräumt, aber nichtssagend. In goldenen Lettern war der Name des Geschäfts auf das Schaufenster geklebt worden: *Kang No-Mins Kuriositäten.*

Ich stutzte. »Ich bezweifle, dass Kuriositäten mit Antiquitäten gleichzusetzen sind.«

»Wir sind schon mal hier, da können wir uns auch umsehen.«

Ich stimmte mit einem Nicken zu.

Das Licht im Inneren war gedimmt, reichte aber aus, um sich in den schmalen Gängen zurechtzufinden. Die dunklen Holzregale waren von oben bis unten mit verschiedensten Gegenständen gefüllt, von denen ich einige nicht mal benennen konnte. Metalle vermischt mit diversen Holzarten, Steinen und Kristallen, die zu menschenähnlichen Figuren und anderen scheinbar nutzlosen Dingen geformt worden waren. Lampen, Schmuckkisten und in die Ecken gequetscht Sitzmöbel und Kommoden.

Wir arbeiteten uns mit dem *Haechi* bis zur Verkaufstheke vor. Dahinter saß ein Dämon mit blauer Haut auf einem Hocker.

Als er uns bemerkte, sah er von seinem handtellergroßen Büchlein auf. Den Stift in der Linken drehte er spielerisch hin und her. Sein Blick war durchdringend und aufmerksam. Die gelben Augen strahlten aufgrund seiner Hautfarbe selbst in dem schwachen Licht, ebenso sein weißes Haar, das eine einzige silber-graue Strähne aufwies, die ihm in die glatte Stirn fiel. Um seinen Hals trug er eine grau karierte Krawatte, die zu seinem schwarzen Hemd passte. Alles in allem wirkte er gar nicht so fremd auf mich. Auch an die langen schwarzen Fingernägel und die spitzen Zähne konnte ich mich schnell gewöhnen. Seltsamerweise fand ich ihn sofort sympathisch.

Der Blick des Händlers wanderte von Bobby zu mir und kurz zum *Haechi*, das um die Theke herumtrottete und seinen Kopf auf seinem Bein ablegte.

»Ähm, Entschuldigen Sie. Hae-«, begann ich, unterbrach mich aber selbst. Falls der Händler seine Art noch nicht erkannt hatte, wollte ich sie ihm nicht auf die Nase binden. »Bacon!«, rief ich. Es war das erste Wort, das mir in den Sinn gekommen war. Im Zirkel hatten wir einst eine schwarze Katze mit diesem Namen besessen. Sie hatte wie eine Eule ausgesehen, wenn sie jemanden angestarrt hatte. »Komm hierher!«

Das *Haechi* ... oder Bacon gehorchte erstaunlicherweise.

»Bacon?« Ein Schmunzeln.

Ich lief rot an. »Was soll ich sagen? Ich mag Bacon.«

Das *Haechi* wedelte mit dem Schwanz.

»Nettes Haustier«, kommentierte der Händler schließlich. Er erhob sich und legte Stift und Buch auf die Theke. Erst jetzt bemerkte ich das glänzende Namensschild auf seiner Brust. Kang No-Min. Der Besitzer. Hervorragend. Wenn jemand seine wichtigsten Kunden kannte, dann er.

»Ich würde das an deiner Stelle nicht berühren«, sagte er warnend.

Im ersten Augenblick wusste ich nicht, was er meinte, dann bemerkte ich Bobby, der zu spät seine Hand zurückzog. Auf dem Regal neben ihm hatte eine Peitsche mit silberner Spitze gelegen, die durch seine Berührung zum Leben erweckt worden war. Sofort begann sie, ihn zu attackieren und durch den Raum zu jagen. Bacon lief aufgeregt hinterher. No-Min pfiff mit den Zeigefingern im Mund, und die Peitsche ließ von ihrem schreienden Opfer ab, faltete sich zusammen und fiel scheinbar zufrieden zu Boden.

»Dreibeinige Krähe …«

»Der Lügenstrafer«, antwortete No-Min auf die unausgesprochene Frage. Er ging um die Theke herum und sammelte das Artefakt ein, ohne dass es ihn angriff. Vorsichtig legte er es zurück ins Regal. »Es bestraft nur diejenigen, die Lügen spinnen.«

»Das überrascht mich nicht im Mindesten«, murmelte ich in Bezug auf Bobby. Ich hatte ja geahnt, dass in seinen honigsüßen Worten irgendwelche Lügen versteckt waren. Fragte sich bloß, welche von innen verfault waren.

»Wie kann ich helfen?«

Ich wurde das Gefühl nicht los, dass No-Min entweder nicht an Kunden gewöhnt war oder dass er uns irritierend fand. Er war nicht rundheraus unfreundlich, doch er wirkte zu aufmerksam für einen einfachen Ladenbesitzer.

Kann auch an Bobbys mangelnder Erziehung liegen, warf meine innere Stimme ein, und ich musste ihr recht geben. Jetzt behielt Bobby seine Hände immerhin bei sich.

»Sie … verkaufen nicht nur Antiquitäten, oder?«, begann ich zögerlich. »Sie kennen sich auch gut mit dem Kauf solcher Dinge aus, richtig?« Ich deutete auf die Peitsche.

»Nicht nur«, bestätigte er.

»Wir …« Es war das Beste, nicht um den heißen Brei zu reden. »Ich bin auf der Suche nach dem Stab der Verdammnis.«

»Interessant.«

Nicht ganz die Reaktion, die ich erwartet hatte.

»Der Stab?«

»Dass du auf der Suche nach einem der vier legendären Artefakte bist.«

»Vier? Ich dachte, es gibt nur drei.«

»Ein Fehler, wie er von vielen begangen wird.« Ich sollte ihm wohl nicht sagen, dass ich mich bis vor wenigen Stunden nicht mal an den Stab erinnert hatte. »Tatsächlich gehört der Stab dazu. Das erste ist die Seidenblume, das zweite das Heilwasser, das dritte die Blüten der Wiederauferstehung und zu guter Letzt der Stab der Verdammnis.«

»Macht es einen Unterschied, ob der Stab dazugehört?«, wunderte ich mich laut.

»Glaubst du nicht, dass es das tut?«

Die Vier galt nicht gerade als Glückszahl. Abgesehen davon ... Warum konnte er mir nicht eine einfache Antwort geben?

»Sie reden sehr kryptisch.«

Er schürzte die Lippe und klatschte in die Hände. »Also, ihr glaubt an die Existenz der legendären Gegenstände?«

»Zumindest er«, sagte ich und deutete auf einen überraschend schweigsamen Bobby. Er rieb sich den verletzten Arm, den ich beinahe vergessen hatte. Das Blut war ebenso wie unsere nasse Kleidung getrocknet, und wenn man nicht genau hinsah, erkannte man nicht mal mehr die dünne gerötete Linie. Die kleine Verletzung hatte sich endlich geschlossen.

»Ah, wenn *er* daran glaubt.«

No-Min wurde mir mit jedem Augenblick unsympathischer. Dumm nur, dass ich die Klugheit in seinem Gebaren wahrnahm. Er wusste ganz sicher etwas, das uns helfen konnte.

»Ich habe es gesehen«, kam es beleidigt von Bobby. »Nicht den Stab, aber das Heilwasser.«

»Und natürlich hast du nicht für eine Sekunde angezweifelt, dass es sich dabei wahrhaftig um eben jenes Heilwasser handelte«, sprach der Verkäufer meine eigenen Zweifel aus.

»Ich bin nicht auf den Kopf gefallen.« Bobby kratzte sich am Hinterkopf. »Nicht oft genug jedenfalls, um so was nicht zu hinterfragen. Trotzdem bin ich mir sicher, dass es das Heilwasser war.«

»Glaubst du wirklich, dass es in all den Jahren seiner Existenz nicht verwendet worden ist?«

Eine berechtigte Frage.

»Einmal aufgebraucht, wird es magisch wieder aufgefüllt.«

»Praktisch.«

»Sie scheinen viel von den Artefakten zu wissen, gleichzeitig zweifeln sie deren Existenz an?«

»Tue ich das?«

Die beiden Dämonen starrten sich an. Der eine finster, der andere humorvoll.

Ich verdrehte die Augen. Es wurde Zeit, dem Geplänkel ein Ende zu setzen.

»Wissen Sie, ob sich der Stab im Besitz des Goblins Mino befindet?«

»Vielleicht hat er ihn. Vielleicht hat er ihn nicht.« Kang No-Min setzte sich auf seinen Hocker und schlug die Beine übereinander. »Aber ihr werdet nicht mit ihm sprechen können. Er hat sein Haus seit Dekaden nicht verlassen.«

Wirklich? Und wie hatte Bobby dann das Heilwasser sehen könnten? Einer von beiden log.

»Das werden wir sehen.« Ich presste die Lippen entschlossen zusammen. Er war also ein Stubenhocker, na und? »Wo lebt er?«

Er senkte seinen Kopf, sodass seine gelben Augen im Schatten lagen. Ob er auch zu den Dämonen gehörte, die Magie wirken konnten?

Wäre es wirklich so schlimm gewesen, die nächste *Yeohwang* zu werden? Ich wäre in alle Geheimnisse eingeweiht worden und hätte meine eigenen Recherchen zur Magie durchführen können. Ich war zwar kein Bücherwurm, aber wenn mich ein Thema interessierte, gab ich nicht nach, bis ich alles darüber in Erfahrung gebracht hatte.

Doch ohne meine Flucht wäre ich nie nach Mirro gelangt und hätte nie von dieser Art von Magie erfahren.

Ich befand mich in einer verzwickten Lage.

»Ich gebe euch die Adresse unter einer Bedingung.« Nichts auf dieser Welt oder in Mirro gab es scheinbar umsonst. Was hatte ich auch anderes erwartet? »Sozusagen als netter Preis für meine Bereitschaft zu helfen.«

»Es ist keine Hilfe, wenn es etwas kostet«, wandte ich ein.

»Tut seinem Wert hingegen keinen Abbruch. Im Gegenteil sogar, würde ich meinen.«

»Es steigert aber meine Verärgerung.«

Er legte fragend den Kopf schief. »Was für eine Art bist du? Als Dämonin in Mirro solltest du mit dieser Art von Handel vertraut sein.«

»Okay, okay, rücken Sie schon raus mit Ihrer Bedingung«, mischte sich Bobby gerade im richtigen Moment ein. Mir war nämlich keine passende Antwort eingefallen. Als was für eine Dämonin hätte ich mich ausgeben sollen? Aurendämonin wäre vermutlich die sicherste Variante gewesen ... Darauf sollte ich zurückgreifen, wenn ich das nächste Mal in eine ähnliche Lage geriet. Was hoffentlich nicht so bald geschehen würde.

»Ich möchte einen Gefallen von dir«, sagte No-Min und ließ sich damit ohne Murren auf das ursprüngliche Thema lenken.

»Halten Sie mich für dumm?« Ich verschränkte abweisend die Arme. Wie jedes andere Kind hatte ich unzählige Märchen verschlungen. Ich wusste, was ein dubioser Gefallen für schwerwiegende Folgen haben könnte.

»Nun«, No-Min zog das Wort betont in die Länge, »im Vergleich zum Großteil meiner Kunden heute ...«

»Vergessen Sie es«, bat ich. »Sie brauchen nicht antworten. Ich kann nicht ...«

»Ach nein? Dann kann ich wohl auch nicht die Adresse preisgeben.« Der Händler streckte seine Beine aus und tat besonders entspannt. Bacon setzte sich auf den Holzfußboden und säuberte sein Fell mit der Zunge. »Und dir sei gesagt, dass es schwer werden wird, jemanden zu finden, der sich an Mino erinnert.«

Bobby schritt zu mir, den Rücken No-Min zugewandt. »Tu

es nicht«, flüsterte er an meinem Ohr. Seine Nähe bescherte mir eine nicht unangenehme Gänsehaut.

»Bleibt mir denn eine andere Wahl? Ich weiß, dass es dumm ist, aber wir haben nicht unendlich Zeit. *Meine Familie* hat nicht unendlich Zeit.« Innerlich zählte ich schon die Tage bis zum nächsten Neu- und Vollmond. Zu dem Zeitpunkt fanden viele unserer Rituale statt, und wenn Choi Rose vorhatte, etwas mit dem Potenzial der anderen Zirkel anzufangen, würde sie es in einer solchen Nacht tun. In der sie mit der geballten Macht der Ahninnen rechnen konnte, die es ihr ermöglichte, noch mehr Magie aufzunehmen und zu wirken.

»Wir finden schon eine Möglichkeit«, sagte Bobby zuversichtlich.

Ich hatte ihm in den letzten Stunden einen großen Vertrauensvorschuss gegeben, doch in dieser Sache musste ich auf mein Herz hören.

»Sie können mich ein einziges Mal rufen«, sagte ich an No-Min gewandt. »Dann werde ich Ihnen helfen. Aber ich werde weder jemanden verletzen noch töten.«

»Das erscheint mir akzeptabel. Wie werde ich dich rufen?«

»Besitzen Sie eine Spieldose?«

Er erhob sich und trat in einen Gang, aus dem er kurz darauf wieder zurückkehrte. In seinen blauen Händen hielt er eine kleine, antik aussehende Spieldose aus Holz. Die Maserung war dunkel, einzelne Linien mit Blattgold versehen.

Während er verschwunden war, blendete ich Bobbys nörgelnde Gestalt aus und wandte Magie an. Es gab eine einzige Sache, zu der ich seit einigen Jahren fähig war, und die weder in die Kategorie der Zerstörungs- noch in die der Heilmagie fiel.

Ich hatte ein Haar von meiner Kopfhaut gezupft und es mit leuchtend grüner Magie aus meinem Akku getränkt.

Als No-Min mir das Kästchen reichte, legte ich mein Haar um die kleine Ballerina darin, ehe ich den Deckel wieder schloss.

»Sie müssen diese Dose öffnen, laut und deutlich meinen Namen *Kang Hana* und Ihre Nachricht sagen. Ich werde Sie finden. Aber behalten Sie im Gedächtnis, dass es nur einmal funktioniert.«

No-Min stellte die Dose auf seine Verkaufstheke. »Das ist akzeptabel. Vielen Dank.« Er faltete die Hände vor seinem flachen Bauch. »Nun, zur Adresse. Minos Anwesen liegt an der Cheonggu-ro 3-gil.«

»In Mirro?«, fragte ich sicherheitshalber nach.

Bobby fasste meinen Unterarm und zog mich Richtung Ausgang. »Ich weiß, wo.«

»Bacon! Bei Fuß!« Das *Haechi,* Bacon, trottete hinter uns her. Ich hörte No-Mins Lachen noch auf der Straße, und ein kalter Schauer rann meinen Rücken herab.

Wahrscheinlich hatte ich gerade einen ziemlichen großen Fehler begangen. Das Problem war nur, dass ich immer wieder so entscheiden würde, wenn ich dadurch meinen Zirkel retten konnte.

13

Die Straßen waren voll, obwohl die Uhr gleich Mitternacht schlug.

»Sind Dämonen nachtaktiv?«

»Das klingt, als wären wir Tiere.«

»*Mianhae.*« Er hatte recht. Ich hatte schon mal höflichere Fragen gestellt. »Ich meinte eigentlich, geht ihr eher nachts vor die Tür?«

Ich zog eine Grimasse. Das klang nicht viel besser.

»Meistens, ja. Es erinnert uns an unsere Heimat.«

»Ist es dort dunkel?«

»Wo?«

Ich verdrehte die Augen. »In der Hölle.«

»In welcher?«

»Das fragst du mich?«

Er grinste. »Ja, dort ist es länger dunkel als hell. Das Klima ist ein anderes und … es ist Heimat.«

»Du klingst beinahe sehnsüchtig«, merkte ich an.

»Was wäre daran so falsch?«

»Bist du nicht in Mirro geboren? Und ich dachte, Dämonen wollen den Höllen entfliehen …«

»Beides ist richtig.« Wir überquerten eine Kreuzung, auf der ich das erste Mal fahrende Autos sah. Ich hatte bisher kein Gefühl dafür erlangt, wie weit sich Mirro erstreckte und wie viele Einwohner dort lebten. »Aber wie das so oft ist mit Flüchtlingen, haben die Dämonen ihre Heimat aus Not verlassen, nicht weil sie sie nicht lieben würden. Sie ist unbewohnbar geworden.«

»Wieso?«

»Durch Kriege untereinander. Durch Dämonen, die dort eingesperrt worden sind und ihren Frust an der Bevölkerung auslassen. Durch den Mangel an Nahrung, Jobs und Träumen.«

Da ich Bobby bisher nie derart betroffen gehört hatte, hakte ich nicht weiter nach. Ich konnte zwar nicht verstehen, was mit seinem Volk passiert war, aber ich konnte die Sehnsucht nachvollziehen und akzeptieren.

»Mirro scheint mir eine gute Alternative zu sein.«

»Mirro hat vielen das Leben gerettet. Würden wir alle in Seoul leben, hättet ihr uns längst vernichtet oder eingesperrt.«

Damit waren dann wohl ich und die Zirkel gemeint.

»Warum hilfst du mir dann, wenn du das so siehst?«

»Siehst du es denn nicht so?«

»Das ist irrelevant. Ich muss meine Familie retten, egal, was ich über Dämonen denke. Aber du müsstest mich eigentlich hassen.«

»Du bist du, Kang Hana.«

»Bedeutet?«

»Du bist nicht alle sieben Zirkel. Du bist nicht Choi Rose. Du hast bisher noch kein Dämonenblut an deinen Händen kleben.« Er lächelte leicht. »Vielleicht ist die Beziehung zwischen Dämonen und Hexen ja noch nicht in Stein gemeißelt.«

Wir verfielen in Schweigen.

Stimmte das? Könnte in der Zukunft etwas an unserer Politik verändert werden? Und wenn ja, was? Soweit ich wusste, machten wir Hexen nur Jagd auf die Dämonen, die eine Bedrohung für die Menschen darstellten. Aber waren das nicht fast alle? Und warteten die Hexen, bis Dämonen Menschen verletzt hatten, oder agierten sie präventiv?

Ich wusste die Antwort schon, aber ich wollte sie nicht wahrhaben.

»Ist das wirklich so?«, murmelte Bobby, als ich ihm meine Gedanken mitteilte. »Bist du jemals bei einer Jagd dabei gewesen?«

»*Ani*«, gab ich zu. »Aber Subin und Jisoo hätten mir davon erzählt, wenn es anders gewesen wäre. Sie würden nicht wahllos Dämonen töten.« Einmal abgesehen davon, dass sie beide zu wenig Magie aufnehmen konnten, um einem Dämon den Todesstoß zu versetzen.

Er zuckte mit der linken Schulter. »Vielleicht haben sie es nicht selbst erlebt. Aber ich kann dir sagen, dass Choi Rose keinen Dämon je hat ungeschoren davonkommen lassen, dem sie während einer Jagd begegnet ist.«

Bobbys Blick bohrte sich in meinen. Unwillkürlich waren wir mitten auf der Straße stehen geblieben.

Ich konnte mich nicht zum Weitergehen überwinden. Meine Lunge brannte.

Ich holte lautstark Luft. Der Bann war gebrochen. Bacon schnurrte und rieb ihr Fell, *ihr* Fell an meinen Beinen. Indem ich das *Haechi* Bacon getauft hatte, hatte ich ihm die weibliche Identität meiner Katze eingehaucht. Ob ich damit richtiglag oder nicht, ließ sich nicht ohne Weiteres bestimmen. Ich wusste nicht mal, ob ein *Haechi* einem biologischen Geschlecht zugeordnet werden konnte.

Das Lakritz lag mir schwer im Magen. Zudem konnte ich jetzt nicht an Essen denken, weil wir endlich eine Spur hatten. Einen Weg, der mir am Anfang des Tages noch als unmöglich erschienen war.

»Wir könnten eine Pause einlegen, bevor wir den *Dokkaebi* Mino besuchen. Vorausgesetzt, er lässt uns rein«, schlug Bobby vor.

»*Ani.*« Ich dachte an Jisoo. Ablenkungen jedweder Art wären falsch. »Lass uns weitergehen.« Tränen stiegen mir in die Augen. Schweigend ging Bobby neben mir her.

Es fiel mir zunehmend schwerer, den Schmerz zurückzudrängen. Die Erinnerungen an Jisoo blendeten mich, wann immer ich an zu Hause dachte. Selbst wenn es mir gelang, Choi Rose magieunfähig zu machen, mein Zuhause wäre nie wieder dasselbe.

Trotzdem, Choi Rose musste gestürzt werden, und das würde mir nur mit dem Stab der Verdammnis gelingen.

»Hast du jemals einen Freund verloren?« Die Stille zwischen uns ließ einen zu großen Raum für meine lauten Gedanken entstehen.

»Ein paar, ja.«

»Wie ...« Meine Stimme brach. Ich räusperte mich, aber sie wollte nicht zurückkehren.

»Wie ich weitermachen konnte?«

»Wie hast du überlebt?«, korrigierte ich ihn, als ich wieder sprechen konnte. »Jisoo ist meine beste Freundin. Zusammen mit Subin. Wir haben alles gemeinsam gemacht. Ganz gleich, woran ich denke, Jisoo ist immer ein Teil der Erinnerung. Sie war immer da. Ich weiß nicht, wie ich ohne sie leben soll. Ich weiß, das klingt überdramatisch, aber ...«

»Es klingt nicht überdramatisch. Du fühlst eben so. Es ist überwältigend, jemanden zu verlieren, der einem nahesteht. Mit dem man sein Leben geteilt hat. Das verstehe ich.«

»*Gomawo.*« Tatsache war, dass mir sein Verständnis sehr viel bedeutete.

»Um zu deiner Frage zurückzukommen.« Er massierte sein Ohrläppchen. »Ich gaukle mir selbst vor, dass ich meine Freunde in ein paar Wochen wiedersehen werde. Versuche mich in den Momenten, in denen ich sie am meisten vermisse, davon zu überzeugen, dass sie bloß auf Reisen sind.«

Ich wischte mir über die Augen. »Das hört sich sehr nach Leugnen an.«

»Es hilft beim Überleben.«

Ich kratzte mir nachdenklich Schmutz vom Unterarm. »Wie sind sie ... gestorben?«

Es überstieg meine Vorstellungskraft, mehr als einen Freund oder eine Freundin zu verlieren. Wie sollte man sich jemals von solch einem Verlust erholen?

»Haneul war krank ... verflucht von einer Gorgonin. Letztlich wurde er vom Fluch dahingerafft und versteinerte vollständig«, antwortete Bobby ohne Umschweife und mit beinahe emotionsloser Stimme. Doch ich hörte die unterschwellige Note, die verriet, wie sehr er sich beherrschen musste. Ich bereute es fast, ihn gefragt zu haben, doch meine Neugierde war nach wie vor groß. »Jimon ist an Altersschwäche gestorben. Und … der letzte meiner Freunde wurde von Hexen getötet.«

»Es …« Ich konnte nicht mal sagen, dass es mir leidtäte, ohne wie eine Heuchlerin zu klingen. »Was für eine Art von Dämon war er?«

»Warum?«, entgegnete Bobby mit ungewohnter Schärfe. »Damit du dein Gewissen erleichtern kannst? Wenn er ein Tricksterdämon gewesen wäre, würde das euer Handeln rechtfertigen? Weil es natürlich ausgeschlossen ist, dass er niemals einem Menschen schaden würde, ja? Denn das entspräche nicht seiner Natur, oder?«

»Das wollte ich nicht …« Meine verfluchte Neugier wieder einmal. Meine Frage hatte nicht darauf abgezielt, aber ich verstand auch, warum er mir nicht glaubte.

Er atmete laut durch die Nase aus. »Egal.«

»Es ist nicht egal.«

Wieder hatten wir unseren Weg unterbrochen. Wieder sahen wir einander herausfordernd an. Wieder versuchten wir zu verstehen.

»Warum nicht?«

»Ich möchte nicht, dass du so von mir denkst«, antwortete ich ehrlich. Alles andere, jede Ausrede, würde er augenblicklich ablehnen. »Ich bin kein Monster, Bobby. Ich bin keine dieser Opalhexen. Ich habe vielleicht in einer Welt voller Halbwahrheiten gelebt, aber ich bin bereit, die Realität anzuerkennen. Hexen sind nicht allesamt hoffnungslos in alten Strukturen festgefahren. Ich weiß, das hilft dir und deinem Verlust herzlich wenig, aber ich versuche es, okay?«

Nach einem kurzen Moment schüttelte er den Kopf. Insgesamt wirkte er jedoch weniger angriffslustig als Sekunden zuvor.

»Es ist egal. Dich sollte es nicht kümmern, was ich denke. Ich bin ein einfacher Dämon. Du wirst deinen Weg gehen und mich vergessen.«

Mir stockte der Atem.

Ja, ich wollte mich der Realität stellen.

Doch seit wann schmerzte sie derart in wenige Worte gepackt?

Wann in den letzten Stunden hatte ich Bobby als Begleitung nicht nur akzeptiert, sondern mir auch gewünscht?

Das dürfte ich nicht zulassen. Nicht jetzt, da so viel auf dem Spiel stand.

Ich widersprach ihm nicht. Wir setzten unseren Weg fort und bogen in eine schmale, dunkle Gasse ein.

Abrupt hielt ich inne. Die Gasse wurde links und rechts von hohen Wänden umfasst.

Licht fiel allein von einer Laterne am Eingang der Gasse herein. Den leuchtenden Kegel hatten wir jedoch schnell hinter uns gelassen.

Meine Augen gewöhnten sich nur langsam an die Dunkelheit. Die Gasse schien ins Unendliche zu reichen.

»Es ist der richtige Weg«, sagte Bobby prompt, als er meinen zweifelnden Blick auf sich spürte. Bacon wuchs wieder bis Hüfthöhe an.

»Wie groß ist Mirro eigentlich? Das habe ich mich vorhin schon gefragt.« Ich redete, um die zunehmende Nervosität zu vertreiben. »Ich meine, hat es Grenzen?«

»Natürlich. Aber sie verschieben sich gerne mal. Wenn Straßen beispielsweise gar nicht oder wenig genutzt werden, verschwinden sie und tauchen irgendwo anders wieder auf. Glücklicherweise passiert das nur mit den äußeren Bereichen. Deshalb kann man sich auch nach längerer Abwesenheit gut orientieren. Vorausgesetzt, man bleibt im Zentrum.«

»Wer hat Mirro kreiert?« Noch nie hatte ich von so einem faszinierenden Ort gehört. Und dabei war ich schon von der

Vorstellung einer Unterwelt begeistert gewesen. Mirro setzte ihr noch die Krone auf.

»Wer hat die Welt kreiert?«

Ich schmunzelte. »Touché. Ich finde Mirro jedenfalls toll. Warum lebst du nicht hier?«

»Toll? Du hast erst zwei Stunden hier verbracht.«

»Und?«

Er schüttelte den Kopf. »Was hat das eine mit dem anderen zu tun? Nur weil du es toll findest, heißt es nicht, dass ich hier leben muss. Oder will.«

Abrupt blieb er stehen. Ich folgte seinem Blick.

Ohne es zu bemerken, hatten wir das Ende der Gasse erreicht. Ein gusseisernes Tor ragte vor uns in die Höhe. Altmodische Gaslaternen flackerten seitlich davon.

»Worauf wartest du?« Ich trat vor, um das Tor zu öffnen. Bobby hielt mich an einem Arm zurück. »Was?«

»Äh ...«

»Bobby?«

»Ich bin nervös, okay?« Er rammte die Hände in die Hosentaschen.

Ich öffnete den Mund und schloss ihn wieder. »Ist mir nicht aufgefallen.«

»Lach nicht«, ermahnte er mich.

»Tu ich nicht. Ich meine es ernst. Ich habe es nicht bemerkt. Warum bist du nervös?«

»Wer weiß, was uns dahinter erwartet. Ich habe echt keine Lust zu sterben.«

»Komm schon. Im schlimmsten Fall macht uns Mino nicht die Tür auf.«

Durch das Tor konnte ich ein großes Herrenhaus erkennen, das auf einem Hügel errichtet worden war. Ein breiter Kiespfad, der von Bäumen gesäumt wurde, führte zu ihm hinauf.

»Das erinnert mich an einen Gothic-Roman«, merkte ich an.

»Vielleicht stecken wir ja in einem fest«, grübelte er laut.

»Wahrscheinlich nicht.« Ich seufzte tief. »Man hätte niemanden mit solch schrecklichem Haar wie deinem zum Protagonisten ernannt.«

»Erstens, was stimmt nicht mit meinen Haaren? Und zweitens, du glaubst ja wohl nicht, dass du als Protagonistin geeignet wärst. Außer in *Frankenstein* vielleicht.«

»*Ani*. Ich bin der Poltergeist.« Ich grinste, weil ich nicht auf seinen Köder eingegangen war. »Und an deinem Haar stimmt alles nicht«, log ich, denn eigentlich gefiel es mir, dass er so oft seine Haarfarbe wechselte.

»Das ist …«

Ich wartete nicht auf seine Erwiderung, sondern drückte das Tor nach innen auf und trat ein. Das *Haechi* folgte mir, und Bobby bildete das Schlusslicht. Hinter ihm fiel das Tor mit einem hohen Quietschen zurück ins Schloss. Mein Herz setzte aus, krampfte sich fast schmerzhaft zusammen, um dann in doppelter Geschwindigkeit mein Blut durch die Adern zu pumpen.

Dichter weißer Nebel zog wie aus dem Nichts auf und umhüllte uns. Ich konnte nicht mal mehr die Hand vor Augen sehen.

»Bacon? Bobby?« Bacon erschreckte mich, als sie wieder auf Chihuahuagröße geschrumpft auf meine Schulter sprang. Bobby umfasste eine Sekunde später meine Hand.

»Ich hab's geahnt«, grummelte er.

»Du hast geahnt, dass wir von Nebel eingeschlossen werden würden?«, entgegnete ich skeptisch und ging weiter voran.

Er murmelte etwas Unverständliches.

»Da ist was!«, rief ich.

Eine Sekunde später betraten wir einen Durchgang aus tapezierten Hauswänden, jedoch ohne Dach. Seidentücher hingen von Dachbalken und Fensterrahmen herab, grün angelaufene Leuchter wirkten wie aus einem anderen Jahrhundert. Pflanzen quollen über den löchrigen Holzfußboden und bildeten zunehmend größere Hindernisse. Wir mussten sie gemeinsam zur Seite schieben, weil sie den gesamten offenen Korridor versperrten.

Nach einigen Minuten erreichten wir eine Kreuzung, immer noch im Durchgang, der mehr zu sein schien. Ein Ende war nicht in Sicht. Wir fanden uns nicht auf dem Kiesweg Richtung Haus wieder, sondern vor einer Reihe von abzweigenden Gängen. Wände, die Häusern entrissen zu sein schienen, um dieses Labyrinth zu bilden. An ihnen hingen gerahmte Fotos, Kunstwerke und Fenster ohne Aussicht.

»Das ist verrückt«, sagte ich nach einer Weile des Umherirrens. »Wer baut ein Labyrinth in seinem Vorgarten? Links oder rechts?«

»Rechts.« Wir taten beide so, als würde es einen bedeutenden Unterschied machen. »Jemand, der wirklich keine Besucher empfangen will. Hm. Vielleicht da lang?«

Der Nebel wurde von strömendem Regen abgelöst. Innerhalb weniger Sekunden waren wir bis auf die Knochen durchnässt. Kälte kroch unter meine Haut. Die Temperaturen waren um mindestens fünfzehn Grad gefallen. Wenn nicht sogar noch mehr.

Allein Bacon wärmte meinen Nacken, als sie sich an mich schmiegte.

»Das hier nimmt kein Ende. Wir laufen im Kreis«, rief ich frustriert aus und blieb stehen. Ich stemmte die Hände in die Hüften. Der Regen prasselte hart auf uns ein. »Mal sehen, was sich hinter der Wand befindet.«

»Tu's nicht!«

Ich ignorierte Bobby und setzte meine Angriffsmagie ein. Dazu musste ich mir einen imaginären Gegner vorstellen (ich nahm Bobby) und kreierte mit dem magischen roten Strom, der aus mir hervorbrach, einen blitzenden Energieball. Ich ließ ihn ein paar Sekunden wachsen, bis ich ihn auf die Hauswand vor mir schleuderte. Sie explodierte genau wie die Wand dahinter und die Wand *dahinter,* bis ich nicht weiter in dem Regen sehen konnte.

»Komm schon!«

Es hatte funktioniert!

Ich lief geradeaus durch die neu geschaffenen Öffnungen. Als hätte ich alle Zeit der Welt, ohne Magie einen Ausweg aus dem verfluchten Labyrinth zu finden. Vorausgesetzt, es gab überhaupt einen Ausweg, und man irrte nicht so lange herum, bis man verdurstete.

Mein roter Magieball war verschwunden. Vor mir setzten sich die durchbrochenen Wände wieder zusammen. Ich musste mich beeilen. Musste das Ende finden, bevor wir wieder eingesperrt wären.

Ich blickte über meine Schulter. Auch diese Öffnungen schlossen sich in rasanter Geschwindigkeit. Bobbys Abstand zu mir war zu groß.

Ich zögerte fast zu lange, dann packte ich im rechten Moment sein Handgelenk und zog ihn durch die Wand, die sich hinter ihm wieder zusammensetzte. Der Schwung brachte uns zu Fall. Bacon fiel fauchend von meiner Schulter, während ich hart auf dem Rücken aufkam. Bobby landete unsanft auf mir.

Ich spürte ihn von Kopf bis Fuß. Seine Beine an meinen. Sein Oberkörper an meinem. Sein heißer Atem an meinem Nacken. Mein Brustkorb hob und senkte sich schwer. Ich bekam unter seinem Gewicht kaum Luft.

Dennoch ...

Bobby hob seinen Kopf von meiner Schulter. Sein Blick traf meinen, als er sich mit den Händen auf dem Boden abzustützen versuchte. Seine dunklen Augen schlugen mich in ihren Bann.

Ich hätte nie geglaubt, dass seine Berührung sich auch nur ansatzweise gut anfühlen könnte.

Aber ... das war gelogen, oder?

Selbst der Kuss, der so viel in Gang gesetzt hatte, war mir nicht unwillkommen gewesen. Bobbys Atem strich über meine Wangen. Im nächsten Moment hatte er sich von mir gelöst und war aufgestanden.

Beim Aufrappeln sah ich mich um und erkannte frustriert,

dass sich auch die Wand vor uns wieder verschlossen hatte. Wir befanden uns erneut in einem Gang, ohne eine Ahnung, welche Richtung die richtige wäre.

Der Regen fiel weiter in Kaskaden vom wolkenlosen Himmel.

»Was für …«, begann ich, als ich jäh von Bobby geschubst wurde. Ich prallte mit dem Hinterkopf gegen die Steinwand und sah für kurze Zeit Sterne.

Zuerst dachte ich, Bobby hätte den Verstand verloren, ehe ich das Monster sah, mit dem er auf dem Boden rang. Offenbar hatte es zuerst mich im Visier gehabt.

Ich hatte noch nie ein derartiges Wesen gesehen. Weder in echt noch als Skizze in einem der vielen Bücher oder der Schriftrollen, die ich gelesen hatte. Es war größer noch als Bacon in ihrer angewachsenen Form, mit Dutzenden schwarzen Dornen überall auf seiner lilafarbenen Haut verteilt. Die Schnauze war lang und gefüllt mit vier Reihen spitzer weißer Zähne und einer langen, schlangenähnlichen Zunge, die beinahe Bobbys Gesicht berührte. Ich bezweifelte, dass es ein Zeichen von Zuneigung war.

Bobby hielt das Monster mit den gelben Insektenaugen mühsam von sich. Die Hände auf seine Stirn und seinen unteren Kiefer gepresst, damit es ihn nicht mit dem Maul attackieren konnte. Leider peitschte die Bestie gleichzeitig mit dem dornenbesetzten Schwanz, und es war nur eine Frage der Zeit, bis es den Albdämon damit treffen würde.

Bacon gurrte und hielt sich hinter mir versteckt. Immerhin ging es ihr gut.

Bobby brüllte. Offenbar hatte ihn der Schwanz der Bestie getroffen.

Ich nahm eine kurze Holzleiste von der geborstenen Wand und schlug damit mehrmals auf das Monster ein. Es warf mir einen beinahe verärgerten Blick zu. Kurzzeitig ließ es von Bobby ab, streckte das Maul in die Höhe und … heulte auf.

O nein. Das konnte nichts Gutes bedeuten.

Als Antwort folgte weiteres Heulen aus verschiedenen Himmelsrichtungen.

Ich kratzte jedes Fitzelchen Magie zusammen und warf den Magieball auf die Wand an der nächsten Kreuzung. Mit offenem Mund starrte ich die Öffnung an, die sich rasant wieder schloss. Das Anwesen, ich konnte es sehen.

Ich hatte bereits zwei Schritte in die rettende Richtung gemacht, als mich Bobbys angestrengtes Knurren wieder zur Besinnung trieb.

Bobby oder Mino.

Bacon sah mich erwartungsvoll an.

»Da verbrenn doch einer meine Hexe«, murrte ich, bevor ich die Holzleiste erneut zur Hand nahm und das Ende in das Maul des Höllenhunds rammte.

Er ließ jaulend von Bobby ab, den ich grob auf die Beine zog. Ich musste ihm nicht sagen, dass er loslaufen sollte. Schulter an Schulter rannten wir davon. Das Loch in der Wand hatte sich längst geschlossen. Wir bogen links ab, dann rechts.

»Wohin laufen wir?«

»Bloß weg von hier«, keuchte ich.

»Aber der Stab ...«, wandte Bobby ein und wurde langsamer. Ich packte sein Handgelenk und zerrte ihn hinter mir her, bis er wieder in normaler Geschwindigkeit weiterlief.

»Wir finden einen anderen Weg.«

»Du hättest mich zurücklassen sollen ...« Er bückte sich und griff mit einer Hand an seine Wade. Blut klebte auf seiner Haut, als er einen Stachel hervorzog.

»Hältst du endlich die Klappe?«, rief ich hysterisch. Was sollte ich machen, wenn er plötzlich tot umfiele? »Ich versuche, mich zu konzentrieren.«

Das wäre selbst ohne seine Ablenkung schwer gewesen, aber mit der neuen Angst, ihn zu verlieren, wurde mir fast schwarz vor Augen.

»Wir haben kaum einen Weg zum Anwesen gefunden, wie sollen wir diesem Labyrinth entkommen?«

Ich blieb abrupt stehen, obwohl das Jaulen der Höllenhunde meine Gänsehaut zu einem Dauerzustand werden ließ. »Wenn ich richtigliege, dann will uns der Zauber und somit auch das Labyrinth loswerden. Vielleicht …« Ich biss mir auf die Unterlippe, sah Bobby an. »Wenn es unsere Intention lesen kann, lässt es uns vielleicht von sich aus gehen.«

»Bist du verrückt? Es ist kein lebendes … Wesen.«

»Es ist alte Magie«, wisperte ich. Wie sie von Schamaninnen ausgeübt worden war. »Ich hätte nie gedacht, dass ich ihr ausgerechnet in Mirro begegnen würde.«

»Äh, ich will deinen Gedankengang nicht unterbrechen, aber wir haben Gesellschaft.«

Drei knurrende Bestien standen aufgereiht dort, wo wir noch bis vor wenigen Sekunden entlanggelaufen waren. Hätten sie Fell besessen, wäre es sicherlich aufgestellt gewesen.

Bacon barg ihren Kopf unter meinem nassen Pferdeschwanz.

»Halt!«, rief ich und hielt beide Handflächen den Monstern entgegen. »Hörst du mich? Wir lassen dich in Ruhe. Wir haben verstanden. Besuch ist nicht erwünscht.«

»Glaubst du wirklich …« Noch während Bobby mein Vorhaben anzweifelte, zogen sich die Höllenhunde rückwärtsgehend zurück. Sekunden später verschwanden sie hinter der nächsten Ecke. »Unfassbar!«

»Hier entlang. Komm.« Ich wartete nicht, um den Triumph auszukosten.

Einzelne leuchtende Punkte an den Wänden, die erloschen, wenn wir sie passiert hatten, lotsten uns aus diesem verfluchten Labyrinth. Sogar der Regen nahm ab, und Nebel hüllte uns irgendwann erneut ein. Wenige Schritte später, und wir hatten das gusseiserne Tor erreicht.

»Ich kann nicht glauben, dass das geklappt hat.« Ich seufzte. Ein Lächeln zupfte an meinen Lippen, als ich mich zu Bobby umdrehte. Es gefror augenblicklich. Bobby war kalkweiß im Gesicht, und seine Augen zuckten unruhig in ihren Höhlen. »Was ist los? Warum heilt die Wunde nicht?«

»Ich weiß nicht«, stöhnte er. »Aber ich will hier nicht bleiben.«

Ich setzte Bacon auf dem Boden ab und legte mir Bobbys Arm um die Schultern. Mit dem linken Arm unterstützte ich seine Mitte. Mein Blick glitt zu Boden, während wir uns quälend langsam fortbewegten. Wir hinterließen eine blutige Spur.

Ich verlor jedes Gefühl für Zeit und Orientierung. Bacon wuchs irgendwann zu der bisher größten Größe an, und ich konnte Bobby quer über ihren Rücken legen. Er war zu schwer für mich, und ich konnte selbst kaum noch einen Fuß vor den anderen setzen.

Bisher hatte ich meine Angst in eine Dose in meinem Inneren gesperrt, nun sprengte sie den Deckel auf und überflutete meinen Verstand.

»An der nächsten … Kreuzung links. Das … dritte *Hanok* rechts«, presste Bobby mühevoll hervor. »Meine Schwester.«

Danach verlor er das Bewusstsein. Ich hoffte, er hatte sich richtig orientiert. Wenn sich das Gift – und mittlerweile ging ich davon aus, dass der Stachel vergiftet gewesen war – weiter so rasant ausbreitete, würde Bobby schon bald sterben.

Wäre ich nicht so abgelenkt gewesen, hätte ich die Schönheit der Straße beachten können. Zu beiden Seiten war sie mit wundervoll erhaltenen *Hanoks* gesäumt, und überall wuchsen Pflanzen mit bunten Blüten, die sich erst in einigen Stunden öffnen würden. Die Dunkelheit lichtete sich bereits, und der Morgen brach an. Wir hatten viele, viele Stunden im Labyrinth verbracht, obwohl es mir nur wie einige Minuten vorgekommen war. Trotzdem begann ich, jede einzelne davon in meinen Knochen zu spüren. Noch hatte ich aber eine Aufgabe zu erledigen.

»Okay. Das dritte Haus rechts.« Eine kleine steinerne Treppe führte zum Gartentor und dahinter hoffentlich ins Haus. Ich klopfte mehrmals an, hoffte und betete zu meinen Ahninnen.

»Wer ist da?«, erklang schließlich eine männliche Stimme auf der anderen Seite des Tores.

»Ähm, eine Freundin von Bobby. Und Bobby«, fügte ich hinzu. »Er ist verletzt. Ich brauche Hilfe.«

Das Schloss wurde betätigt. Eine Sekunde später sah ich mich einem jungen Dämon gegenüber. Ich erkannte ihn sofort als neunschwänzigen Fuchs, obwohl er nicht vollständig gewandelt war. Doch seine Augen leuchteten orangefarben, und seine Ohren waren die eines Fuchses. Seine dunkelbraune Haut zeigte allerdings nicht die goldenen Symbole, die sich während einer gänzlichen Wandlung offenbarten. Er schnupperte kurz, ehe sein Blick von mir auf Bacon und somit Bobby fiel.

»Was ist passiert?«

»Ein ... Unfall. Ich glaube, er wurde von einem ... Höllenhund vergiftet.« Tatsächlich war ich mir mittlerweile ziemlich sicher, dass es sich bei den Bestien um Höllenhunde gehandelt hatte. Ihr Anblick hatte meine verstaubten Erinnerungen aktiviert. Auch wenn es keine Abbildungen von ihnen gegeben hatte, so hatte ich von ihrer Beschreibung gelesen.

»Bringen wir ihn rein. Komm.«

»Bacon?« Das *Haechi* weigerte sich, auch nur einen weiteren Schritt zu tun. »*Joesunghamnida*. Ich weiß nicht, was mit ihr ist.«

»Ich mach schon.« Er trat zu Bacon und hievte Bobby herunter. Ich stützte ihn von der anderen Seite. »Mein Name ist übrigens Kwon. Ich bin Nuris Partner.«

Ich zwang mich zu einem Lächeln, das wohl eher einer Grimasse glich. »Kang Hana. Freut mich.«

»Kwon? *Jagi?* Wer ist da?«

Am Ende des gewundenen Pfads befand sich tatsächlich das *Hanok,* und an seiner Tür stand eine junge Dämonin. Als sie mich sah, verschoben sich ihre eigentlich attraktiven Gesichtszüge zu einer monsterhaften Grimasse. Ihre Augen färbten sich gänzlich schwarz, Falten veränderten die Struktur ihres

Gesichts und machten es spitzer, hinterhältiger, die Nase wurde schmaler. Dann, ein Augenblinzeln später, war sie wieder normal. Als hätte ich mir die Veränderung bloß eingebildet.

»Es ist dein Bruder. Er ist verletzt«, sagte Kwon, und wir betraten das Haus.

Nuri schritt voran.

Ich hatte ein ganz dummes Gefühl bei der Sache.

14

Nuri beäugte mich argwöhnisch, während ich Bobby zusammen mit Kwon auf eine Matratze legte. Ich hatte meine Schuhe im Gehen von den Füßen gestreift, sodass meine feuchten Socken auf dem Dielenboden Abdrücke hinterließen.

Ich zwang mich, ruhig zu bleiben. Nuri konnte nicht wissen, dass ich eine Zirkelhexe war.

Oder war ich das überhaupt nicht mehr, seit mein eigener Smaragd während des Reinheitsrituals zerbrochen war?

Nicht drüber nachdenken.

Kwon zog Bobby die Schuhe aus, ehe er zur Seite trat, um seiner Partnerin Platz zu machen. Ich zog mich ebenfalls von dem *Yo* zurück. Nervös knetete ich meine Hände. Ich wünschte, Bacon wäre mitgekommen, aber das *Haechi* fühlte sich in Freiheit offenbar wohler. Vielleicht hatte Bacon auch die Nase voll von unseren lebensgefährlichen Abenteuern.

»Was hat ihn angegriffen?«, erkundigte sich Nuri von mir abgewandt.

Kwon brachte ihr einen Lederkoffer aus einem anderen Raum, den er neben ihr auf dem Boden aufklappte. Diverse medizinische Utensilien kamen dabei zum Vorschein sowie gläserne Ampullen und Phiolen mit verschiedenfarbigen Flüssigkeiten. War sie eine Art Heilerin unter den Dämonen?

Natürlich, auch wenn sich Dämonen schnell von Fleischwunden und Brüchen erholten, konnten sie sich genauso gut schwerer verletzen, verflucht oder vergiftet werden. Dann brauchten sogar sie eine Heilerin.

Ich war froh, dass Bobbys Schwester die Zügel in die Hand

nahm. Mir wäre nicht mal in den Sinn gekommen, was als Nächstes zu tun gewesen wäre.

»Ein Höllenhund. Ich glaube, ... nein, ich habe gesehen, dass einer seiner Dornen sich in sein Bein gebohrt hat. Danach ging es ihm zunehmend schlechter, und kurz vor eurem Haus hat er das Bewusstsein verloren. Gibt es ein Gegengift?«

»Wir werden sehen.« Damit speiste sie mich ab.

Willkommen war ich hier nicht.

Da ich nicht dumm in der Gegend herumstehen wollte, folgte ich Kwon aus dem Raum ins offene Wohnzimmer, das mit der Küche verbunden war. Wieder mal überkam mich der Gedanke, wie normal Mirro wirkte. Wir hätten uns genauso gut in Seoul befinden können.

»Da vorne ist das Bad, falls du dich abtrocknen willst. Brauchst du Wechselkleidung?«

»*Gomawoyo,* Kwon. Geht schon.« Da wir uns nicht mehr im Labyrinth befanden, war die Temperatur wieder angenehm. Außerdem wollte ich mich nicht von Bobbys Kleidung trennen. Irrational.

Nachdem ich mein Haar ausgewrungen und neu gebunden sowie mein Gesicht gewaschen hatte, kehrte ich zu Kwon zurück. Er hatte Wasser aufgesetzt und bereitete Tee zu. Unsicher blieb ich vor dem runden Küchentisch stehen. Die Hände auf der Lehne eines Stuhls abgelegt.

»Du lebst nicht in Mirro?«, fragte er plötzlich, als mein Blick zurück zum Zimmer schweifte, in dem ich Bobby zurückgelassen hatte. »Wir sind ungefähr gleich alt, du kannst ruhig *Banmal* mit mir sprechen.«

Ich nickte, um meine Dankbarkeit auszudrücken, bevor ich antwortete. »Ähm. Nein.« Ehrlichkeit war hier bis zu einem gewissen Grad angemessen. Wer wusste, wie lange ich hier ausharren musste? Ich wollte mich nicht in zu vielen Lügen verstricken. »Das ist tatsächlich mein erstes Mal in Mirro. Nun, nachdem ich hier geboren wurde, versteht sich.« Lüge Nummer eins. »Meine Mutter hat mich wenige Jahre später nach Seoul gebracht.« Zweite Lüge. »Bis jetzt konnte ich nicht … zurück.« Dritte Lüge.

So schnell hatte sich mein Vorhaben in Luft aufgelöst.

Das schlechte Gewissen war hartnäckig. Kwon wirkte freundlich. Ich wollte ihn nicht belügen, aber ich war nicht sicher, wie nah er und Bobby sich standen. Oder ob er im Geheimen Hexen hasste.

Möglicherweise auch nicht ganz im Geheimen. Wahrscheinlich hassten alle Dämonen Hexen.

Außer Bobby, flüsterte meine innere Stimme.

Wieder glitt mein Blick zum Zimmer.

»Er befindet sich in den besten Händen. Nuri weiß, was sie tut«, beschwichtigte mich Kwon. »Tee?«

»*Gomawo.*«

Ich nahm die zierliche Tasse samt Unterteller entgegen und hielt beides fest in den Händen. Kwon nahm die Teekanne und das restliche Service mit, um es seiner Partnerin zu bringen.

Allein zurückgelassen, schlenderte ich unwillkürlich in der Wohnung umher. Wie ein *Gwishin,* das auf der Suche nach etwas war, das es nicht benennen konnte, aber brauchte, um von seinen Qualen erlöst zu werden.

Bisschen theatralisch? Vielleicht.

Ich konzentrierte mich auf die Dämonenauren, die auch der Schausteller für seine Magie genutzt hatte. Ich konnte sie nun besser wahrnehmen, als hätte ich mich bereits in der kurzen Zeit daran gewöhnt.

Sie wirkten auf mich wie das Universum.

Dunkles Blau, fast schwarz, mit stecknadelkopfgroßen Lichtern als Sterne.

Aus einem Impuls heraus versuchte ich, die Aura zu greifen, aber sie rann durch meine imaginären Finger. Wand sich wie ein glitschiger Fisch und legte sich erneut auf Wände und Möbel.

Seufzend gab ich auf.

Mit leerem Potenzial fühlte ich mich schutzlos. Das war seit meiner Kindheit nie mehr vorgekommen. Immer hatte es eine Möglichkeit gegeben, meinen Akku aufzuladen. Nur nicht in Mirro.

Zufällig wurde mein Blick von dem einzigen Farbklecks im ansonsten dunklen Aurenraum angezogen. Eine Kaffeedose, die mit einer menschlichen Erinnerung getränkt war. Sie war nur ein schwaches Gelb, aber ich sog die Aura gierig in mich auf.

Die Leere fühlte sich weniger leer an.

Ich drehte mich wieder um und steuerte die Glastür an, die nach draußen auf eine Dachterrasse führte. Kwon und Nuri hatten hier einen gemütlichen Ort geschaffen. Es gab einen großen Tisch zum Sitzen und Essen, eine Liege, einen Grill und viele Kissen sowie ein Sonnensegel.

»Ah, du hast unseren Rückzugsort entdeckt«, bemerkte Kwon.

»*Mianhae,* ich wollte nicht …«

Er lächelte so breit, dass seine Augen ganz schmal wurden. »Und ich wollte nicht klingen, als würde ich dich kritisieren. Setz dich doch.«

Ich stellte meinen Tee auf einen kleinen Beistelltisch und ließ mich auf ein Kissen nieder. Kwon folgte meinem Beispiel, sodass wir einander gegenübersitzen konnten.

»Von hier aus hat man immer einen hervorragenden Blick auf den Sonnenaufgang. Sieh nur.«

Er deutete über die Dächer hinweg Richtung Osten. Dort hatte sich der Himmel bereits orange verfärbt. Nicht mehr lange und wir würden die flammende Scheibe sehen können. Damit neigte sich meine erste Nacht in Mirro, der dämonischen Unterwelt, dem Ende zu.

Kurios. Ich hatte so lange darauf gewartet, so lange darauf gehofft, sie betreten zu dürfen, und mir vorgestellt, welche Erfahrungen ich machen würde. Keiner meiner Träume kam der Realität auch nur ansatzweise nahe.

Ich war eine dumme, naive Hexe gewesen.

»Bobby wird es bald besser gehen. Du wirst schon sehen.« Kwon zwinkerte mir zu. »Auch wenn die Umstände wenig schön sind, so freut sich Nuri bestimmt, ihn hier zu haben. Er kommt so selten zu Besuch.«

»Gibt es einen Grund dafür?«

Kwon zuckte mit den Schultern. »Möglich. Aber wenn es einen gibt, so bin ich nicht eingeweiht.«

»Ich habe ihn zunächst für jemanden gehalten, der unfähig ist, Geheimnisse zu wahren«, gestand ich nachdenklich, »aber mittlerweile glaube ich, dass er voll davon ist.«

»Sind wir das nicht alle? Mit jedem Geheimnis, das wir anderen preisgeben, machen wir uns verwundbarer. Gleichzeitig könnten wir sie nicht für immer festhalten, wenn wir nicht allein bleiben wollen. Was für einige Wenige eine Alternative ist.« Kwon schlürfte seinen Tee aus. »Kommt wohl darauf an, was man sich vom Leben wünscht.«

»Was wünschst du dir?«

Als Reaktion auf diese intime Frage lachte er, und ich stimmte mit ein. Es war einfach, sich mit Kwon zu unterhalten, obwohl wir uns nicht mal eine Stunde kannten.

Während Nuri sich weiterhin um Bobby kümmerte, erzählte er mir mehr von sich. Sein Vater war ein Schamane gewesen, der von der Elfenbeinküste nach Seoul gekommen war. Hier hatte er Kwons Mutter, eine *Gumiho,* kennengelernt und sie geheiratet. Kwon hatte die dämonische Seite seiner Mutter geerbt, stand aber immer in gutem Kontakt zu seinem Vater.

»Unglücklicherweise verstarb er vor wenigen Jahren«, setzte Kwon seine Lebensgeschichte mit einem wehmütigen Lächeln fort. »Er hat schon immer gerne experimentiert, und während eines solchen Versuchs hat er sein Leben verloren. *Umma* war untröstlich. Seitdem ist sie ständig auf Reisen und kommt nur alle paar Monate vorbei, um uns zu besuchen.«

»Das klingt wirklich schrecklich. Mein Beileid.« Ich meinte das ernst, auch wenn ich an dem Wort Schamane hängen geblieben war. Kurz debattierte ich im Inneren mit mir selbst.

Wäre es zu auffällig, mich danach zu erkundigen? Aber die Situation war zu günstig, um sie verstreichen zu lassen. »Es gibt männliche Hexen?«

Kwon sah mich seltsam an. »Ah, natürlich. Du kennst wahrscheinlich nur die Hexen von Seoul.«

»Was meinst du damit?«

»Die männlichen Nachfolger von Hexen haben keinerlei nennenswerten magischen Fähigkeiten. In Südkorea und vermutlich in ganz Asien. In Afrika ist das anders. Dort können auch Hexer Magie nutzen. Wir nennen sie Schamanen.« Ob sie in irgendeiner Weise mit unseren Schamaninnen in Verbindung standen? »In Europa hat sich meines Wissens auch ein magisches Volk angesiedelt, unter denen alle Magie wirken können. Ich habe auch von Hexen in New Orleans gehört. Ob sie allerdings als Schamanen bezeichnet werden, weiß ich nicht. Mein Vater hätte dazu wahrscheinlich mehr sagen können ...«

Ich unterdrückte meine Neugier. Es war besser, mich erst mal selbst mit den Informationen zu beschäftigen, anstatt Kwons Neugier zu wecken. Ich konnte mich glücklich schätzen, dass er bisher nicht nach meiner Art von dämonischem Hintergrund gefragt hatte.

Am besten legte ich mir bereits eine Antwort zurecht. Leider hatte ein starker Wind in meinem Kopf alles weggeblasen.

Ich gähnte laut und hob verspätet eine Hand vor meinen Mund. Kwon gluckste amüsiert.

»Komm. Es ist schon spät.«

Er sammelte das Geschirr ein, und ich folgte ihm zurück ins Haus. Nuri kam gerade aus dem Raum, in dem Bobby schlief. Ich wartete nicht auf eine Erklärung, sondern sah selbst nach ihm.

In dem dämmrigen Licht konnte ich erkennen, wie sich Bobbys Brustkorb in regelmäßigen Abständen hob und senkte. Ich stieß einen Atem aus, der bis dahin tief in meiner Lunge festgesessen war. Erst nach dieser erleichternden Erkenntnis nahm ich andere Details wahr. Die dünne Decke, mit der er bis zu seinen Schultern bedeckt war. Die Narbe an seinem entblößten Oberarm von der Attacke der Opalhexen auf der Yanghwa-Brücke und die entspannten Gesichtszüge, die ihn jünger wirken ließen. Fast unschuldig.

»Wann wacht er auf?«, fragte ich Nuri, die sich hinter mir an den Türrahmen gestellt hatte.

Unwillkürlich war ich vor Bobby auf die Knie gegangen. Ich kam nicht umhin, die Schuld seiner Verletzung bei mir zu suchen. Ich hatte ihn mehr oder weniger dazu gezwungen, mir zu helfen.

»Er muss seine Kräfte sammeln. In ein paar Stunden vielleicht. Das Gegengift ähnelt dem von gewöhnlichen Stacheldämonen, deshalb hatte ich es zur Hand.« Kwon ging an seiner Partnerin vorbei, einen Stapel Bettwäsche in den Händen, den er mir reichte. Nuri verengte misstrauisch die Augen. »Was soll das werden, Kwon?«

»Es war eine lange Nacht für sie. Und für uns. Ruhen wir uns etwas aus.«

»Wir können sie nicht bei ihm im Zimmer lassen«, protestierte sie. Sie plusterte ihre Wangen auf, wodurch sich die Ähnlichkeit mit Bobby seltsamerweise verstärkte. Sonst sah man kaum, dass es sich bei ihnen um Geschwister handelte. Ihre Augen waren größer, ihre Nase länger und die Brauen geschwungener. Anstatt Bobbys Faible für bunt gefärbte Haare zu teilen, behielt sie ihre natürlich schwarz und ließ sie glatt bis zu ihren Schultern fallen. »Wir wissen nicht, ob sie vertrauenswürdig ist.«

»Sie hat deinen Bruder zu dir gebracht, oder nicht?«

Nuri wedelte mit einem Arm in meine Richtung. »Aber während sie zusammen waren, ist er verletzt worden!«

»*Jagi* …«, sagte Kwon und benutzte damit das Kosewort, um sie zu beruhigen. Sanft strich er über ihre Arme. »Vertrau mir.«

Nuri presste die Lippen zusammen und sah ein letztes Mal an ihrem Partner vorbei. Ich konnte die unausgesprochene

Warnung beinahe hören. Sie würde mich bis ans Ende der Welt jagen, wenn ich Bobby etwas antäte.

Kwon gelang es, sie aus dem Zimmer zu lotsen und die Tür hinter sich zu schließen. Ich seufzte tief.

Bevor ich jegliche Spannung in meinen Muskeln verlor, breitete ich *Yo* und Decke auf dem Boden in einigem Abstand neben Bobby aus. Der Albdämon rührte sich nicht ein einziges Mal. Deshalb machte ich mir nicht die Mühe, leise zu sein. Vielleicht hatte er einen Schlaftrunk von seiner Schwester erhalten.

Ich behielt mein T-Shirt an, zog aber die feuchte Jeans aus und hängte sie über einen Bügel an einen Wandhaken. Meine Socken legte ich dazu.

Sobald mein Hinterkopf das weiche Kissen berührte, erwachte mein Geist. Es war wie verhext. Ich war müde. Ich spürte meine schmerzenden Knochen, und meine Lider wollten nichts lieber, als geschlossen zu bleiben. Doch meine Gedanken rasten.

Ich drehte mich auf die Seite, fixierte Bobby mit meinem Blick. Erst nach und nach sank die jüngste Vergangenheit in mein Bewusstsein. Der Moment, in dem Bobby nicht mehr hatte gehen können und ich ihn auf Bacons Rücken hatte hieven müssen. Die Bilder flimmerten vor meinem inneren Auge. Zu diesem Zeitpunkt hatte ich mir nicht erlaubt, meiner Verzweiflung oder meinen Schuldgefühlen nachzugeben. Jetzt holten sie mich mit geifernden Mäulern ein. Es fiel mir schwer, ihnen in der Dunkelheit des Zimmers zu entkommen.

Mein Magen knurrte laut. Ich drehte mich wieder auf die andere Seite.

Irgendwann, als es längst still im Haus geworden war, strampelte ich die Decke weg und stand auf. Da mir Bobbys T-Shirt bis zur Mitte der Oberschenkel reichte, ließ ich die Jeans weiter trocknen. Auf nackten Sohlen ging ich in die Küche.

Nur eine Sekunde kam ich mir schlecht vor, Kwons Gastfreundlichkeit auszunutzen, dann siegte mein Hunger. Ich öffnete leise ein paar Schränke in der Küche, aber ich fand weder Fertiggerichte noch sonst etwas, das ich mir auf die Schnelle hätte zubereiten können. Schließlich nahm ich mir nur etwas von dem übrig gebliebenen Reis im Reiskocher und setzte mich mit Schüssel und Stäbchen nach oben auf die Terrasse.

Warum fühlte ich mich sofort einer Panikattacke nahe, wenn ich in einem Haus schlafen sollte? Sobald ich den freien Himmel über mir hatte, konnte ich klarer denken.

Der Reis schadete auch nicht dabei.

Von meiner Position aus konnte ich über einen Großteil von Mirro blicken. Zumindest nahm ich an, dass dies alles Mirro war. Oder schloss sich Seoul nahtlos an? Selbst mit dem glänzenden Licht der Morgensonne war das schwer zu sagen.

Ich stellte die leere Schüssel auf den Tisch.

Sehnsucht nach einem gewissen Albdämon mit buntem Haar ergriff mich. Er ging mir gewaltig auf die Nerven, aber er hatte mich in den katastrophalen Stunden nach dem Ahnenmond bei Verstand gehalten.

Das war jedoch egoistisch von mir gewesen. Ich hatte ihn in mein chaotisches Leben gezogen und ihn dadurch verletzt.

Vielleicht sollte ich einfach gehen. Bobby hatte mehr als genug getan, um den Kuss wiedergutzumachen.

Aber da gab es noch einen anderen Gedanken, der an mir nagte.

Wieder und wieder fand ich mich in die Lage zurückversetzt, in der ich mich zwischen Bobby und dem Anwesen hatte entscheiden müssen. Ich würde immer wieder gleich entscheiden. Das war jedoch das Problem. Bobby brachte meine Prioritäten durcheinander.

Wie sollte ich so den Stab finden und meinen Zirkel retten?

Ich vergrub das Gesicht in meinen Händen. Wie es den anderen wohl erging? Konnten meine Eltern Choi Rose in Schach halten? Ich hatte *Umma* nicht unter denen gesehen, denen der Zugang zu ihrem Potenzial versperrt worden war. Bedeutete das, Rose behielt sie an ihrer Seite im Hauptquartier?

Wieder fragte ich mich, was *Umma* sich dabei gedacht hatte, zurückzubleiben.

Wurde es Zeit, mich der Wahrheit über mich selbst zu stellen? Ich hatte nichts zu bieten. Jagte vollkommen willkürlich einem fantastischen Ding hinterher, das womöglich nicht mal existierte. Das *Umma* sicher nicht mit ihrer kryptischen Aussage gemeint hatte.

Würde ich jemals wieder nach Hause zurückkehren können? Bobby hatte vorgeschlagen, ich sollte mich davonmachen. War es das, was *Umma* gewollt hatte? Für mich ein neues Leben außerhalb Südkoreas zu suchen?

Ani. Das würde sie niemals von mir verlangen.

Ich gähnte wieder und wieder. Der Reis und die Gedanken hatten nichts gegen meine Müdigkeit getan.

Ausgerechnet Bobby fand mich wenig später.

Er trug eine Jogginghose und ein weißes Unterhemd, die er sich bestimmt von Kwon geliehen hatte.

Der Moment für eine Flucht war verstrichen. Mit ihm direkt vor mir, im wachen Zustand, fühlte ich mich unfähig, das Haus zu verlassen.

Bleib so lange bei ihm, bis du genug über Mirro und die Dämonengesellschaft gelernt hast. Danach kannst du dich immer noch allein durchschlagen, riet ich mir selbst.

»Dir geht's besser?« Ich zupfte an dem Saum meines T-Shirts, das mir nun doch etwas zu kurz vorkam.

»Es tut noch weh, aber ist auszuhalten.« Er massierte seine rechte Wade. »*Gomawo.*«

»Wofür?«

»Dafür, dass du mich nicht zurückgelassen hast. Dass du mich zu meiner Schwester gebracht hast.«

»Natürlich.«

Gähnend streckte er sich.

»Es sieht nach gutem Wetter aus.«

»Small Talk? *Jinjja?*«

»Ich bin müde. Mein Hirn muss sich erst aufwärmen.«

»Warum gehst du dann nicht wieder schlafen?«

»Wie soll ich, wenn du –«

Laute Schreie unterbrachen ihn. Wir sprangen sofort auf und rasten zurück ins Haus. Bobby steuerte zielstrebig das zweite Schlafzimmer an. Nuri lag in einem breiten Doppelbett und wälzte sich schreiend und wimmernd hin und her. Kwon war nicht da.

Ich erkannte sofort, dass sie nicht bei Sinnen war. Offensichtlich wurde sie von schrecklichen Albträumen heimgesucht.

Bobby stürzte aufs Bett und fasste Nuris Arme. Ihre Hände waren zu blutleeren Fäusten geballt. Sobald Bobby sie jedoch berührte und sanft ihren Namen sagte, ließ das Schreien nach.

»Es ist nur ein Traum. Es wird alles gut«, sagte er immer und immer wieder.

Seine bekannte Stimme schien bis zu ihr durchzudringen. Sie wurde allmählich ruhiger.

Ich blieb wie versteinert an der Tür stehen, obwohl ich mir wie eine Voyeurin vorkam. Mir tat Nuri leid. Ich fühlte mit ihr, weil ich wusste, wie grausam Albträume sein konnten.

Doch ich hatte nicht gedacht, dass auch Albdämonen unter ihnen leiden konnten. Und in welchem Ausmaß gar ... Ich war erschüttert.

15

»Wo ist Kwon?«, fragte ich nach einer Weile. Ich konnte nicht sagen, ob Nuri erwacht war oder weiterschlief. Oder ob Bobby etwas mit ihren Träumen getan hatte, aber sie wimmerte nicht länger. Ich hörte sie gleichmäßig ein- und ausatmen.

»Arbeiten vermutlich. Er ist Tagelöhner und meistens schon vor Sonnenaufgang aus dem Haus, um sich einen guten Job zu sichern«, antwortete Bobby sofort mit leiser Stimme. »Würdest du Teewasser aufsetzen? Ich bin sicher, Nuri braucht gleich eine Tasse.«

Ich nickte, glücklich, dass ich etwas zu tun bekam. In der Küche füllte ich den Teekessel mit Wasser und setzte ihn auf den Gasherd, bevor ich die getrockneten Kräuter betrachtete. Sie hingen in Büscheln an der Wand. Ich entdeckte Lavendel, Beifuß, Pfefferminz und viele andere. Im Vorratsregal daneben standen verschiedene Teedosen. Eine von ihnen sah aus, als würde sie jeden Moment runterfallen. Ich berührte sie, um sie zurückzuschieben, als ich einen ungewöhnlichen Widerstand bemerkte. Zögerlich drücke ich fester. Ein leises Klicken folgte, und eine Lücke bildete sich zwischen Kräutersammlung und Vorratsregal.

Ich warf einen kurzen Blick über meine Schulter. Bobby war noch bei Nuri im Zimmer. Langsam zog ich das Regal, das gleichzeitig auch eine Geheimtür war, auf. Sekunden später fand ich mich in einem rechteckigen, fensterlosen Raum wieder.

Talismane, *Norigaes* und Teppiche hingen in verschiedenen Stadien der Vollendung von den Wänden. Es befanden sich zudem eine Werkbank und ein Regal gefüllt mit Fäden, Schnüren, Federn und Perlen darin sowie ein Webrahmen, der den größten Teil des Raumes einnahm.

Ich wurde augenblicklich vom Anblick der Szenerien gefangen genommen, die auf den Webteppichen gezeigt wurden. Bilder voller Dunkelheit, Hass und Schatten, die das Licht wie Bestien fraßen. Es für immer verschluckten und blanke Verzweiflung zurückließen.

Neben der Werkbank stand ein schmaler Schreibtisch, auf dem ein ganzer Stapel gelbes Pergament lag. Pinsel verschiedener Stärke und Tinte in Rot und Blau waren auf einem Samttuch ausgebreitet. Nuri stellte offenbar auch *Bujeoks* her. Koreanische Talismane, die sowohl für Segen als auch für Flüche genutzt werden konnten. Etwas, das Schamaninnen taten. Offenbar war Nuri eine Schwindlerin, oder Albdämonen waren dazu ebenso imstande, sie zu kreieren.

Die Grenze zwischen Hexen und Dämonen war nicht so strikt, wie ich immer geglaubt hatte.

»Ah, du hast Nuris Werkraum gefunden.«

Ich zuckte zusammen. Bobby stand dicht hinter mir und blickte über meine Schulter in den Raum.

Ertappt drehte ich mich herum. Die Hitze in meinem Gesicht konnte ich nicht unterdrücken, aber Bobby wirkte nicht verärgert.

»Lass dich nicht von ihr erwischen. Sie mag es nicht, wenn andere ihre unfertige Ware sehen.« Er musterte mich, als ich nicht sofort auf seine lockere Stimmung ansprach. »Es ist ihr Job.«

»Das habe ich mir gedacht. Aber … Es fühlt sich nicht richtig an.«

Bobby wartete, bis ich zur Seite getreten war, um die Tür zu schließen. »Vielleicht ist es zu fremd für dich. Deshalb verstehst du es nicht.«

»Ich verstehe genug.« Ich verschränkte die Arme.

»Das sagen sie alle.« Bobby nahm den pfeifenden Kessel vom Herd.

»Tu es nicht …«

»Was?«

Er sah mich nicht an. Ich massierte meinen Nacken. »*Dwaesseo.* Du hast recht. Alles hier in Mirro fühlt sich anders an. *Mianhae.*«

»Schon okay.« Er presste die Lippen zu einem Lächeln zusammen. Mich überkam das schlechte Gewissen, weil ich ihn nicht wie eine unbedarfte Hexe behandeln wollte, die Dämonen ausschließlich als Feinde ansah.

Dämonen waren mehr für mich geworden. Bobby war mehr für mich geworden. Obwohl ich noch nicht genauer beschreiben konnte, was ich damit meinte.

Wir versorgten Nuri mit Tee, bevor wir uns erneut nebeneinander, aber mit Abstand schlafen legten. Selbst ich sah ein, dass mein Körper Energie brauchte, um weiter funktionieren zu können. Ich kniff die Augen zusammen und konzentrierte mich auf meine Atmung. Als das keinen Erfolg brachte, lauschte ich stattdessen den leisen Geräuschen, die Bobby verursachte.

Irgendwann verlor ich mich in dem einschläfernden Rhythmus und wachte erst Stunden später auf. Etwas erholter.

Nuri kümmerte sich gerade um das Frühstück und unterhielt sich währenddessen mit Bobby. Er saß am runden Tisch, die Hand um einen Iced Americano gelegt. Das Eis klirrte leise, als er das Glas an seine Lippen hielt.

Sein Blick glitt zu mir. Hatte ich unbewusst ein Geräusch von mir gegeben? Seine Augen bewegten sich förmlich über meinen Körper. Ich erinnerte mich an meine fehlende Hose. Eilig sperrte ich mich im Badezimmer ein.

In Situationen wie diesen fragte ich mich, ob er sein Geständnis ehrlich gemeint hatte.

Er hatte zugegeben, mich zu mögen. Zunächst hatte ich es für eine Ausrede gehalten, übergriffig zu werden, aber jetzt war ich mir nicht so sicher. Oder schenkte ich seinen Blicken mehr Bedeutung, weil ich diejenige war, die Gefühle entwickelt hatte?

»Unsinn.« Ich warf meinem Spiegelbild das einzelne Wort entgegen. Sollte es sich daran verschlucken.

Mit gerecktem Kinn kehrte ich zu den Geschwistern zurück und setzte mich ebenfalls an den Tisch. Ungebeten servierte mir Nuri auch einen Kaffee mit Eiswürfeln.

Ich bedankte mich.

»Bobby sagte mir, du hast meinen Werkraum betreten.« Sie stellte nach und nach köstlich aussehende Beilagen auf den Tisch. Mir lief beim Anblick das Wasser im Mund zusammen. *Kimchi*, Soja- und Bambussprösslinge, eingelegte Pilze und Zucchini. Dazu gab es warme Omeletts und Reis sowie eine Algensuppe.

Ich warf Bobby einen bösen Blick zu. Hatte er mir nicht gesagt, Nuri hätte das nicht gern? Warum musste er es ihr unter die Nase reiben?

»Was?« Er nahm etwas von dem Bauchspeck. »Ich habe keine Geheimnisse vor meiner Schwester.«

»Ich könnte ehrlich gesagt deine Hilfe gebrauchen.« Nuri hatte sich mir gegenüber hingesetzt. Sie wirkte weniger abweisend, gut gelaunt gar, als hätte sie sich entschlossen, mir plötzlich zu vertrauen. Und als wären ihre Albträume nicht der Rede wert. Letzteres stimmte mich traurig, da es bedeutete, dass sie unruhige Nächte gewohnt war. Musste sie allein damit fertig werden, wenn Bobby in Seoul war und Kwon bei der Arbeit?

Sie lächelte leicht, als sie ihr Haar hinter den Ohren befestigte.

»Meine Hilfe? Wobei?«, fragte ich verunsichert.

»Kwon hat mir soeben eine Nachricht zukommen lassen. Er hat einen Job gefunden, der ihn bis morgen Abend in Seoul hält. Ich brauche jemanden, der mir bei der Warenvorstellung hilft, wie er es normalerweise tut.«

»Aber warum ich? Ich kenne mich nicht mit ... Talismanen aus. Oder Webteppichen.«

»Das ist nicht schlimm. Du musst nur hübsch aussehen, während mir Bobby assistiert.«

»Sieht Kwon normalerweise hübsch aus oder ist er derjenige, der dir assistiert?«, konnte ich mir nicht verkneifen, zu fragen.

»Er übernimmt meistens beide Rollen«, antwortete sie nüchtern. Erwartungsvoll sah sie mich an.

Ich legte die Stäbchen quer über meine Schüssel.

»Die Präsentation findet auf einer kleinen Veranstaltung statt. Es werden sich dort hauptsächlich einflussreiche *Dokkaebis* und Eumakdämonen aufhalten«, erklärte Bobby, als hätte er meine Gedanken gelesen. Auch wenn es mich reizte, mehr über Mirro zu erfahren, rannte mir die Zeit davon, meinen Zirkel zu retten. »Es wäre gut möglich, dass einer von ihnen Mino kennt. Vielleicht in Kontakt mit ihm steht.«

»Du musst dir vorstellen, sie sind so mächtig, dass sie entscheiden, wer die Höllendimensionen verlassen darf«, fügte Nuri hinzu. »Die Übergänge sind kräftezehrend, sodass schwache Dämonen erst gar nicht ohne Hilfe auf der anderen Seite überleben. Sie müssen starke Dämonen in Mirro oder Seoul bezahlen, um Unterstützung von ihnen zu erhalten. Sozusagen Sponsoren.«

»Was ist mit gefangenen Dämonen?« Ich hoffte, nicht so grün hinter den Ohren zu klingen, wie ich mich fühlte. Aber Nuris Bereitschaft, mir ausführlich zu antworten, beruhigte mich.

»Sie müssen von Hexen beschworen werden. Da Dämonen aber nicht mit dem Pack zusammenarbeiten, ist es von den Goblins verboten worden.« Bobby räusperte sich. »Wie auch immer, ich würde ... ich wäre dir was schuldig, wenn du einspringen könntest.«

Ich gab mich geschlagen.

Nuri hatte sich nicht für ihr abweisendes Verhalten in der Nacht entschuldigt, und ich erwartete es auch nicht. Sie hatte so gehandelt, wie jede Schwester handeln würde. Verständlich, dass sie mir nicht vertraut hatte. Wenn jemand mit einer verletzten Subin oder ... Jisoo an meine Tür geklopft hätte, wäre ich auch nicht von dieser Person begeistert gewesen. Dafür hatte sich Nuri noch ziemlich höflich verhalten.

Wenig später sollte ich mir ein *Hanbok* aus Nuris Kleiderschrank aussuchen. Nicht dass ich besondere Lust gehabt hätte, mich zu verkleiden, aber einmal zugesagt, war es zu spät, jetzt einen Aufstand zu machen. Es war einfacher, mit der Strömung zu gehen und mich auf das Wesentliche zu konzentrieren.

In meinem bisherigen Zustand war es unmöglich, das Labyrinth zum Anwesen zu durchbrechen. Ich müsste einen Weg finden, mein Potenzial aufzufüllen, während ich in Mirro war. Da mir keine einfache Lösung einfiel, hoffte ich nun, während der Versammlung einen von Minos Bekannten zu Gesicht zu bekommen. Wir hatten bisher nur Kang No-Mins Wort, dass Mino sich normalerweise bedeckt hielt. Wer sagte mir, ob das auch wirklich der Wahrheit entsprach?

Da ich erst einmal zuvor ein *Hanbok,* eine koreanische Tracht, anprobiert hatte, musste mir Nuri beim Ankleiden helfen.

»Danke noch mal, dass du mir aushilfst.« Nuri zog das Unterkleid über meine ausgestreckten Arme und den Kopf, sodass ich ihre Stimme gedämpft wahrnahm. »Die Präsentationen sind wichtiger, als man denken mag.«

»Was meinst du damit?« Ich pustete mir eine Strähne aus dem Gesicht. Nacheinander stieg ich mit den Füßen in den *Sokchima,* den weiten Unterrock. Es folgte der Überrock, der *Chima,* der unter der Brust gebunden wurde.

Nuri trat hinter mich und zupfte an dem pink-blauen Seidengewand. »Nur so verkaufe ich genug, um zu überleben. Am besten stellt man seine Ware einem breiten Publikum vor. Dann gibt es immer jemanden, der die Begeisterung entzündet. Sobald einer von ihnen laut bekundet, dass er etwas haben will, fühlen sich die anderen Wohlhabenden dazu berufen, es zuerst haben zu wollen. Ihnen tun die paar Won nicht weh. Sie benötigen lediglich einen Grund, zuzuschlagen. Ob sie die Ware nun brauchen oder nicht.«

»Es klingt nicht so, als wärst du von deiner eigenen Ware überzeugt«, bemerkte ich vorsichtig und zog den Bolero an.

Ihr Lächeln war schmal, aber immerhin riss sie mir nicht den Kopf ab. »Nein. Mein Traumberuf ist es nicht. Dreh dich einmal.« Als sie mit meinem Anblick zufrieden war, durfte ich mich hinsetzen, damit sie mein Haar frisieren konnte. Sie teilte meine gefärbten Haare in vier Abschnitte und begann, diese zu flechten. »Mit meiner angeschlagenen Gesundheit kann ich aber froh sein, überhaupt zu arbeiten. Sobald es mir wieder besser geht, möchte ich nach Seoul ziehen.«

»Warum nicht jetzt? *Autsch.*« Meine Kopfhaut ziepte bei der harschen Prozedur.

»*Mianhae.*« Ich fing ihr entschuldigendes Lächeln im Kosmetikspiegel vor mir auf. »In Seoul gibt es wenige bis gar keine dämonische Energie, wie du weißt. Momentan ist sie das Einzige, das mir hilft, zu atmen. Sie macht den Schmerz erträglich.«

»Und wenn du in Seoul lebst? Was wirst du dann tun?«

Sie nahm die geflochtenen Strähnen und steckte sie mit Nadeln an meinem Hinterkopf fest. Als ich mich dieses Mal im Spiegel ansah, erkannte ich mich selbst kaum. Was *Hanbok* und ordentliche Frisur alles verändern konnten.

»Ich würde mein eigenes Geschäft gründen. Einen Laden, in dem ich schöne Dinge herstellen und verkaufen kann. Harmloses Zeug für die Touristen.« Sie kicherte, während sie vollkommen in ihrer Vorstellung aufging. »Ich möchte überhaupt einmal Menschen sehen. Ich hörte, sie sind sehr neugierige Wesen.«

Abrupt drehte ich mich auf dem Hocker um und entriss Nuri dabei eine Nadel, die sie gerade hatte feststecken wollen.

»Vorsicht.«

Ich rieb behutsam die wunde Stelle, um die Frisur nicht weiter zu zerstören. »Du hast noch nie einen Menschen getroffen?«

»Ich habe Mirro noch nie verlassen«, antwortete sie ruhig. »So, wir sind fertig. Du kannst aufstehen.«

Ich drehte mich einmal im Kreis und breitete die Arme aus. Für einen kurzen Moment vergaß ich, dass dies kein Spaß war. Ich verlor mich im Anblick des aufgebauschten Rocks. Wenn meine Freundinnen nur hier wären …

Es klopfte an der Tür zu Nuris Schlafzimmer, in dem wir uns verbarrikadiert hatten. Bobby streckte seinen Kopf herein.

»Wir sollten …«, begann er, hielt aber inne, als er mich erblickte. Seine Augen wurden groß. »Huh.«

»Huh? Was meinst du damit?« Herausfordernd sah ich ihn an.

Langsam trat er in den Raum. Erst jetzt fiel mir auf, dass er sein Haar zurückgekämmt hatte, wodurch sein attraktives Gesicht und besonders die vollen Lippen betont wurden. Er trug eine schwarze Jeans, ein weißes Unterhemd und darüber ein geöffnetes nachtblaues Hemd.

Mein Herz flatterte aus unerfindlichen Gründen. Meine Hände wurden feucht.

Warum sah er so gut aus? Es sollte verboten werden, dass Albdämonen aussahen, als entstiegen sie einem Designer-Traum. An Bobby sah einfach alles gut aus. Er strahlte eine sorglose Lässigkeit aus, die ihm die Aufmerksamkeit der Anwesenden schenkte. Neid und Faszination breiteten sich in mir aus sowie … die Sehnsucht, immer von ihm beachtet werden.

Es musste einfach an seinem Charisma liegen. Mehr nicht. Ich mochte ihn nicht mal.

»Du siehst fast aus wie eine Person«, merkte er an und lächelte ungläubig.

»Was soll das heißen?«, fauchte ich. Hitze stieg in meine Wangen. »Habe ich vorher wie ein Monster ausgesehen?«

»Deine Worte, nicht meine.« Er zuckte mit den Schultern, schien sich genauso wie ich wieder gesammelt zu haben. Er blickte zu seiner Schwester, die uns ausdruckslos beobachtet hatte. Mit einem beringten Finger zeigte er zur Tür. »Wir sollten los. Das wird ein Spaß. Ich war lange in keinem *Gisaeng*-Haus mehr.«

»*Gisaeng*-Haus? Du meinst doch nicht …«

»Eine gehobene Art von Freudenhaus, genau.« Er zwinkerte mir zu.

Ich hasste sein Zwinkern.

Mir wurde flau im Magen.

Ich blickte zur Decke. Worauf hatte ich mich da nur eingelassen?

16

Der Abend war angebrochen. Trotz der auffälligen Kleidung, die nicht nur ich, sondern auch Nuri trug, wurden wir nicht angestarrt. Ihr Mantel bestand aus einem dunkelblauen Stück Samt und war mit glitzernden Steinchen besetzt, die wie Sterne wirkten. Er erinnerte klischeehaft an den Mantel eines Zauberers.

Wer hätte gedacht, dass Bobby am normalsten von uns dreien aussehen würde? Selbst seine gefärbten Haare fielen nicht auf, weil er sie zurückgekämmt und mit Wachs befestigt hatte.

Kurz nachdem wir das Haus verlassen hatten, hatte ich Bacon entdeckt. Aber sie hatte sich geweigert, mitzukommen. Während des Tages war sie irgendwann doch über die Mauer in den Vorgarten gesprungen und hatte es sich dort auf der Wiese gemütlich gemacht. Anscheinend war ihre anfängliche Angst verschwunden. Oder was auch immer es gewesen war, das sie zurückgehalten hatte.

Der Weg bis zum *Gisaeng*-Haus war nicht lang, doch ich genoss jede einzelne Sekunde. Die Hitze hatte nachgelassen, und eine sanfte Brise wehte durch die Straßen. Die Dämonen, die uns entgegenkamen, wirkten ganz normal. Nicht wie aggressive Bestien, die nur auf Zerstörung und den Tod von Menschen aus waren. Ich zweifelte mehr und mehr an dem Schwarz-Weiß-Denken, das bei uns von Generation zu Generation weitergegeben wurde. Das, was ich bisher gesehen hatte, widersprach allem.

Und wenn ich wirklich ehrlich war, musste ich sogar anerkennen, dass wir Hexen die grausameren Geschöpfe im Vergleich zu den Dämonen waren.

Ich hätte Bobby der Täuschung angeklagt, wenn nicht ich diejenige gewesen wäre, die nach Mirro hatte gehen wollen. Ich glaubte nicht, dass er einflussreich genug war, um eine ganze Welt nach seinen Vorstellungen kreieren zu können, nur um mich in die Irre zu führen.

Das hier, Mirro, war die Realität, was bedeutete, dass Choi Rose und ein Großteil der Ältesten unserer Zirkel alle unter ihnen Stehenden mit weniger Einfluss absichtlich getäuscht hatten. Oder ebenfalls getäuscht worden waren. Irgendjemand aus der Vergangenheit musste die Wahrheit kennen oder gekannt haben, und dieser jemand, vielleicht auch eine Gruppe, hatte sich dazu entschlossen, das Geheimnis um das wahre Wesen der Dämonen für sich zu behalten. Damit wir weiterhin Jagd auf sie machten.

Ich warf einen unauffälligen Seitenblick auf Bobby und Nuri, die sich leise unterhielten. Sie lebten in normalen Häusern, pflegten eigene Wünsche und Träume und wollten keinen Weltuntergang anzetteln oder Menschen abschlachten.

Ich hatte mich noch nie so sehr für mein eigenes Volk geschämt wie in diesem Moment.

Glücklicherweise erreichten wir schon bald das *Gisaeng*-Haus, das so beeindruckend war, wie sein Name es hatte vermuten lassen.

Nachdem wir durch das Tor gelassen worden waren und der Karren, in dem sich Nuris Ware befand, nur kurz kontrolliert worden war, standen wir in einem rechteckigen Hof, der von *Hanoks* eingerahmt wurde, die wiederum miteinander verbunden waren. Überall hingen Lampions von Seilen, die zwischen grünen Bäumen gespannt waren, sowie bunte Laternen mit flatternden Bändern. Stimmen wehten bereits zu uns herüber. Ein Angestellter führte uns weg vom Haupteingang zu einer unauffälligen Hintertür des linken *Hanoks*. Man ließ uns in einem kleinen Raum mit Sitzmöglichkeiten allein. Auf dem Tisch standen eine Karaffe mit Wasser und vier Keramikbecher.

»Macht es euch gemütlich«, wies Nuri uns an. Sie selbst ließ sich auf ein besticktes Kissen gleiten. »Sie verlangen immer, dass ich pünktlich bin, lassen mich dann aber eine, manchmal zwei Stunden warten.«

»Ah, was Geld und Macht nicht alles kaufen können«, sinnierte Bobby. Anstatt sich hinzusetzen, wanderte er an den beiden Fenstern auf und ab und sah immer wieder nach draußen.

Mittlerweile war das Kleid ganz schön schwer geworden, und sich darin zu bewegen wurde zu einer Qual. Immerhin hatte ich auf meine Turnschuhe bestanden, sonst hätte ich mir mit den typischen Gummischuhen, den *Gomusin,* auf dem Weg hierher Blasen gelaufen. Seufzend setzte ich mich auf das bestickte Sofa und bediente mich an dem Wasser.

Ich hoffte, der Ausflug stellte sich nicht als Zeitverschwendung heraus. Am besten sollte ich mir schon mal Gedanken dazu machen, was ich tun könnte, wenn ich keine Verbindung zu Mino fände. Sollte ich den Antiquitätenhändler erneut aufsuchen und seine Hilfe erbitten? Mir graute es schon davor, was er als Preis von mir verlangen würde.

Nachdenklich faltete ich meine Hände zusammen und wieder auseinander. Ich wurde zunehmend unruhiger, je länger die Warterei dauerte. Nuri und Bobby schienen hingegen völlig ruhig zu sein. Das war dann wohl eine Sache, die die Geschwister miteinander verband.

Endlich wurden wir von dem gleichen Angestellten, der uns vorhin empfangen hatte, abgeholt.

Wir trotteten nacheinander – ich ging zum Schluss – den Korridor entlang und kamen vor einer Schiebetür zum Halten. Erst nachdem wir aufgereiht standen, wurde die Tür zu beiden Seiten aufgezogen, und wir durften mit gesenkten Köpfen eintreten. Letzteres hatte mir Nuri mehrmals eingetrichtert, damit sich niemand der Einflussreichen auf den Schlips getreten fühlte.

Wir hatten ungefähr die Hälfte des Raumes durchschritten, als ich meinen Kopf wieder heben durfte. Es waren etwa zwei Dutzend Gäste anwesend. Männer und Frauen gleichermaßen, und wie Bobby angekündigt hatte, waren die meisten Goblins und blauhäutige Eumakdämonen. Dazwischen erkannte ich jedoch ein oder zwei Dämonen, die sich keiner von beiden Kategorien zuordnen ließen.

»Meine verehrten Gäste«, begann Nuri und ratterte dann die Vorstellung runter, die sie ein paarmal während der Wartezeit vor sich hin gemurmelt hatte. Deshalb hörte ich bloß mit halbem Ohr zu.

Meine Aufmerksamkeit galt den Anwesenden. Die Goblins ließen sich durch die langen spitzen Ohren und die weiß umrandeten Pupillen gut von den anderen Dämonen unterscheiden. Stand einer von ihnen in Kontakt mit Mino? Ich wusste, dass *Dokkaebis* mehrere Jahrhunderte alt werden konnten. Die Chancen standen also gut, dass mindestens einer dem schwer auffindbaren Goblin bereits in der Vergangenheit begegnet war.

Bobby hatte während Nuris Einleitung den Stand mit wenigen, präzisen Handgriffen errichtet. Er bestand aus einem kleinen Holzregal mit ausziehbarem Tisch, auf dem die Stoffanhänger präsentiert wurden. Die zwei Wandteppiche rollte er davor auf dem gebeizten Holzfußboden aus und erntete sofort ein beeindrucktes Murmeln. Ein gutes Zeichen.

Nuri wirkte zufrieden, als sie mit ihrer Vorstellung begann. Sie nahm immer wieder einen neuen Anhänger, erzählte, wie sie ihn hergestellt hatte und was er bewirken sollte, bevor sie ihn mir um den Hals legte oder an meinem Gürtel befestigte.

»Dieses *Norigae* ist speziell für Fruchtbarkeit gedacht. Es kann sowohl von Männern als auch von Frauen getragen werden. Um seine Wirksamkeit zu maximieren, empfiehlt es sich, den Namen einzuarbeiten. Von mir oder einem anderen Albdämon.« Nuri machte eine kurze Pause. »Natürlich ist es klar, dass ich als Herstellerin die besten Ergebnisse erziele.«

Ehrlich gesagt überraschte es mich, dass auch Dämonen Probleme mit der Fruchtbarkeit hatten. Wieder ein so menschliches Problem, das es meine Weltsicht erschüttert hätte, wenn sie nicht bereits in sich zusammengefallen wäre.

»Zeig ihnen die Ware, Hana«, bat mich Nuri.

Ich verbeugte mich leicht – alles für die Show – und trat dann zu den potenziellen Kunden. Hier und da, wenn besonderes Interesse bestand, blieb ich stehen. Sie waren überraschend höflich und fragten, wenn sie einen der Anhänger oder *Bujeoks* berühren wollten. Ich legte ein *Norigae* mit blauen und weißen Schnüren und Knoten in die Hand einer Eumakdämonin. Sie legte es sich probeweise an ihren eigenen Gürtel und zeigte das Ergebnis ihrem Partner, wie ich annahm.

Ich wusste, dass das Ziel damit erreicht war. Sie waren beide begeistert und steckten damit plötzlich auch diejenigen unter ihnen an, die bisher nur mäßiges Interesse gezeigt hatten.

Die Blicke schossen nach vorn. Schnell wurde kalkuliert, wie viele Gäste anwesend und wie viele Talismane zu verkaufen waren. Einige würden leer ausgehen.

Das war der Moment, in dem beinahe so etwas wie Chaos ausbrach. Man versuchte, elegant nach vorne zu preschen, um sich die beste Ware zu sichern. Ich überreichte Bobby die Glücksbringer, die ich noch festgehalten hatte, bevor ich mich an den Rand zurückzog, um den Dämonenauflauf zu beobachten.

Neben mir standen zwei Goblins, die sich gegen den Gruppenzwang wehren konnten. Einer von ihnen trug einen auffälligen, breitkrempigen Hut und einen seetanggrünen Anzug mit goldener Kette, an der seine Taschenuhr hing. Er steckte sie nach kurzer Überprüfung wieder ein.

»Die Geisterplage in meinem Haus raubt mir noch den letzten Nerv, *Hyung*«, sagte er mit einem theatralischen Seufzen.

»Also konnte die Mipungdämonin nichts tun?«

»Sie hat sich schreiend vom Dach gestürzt«, grummelte er.

»Vielleicht war sie nicht teuer genug.«

»Ich würde alles geben, um es gereinigt zu kriegen. Ein Haus mit Poltergeistern bringt mir kein Geld ein.«

»Alles?«

Der Goblin und sein Freund sahen sich um, bis sie mich hinter sich entdecken.

»Hast du gerade mit uns gesprochen?«

»Entschuldigen Sie, dass ich Sie unterbrochen habe. Aber habe ich richtig gehört? Sie würden alles geben, um die *Gwishin* loszuwerden?«

»Bietest du dich an?« Die Augen des jüngeren Goblins blitzten. Der weiße Rand um die Pupillen wirkte so fremd, dass er mir eine Gänsehaut bescherte. Der Goblin musterte mich von oben bis unten, bevor er die Schultern zuckte. »Ich habe erst vor Kurzem wertvolle Reliquien erhalten. Ähnlich dieser hier.« Er holte einen münzgroßen Stein aus seiner Hosentasche hervor. Er glänzte schwarz. »Er weist immer den richtigen Weg.«

»Ich darf mir die Reliquien als Preis aussuchen? Wenn es mir gelingt, die Geister loszuwerden?« Meine innere Stimme wies mich an, erst Bobby zurate zu ziehen, der sich besser damit auskannte. Aber ich musste auf eigenen Beinen stehen. Das war mein Problem.

Der Goblin schnaubte, wodurch sich sein schwarz-silbernes Haar leicht bewegte. »Das sind nicht nur ein paar Geister. Es sind mächtige *Gwishin,* die einer strengen Hand bedürfen. Andernfalls hätte ich mich selbst um sie kümmern können.«

Ich ballte die Fäuste und sah ihm direkt in die Augen. Baute mich möglichst breit vor ihm auf. »Lassen Sie es mich versuchen. Für die Belohnung. Wenn es mir nicht gelingt, haben Sie nichts verloren.«

Er schürzte nachdenklich die Lippen, ehe er mir eine Hand entgegenstreckte. Ich schüttelte sie, ohne zu zögern.

»Das ist die Adresse. Viel Glück.« Er reichte mir eine cremefarbene Visitenkarte. Mit dem Straßennamen konnte ich nicht viel anfangen, aber Bobby wusste sicherlich, wo der Ort sich befand.

Apropos Bobby ... Der Albdämon stand plötzlich hinter mir, und seine Miene verhieß nichts Gutes.

»Komm mit. Sofort«, knurrte er. So ernst hatte ich ihn noch nie erlebt.

Ich folgte ihm bloß, weil er mir die Wahl ließ. Er packte mich nicht oder stellte mich bloß. Er ging voran, ohne sich umzusehen.

Wir begaben uns in den Flur, durch den wir in den großen Raum gelangt waren. Bobby drehte sich abrupt zu mir um. Die Brauen düster zusammengezogen.

»Habe ich das gerade richtig beobachtet? Du hast einen weiteren Pakt mit einem Dämon geschlossen?«

»Und?«

»Hast du dir nur eine Sekunde Zeit zum Nachdenken gelassen? Was ist, wenn er dich reingelegt hat?«

»Weißt du überhaupt, worum es in dem Pakt geht, oder hast du dir das nur durch den Händedruck zusammengereimt?«, entgegnete ich darüber verärgert, dass er mich offenbar für dumm und naiv hielt.

Wenn ich das selbst über mich dachte, war das schließlich was ganz anderes.

Er stemmte die Hände in die Hüften. »Du sollst Geister für ihn verjagen.«

Die korrekte Antwort nahm mir den Wind aus den Segeln. Allerdings nicht komplett.

»Wenn du die ganze Zeit hinter mir gestanden und zugehört hast, warum hast du nichts gesagt, bevor ich seine Hand geschüttelt habe?« Ich entließ einen langen Atemzug. »Warum bist du überhaupt so verärgert? Ich habe dich absichtlich nicht mit reingezogen.«

»Das ist genau der Grund!« Er zeigte mit dem Finger auf mich. »Du hättest dich umdrehen und meinen Rat suchen sollen. Du bist erst seit einem Tag in Mirro. Es ist keine Schande, sich Hilfe zu holen.«

»*Ani.*« Ich reckte das Kinn. »Das hat absolut nichts mit dir zu tun, Bobby. Es geht hier um meinen Zirkel und meine Familie. Du bist frei von jeder Schuldigkeit mir gegenüber. Du hast den Kuss abgearbeitet, wenn du's so sehen willst.«

Er wich zurück, als hätten ihn meine Worte geschlagen. Jedes einzelne.

»Ist das so?«

»Ja.«

Mehr Worte verloren wir beide nicht zu dem Thema. Nachdem Nuri ihre gesamte Ware losgeworden war, kehrten wir mit gedrückter Stimmung zu ihr nach Hause zurück. Sie spürte offenbar, dass etwas vorgefallen war, unternahm aber keinen Versuch, die Atmosphäre aufzulösen. Wahrscheinlich kannte sie ihren Bruder gut genug, um zu wissen, dass er sich selbst von dem Ärger befreien musste.

Ich ließ Bobby und Nuri allein ins Haus gehen, um mir eine Portion Zuneigung bei Bacon zu holen. Das *Haechi* schmiegte seinen Kopf an meine ausgestreckte Hand.

»Du bist nicht wütend auf mich, hm?« Sie schnurrte so laut, dass ein paar schlafende Vögel aufgeschreckt wurden. Nun war ihr Jagdinstinkt geweckt. Bacon erhob sich und blickte nach oben zur nunmehr leeren Baumkrone. »Wirst du mich begleiten?«

Sie sah mich mit schief gelegtem Kopf an.

Ich blickte von ihr zum Haus. Ein paar Minuten würde ich Bobbys Anwesenheit noch ertragen. Ich bereute den Streit, aber ich bereute nicht meine Entscheidung. Aus diesem Grund war ich mitgegangen. Um für mich und meinen Zirkel einzustehen. Um mich in Gefahr zu begeben, damit ich den Stab fand und Choi Rose besiegen konnte. Eine vorige Unterhaltung mit Bobby hätte meine Wahl nicht verändert. Es war unfair von ihm, sie mir nun als unverzeihliche Tat anzulasten.

Ich wusste, wenn es mir gelang, das Haus des Goblins von den Geistern zu befreien, würde ich endlich bei einem Pakt gewonnen haben. Die Reliquie, die mir den richtigen Weg weisen würde, wäre schon mal ein guter Anfang. Ich könnte sie nutzen, um einen Weg durch das Labyrinth zu finden.

Mit den Zähnen fuhr ich mir über die Unterlippe. Aber da war noch mehr. Ich konnte nicht ganz genau bestimmen, was. Nur dass ich sofort von dem Goblin, seiner Stimme und schließlich von dem Haus angezogen worden war.

War es möglich, dass ich von dem Goblin verhext worden war?

»*Ani*«, sagte ich laut. Auf keinen Fall.

Bobby schmollte im Wohnzimmer. Nuri sortierte etwas in ihrem Werkraum, und ich zog mich schweigend mit meiner (Bobbys) Kleidung im Badezimmer um. Immerhin war meine (Bobbys) Jeans mittlerweile getrocknet. Ich löste die Nadeln von meinem Kopf und kämmte mein welliges Haar aus, das ich zu einem normalen Pferdeschwanz zusammenband.

Wenn ich länger blieb, müsste ich mir Gedanken über Wechselkleidung machen. Ich konnte die Sachen nicht für immer tragen. Gleichzeitig wollte ich mich nicht damit abfinden, bei Nuri in Mirro wohnen zu bleiben.

»Gehst du schon?«, fragte sie, als ich mich zur Tür bewegte. »Willst du nicht vorher was essen? Wir könnten auch draußen essen gehen. Ich lade euch ein.«

»*Mianhae*. Ich habe schon was vor. Bis später.« Ich warf Bobby einen kurzen Blick zu, aber er hatte die Arme verschränkt und sah in die andere Richtung.

Sollte er weiterhin beleidigt sein.

»Warte einen Moment, bevor du gehst. Hier!« Nuri eilte in ihren Werkraum und kehrte wenige Sekunden später mit einem *Bujeok* zurück. Rote Zeichen auf gelbem Pergament, das mit einer Schnur an meiner Gürtelschlaufe befestigt werden konnte. »Zum Schutz.«

Ich war gerührt, dass sie mittlerweile so warm mir gegenüber geworden war, dass sie sich über meinen Schutz Gedanken machte. Selbst wenn sie nicht wusste, wohin ich mich auf den Weg begab.

Ich bedankte mich mit einem Kloß im Hals.

Draußen schloss sich mir Bacon sofort an, als hätte sie meine Stimmung aufgefangen. Das *Haechi* schrumpfte jedoch nicht zusammen, sondern blieb auf Kniehöhe.

Bobbys Weigerung, mich zu verstehen, hatte mich jetzt leider vor ein großes Problem gestellt. Ich hatte zwar die Karte mit der Adresse drauf, aber keinen Schimmer, wo sich das Haus befand.

Nuri hätte mir sicherlich weitergeholfen, wenn ich nicht so scharf darauf gewesen wäre, das Haus so schnell wie möglich zu verlassen.

Mein Blick fiel auf den Talisman, der mit jedem Schritt an meinem Oberschenkel flatterte. Mit dem Finger strich ich über die fremden Zeichen, die ich nicht identifizieren konnte. Blieb allein mein Vertrauen auf Bobbys Schwester, dass sie mich damit nicht verflucht hatte.

Sobald sich der Gedanke geformt hatte, spürte ich ein seltsames Kribbeln in meinem Nacken. Als würde mich jemand verfolgen. Unauffällig sah ich mich um, aber die Straße war wie leer gefegt. Auch Bacon ließ sich nichts anmerken. Sie hätte sicherlich das Fell aufgestellt, wenn sie Gefahr gespürt hätte.

Wahrscheinlich bildete ich es mir ein. Selbst wenn nicht, es kümmerte mich nicht großartig, solange es nicht die Opalhexen waren. Und das wäre unmöglich. Ich glaubte trotz aller Lügen nicht, dass Choi Rose wusste, wie man Mirro betrat. Etwas sagte mir, dass sie schon längst Hexen hergeführt hätte, um Jagd auf die Dämonen zu machen.

Sobald ich auf ein paar Dämonen traf, erkundigte ich mich nach der Adresse. Nach ein paar Fehlinformationen fand ich schließlich das bedrohlich aussehende Spukhaus am Ende einer Straße. Dahinter befand sich ein seltsam verzerrt wirkender Bambuswald. Als wäre er nicht ganz da. Ich nahm an, dass es sich hier um eine Grenze von Mirro handelte, wusste aber zu wenig, um mir sicher zu sein.

Ich hoffte, dass das Haus nicht verschwand, solange ich mich darin befand.

Von außen war das Gebäude von einem wuchernden Garten umgeben. Ein einziger geradliniger Pfad führte zur unscheinbaren Eingangstür. Die Fenster waren teilweise mit Vorhängen, teilweise mit Pappkartons verhangen. Eine Laterne spendete Licht, aber im Inneren würde ich von Dunkelheit eingehüllt werden.

Glücklicherweise hatte ich vorausgedacht und mir aus dem Notfallschrank bei Nuri eine kleine Taschenlampe mitgenommen. Ich zog sie aus meiner linken Hosentasche. Bacon setzte sich auf die Hinterbeine.

»Ich weiß, es ist gruselig, aber lass es uns zusammen tun, ja?«

Sie schnaubte, aber folgte mir den Pfad hinauf. Müllsäcke lagen auf einem Haufen neben dem Eingang. Ein unangenehmer Geruch stieg mir in die Nase. Süßlich mit einer sauren Note.

Ich atmete durch den Mund weiter.

Die Tür ließ sich ohne Widerstand öffnen. Abgestandene Luft schlug mir entgegen. Die aufgestaute Hitze der vergangenen Sommertage trieb mir Schweiß auf die Stirn.

Bacon folgte mir dicht auf den Fersen. Sie erschreckte sich, als eine Maus an uns vorbei Richtung Ausgang huschte. Ihr Nackenhaar stellte sich auf, und sie fauchte, zum Angriff bereit. Der Maus jagte sie jedoch nicht hinterher.

»An deinem Jagdinstinkt müssen wir noch arbeiten, Bacon«, murmelte ich laut, um die gruselige Stimmung zu durchbrechen.

Ich hatte erst wenige Schritte in den Flur getan, als die Tür hinter mir ins Schloss knallte. Meine Taschenlampe knisterte, und das Licht flackerte.

Jemand pustete mir in den Nacken. Ich drehte mich um. Bacons Fauchen wurde lauter.

Vielleicht ist es ein Fehler gewesen, allein herzukommen.

»Zu spät«, wisperte ich. »*Shibal.*«

17

Ich rüttelte an der Tür, doch sie ließ sich nicht öffnen. Verzweifelt klopfte ich gegen das Holz und rief um Hilfe. Obwohl ich wusste, wie vergeblich das war. Ich hatte gesehen, wie leer die Straße gewesen war.

»Keine Panik. Keine Panik.« Ich schlug die Taschenlampe auf meine Handfläche, bis der Lichtkegel nicht länger flackerte.

Bacon schmiegte sich an mein Bein und erschreckte mich dabei fast zu Tode. Nachdem der Schock verklungen war, fühlte ich tiefe Dankbarkeit in mir darüber aufsteigen, dass ich nicht gänzlich allein war.

Ich drehte mich zurück zum Flur, der nicht mehr so düster wirkte. Das lag jedoch weder an meiner Gewöhnung noch an meiner Lampe. Bacons vereinzelte Schuppen, die ihr Fell durchsetzten, glühten auf. Dadurch wurden die tiefsten Schatten vertrieben.

»Was du nicht alles kannst«, lobte ich sie und kraulte sie kurz zwischen ihren Ohren.

Mit dem heller werdenden Licht sank die Temperatur im Haus. Ein deutliches Zeichen dafür, dass sich hier *Gwishin* aufhielten und nicht zu Scherzen aufgelegt waren.

Eine meiner positiven Eigenschaften war, dass ich Aufgaben und Angelegenheiten nicht gerne auf den nächsten Tag verschob. Ich wollte Dinge sofort erledigen, insbesondere wenn sie mir Angst machten. In diesem Fall wäre es aber wohl besser gewesen, auf Tageslicht zu warten und mir vorher in der Menschenwelt vielleicht mein magisches Potenzial aufzuladen.

Bobby hatte mich mit seiner kindischen Reaktion zu einer

eigenen kindischen Reaktion gezwungen. Jetzt hatte ich den Salat.

Ein Geist hatte sich mir bisher noch nicht gezeigt. Mein Plan war es, ihn mit dem Fitzelchen Magie, das ich in Nuris Haus aufgenommen hatte, zu verglühen. So, wie es mir in der Theorie beigebracht worden war. Es dürften nur nicht zu viele sein. Aber einen Geist auszulöschen, bedürfte keinen vollen magischen Akku.

Trotzdem zögerte ich das Weitergehen hinaus. Das Zuschlagen der Tür wies auf einen starken Geist hin. Ich sollte vorsichtig sein und beim ersten Erblicken angreifen. Gleichzeitig durfte ich die Magie nicht verschwenden.

»Dann mal los!«

Ich ging in das erste Zimmer zu meiner Linken. Ein ehemaliges Wohnzimmer mit verstaubten Teppichen über dem löchrigen Dielenboden. Das Mobiliar war überraschend gut erhalten, teilweise von vergilbtem Leinen verdeckt. Keine Leichen. Immerhin.

Es fanden sich viele Fotos von Personen, deren Gesichter aber nicht gezeigt wurden, weil sie sich jedes Mal von dem Fotografen abgewendet hatten. Landschaftsgemälde auf Leinwand, abstrakte Kunst. Die künstlerische Note zog sich auch durch den Rest des Hauses.

Ich wurde zwar nicht angegriffen, doch ich spürte eine drohende Präsenz über mir.

Nachdem ich jedes einzelne Zimmer im Erdgeschoss durchsucht hatte und sich keines der Fenster öffnen ließ, entschied ich, dass die dunkle Präsenz sich tatsächlich *über* mir befinden müsste.

Ich legte meine freie Hand auf das staubige Geländer und erklomm die Treppe. Bacon schrumpfte und sprang auf meine Schulter. Mein kleiner glühender Fellball.

Mit jeder Stufe wurde es kälter. Mein Atem kondensierte vor meinem Gesicht. Das Knistern von sich ausbreitendem Eis warnte mich rechtzeitig. Ich zog meine Hand zurück, bevor sie am Geländer festfrieren konnte.

Die Taschenlampe gab endgültig ihren Geist auf. Ich steckte sie ein, dankbar, dass Bacon weiterhin für mich leuchtete. Die Treppenstufen waren mit einer Eisschicht überzogen. Ich musste mich mit einer Hand an der Wand festhalten, um nicht wegzurutschen.

»Bei den Höllen…« Eine Fackel hätte mir hier geholfen, damit hätte ich das Eis schmelzen können.

Oben angekommen war das Eis immerhin sehr dünn und brach unter meinen schweren Schritten. Dennoch achtete ich darauf, wo ich hintrat. Ich wollte mir nicht versehentlich das Genick brechen, ohne überhaupt ein *Gwishin* zu Gesicht bekommen zu haben.

Nicht dass es danach okay wäre.

Im ersten Raum fanden sich Tausende Spinnweben, doch keine einzige Spinne. An Möbeln gab es eine Kommode und ein breites Doppelbett, über das eine ehemals weiße Strickdecke ausgebreitet war. Es sah aus, als würde jemand darunter liegen. Die Silhouette zeichnete sich deutlich ab, bewegte sich aber nicht. Doch eine Leiche?

Ich spürte ein dumpfes Pochen in meiner Brust, das nicht mein Herz war. Wie ein Signal, das in mir widerhallte. Verwirrt legte ich eine Hand auf mein Schlüsselbein.

Für den Moment musste ich das Gefühl jedoch ignorieren.

»Hallo?« Die Silhouette bewegte sich nicht. »Ah.«

Ich trippelte von einem Fuß auf den anderen. Meine Augen brannten, und mein Körper war an einzelnen Stellen bereits mit Frost bedeckt.

Ich wollte es wirklich nicht tun. Wirklich, wirklich, *wirklich* nicht.

Alles in mir sträubte sich dagegen, näherzutreten und die Decke anzuheben, weil ich ahnte, dass ich mich höchstwahrscheinlich zu Tode erschrecken würde. Aber ich konnte meine Magie nicht blind auf die Silhouette konzentrieren und sie im schlimmsten Fall verschwenden. Eine Leiche, so eklig sie auch war, würde mich nicht attackieren und mir auch nicht die Belohnung des Goblins einbringen.

Ich atmete tief durch die Nase ein und durch den Mund wieder aus, ehe ich vortrat. Einen Schritt. Zwei. Drei.

»Jetzt oder nie. Komm schon, Kang Hana. Du kannst das.«

Ich bekam einen Zipfel der Decke zu fassen und riss sie mit einem Ruck zurück.

Der Geist ließ mir nicht mal Zeit zu blinzeln. Grölend und mit aufgerissenem Maul stob er in die Höhe. Er fuhr direkt durch mich hindurch.

Für eine Sekunde fühlte sich mein gesamter Körper wie eingefroren an. Es war ein ekliges Gefühl. Ich schrie auf, als ich wieder Herrin meiner Gliedmaßen war.

Ich schrie und schrie. Die Augen aufgerissen, war ich scheinbar zu nichts anderem mehr imstande.

Obwohl ich mit dem Schrecken gerechnet hatte, hatte er mich heftig getroffen.

Bacon sprang von meiner Schulter und rannte in den Flur, wo sie unelegant über den Boden rutschte. An dem Holzgeländer kam sie zum Stehen. Sie fauchte und knurrte etwas an, das ich nicht sehen konnte.

Endlich konnte ich den Schrei unterbrechen. Ich atmete durch die Nase ein und durch den Mund wieder aus. Mit einer zittrigen Hand fuhr ich mir übers Gesicht.

Mühevoll begab ich mich ebenfalls in den Flur zurück, wo das fremde Pochen in meiner Brust sich verstärkte. Ich wandte mich in die Richtung des zweiten Schlafzimmers, aus dem nun Gegenstände auf mich geworfen wurden. Eine Uhr, ein Buch, ein Kopfkissen. Ich wich allem aus. Widerstreitende Gefühle kämpften in mir.

Einerseits wollte ich dieses Höllenhaus verlassen, andererseits zog mich eine unsichtbare Macht in genau diesen Raum.

Ich konnte den Impuls nicht unterdrücken.

Mit der Magieaura aus der Kaffeedose ließen sich insgesamt drei knisternde Magiebälle kreieren. Ich ließ die orangefarbenen Bälle um mich herum kreisen, als ich das Schlafzimmer betrat. Gleichzeitig wich ich den Gegenständen aus, die das *Gwishin* auf mich warf. Bei dem Geist handelte es sich um eine ältere Frau. Ihr Körper war weiß, aber durchscheinend mit einer fies aussehenden Wunde an ihrer Schläfe. Ihr Gehirn schien auf den Boden zu tropfen. Ihre Augen wirkten menschlich, die Schatten darunter waren schwarz wie Tinte.

Das *Gwishin* war jedoch nicht allein. Die Verstärkung wartete in Form von drei weiteren Geistern. Einer zu viel.

Ich konzentrierte mich darauf, keine Panik zu bekommen. Wenn ich die Gruppe zerstörte und nur noch ein Geist übrig blieb, könnte der Zauber um das Haus aufgelöst werden. Ich könnte fliehen, mein Potenzial aufladen und zurückkehren, um den Job zu beenden.

Eins nach dem anderen. Ich fixierte den Geist mit dem aufgeschlagenen Kopf und ignorierte erst mal die anderen weiblichen *Gwishin*. Gleichzeitig wich ich den herumfliegenden Gegenständen aus und bereitete mich darauf vor, von den Poltergeistern durchfahren zu werden. Es fühlte sich abartig an. Und je öfter sie es taten, desto länger schien mein Blut gefroren zu bleiben.

Den Griff um die magischen Bälle verlor ich glücklicherweise nicht.

Dann warf ich einen der drei auf den scheinbar stärksten Geist. Er schrie auf, als sich orangefarbene Flammen an seiner Gestalt labten. Ich duckte mich unter einem weiteren Buch, behielt den brennenden Geist aber im Blick.

Die Sekunden verstrichen. Der Geist schrie, aber er verschwand nicht.

Bevor die orangenen Flammen gänzlich verschwinden konnten, warf ich alle Vorsicht über Bord und bewarf den Geist auch mit den zwei anderen Bällen. Die Magie in einem Ball musste zu gering sein, aber vielleicht konnten die beiden übrigen zusammen etwas ausrichten.

Wieder ein gellender Schrei. Dieses Mal hielten sogar die anderen Geister neugierig inne.

Schweiß perlte mir trotz der Kälte von der Stirn. Panik breitete sich vollends in mir aus, als sich der Geist erholte. Das Gesicht glich einer wütenden Fratze, als es mich mit einem mörderischen Blick bedachte.

»Oh, oh.«

Instinktiv warf ich die Unterarme vor mein Gesicht, in der Hoffnung, sie würden mich vor dem Zorn des *Gwishin* schützen.

Das Haus erzitterte unter dessen aufbrausenden Gefühlen. Die Wände wackelten, Dachbalken knarzten und einer von ihnen durchbrach die Zimmerdecke. Ich schrie auf, duckte mich und wurde von der Seite angegriffen.

Schmerzhaft kam ich auf der Seite auf.

Der Aufprall war so hart, dass der alte Boden unter mir einsackte. Mein Angreifer und ich stürzten ins Erdgeschoss und noch tiefer bis in den Keller.

Dass ich mir nicht sämtliche Knochen brach, als ich auf der Erde aufkam, lag einzig an meinem Angreifer. Im Fallen hatte er sich unter mich geschoben.

Bacon war von seiner Schulter auf meine gerutscht.

Ich riss die Augen auf.

»Bobby?«

Er antwortete mir mit einem Stöhnen, das kaum unter dem Bersten und Aufbäumen des Hauses zu hören war. Schmutz rieselte auf uns herab, aber immerhin keine weiteren Balken.

Ich stützte mich auf, um von dem Albdämon herunterzuklettern.

Mein Verstand wollte nicht begreifen, dass er hier war und dass er mich gerettet hatte.

Ich hockte neben ihm auf dem schmutzigen Boden und blickte ihn mit offenem Mund an.

Mühsam rollte er sich auf die Seite. Ein paar Knochen knackten und rückten offenbar wieder an die richtige Stelle. Ein weiteres Stöhnen entfloh seinen vollen Lippen. Mit geschlossenen Augen rieb er sich den Hinterkopf. Blut klebte an seinen Fingern. Aber solange er nicht wieder vergiftet worden war, würde auch diese Wunde schnell heilen.

Schneller, als es bei mir ohne Magie der Fall gewesen wäre.

»Bobby«, flüsterte ich, was ein Fehler war. Dadurch atmete ich zu viel Staub ein. Ich musste husten, und mein ganzer Körper schmerzte durch das Zusammenkrampfen. Während des Aufpralls, obwohl ich auf Bobby gelandet war, hatte ich mir mehrere Prellungen und Blutergüsse zugezogen. »Was machst du hier?«, keuchte ich.

Bacon sprang auf den Boden zwischen uns. Sie wirkte zufrieden mit sich und leckte sich über das Fell.

»Du könntest mir dafür danken, dass ich dir das Leben gerettet habe.« Er presste die Lippen zusammen.

Welchen Schmerzensgrad ich auch spürte, für ihn müsste er mindestens dreimal so schlimm sein. Nur weil er schneller heilte, bedeutete das nicht, er wäre immun gegen die Schmerzen.

»Du meinst, ich soll dir danken, dass du mich fast getötet hast?«, sagte ich scharf, um von meiner eigenen Gerührtheit abzulenken. Dadurch fiel mir ein, dass ich erst durch sein Schmollen allein ins Haus hatte gehen müssen.

»Wie bitte?«

»Ich hatte die Lage ganz hervorragend unter Kontrolle«, erwiderte ich, während Tränen in meinen Augen brannten. Ich erhob mich und wischte mir grob mit dem Handrücken darüber. »Du hast dich wie ein Irrer auf mich geworfen.«

Bobby stand mit bedachten Bewegungen auf. Er erinnerte mich an ein Raubtier, das sich zum Angriff bereit machte.

»Da muss Dreck in meine Ohren gekommen sein. Das kannst du nicht gesagt haben«, entgegnete er mit kaum unterdrückter Wut. Ich schluchzte auf. »Du ... Weinst du etwa?«

»*Ani!*« Ich schniefte.

»Hana ...« Das plötzliche Mitleid in seiner Stimme half mir nicht, die Kontrolle über meine Gefühle zurückzuerlangen.

Ich stieß ihm mit dem Handballen gegen seine Schulter.

»Warum musstest du überhaupt beleidigt sein?«, rief ich. »Warum konntest du deinen Stolz nicht runterschlucken und mir einfach deine Hilfe anbieten? Dann wäre es gar nicht erst so weit gekommen!« Ich schlug ihn ein weiteres Mal, doch er packte mein Handgelenk.

»Warum konntest *du* deinen Stolz nicht runterschlucken?«, schleuderte er mir entgegen.

»Weil mein ganzes Leben und das meiner Familie auf dem Spiel steht. Ich muss weitergehen. Ich kann nicht auf dich warten, Bobby.« *So sehr ich das auch will.*

Er zog mich am Handgelenk zu sich herum. Im ersten Moment glaubte ich, er würde mich wieder aus dem Nichts küssen. Stattdessen drückte er meinen Körper tröstend an seinen. Mit beruhigenden Bewegungen strich er über meinen Rücken.

»Hana«, sagte er leise. Ein warmer Schauer rann meinen Rücken hinab. »Verzeih mir.«

Nach einer Weile beruhigte ich mich. Mein Körper wurde nicht mehr von peinlichen Schluchzern geschüttelt, und ich heulte nicht mehr Bobbys Hemd voll. Als er mich losließ, blickte ich absichtlich überallhin, nur nicht in seine Richtung. Dabei wurde ich mir zum ersten Mal wirklich meiner Umgebung bewusst.

Unterbewusst hatte ich längst wahrgenommen, dass uns die *Gwishin* nicht gefolgt waren. Etwas hielt sie von uns fern, da ich ihre schleichenden Silhouetten über uns im Erdgeschoss ausmachen konnte.

Hier unten im Keller des Hauses gab es an allen vier Seiten Betonwände ohne einen sichtbaren Ausgang. Eine Art Bunker. Aber wofür? Hatte es einst eine Treppe gegeben, die bei unserem Sturz zerstört worden war?

Ich stieß mit der Fußspitze etwas von dem Geröll beiseite. Es war jedoch unmöglich zu erkennen, ob Teile vom Holz und Gips einst eine Treppe gebildet hatten.

»Wer baut so etwas?«, dachte ich laut. Im Gegensatz zum Rest des Hauses gab es hier weder Möbel noch andere Objekte, die jemand in einem Keller verstauen würde. Einfach nichts.

»Kein Plan.« Bobby setzte sich wieder auf den Boden. Bacon bettete ihren Kopf auf sein Knie, und er begann, das *Haechi* abwesend zu streicheln.

Behutsam ließ ich mich neben ihm nieder. In meinem Brustkorb herrschte weiterhin dieser seltsame Druck, das konstante Pochen. Zudem war mir leicht übel. Hatte ich eine Gehirnerschütterung erlitten? Getrocknetes Blut fand sich auf meinem Gesicht, als ich mit dem Finger darüberstrich.

»Zeig mal her.« Offenbar hatte mich Bobby aus dem Augenwinkel beobachtet. Er drehte meinen Kopf sanft nach unten und in seine Richtung. Bacons Fell gab genug Licht ab, damit er die Wunde begutachten konnte. Seine Finger strichen behutsam über meine Haut, und ich erschauerte. »Eine Platzwunde. Immerhin hat sie schon zu bluten aufgehört. Vielleicht hast du ja Dämonenblut in dir.«

Ich hob mein Gesicht wieder an. Er zwinkerte mir zu, als hätte er einen besonders pfiffigen Witz gerissen.

»Du bist so ruhig«, merkte ich an.

Er ließ mein Kinn los. »Wir werden schon einen Weg rausfinden. Es gibt immer einen.«

»Ich verstehe dich nicht.« Seufzend lehnte ich den Hinterkopf gegen die Wand. Nur kurz ausruhen.

»Was verstehst du nicht? Ich bin ziemlich einfach gestrickt. Ein einfacher Dämon.«

»Bist du nicht.«

Er hob die gepiercte Braue. »Irgendwie fühlt sich das wie eine Beleidigung an.«

»Warum?«

»Sag du es mir.«

Kurz dachte ich darüber nach. »Ich habe es nicht als Beleidigung gemeint. Ich glaube nur, dass mehr in dir steckt, als mir anfänglich klar war.«

»Fühlt sich nicht besser an.« Er lachte leise. Mit einer Hand massierte er sein Brustbein. Ich konnte mir nur vorstellen, was ihm alles wehtat. Das schlechte Gewissen darüber, dass ich ihn eben grundlos angeschrien hatte, wuchs weiter an.

»Mir tut mein Ausbruch vorhin leid«, murmelte ich, ohne ihn anzusehen. »Ich glaube, ich stand unter Schock. Ich hätte nicht gedacht, dass die *Gwishin* in Mirro so viel stärker sind als in Seoul.«

»Wegen so was wollte ich, dass wir Dinge vorher besprechen. Ich weiß, du bist gezwungen zu handeln, aber Mirro ist nicht Seoul.«

»Das habe ich jetzt kapiert.«

Sein Blick war durchdringend. Ich wünschte, ich könnte sagen, was er dachte. Wollte er mich genauso kennenlernen wie ich ihn? Wollte er jedes bisschen von mir wissen?

Es kribbelte in meinem Bauch, als ich spürte, dass sich unsere Hände auf dem Boden zwischen uns berührten. Nur die kleinen Finger, die sich wie von selbst einander angenähert hatten.

Bobby war so schwer zu lesen, aber diese zaghafte Berührung verriet mehr, als es tausend Worte vermocht hätten.

Ich sammelte meinen Mut und drehte mich zu ihm um. Da er sich mir ebenfalls zugewandt hatte, waren unsere Gesichter nur wenige Zentimeter voneinander entfernt. Sein Atem strich über meine Haut. Das Klopfen meines Herzens übertrumpfte erneut das fremdartige magische Pochen. »Willst du …«

»Will ich?«

Ich kam nicht dazu, die Frage zu Ende zu formulieren. Die Übelkeit übermannte mich. Es hätte nicht viel gefehlt, und ich hätte Bobby ins Gesicht gekotzt. Im letzten Moment konnte ich mich auf die andere Seite drehen. Mein Magen verkrampfte sich unter unsichtbarer Hand. Ich übergab mich zwischen dem Geröll, aber selbst dadurch nahm die Übelkeit nicht ab.

»Hana! Was ist?« Bobby hielt mir mein Haar aus dem Gesicht und legte seine kühlende Hand auf meine Stirn.

Ich musste mich an der Wand abstützen, weil meine Knie weich wurden. Eine Welle der Übelkeit jagte die nächste. Deshalb nahm ich die unauffällige Halterung, über die meine Finger fuhren, zunächst nicht wahr. Ich fasste unwillkürlich zu, um mich zu stützen, und drückte den Hebel nach unten.

Ein Mechanismus war von mir in Gang gesetzt worden. Die Wand neben mir wurde mit einem lauten Knirschen nach innen gedrückt und verschwand dann auf der linken Seite. Sofort versiegte meine Übelkeit, das zweite Trommeln in meiner Brust verstärkte sich hingegen. Etwas befand sich in dem Geheimversteck, das nach mir gerufen hatte und noch immer nach meiner Aufmerksamkeit verlangte.

Gespenstisch grünes Licht durchbrach samt Staub Bacons Leuchten. Bobby löste sich von mir. Wir bewegten uns beide gleichzeitig vor die Öffnung. Für den Fall, dass weitere *Gwishin* auf uns warteten.

Doch die Kammer war leer. In ihrer Mitte schwebte lediglich ein glänzender metallener Stab. Seine Länge entsprach meiner Körpergröße, und er war mit schwarzen Dornenranken verziert, die sich am oberen Ende zu einer runden Fassung formten. In ihr saß ein leuchtender grüner Smaragd.

»Der Stab der Verdammnis«, keuchte ich.

»*Daebak!*« Bobby pfiff ungläubig. »Wer hätte gedacht, dass wir ihn mitten im Nirgendwo finden.«

»So groß kann ein Zufall gar nicht sein«, murmelte ich.

Ich spürte Bobbys Blick auf mir. »Daran glaube ich auch nicht.«

Immerhin waren wir uns darin einig. Das änderte jedoch nichts an der Tatsache, dass der Stab hier war. Direkt vor mir und zum Greifen nah.

Ich spuckte noch einmal aus, aber den Geschmack von Erbrochenem wurde ich leider nicht ganz los. Das konnte ich vorerst nicht ändern.

Was ich ändern konnte, war das Schicksal meines Zirkels.

Behutsam setzte ich einen Schritt in die Kammer und wartete gespannt ab. Als nichts passierte, ging ich weiter.

»Sei vorsichtig«, bat mich Bobby unnötigerweise.

»Ich hätte nicht gedacht, dass der Stab so schön ist«, flüsterte ich ehrfurchtsvoll. Von Nahem sah er noch beeindruckender aus. Jetzt konnte ich die filigrane Arbeit an den Ranken deutlich erkennen. »Kein Wunder, dass er zu den vier magischen Artefakten gezählt wird.«

»Ich habe ein ganz mieses Gefühl dabei.« Bobby sah nach oben, wo die *Gwishin* zweifellos immer noch versuchten, zu uns durchzudringen, und wieder zurück zu mir. »Vielleicht sollten wir erst mal einen Weg rausfinden und dann zurückkehren.«

»Warum plötzlich so hektisch? Du warst eben der Optimistischere von uns beiden«, erinnerte ich ihn.

»Sobald magische Objekte im Spiel sind, wird mein Optimismus von Realität ersetzt.«

»Was hast du denn geglaubt, wie ich den Stab bekommen kann, ohne ihn zu berühren? Es muss so sein. Ich spüre es.« Das Trommeln wurde stärker und stärker.

Selbst wenn ich den Stab nicht hätte berühren wollen, hätte ich mich nicht mehr wehren können.

Ich streckte meine rechte Hand aus und umfasste den Stab am oberen Drittel. Er sackte kühl in meinen Griff. Das Leuchten wurde gedimmt, abgesehen davon geschah nichts.

Bobby atmete aus, als hätte auch er die Luft angehalten.

»Siehst du, du hast dich umsonst aufgeregt.« Ich drehte den Stab einmal um seine eigene Achse, wechselte die Hand und wieder zurück. Der Stab war nicht sonderlich schwer, aber nach einer Weile würde er mir einen zitternden Arm bescheren. Ich setzte das untere Ende auf dem Boden ab.

Sobald der Stab den Beton berührte, wurde eine Machtwelle freigesetzt. Sie wirbelte meine Haare auf, ehe sie mich von den Füßen riss. Ich verlor den Griff um den Stab, der sich vor meinen Augen verkleinerte und verholzte. Der Smaragd wurde ebenfalls klein und unscheinbar, bevor der *Stock* neben mir auf den Beton klapperte.

Bacon heulte auf. Bobby war als Einziger nicht zu Boden gegangen, da er sich im Durchgang festgehalten hatte. Ungläubig sah er mich und den Stab an. Seine einst frisierten Haare fielen ihm unordentlich in die Stirn.

»Du hast ihn kaputt gemacht!«

Fassungslos blickte ich auf das unscheinbare Stück Holz. *Jinjja?*

18

Es herrschte trügerische Stille. Die Machtwelle hatte sich aufgelöst. Bacon kam wieder auf die Beine. Vorwurfsvoll sah sie mich an.

Ich klaubte den Stab der Verdammnis vom Boden, der nunmehr ein Stock der Peinlichkeit war. Hatte ich ihn wirklich kaputt gemacht?

»Ich glaube, wir sollten besser gehen«, murmelte ich.

»*Aigoo,* das erscheint mir alles zu gut, um wahr zu sein.« Bobby schmunzelte. »Abgesehen von der Transformation.«

»Haha.«

»Am besten wir klettern hoch und ... oh, oh.«

»Was?«

Bobby war zurück in den Raum getreten und blickte nach oben. Ich eilte an seine Seite. Bacon schrumpfte wieder auf Chihuahuagröße, um sich auf seine Schulter zu setzen. Er ließ sie gewähren.

Die Machtwelle hatte nicht nur die Wände erzittern lassen, sie hatte die Schutzwand zerstört. Die Geister strömten samt Kälte herab.

Bobby nutzte ein Stück abgebrochenen Gips als Schutzschild, während ich hilflos mit dem nutzlosen Stock herumwirbelte. Es tat sich nichts. Ein *Gwishin* nach dem anderen fuhr durch mich hindurch, und die Starre hielt immer länger an. Ich konnte kaum Atem holen, bevor ich von dem nächsten attackiert wurde.

Bobby stellte sich vor mich und blickte mir ins Gesicht. Er legte eine Hand an meinen unteren Rücken und drückte mich eng an seinen Körper.

»Was ...«

»Schließ deine Augen.«

»Hast du deinen Verstand verloren?« Ein weiterer Geist fuhr durch uns beide hindurch. Eine Sekunde verging. Unser Atem vermischte sich zwischen uns und wurde als weiße Wolke sichtbar. Es war so kalt.

»Schließ deine Augen, Kang Hana. Vertrau mir.«

Da ich keinen anderen Vorschlag hatte, wie wir dieser Misere entkommen konnten, gehorchte ich. Von Bobby im Moment meines Todes gehalten zu werden, war gar nicht so schlimm.

Ich holte tief Luft, dann senkte ich die Lider.

Mit der rechten Hand hielt ich den Stab umfasst, mit der linken krallte ich mich in Bobbys Hemd. Aus Angst, er würde mich einfach zurücklassen. Furcht biss sich in jeden meiner Gedanken. Ich hatte mich noch nie gleichzeitig so schutzlos und so beschützt gefühlt. Es war eine neue Art von Vertrauen, Bobby in so einer Lage gänzlich die Kontrolle zu überlassen.

Bacon kletterte von seiner auf meine Schulter und wärmte mich mit ihrem Fell.

Zuerst nahm ich den Mangel an weiteren Geistinvasionen wahr, dann hörte ich das Schreien der *Gwishin*. Unwillkürlich blinzelte ich. In dem spärlichen Licht erkannte ich schemenhafte Gestalten an den Wänden. Eilig drückte ich die Augen wieder zu. Ich wollte Bobbys Vertrauen nicht auf die Probe stellen.

»Auf meinen Rücken. Lass die Augen geschlossen«, ermahnte er mich.

Mit seiner Hilfe gelang es mir, auf seinen Rücken zu klettern. Ich spürte Bacons Pfoten eine Sekunde später auf meiner Schulter, dann hob uns Bobby beide an, als würden wir nicht mehr wiegen als ein Sack Reis.

Ich spürte, wie wir an Höhe gewannen. Bobbys Muskeln bewegten sich unter meinem Körper. Ich fürchtete mich, zu fallen, weshalb sich meine Beine enger um seine Mitte schlangen. Das leise Glucksen, das er daraufhin verlauten ließ, ärgerte mich nicht. Im Gegenteil, es beruhigte mich. Wenn er witzeln und sich über mich lustig machen konnte, bedeutete das, wir wären bald schon in Sicherheit.

Soweit ich das sagen konnte, wurden wir wie durch ein Wunder von keinen *Gwishin* angegriffen.

Oben angekommen, zumindest nahm ich das an, denn ich hatte immer noch nicht geguckt, rutschte ich von seinem Rücken. An meiner Hand führte er mich durch das Haus und die Tür hinaus, bis wir die frische Nachtluft einatmen konnten.

Im Vorgarten stehend versuchte ich, das Zittern meiner Gliedmaßen unter Kontrolle zu bekommen. Die Kälte hatten wir im Haus zurückgelassen.

»Du kannst deine Augen wieder öffnen«, wies er mich an. Ich spürte eine leichte Berührung an meiner Wange.

Ich musste sämtliche Argumente runterrasseln, warum ich nicht mit geschlossenen Augen im Vorgarten eines Spukhauses stehen sollte. Dann erst konnte ich die Lider aufschlagen.

Bobby stand einen Meter vor mir und klopfte sich den Staub von der Kleidung, was er sich hätte sparen können. Die Sachen würde er nicht mehr retten können.

Ich sah mich um. Die Geister waren uns nicht bis nach draußen gefolgt, aber ich konnte sie im Inneren wüten hören. Oder war es bloß das Rauschen in meinen Ohren?

»Was war das?«

»Was?« Unschuldig blickte er mich an. Bacon spielte mit meiner Haarsträhne, die meinem Pferdeschwanz entflohen war.

»Du …« Mir fehlten die Worte, um zu beschreiben, was ich gesehen und gefühlt hatte. Was waren das für Schemen gewesen? Und ich war mir fast sicher, ein dunkles Summen vernommen zu haben.

»Können wir zu Hause darüber reden?« Er öffnete das kleine Tor und wartete, bis ich auf die Straße gegangen war. Die Sache war aber noch nicht abgehakt. Ich drehte mich zu ihm um.

»Erstens, das ist nicht mein Zuhause«, begann ich und

zählte an den Fingern ab. »Zweitens, ich will gerade nicht unbedingt bei deiner Schwester sein. Zugegeben, sie hat sich zusammengerissen, aber ich glaube, sie mag mich nicht sonderlich. Drittens, wie du weißt, ist Geduld nicht meine Stärke. Wir haben den Stab. Wir können zurück nach Seoul.«

Bobby rieb mit einer Hand über seine untere Gesichtshälfte. »Können wir ... Können wir uns für eine Sekunde sammeln? Du bist gerade eben kopflos ins Haus gestürmt, und es hätte dich das Leben kosten können.« Ich biss mir auf die Unterlippe, um mir eine Erwiderung zu verkneifen. »Außerdem weißt du überhaupt nicht, wie du den Stab nutzen kannst.«

Ich konnte die einzelnen Punkte nicht abstreiten. Aber die Vorstellung, weiter in Mirro zu bleiben, wo ich von jeglicher Magie abgeschirmt war, drückte mich nieder.

»Können wir nicht in deiner Wohnung nachdenken? *Jebal?*« Ich zog eine Schnute und bewegte mich in Bobbys Sichtfeld. Er wandte sich ab, ich folgte ihm und zog eine Grimasse. »Ich mag deine Wohnung.«

Als er sein Lachen nicht mehr zurückhalten konnte, wusste ich, dass ich gewonnen hatte.

Ich will nicht mehr allein sein, schoss es mir durch den Kopf.

Bobby hatte mich heute beschützt. Er war bei mir geblieben. Hatte mich gesucht und gefunden. Ich wollte ihn als meinen Partner im Kampf gegen Choi Rose.

»Schätze, das kann nicht schaden. Hoffen wir mal, dass dich die Hexen nicht mehr orten können.«

»Ich werde den Smaragd nicht abnehmen. Auch nicht beim Duschen«, schwor ich.

Er sah mich mit einem merkwürdigen Ausdruck an, unter dem mir plötzlich warm und schwindelig wurde.

»Okay.«

Schweigend wanderten wir durch Mirro. Dieses Mal wurden wir sogar mit neugierigen Blicken bedacht. Unsere in Mitleidenschaft gezogene Kleidung und schmutzigen Gesichter waren wohl auffälliger als die feuchte Kleidung bei unserer Ankunft.

Ich war froh, dass Bobby auf mich gehört hatte. Das *Bujeok,* das mir Nuri gegeben hatte, entsorgte ich unauffällig. Es hatte mich weder beschützt noch etwas anderes Nennenswertes getan. Ich konnte nicht sagen, was mich davon abhielt, zu Nuri zurückzukehren. Sie hatte sich angestrengt, ihr schlechtes Verhalten mir gegenüber am Anfang wiedergutzumachen. Jedoch blieb eine unterschwellige Abneigung, in allem, was sie tat, wenn es mich betraf.

Vielleicht waren meine Nerven auch bloß zum Zerreißen gespannt, und meine Angst übertrug sich auf Nuri. Ich wusste es nicht. Und ehrlich gesagt war es mir auch nicht wichtig genug, dem auf den Grund zu gehen. Ich hatte bereits zwei beste Freundinnen, ich brauchte keine weitere.

Wir erreichten den Nachtmarkt, an den der Durchgang in die menschliche Welt grenzte. So viel und so wenig war seit meinem Betreten passiert. Ich wünschte, dies wäre unter weniger dringenden Umständen geschehen. Was für großen Spaß ich vor dem Ahnenmond gehabt hätte, Mirro und all seine Facetten zu erkunden.

Bacon blieb auf meiner Schulter sitzen. Bobby nahm meine Hand in seine. Sie fühlte sich warm an. Gemeinsam gingen wir durch das Tor. Auf der anderen Seite entzog ich dem Dämon meine Hand augenblicklich. Das Märchen schien vorbei. Wir fanden uns in der Wirklichkeit Seouls wieder. Der Stab wog schwer in meiner anderen Hand.

Bobby musterte mich, während wir uns vom Schrein wegbewegten.

»Du glaubst, es ist kein Zufall, oder?« Sein argwöhnischer Blick sprach Bände. »Ich habe eine Verbindung zu ihm gespürt. Ein Pochen hier drin.« Ich deutete auf meine Brust. »Zuerst wusste ich nicht, was es bedeutet, aber gekoppelt mit der Übelkeit ist es ein Zeichen gewesen, glaub ich. Um mir mitzuteilen, dass der Stab in der Nähe ist. Dass er sich in dem Haus befindet, war tatsächlich nur Zufall.«

»Huh.«

»Huh? Sag, was du zu sagen hast.«

»Ich habe eine Theorie.«

»Die wäre?«, fragte ich gedehnt. Wir schlenderten am Hangang entlang, anstatt zielstrebig eine Brücke anzusteuern. Ich hoffte für Bobby, er würde mich nicht wieder zur Yangwha-Brücke führen. Sonst würde ich ihm den Hals umdrehen.

»Wie du weißt, besteht eine Verbindung zwischen Prinzessin Bari und dem Stab.« Bobby sah mich bedeutsam an. »Und du bist mit Prinzessin Bari verbunden. Du bist ihre direkte Nachfahrin, oder nicht?«

Blinzelnd blieb ich mitten auf dem Radweg stehen. Bobby musste mich zur Seite ziehen. Selbst in der Nacht waren Radfahrer mit rasantem Tempo unterwegs.

»Woher weißt du das alles? Studierst du in deiner Freizeit die Geschichte der Hexen?«

Er massierte sein Ohrläppchen. »So was in der Art. Aber es ergibt Sinn, oder?«

»Ich schätze schon.« Ich stimmte ihm zwar zu, aber meine Gedanken galten mehr den verschiedenen Tiefen von Bobbys Charakter, die ich nach und nach entdeckte. Er war so viel mehr als ein einfacher Albdämon, der in mein Leben gestolpert war.

Ich ließ den Stab in meiner Hand auf- und abgleiten, aber er änderte weder sein Aussehen noch nahm ich irgendeine Spur von Macht oder Magie wahr. Es wäre typisch für mich, wenn ich ihn wirklich kaputt gemacht hätte.

Ich schüttelte den Kopf. Der Gedanke war absurd. Mit einem einzigen Klopfen auf den Betonboden ließ sich kein mächtiges Artefakt zerstören. Sonst hätte der Stab nicht Hunderte von Jahre überlebt, sondern wäre längst zu Staub zerfallen.

»Nehmen wir die Metro«, schlug Bobby vor.

Ich widersprach nicht, denn ich hatte keine Lust auf eine Wiederholung unseres Hinweges. Bacon machte sich auf den überirdischen Weg, noch bevor Bobby und ich die Treppen zur Hapjeong-Station runtergegangen waren.

Wir fuhren lediglich drei Stationen weit. Auf der Brücke konnten wir den Sonnenaufgang für wenige Sekunden bewundern, ehe wir auf der Südseite Seouls ankamen. Bacon erwartete uns vor Bobbys Wohnung auf der Mauer liegend. Sie gähnte und streckte sich, als würde sie bereits seit einer geraumen Weile dort ausharren.

Fassungslos, aber erfreut kraulte ich ihre Ohren. Ich fühlte mich dem *Haechi* immer näher und hoffte, es würde mich nicht so bald wieder verlassen.

Während Bobby das Badezimmer besetzte, legte ich mich auf sein Bett und betrachtete den Stab genauer. Hier konnte ich mich seit unserem Aufbruch nach Mirro das erste Mal richtig entspannen. Ich fand die Ruhe, nach Hinweisen und alter Magie zu suchen. Was hatte die Machtwelle bewirkt, als ich den Stab aus seinem Schlaf erweckt hatte? War es allein der Stoß auf den Betonboden gewesen? Oder eine verspätete Reaktion auf meine Berührung?

Meine Ausbildung hatte sich nicht mit magischen Objekten befasst. Die meiste Zeit übten junge Hexen, Auren aufzunehmen und sie als Magie wieder zu entlassen. Theorie hatte es in den seltensten Fällen gegeben. Etwas, das ich immer begrüßt hatte. Nach und nach, je weiter ich mich im Kopf und in der Wirklichkeit von meinem Zirkel entfernte, erkannte ich, dass mir große Lücken geblieben waren. Sie hätten besser mit dem Wissen meiner Eltern und meiner Großeltern gefüllt werden sollen. Hatten sie es nicht für wichtig empfunden?

Oder hatten sie es selbst nicht gewusst? Waren wir alle gemeinsam blind gegenüber unserer Vergangenheit?

Ich schüttelte den Stab, doch es tat sich weiterhin nichts. Frustriert legte ich ihn auf die Matratze. Es war die Waffe, die nicht hätte existieren sollen und die es doch tat. Es war der Gegenstand, der Choi Rose ihrer Macht berauben sollte.

Wie sollte ich das bewerkstelligen, wenn der Stab sich nicht mal zu seiner beeindruckenden Form zurückverwandelte?

Das Einzige, was geblieben war, waren die Einkerbungen,

die sich hauchzart um das Holz rankten. Ich glaubte, aus dem Augenwinkel chinesische Schriftzeichen zu erkennen, aber wenn ich genauer hinsah, verschwanden die Zeichen.

Seufzend gab ich für den Moment auf. Nachdem auch ich mich geduscht hatte, machten Bobby und ich uns auf den Weg zu einem Vierundzwanzig-Stunden-Grill. Wir bestellten drei Fleischportionen und hatten diese innerhalb kürzester Zeit verschlungen.

Ich hatte ein klitzekleines schlechtes Gewissen, dass Bobby dafür aufkommen musste. Ich hatte nach wie vor kein Geld. Bei den drei Höllen, die einzigen Dinge, die mir gehörten, waren meine Schuhe, mein zerbrochener Smaragd und ein Handy, das ich nicht benutzen konnte.

»Es tut mir leid, wenn sich Nuri dir gegenüber harsch verhalten hat«, entschuldigte sich Bobby, während die Bauchspeckstreifen auf dem Grill zwischen uns zischten. Mit der Zange drehte ich sie nacheinander auf die andere Seite. Ich hatte vergessen, wie gut *Samgyeopsal* schmeckte.

»Sie hat nichts Schlimmes getan.«

»Trotzdem wolltest du ihr lieber aus dem Weg gehen …«

Wenn ich ihm von dem nutzlosen Talisman erzählte, würde er sicherlich die Augen verdrehen. Und er hätte ja recht. So schlimm war das nicht. Ich hatte ohnehin nicht an seine Wirksamkeit geglaubt.

»Ich fühle mich nicht wohl dabei, bei ihr und Kwon zu wohnen, wenn sie nicht wissen, dass ich eine Hexe bin.« Das war nicht mal gelogen. »Ich bin durchgehend angespannt. Obwohl ich Mirro gerne entdecken würde, ist der Zeitpunkt momentan alles andere als gut. Nuris Misstrauen macht es nicht einfacher.«

»Hm. Verstehe.« Bobby nahm mir die Arbeit ab, das Fleisch mit der Schere zu zerkleinern. Ich belegte bereits das erste Salatblatt mit *Kimchi* und einer hauchdünnen Scheibe Kohlrabi, bevor ich das Fleisch in die *Gochujang*-Paste tunkte und dazulegte. Zusammengefaltet und ab in den Mund. Großartig.

»Seht ihr euch oft?«, fragte ich, nachdem ich zu Ende gekaut hatte.

»Nicht so oft wie früher. Mirro hält ein paar unschöne Erinnerungen für mich bereit. Für uns beide eigentlich«, gab er zu. »Unsere Kindheit war von Gewalt geprägt. Ich bin froh, meine eigenen Entscheidungen zu treffen. Nuri möchte, dass ich in ihre Nähe ziehe, aber wir sind sehr unterschiedlich, was die Verarbeitung unserer Vergangenheit angeht.«

Ich war so verblüfft von seiner Offenheit, dass ich nichts erwidern konnte. Stattdessen machte ich mich über die Fleischreste her.

Schließlich verließen wir das Restaurant und spazierten zurück. Bacon schloss sich uns wieder an. Sie wirkte wie eine kleine Hündin, die mit ihren Besitzern Gassi ging. Tatsächlich wurde sie von den wenigen Personen, die uns entgegenkamen, nicht mal schief angeguckt.

»Ich habe nicht vergessen, was du in Mirro getan hast«, sagte ich irgendwann, nachdem ich in meinem Kopf Tausende Szenarien gesponnen hatte, in denen Bobby als kleiner Dämon von seinen Eltern misshandelt worden war. Mein Ärger nahm so gigantische Ausmaße an, dass ich mich ablenken musste. Sollte ich seinen Eltern jemals begegnen ... Immer vorausgesetzt, sie waren an der Gewalt in seiner Kindheit schuld. Aber wenn nicht sie, wer dann? Sie hätten ihn zumindest beschützen müssen. »Was auch immer es genau gewesen ist, ein Albdämon sollte nicht dazu imstande sein.«

»Und du kennst dich ja so genau mit den verschiedenen Dämonenarten aus«, entgegnete er trocken.

»Verkauf mich nicht für dumm. Ich mag vielleicht nicht alle Arten kennen, aber uns wurden die beigebracht, die keine Gefahr für uns darstellen.«

Bobby gab den Zahlencode ins Türschloss ein und ging als Erster in die Wohnung. Bacon blieb wie immer draußen.

»Ich bin besonders«, sagte er, nachdem die Tür hinter mir zugefallen war, ohne ins Schloss einzurasten.

»Bist du«, stimmte ich prompt zu. Ich war zu sehr von ihm abgelenkt, um mich um die Tür zu kümmern. »Und du magst Geheimnisse.«

Er drehte sich zu mir um, als wir beide Bacons lautes Schnurren hörten. Im nächsten Moment wurde die Tür aufgestoßen und eine hoch gewachsene Gestalt füllte den Türrahmen aus. Wir hatten Besuch.

19

Es war der Goblin, den ich während Nuris Verkaufsshow kennengelernt hatte. Für den ich in das Spukhaus gegangen war. Dem ich dankbar sein sollte, weil ich durch ihn den Stab der Verdammnis gefunden hatte. Auch wenn ich ihn kaputt gemacht hatte.

Stattdessen füllte ich mein Potenzial bis zum Bersten mit jeglicher Magieaura, die ich in Bobbys Apartment finden konnte. Dabei merkte ich, dass meine Grenze von früher anders war als die von heute. Es fühlte sich sogar so an, als könnte ich noch mehr Auren aufnehmen. Ohne Anleitung einer Älteren wollte ich es jedoch nicht versuchen. Die Angst vor dem Ausbrennen war zu groß.

»Beruhige dich. Ich bin nicht hier, um zu kämpfen«, sagte er, die Hände erhoben. Hinter ihm lugte Bacon hervor. Mit ihrem Kopf strich sie an seinem Hosenbein entlang. Der Goblin, der äußerlich wie Mitte dreißig wirkte, zwinkerte, wodurch meine Aufmerksamkeit erneut auf den weißen Ring um seine Pupillen gelenkt wurde. Gruselig. Sein schwarzes Haar, das mit silbernen Strähnen durchzogen war, hatte er heute zu einem tief sitzenden Pferdeschwanz gebunden. Dadurch wurden seine spitzen Ohren sichtbar. »Noch nicht jedenfalls.«

»Du bist uns gefolgt.« Das Gefühl, jemand würde uns beobachten, hatte ich mir also nicht nur eingebildet. Wann lernte ich endlich, auf meine Instinkte zu hören?

Unwillkürlich warf ich Bobby einen Seitenblick zu. Was meldeten meine Instinkte ihm gegenüber? In meiner Magengegend flatterten Schmetterlinge, als ich beobachtete, wie sich Bobby das lilafarbene Haar aus der Stirn strich. Eilig konzentrierte ich mich wieder auf den ungebetenen Gast.

»Ich wollte mit dir reden, aber ihr wart so schnell.« Lüge. Er hatte uns ausspionieren wollen. Hatte womöglich diesen Ort finden wollen.

»Warum?«, fragte ich laut.

»Du bist gegangen, ohne deinen Preis einzufordern.«

Bobby und ich sahen uns an. »Wir sind die *Gwishin* nicht losgeworden.« Im Gegenteil. Sie waren erfolgreich darin gewesen, *uns* loszuwerden.

»*Jinjja?* Sie waren weg, als ich nachgesehen habe.« Der Goblin beugte sich langsam hinab, um Bacon zwischen den Ohren zu kraulen. Alles, ohne den Blick von mir zu wenden. Dann wurde er auf etwas aufmerksam, das hinter mir lag. »Hübscher Stock.«

Es wäre auffälliger, wenn ich ihn plötzlich verstecken würde. Ich zuckte lediglich mit einer Schulter und verlagerte mein Gewicht so, dass dem Goblin der Blick auf den Stab hinter mir verwehrt wurde.

»Ich brauche den Preis nicht mehr.« Ich wedelte mit der Hand Richtung Tür, die er aufgestoßen hatte. »Du kannst gehen.«

»Warum plötzlich so informell?«

»Wenn jemand in das Haus eines anderen eindringt, verzichtet er auf jedes Recht, weiterhin formell angesprochen zu werden«, sagte Bobby zu meiner Verteidigung. Er war bisher ungewöhnlich still gewesen, und ich konnte seine Gedanken nicht lesen.

Der Goblin räusperte sich und blickte um sich. Mit einer Hand strich er über die Tür. »Nicht meine beste Entscheidung. Allerdings«, er hob einen Finger, »will ich in niemandes Schuld stehen.«

»Tust du nicht«, widersprach ich vehement. »Ich habe nichts getan. Wirklich, ich bin bloß weggelaufen.«

»Warum?«

»Was?«

»Warum bist du weggelaufen?«

»Weil ich Angst hatte, und es gab nichts, das ich hätte tun können. Ich war vollkommen ausgelaugt.«

»Du bist eine Hexe.« Ein nüchternes Statement.

»Nicht überrascht?« Da wir uns nicht mehr in Mirro aufhielten, war ich mutiger, was meine Herkunft anging. In Seoul durfte ich schließlich leben, ohne dafür von Dämonen angegriffen zu werden.

»*Ani.*« Er betrachtete seine Nägel. »Ich war neugierig, wie eine Hexe mein Problem lösen würde. Offenbar mit Weglaufen. Sehr interessant.«

»Woher hast du gewusst, dass ich eine Hexe bin?«

»Nennen wir es mein besonderes Talent.«

»Talent? Du bist seltsam.« Bobby stieß lautstark die Luft aus. »Bist du sicher, dass wir uns noch nicht vorher begegnet sind? Du kommst mir bekannt vor.«

»Flirtest du mit mir?« Der Goblin lachte, aber es klang nicht ganz ehrlich. Wie bei einem Schauspieler auf der Theaterbühne.

»Und wenn?« Bobby gab sich nicht so leicht geschlagen.

»Tut mir leid, bin vergeben.«

Ich legte den Kopf schief. »Von allem, was du gesagt hast, erscheint mir dies als die einzige Wahrheit.«

Sein rechtes Auge zuckte. »Und dennoch sind es bisher alles ehrliche Antworten gewesen.«

»Wer bist du wirklich?«

Er lächelte. »Wenn du jemals meine Hilfe brauchst, läute diese Glocke. Das ist, was ich dir schulde.« Er holte eine kleine goldene Glocke aus seiner Innentasche hervor und platzierte sie auf der Theke.

Was war mit den anderen Reliquien? Wäre der Stein, der mir den richtigen Weg weisen würde, nicht praktischer? Aber nein, ich brauchte ihn nicht länger, um durch ein mörderisches Labyrinth zu gehen. Ich hatte den Stab bereits.

»Werde ich nicht«, sagte ich deshalb.

»Umso besser.« Er grinste. »Seid vorsichtig. Ihr beide. Mirro verschleiert viel, das Seoul letztlich offenbart. Lügen werden immer aufgedeckt. Ich muss nun gehen.« Bacon tapste nach draußen, um ihm Platz zu machen. Auf der Türschwelle hielt er inne. »Es gibt Neuigkeiten.«

»Neuigkeiten?«

»Über euch Hexen. Es wird eine Hinrichtung geben. Heute nach Sonnenuntergang. Ich dachte mir, du würdest es wissen wollen.«

Mein Herz rutschte mir in die Hose. »Was? Wer wird hingerichtet werden? Wo?« Ich eilte ihm hinterher, aber er hielt nicht an. »Du kannst jetzt nicht gehen.«

»Das ist alles, was ich weiß. Viel Glück.« Er stieg unberührt die Treppen hinab.

Ich stand auf der obersten Stufe und blickte ihm nach. Es wäre vergeblich, ihm nachzulaufen. Wenn er mehr gewusst hätte, hätte er mir mehr gesagt, dessen war ich sicher.

Das vertrieb jedoch nicht die Angst, die mich zu lähmen begann. Die aufkommende Panik.

Jemand würde sterben. Heute Nacht würde jemand, den ich kannte und vermutlich mochte, sterben. Es existierte kein Szenario, in dem Choi Rose einen der Ihren töten würde; aber Tausende, in denen einer der Meinen sterben würde.

Ich bückte mich, um mir die Schuhe anzuziehen. In meinem Kopf breitete sich zunehmend peinigende Schwärze aus.

»Wohin gehst du?«

»Irgendwohin. Keine Ahnung.« Ich richtete mich auf. Bobby stellte sich mir in den Weg, aber er machte keine Anstalten, mich aufzuhalten. »Ich muss etwas tun.«

»Du kannst nicht einfach ins Hauptquartier rennen. Sie wird dich sofort töten.«

»Ich habe den Stab«, erwiderte ich schwach. Irgendwo. Ich drehte mich um und stapfte mit Schuhen in die Wohnung, um den Stab zu holen. Bobby folgte mir. Seine Hand legte sich um meine, als ich den unscheinbaren Stock anhob. Er stand dicht hinter mir, sein Atem streifte meine Wange. Seine Körperwärme hüllte mich ein.

Ich rührte mich nicht. Konnte kaum atmen mit ihm so nah.

»Du weißt nicht, wie du ihn nutzen sollst«, erinnerte er mich.

Ich ließ den Kopf sinken. Meine Augen brannten. »Kannst du damit aufhören, mir zu sagen, was ich nicht kann, und mir stattdessen helfen?«

»Was soll ich tun?« Er wartete, bis ich den Stab losgelassen hatte, dann trat er einen Schritt zurück.

Ich fühlte mich leer ohne seine Nähe. Mutlos wandte ich mich zu ihm.

»Ich werde mich dem Quartier nicht nähern können, ohne erkannt zu werden, aber du vielleicht schon.« Ich blickte zu Boden. »Könntest du versuchen, an Informationen zu gelangen? Über die Exekution. Wo sie stattfinden soll. Wer …«

»Hana« Mitleid war deutlich aus seiner Stimme herauszuhören.

»Bitte, Bobby.« Ich ergriff seine Hände. »Ich schulde dir was, wenn du das tust. Was ist, wenn Rose meine Eltern tötet? Ich könnte mir niemals verzeihen, wenn ich nicht mal versuche, etwas dagegen zu unternehmen.«

Ergeben schloss er die Augen. »Okay. Ich versuche es. Aber du bleibst so lange hier, versprochen?«

»Versprochen.« Wir verhakten unsere kleinen Finger und drückten unsere Daumen gegeneinander, um das Versprechen zu besiegeln. Ich hätte alles getan, wenn er nur zum Hauptquartier gehen würde. Allein würde ich sofort auffallen. Ich konnte mir vorstellen, dass der Opalzirkel einen Kreis mit Wache haltenden Hexen um das Quartier gezogen hatte. Ich glaubte nicht, dass ich die einzige Hexe war, die hatte entkommen können. Doch wie sollte ich in Kontakt mit den anderen kommen? Wahrscheinlich hielten sie sich versteckt und würden mir nicht mal vertrauen.

Mit jeder Minute, die in meinem Exil verging, steigerte sich meine Wut auf Choi Rose. Sie hatte bereits so viel zerstört.

Aber sie würde keine weiteren Leben mehr nehmen.

Bobby verabschiedete sich und ließ mich allein im Apartment zurück.

Sobald er herausfand, wer hingerichtet werden würde und wo, würde ich alles daransetzen, das zu verhindern. Das hatte Vorrang. Und danach würde ich den Stab gegen die *Yeohwang* einsetzen.

Ich lief unruhig auf und ab. Meine Muskeln schmerzten. Meine Lider wurden schwer. Irgendwann fiel ich in Bobbys Bett in einen unruhigen Schlaf.

Als ich aufwachte, waren einige Stunden vergangen. Bobby war bisher nicht zurückgekehrt. Ich versuchte, mir keine Sorgen zu machen. Es dauerte sicherlich eine Weile, bis er jemanden fand, den er zum Reden bewegen konnte. Ich wusste nicht, wie er dies bewerkstelligen wollte, aber ich hoffte, er nahm die Hilfe seiner Dämonenfreunde in Anspruch.

Auf der Couch fand ich mein Smartphone, das ich vor meinem Ausflug nach Mirro ausgeschaltet hatte. Ob mir darüber jemand geantwortet hatte? Würde es der Opalzirkel orten können, wenn ich meine Nachrichten checkte?

Ich hatte Bobby gesagt, dass es keine Möglichkeit gäbe, meinen Aufenthaltsort zu bestimmen, solange ich Jisoos Smaragdanhänger trug. Ich durfte sein Vertrauen nicht missbrauchen und versehentlich seine Wohnung an die Hexen verraten.

Widerwillig ließ ich das Handy wieder hinter die Kissen gleiten.

Ich ging nach draußen und setzte mich neben Bacon auf die Mauer. Das *Haechi* sonnte sich und genoss die Aufmerksamkeit, die ich ihm zuteilwerden ließ. Sie zeigte mir sogar ihren blauen Fellbauch, als ich sie mit beiden Händen zu kraulen begann.

»Was sollen wir bloß tun?«

Ich wandte mein Gesicht zur Sonne. Heute war es tatsächlich ganz angenehm. Die Luft war nicht zu feucht und sauber genug, um sie tief einzuatmen.

Natürlich antwortete mir Bacon nicht. Sie blieb schweigsam wie immer. Alles andere hätte mich auch an meinem Verstand zweifeln lassen.

Ich blinzelte, als endlich das in meine Wahrnehmung sickerte, was ich seit Minuten hätte bemerken sollen. Die Sonne war blutrot gefärbt, während sie sich zum Horizont senkte. In meiner Bauchgegend kribbelte es unangenehm. Eine Erinnerung kitzelte in meinem Kopf, aber sie wollte sich nicht gänzlich zeigen.

Zurück in Bobbys Wohnung schaltete ich die Nachrichten an. Während die Sprecher miteinander über die ansteigenden Mieten diskutierten, wanderten meine Gedanken weiter. Zurück zur Exekution, die bevorstand, sollte ich dem Goblin Glauben schenken.

Ich hatte glücklicherweise noch nie einer Hinrichtung beigewohnt, doch ich hatte von einer gehört. *Halmoni* hatte mir die Geschichte erzählt. Damals hatte ich sie bloß für eine solche gehalten, jetzt glaubte ich, meine Großmutter hatte mit ihren Geschichten versucht, mir die Wahrheit und Wirklichkeit zu vermitteln, die meine Eltern mir vorenthalten hatten.

Es hatte eine unberechenbare Hexe gegeben, die in aller Heimlichkeit Dämonen geholfen hatte, die Menschenwelt zu betreten. Ihrer Aussage nach geschah dies aus Liebe zu einem davon. *Halmoni* betonte, dass sich die Zirkel einig gewesen waren, dass sie von dem Dämon verführt worden und nicht mehr bei klarem Verstand gewesen war. Sie hatten ihren eigenen Worten keinen Glauben geschenkt.

Die Hexe war schließlich von ihnen überführt und gefangen genommen worden, bevor sie weiteres Unheil anrichten konnte. Sie und ihr Geliebter waren dann zeremoniell hingerichtet worden, da, wann immer eine Hexe getötet werden musste, dies in einer Art und Weise geschehen sollte, die unsere Ahninnen besänftigen sollte.

Ich sah aus dem Fenster in Richtung Hangang, den ich allerdings nur erahnen konnte. Die Hinrichtung hatte damals an einem blutroten Tag stattfinden sollen. Es gab zudem nur eine Handvoll Orte, die mit dem Blut einer Hexe getränkt werden konnten, ohne für alle Zeiten verflucht zu werden. Einer dieser Orte war ganz in der Nähe. Konnte es heute dort stattfinden?

Ich war mir fast sicher, dass Choi Rose sich nicht weit vom Hauptquartier entfernen würde. Auch wenn ich ihr nichts entgegenzusetzen hatte, so würde sie ihre Position gerade jetzt durch nichts gefährden wollen.

Aber wäre es dort überhaupt möglich? Soweit ich wusste, war der Ort längst nicht mehr leer. Im Gegenteil, Menschen sammelten sich dort Tag für Tag, um Fisch und Meeresfrüchte zu verkaufen. Noryangjin Susansijang.

Bobby war noch immer nicht zurückgekehrt, und ich hatte genug vom Warten. Wenn es in Noryangjin, auf dem Fischmarkt, stattfand, hatte ich noch eine Chance, die Hinrichtung zu verhindern. Ich musste gehen. Sofort.

20

Nach kurzer Überlegung versteckte ich den Stab der Verdammnis unter Bobbys Matratze. Er würde mir ohnehin nichts nutzen, und ich wollte ihn nicht zufällig an eine der Opalhexen verlieren. Das würde auch meine letzten Hoffnungen zunichte machen.

Ich warf mir eine von Bobbys Sweatshirtjacken über, deren Kapuze ich hochziehen konnte, wenn ich meine Identität verhüllen wollte. Planlos, aber mit rasendem Herzen stürmte ich aus der Tür hinaus – und direkt in Bobby hinein. Er hielt mich an den Oberarmen fest, damit ich nicht zurückfiel. Seine Brauen zogen sich unheilverkündend zusammen.

Er musterte mich von oben bis unten, während er mich auf Armeslänge von sich entfernt hielt.

»Du solltest auf mich warten«, sagte er.

Ich schluckte. In meinem Kopf war ich längst sechs Straßen weiter, und ich musste mich erst wieder zurück in die Gegenwart zwingen. »Wo ist der Stab?«

»Ich lasse ihn hier. Wie du nicht müde wirst zu betonen, weiß ich ohnehin nicht, wie ich ihn benutzen soll«, grummelte ich. Durch seine Berührung, auch wenn ich sie durch die Sweatshirtjacke nicht auf meiner Haut spüren konnte, fühlte ich die innere Ruhe einkehren, nach der ich mich gesehnt hatte. Ich atmete aus. »Was hast du herausgefunden?«

Beinahe widerwillig ließ er seine Arme sinken. Bacon scharwenzelte zwischen unsere Beine hindurch. Sie wirkte glücklich über Bobbys Rückkehr.

»*Mianhae*. Es hat lange gedauert, weil nur wenige Nichtmagische ins Hauptquartier gelassen werden, und die sind wiederum von mindestens einer Opalhexe begleitet worden, wenn sie draußen Erledigungen nachgegangen sind.«

»Wie bist du dann an Informationen gekommen?«

Bobby lehnte mit der Hüfte gegen die Mauer. Ich näherte mich ihm bis auf einen Meter. Ich konnte es nicht ganz genau benennen, aber er wirkte verändert. Eine unterschwellige Traurigkeit war in ihm erwacht. Waren die Neuigkeiten so schlimm? War es etwa schon zu spät?

»Meine Hartnäckigkeit hat sich wie immer bezahlt gemacht. Wie erwartet, sind Opalhexen nicht gut darin, Babysitter zu spielen. Sie haben in ihrer Aufmerksamkeit nachgelassen, und ich konnte mich kurz mit einem Nichtmagischen unterhalten. Er sagte, es würde tatsächlich eine Hinrichtung stattfinden. Sogar mehrere gleichzeitig. Er wusste aber nicht, wer genau gerichtet werden soll. Unter anderem aber soll eine Hexe dabei sein, die anderen zur Flucht verholfen hat.«

Ich ballte die Hände zu Fäusten. Egal, um wen es sich dabei handelte, sie verdiente nicht den Tod für eine so ehrenhafte Handlung. »Ich glaube, ich habe herausgefunden, wo es passieren wird.«

»Noryangjin«, sagten wir wie aus einem Mund.

Trotz der ernsten Lage musste ich schmunzeln. Bobby war ja doch zu etwas zu gebrauchen. Seine Augen glitzerten, als er meinen Blick auffing.

»Kommst du?«, wisperte ich. Wir hatten keine Zeit zu verlieren, wenn wir dieses fürchterliche Ereignis verhindern wollten.

Unsicher sah ich auf. Bobby hatte bereits so viel für mich getan. Ich würde es ihm nicht übel nehmen, wenn er hier eine Grenze zog. Es war eine Sache, mir bei der Suche nach dem Stab zu helfen, mir ein Dach über den Kopf zu geben und mich zu versorgen, aber etwas ganz anderes, sich aktiv gegen den mächtigsten Hexenzirkel in Seoul zu stellen.

»*Ya!*«, rief er aus, als würde ich ihn mit meiner Frage empören. »Lass uns ein paar Hexen die Nacht verderben.« Er zwinkerte mir zu. Sein Piercing fing das Licht der niedrig stehenden Sonne ein. Wieder flatterte es in meiner Magengegend. Ich würde dieses Gefühl nicht mehr lange ignorieren können. Und wenn dieser Zeitpunkt gekommen war, müsste ich eine Entscheidung treffen.

»Bacon, du bleibst hier. Ich will nicht, dass dir etwas passiert«, erklärte ich dem magischen Geschöpf. Es war mir einerlei, dass mir das *Haechi* vermutlich geschickt worden war, damit es mich beschützte und nicht andersherum. Ich wollte nicht, dass sie von den Opalhexen verletzt wurde.

Bacon legte den Kopf schief, gehorchte jedoch und folgte uns nicht, als Bobby und ich die Treppe hinabstiegen.

»Ich habe die Verschärfung der Sicherheitsmaßnahmen noch nie in diesem Ausmaß miterlebt«, sagte Bobby, um das Schweigen zwischen uns zu füllen. Automatisch hatten wir uns in Richtung Metrostation auf den Weg gemacht. Das war der schnellste Weg zum Fischmarkt.

»Hast du so viele Erfahrungen?« Er hatte mir davon erzählt, dass er Informationen von anderen Dämonen bezüglich der Hexen erhalten hatte, aber mir war nicht klar gewesen, dass er auch selbst an der Beschaffung beteiligt gewesen war.

»Einige.« Er zuckte mit einer Schulter.

»Warum?«

Ich musste meine Frage nicht ausformulieren, da er sofort verstand, was ich meinte. »Ich habe die Informationen verkauft. Wo deine Zirkel sich wann aufhielten. Welches Ziel ihr als Nächstes bei eurer Jagd aufsuchen würdet. Wie viele sich ihr in der Nacht anschlossen.«

Stirnrunzelnd folgte ich Bobby durch die Schranke, nachdem ich meine Karte, die er freundlicherweise am Automaten aufgeladen hatte, über den Sensor gezogen hatte. »Wer würde an solchen Infos interessiert sein?«

»Ich sollte es dir nicht sagen.«

»Warum nicht?«

Wir stellten uns vor eine noch geschlossene Tür. Die nächste Bahn käme in drei Minuten.

»Wenn das hier vorbei ist, gehst du zurück.«

»Und?«

Er seufzte tief. »Du könntest das, was ich sage, gegen uns Dämonen verwenden.«

»Du vertraust mir nicht.«

Ein *Ahjushi* stellte sich neben uns und tippte unruhig mit seinem Gehstock. Bobby und ich verstanden den Wink und ließen ihn vor, da es sich bei diesem Eingang um den für ältere und körperlich beeinträchtigte Menschen handelte. Ich hatte das Zeichen auf dem Boden zuvor nicht bemerkt.

»*Joesunghamnida*«, nuschelten Bobby und ich, bevor wir die nächste Tür ansteuerten.

Bobbys Augen zuckten kurz zu mir, ehe er sein Spiegelbild in der Glastür anstarrte.

»Es geht nicht um Vertrauen. Ich vertraue der Liebe und Treue, die du für deinen Zirkel empfindest. Ich verstehe beides, weil ich das Gleiche für meine Schwester fühle. Ich würde alles für sie tun. Du bist genauso, und das ist niemandes Schuld. Es ist auch nicht ... schlimm. Ich kann mit dir nur nicht über alles, was ich tue, sprechen.«

Das Bimmeln kündigte die nächste Bahn an. Während der kurzen Strecke ließ ich mir Bobbys Worte durch den Kopf gehen.

Als wir in Noryangjin ausstiegen und mit dem Menschenfluss nach oben getragen wurden, fand ich die einzig mögliche Antwort.

Wir blieben vor der letzten Treppe stehen, abseits der Menschen, die allesamt in Eile waren.

»Ich glaube, ich verstehe das, auch wenn es mir nicht gefällt, dass du Geheimnisse vor mir hast.«

Bobby lächelte leicht. »Als ob du für mich ein offenes Buch wärst.«

»Ich versuche, eines zu sein«, sagte ich. Sein Lächeln gefror. Hatte er etwas anderes erwartet? Okay, ich hatte mich auch selbst mit dieser Verkündung überrascht. »Ich will nichts vor dir zurückhalten. Du bist mein Freund, Bobby, und ich will, dass du das weißt. Meine Loyalität gilt meinen Hexen, aber sie gilt auch dir.«

Bobby lachte mich nicht aus, wie ich es erwartet hatte. Er atmete tief durch und sah zunächst zur Treppe hoch zum Ausgang. Wollte er fliehen?

»Nicht ... Das wird nicht gut enden, Kang Hana.«

Ich sammelte all meinen Mut und stellte mich direkt vor ihn, sodass er sich mehr anstrengen müsste, mich *nicht* anzusehen. Tatsächlich fing er meinen Blick auf. Ich konnte mich im dunklen Braun seiner Augen erkennen. »Vielleicht muss es überhaupt nicht enden.«

»Das ist selbst für dich zu naiv zu glauben.«

Ich wich zurück, als hätte er mich mit seinen harschen Worten geschlagen. Peinlich berührt sah ich mich um, jedoch wurden wir von niemandem beachtet. »Du musst nicht gleich so gemein sein.«

»Hana ...« Ich machte Anstalten zu gehen, als er mein Handgelenk umfasste. Zärtlich. Sanft. Warm.

»Was?«, fauchte ich. Die Hitze in meinen Wangen war überwältigend, und ich würde einen weiteren Schlag nicht verkraften. Herausfordernd sah ich den Dämon an.

»Ich ... Ich mag dich auch. Ich mag dich immer noch.«

Während wir einander ansahen, bewegte sich die Welt weiter. Nur wir standen still. Freiwillig gefangen in unserem eigenen Universum. Millionen von glitzernden Sternen um uns herum, die Möglichkeiten über Möglichkeiten beherbergten, aber wir ergriffen keine von ihnen. Wir mussten uns aus dem Universum befreien, um Hexen vor dem unmittelbar bevorstehenden Tod zu retten.

Als der Moment vorüber war und uns atemlos und auch irgendwie peinlich berührt zurückließ, steuerte ich eines der kleinen Geschäfte innerhalb der Metrostation an. Eine *Ahjumma* verkaufte Tücher, Hüte, Baseballcaps und Masken.

Ich deckte Bobby und mich mit jeweils einer Baseballcap und einer Maske ein.

Als Bobby für uns bezahlte, spuckte die *Ahjumma* auf die fünftausend koreanischen Won und strich sich mit dem Schein über den Kopf. Wahrscheinlich eine abergläubische Sache, die entweder Glück brachte oder das vergangene Pech des früheren Inhabers vertrieb.

Ich wünschte, ich könnte das so einfach mit meinem Leben machen. Drauf spucken, mich einmal über den Boden wälzen und fertig. Weg mit dem Pech. Her mit dem Glück.

Seufzend befestigte ich die schwarze OP-Maske vor Mund und Nase und setzte die Kappe auf, während ich in den Spiegel sah. Auf dem Markt würde es sicher vor Hexen wimmeln, und ich war sicher, dass jede von ihnen sich die Bilder aller Entflohenen hatten einprägen müssen. Zum Abschluss zog ich meine Kapuze hoch und hoffte, dass es dadurch nicht wieder zu auffällig wäre.

Bobby tat es mir nach. Es kannte zwar niemand sein Gesicht, aber sein lilafarbenes Haar war zu auffällig. Die OP-Maske lehnte er zunächst ab.

Obwohl mir Bobbys Geständnis nahegegangen war, fiel es mir überraschend leicht, mich auf unsere Aufgabe zu konzentrieren. Natürlich wollte ich lieber den Tag mit ihm verbringen, seine Hand halten und stundenlang in seine Augen starren, aber es stand immer außer Frage, dass ich alles für meine Hexenfamilie tun würde.

Ich ballte die Fäuste. Vielleicht, wenn all das vorbei wäre, könnten wir uns an etwas so Banalem wie einem Date versuchen. Ein einfacher Traum, der mir in diesem Augenblick unerreichbar schien.

Ich war noch nie zuvor auf dem Fischmarkt gewesen. Der Weg von der Metrostation zu einem der Eingänge war kurz. Die Umgebung hinter uns war weit und übersichtlich, da sich keine hohen Gebäude, sondern bloß ein Baseballfeld in dieser Richtung befand. Vor uns erhob sich auf der rechten Seite die Halle, auf der linken gab es eine Art Einkaufszentrum. Dort hinein führte ein unterirdischer Weg zur gleichen Metrostation.

Da sich der Tag dem Ende neigte, war hier weniger los als morgens, wie ich annahm. Dennoch gab es noch genug Leute und geöffnete Stände, um leicht den Überblick zu verlieren.

Wir betraten die Halle, die mehrere Stockwerke hoch war und ein flaches Dach besaß sowie eine Glasfront ab dem dritten Stockwerk. Der orangebraune Boden war nass, und an einigen Stellen hatten sich sogar Pfützen gebildet. Über jedem Stand hing ein Display-Würfel, der die Standnummer, den Namen und die Telefonnummer des Händlers anzeigte.

Die Stände reihten sich dicht aneinander und schienen für den Laien fließend ineinander überzugehen. Aquarien waren teilweise pyramidenartig gestapelt, es gab offene Becken, die kaum höher als fünf Zentimeter waren. In ihnen schwammen die kleinen Fische. Waagen standen bereit, Plastiktüten hingen an Haken. Einige Fische waren bereits ausgenommen und lagen auf Trockeneis. Rochen waren rücklings aufgebahrt, sodass man ihre kleinen Münder erkennen konnte.

Mir wurde schlecht. Der Anblick und der überwältigende Fischgeruch bestärkten mich darin, keine Meerestiere zu essen.

»Wohin?«, fragte Bobby an meinem Ohr. Er blieb dicht hinter mir, während wir durch einen besonders engen Gang schritten. *Ahjummas* und *Ahjushis* unterhielten sich lautstark über die Köpfe der Besucher hinweg, während sie gleichzeitig ihre Kunden bedienten.

Ich versuchte, mich kleiner und unauffälliger zu machen. Die Hände hielt ich in den Taschen der Sweatshirtjacke versteckt. Meine geballten Fäuste waren ein zu auffälliger Hinweis auf meinen Gemütszustand.

Bobby ließ sich anfangs leicht ablenken, bevor er sich wieder an den Grund unseres Kommens erinnerte. Seine Haltung wurde augenblicklich angespannter, und seine Augen wurden fokussierter. Wahrscheinlich hatte er den ganzen Tag nichts gegessen. Ich fühlte mich schlecht, dass ich ihm nicht mal dafür Zeit eingeräumt hatte.

Hier geht es um Leben und Tod. Er wird es verstehen.

»Lass uns einen Moment dort stehen bleiben«, bat ich.

Ich nahm seine Hand und zog ihn daran hinter mir her, bis wir an eine Ecke kamen, die von zwei Ständen eingerahmt wurde, die bereits geschlossen hatten. Weniger Menschen drängten sich hier entlang, aber noch genug, sodass wir nicht auffielen. Ich sah mich aufmerksam um, streifte mit meinem Blick über die Gesichter der Leute.

Das Problem war, dass die Stände teilweise so hoch waren, dass ich nicht weit durch die Reihen blicken konnte. Dazu kam noch, dass ich bei Weitem nicht alle Opalhexen gut genug kannte, um sie sofort in einer Menge auszumachen. Aber ich war mit dem Verhalten meiner Hexenschwestern in der Öffentlichkeit vertraut. Ich wusste, dass die meisten aus den anderen Zirkeln Menschen zwar vor Dämonen beschützten, sich insgeheim aber über sie stellten. Sie hielten sich für überlegen, und ihr Gebaren in der Öffentlichkeit spiegelte diese Einstellung wider.

Es dauerte nicht lange, ehe ich die ersten beiden Opalhexen entdeckte. Sie schlenderten scheinbar entspannt durch die Gänge, aber anders als richtige Besucher, besahen sie sich keine einzige der Auslagen. Mit gerecktem Kinn, die Arme vor dem Oberkörper verschränkt, um niemanden im Vorbeigehen zu streifen. Ihre Mienen blieben konzentriert, die Blicke suchend auf den Gesichtern der Anwesenden. Erwarteten sie mich oder andere Geflohene? Wahrscheinlich ging von ihnen größere Gefahr aus als von mir. Dennoch war ich dankbar für meine Maske.

Bobby und ich bewegten uns mit einigem Abstand in ihre Richtung, ohne ihnen zu nahezukommen. Sie durchstreiften das Areal, was keinen Hinweis auf den eigentlichen Ort des Geschehens gegeben hätte, wenn sie dabei nicht eine Ecke immer wieder mit Blicken anvisiert hätten und gleichzeitig umgangen wären.

Mit einem Kopfnicken deutete ich auf den hinteren, abgedunkelten Teil der Halle. Die zwei großen Gänge führten in den Bereich, aber es gab Security, die vermutlich aufpassen sollte, dass niemand den Fischmarkt in diese Richtung verließ.

Im Vorbeigehen konnte ich abgedeckte Stände und leere Auslagen erkennen. Außerdem führte am Ende des Bereichs eine Eisentreppe ins obere Stockwerk. Eine Tür verhinderte, dass ich sehen konnte, wohin genau.

»Sie werden uns sehen, wenn wir uns an der Security vorbeischummeln«, warnte Bobby.

»Wir brauchen nur eine kurze Ablenkung«, erwiderte ich zuversichtlich. Jetzt, da ich endlich etwas tun konnte, fühlte ich mich weniger verloren. »Halte dich bereit.«

Ich wandte den Opalhexen meinen Rücken zu und kreierte einen leuchtenden Magieball. Es bedurfte all meiner Konzentration, ihn langsam loszulassen und kurz über den Boden schwebend zu lenken. Glücklicherweise konnten Menschen die knisternde Magie nicht wahrnehmen, sonst wären wir längst entdeckt worden.

Ich entschuldigte mich lautlos bei den Fischen, als ich den Magieball gegen eines der Wasserbecken knallen ließ. Der Container explodierte. Der Aufschrei war groß. Wasser ergoss sich über den Boden, Fische kamen auf dem Trockenen auf. Bobby und ich verloren keine Zeit. Nur ein kurzer prüfender Blick in Richtung der Hexen und der Security. Ihre Aufmerksamkeit galt einzig dem Tumult.

Bobby und ich sprinteten nacheinander durch die abgedunkelte Halle und die Treppe hinauf. Vorsichtig öffnete ich die Tür am oberen Ende. Glücklicherweise war sie nicht verschlossen. Dahinter öffnete sich ein grauer Raum, in dem sich leere Kisten an den Wänden stapelten.

Nichts, das einen Hinweis auf die Hexen hätte geben können. Es gab jedoch eine weitere Tür.

Der Fischgeruch ließ hier immerhin ein wenig nach, und ich wurde nicht mehr von meiner Übelkeit geplagt.

Ein Raum folgte dem nächsten, und schließlich zweigten weitere Treppen ab. Fast so als wären wir wieder im Labyrinth des Goblins Mino gefangen.

»Hoch oder geradeaus?«, fragte Bobby, den Blick abwechselnd auf die Tür und die Treppe gerichtet.

»Hoch«, entschied ich spontan. Panik breitete sich in mir aus, je mehr Zeit verging. Wir kannten nicht den genauen Zeitpunkt, an dem die Hinrichtung stattfinden würde. Ich glaubte lediglich, dass dies kurz nach Sonnenuntergang geschah, weil wir die Information von dem Goblin erhalten hatten. Aber wie verlässlich war sie schon?

Wir stiegen die Treppe hinauf. Ich ging voran und öffnete so leise wie möglich die Tür. Zuerst nahm ich den stählernen Gang wahr, der sich einmal um die Halle auf mittlerer Höhe wand. Dazwischen war der Raum offen. Stimmen wehten zu uns herüber. Schluchzen und Flehen. Über uns befand sich die gewaltige Glasfront zur rechten Seite, die ich bereits draußen bemerkt hatte. Unter und neben dem Gang entlang waren einzelne Fabrikfenster eingelassen.

Geduckt näherte ich mich dem Geländer und blickte hinab. In der Mitte der asphaltierten Halle knieten sechs Hexen, die Köpfe gesenkt. Um ihre Körper war mehrere Mal ein Hanfseil geschlungen, sodass sie ihre Arme nicht bewegen konnten. Eisenbänder lagen um ihre Hälse, die ihnen den Zugang zur Magie versperrten.

Es dauerte keine Sekunde, da hatte ich Subin unter ihnen erkannt. Ihr schwarzes langes Haar fiel ihr ins Gesicht, aber ich kannte ihren Körper und ihr Gebaren zu gut.

Es bedurfte all meiner Selbstkontrolle, nicht runterzustürmen und mich schützend vor sie zu stellen.

»Wir können sie nicht alle auf einmal angreifen.« Bobby hockte neben mir. Seine linke Hand umfasste eine der Eisenstreben des Geländers.

Es gab insgesamt zehn Opalhexen, von denen die meisten sich am Rand der Halle an den schmutzigen Fenstern aufhielten. Zwei standen unmittelbar neben den Gefangenen. Choi Rose befand sich nicht unter ihnen.

»Ich weiß«, presste ich zwischen zusammengebissenen Zähnen hervor. Worauf warteten sie noch? Nicht, dass ich wollte, dass sie die Hexen töteten, doch mir war, als würden mir Informationen fehlen. »Aber wir können auch nicht *nichts* tun.«

»Was schlägst du vor?«

Ich musterte unsere Umgebung, dachte über das Gebiet nach, in dem wir uns befanden. Die Möglichkeiten. Ein Plan entstand aus dem Nichts. Es könnte funktionieren.

»Teilen und erobern«, sagte ich grimmig lächelnd. Ich musste mir einfach vorstellen, dass es sich hierbei um ein Training handelte, bei dem ich positiv hervorstechen wollte. Diese Situationen hatte es nicht oft gegeben, da ich durch mein großes Potenzial immer automatisch etwas Besonderes gewesen war. Doch manchmal hatte ich Wert darauf gelegt, mich zu beweisen. »Wir werden Folgendes machen.«

Ich weihte Bobby in meinen Plan ein. Er hörte aufmerksam zu und beschimpfte mich nicht als verrückt. Er machte einen kleinen Vorschlag. Als wir uns einig geworden waren, fand ich heraus, worauf die Opalhexen gewartet hatten. Nicht auf Choi Rose, wie ich kurzzeitig befürchtet hatte, sondern auf ihre Geliebte und Vertreterin.

Elana betrat die Halle durch die Tür auf der anderen Seite des Gebäudes. Sie war in Begleitung von zwei finster dreinschauenden Opalhexen, die wie ihre Bodyguards und nicht wie ihre Schwestern wirkten.

Elana positionierte sich schweigend vor den knienden Hexen, die heute ihr Leben lassen sollten, ohne sie anzusehen. Aus ihrer Handtasche holte sie einen Zettel, den sie mit zittrigen Händen entfaltete.

Ich runzelte die Stirn. Konnte es sein, dass sie diese Tat nicht mit Überzeugung ausführte? Aber machte dies einen Unterschied? Das Ergebnis war das gleiche.

Elana begann, von dem Zettel zu lesen. Eine absurde Anklageschrift, in der sie die vermeintlichen Taten der Hexen der anderen sechs Zirkel aufzählte.

Bobby legte eine Hand auf meine. Ein letzter Blick. »Du kannst dich auf mich verlassen.«

»Sobald du sie von den Halsbändern befreit hast, werden sie dir helfen können«, beschwor ich ihn erneut.

Ich wartete sein Nicken ab, bevor ich mich dicht an die Wand gedrängt auf die andere Seite des Raumes begab. Dort befand sich eine zweite Treppe, die teilweise von einer Säule vor den aufmerksamen Blicken der Hexen verdeckt wurde. Ich wagte mich bis zur Hälfte vor, immer auf Elanas Stimme lauschend. Solange sie sprach, würde sie noch nicht das Todesurteil verhängt haben.

Dann, kurz bevor ich den Schutz der Säule verließ, kreierte ich ein Dutzend weißer Magiebälle. Gleichzeitig sog ich die Aura des Gebäudes in mir auf. Ein kurzer Gedanke. Ich schloss die Augen, breitete die Arme aus. Die Bälle stoben zu den sechs großen Fenstern. Sekunden später zerschellten die Scheiben. Scherben rieselten auf die Hexen herab.

Ich verlor keine Zeit, sprintete die restlichen Stufen herab und zeigte mich der gesamten Meute.

»*Joesunghamnida,* ich wollte die Party nicht verderben.« Ich grinste, zog die Maske von meinem Gesicht und die Kapuze von meinem Kopf. Die Augen der umstehenden Hexen wurden groß. Subin murmelte meinen Namen. Ich drehte mich auf dem Absatz um und sprang durch eines der Fenster.

Anstatt auf Asphalt landete ich in einem Müllberg, den ich vorhin im Vorbeigehen erspäht hatte.

Die Opalhexen hinter mir schrien sich gegenseitig Befehle zu.

Wie erhofft folgte mir mehr als die Hälfte von ihnen, als ich über die Straße und direkt in den Tunnel zur Metrostation lief. Auf der linken Seite waren blaue, weiße und grüne Plastikkisten gestapelt, die mit Gemüse und Getreide gefüllt waren, um sie an die Fischmarktbesucher zu verkaufen.

Die ersten Magiebälle wurden auf mich abgefeuert. Ich hielt so lange wie möglich einen Schutzschild aufrecht, um Abstand zu gewinnen. Ich brauchte den Schutz der Menschen. Es stand nicht zur Debatte, dass ich allein gegen sechs oder sieben Hexen bestehen könnte. Ich verschaffte Bobby die Zeit und Gelegenheit, die Gefangenen zu befreien und mit ihrer Hilfe zu fliehen.

Sobald ich eine Möglichkeit fand, würde ich in der Metro verschwinden. Niemand wäre verletzt oder getötet worden.

Es war ein guter Plan. Und er funktionierte. Beinahe.

Ich sah bereits das Ende des Tunnels vor mir. Nur noch die Treppe hoch und ich käme auf einer belebten Straße raus, von dort aus eine weitere Treppe wieder nach unten und ... Ich fühlte eine Welle des Triumphs in mir aufsteigen, als ich unaufmerksam wurde. Die Gruppe, die ich fälschlicherweise für Besucher gehalten hatte, stellte sich als Gruppe von Opalhexen heraus. In ihrer Mitte ... Choi Rose.

In der Sekunde, in der ich sie erkannte, knallte ich gegen eine unsichtbare Wand. Ich fiel rücklings zu Boden und verlor den Halt um meine Magie. Mein Schutzschild war verpufft.

Sämtliche Luft war mir aus der Lunge gepresst worden. Mein Brustkorb schmerzte höllisch wie ein einziger riesiger Bluterguss.

Ich rang verzweifelt nach Atem, während der Schmerz weiter anwuchs.

Bevor ich mich bewegen konnte, vernahm ich klackernde Schritte auf dem Asphalt. Choi Rose ragte über mir auf. Ihre rot geschminkten Lippen verzogen sich zu einem amüsierten Lächeln.

Aishi.

21

»*Aigoo,* wen haben wir denn da? Nehmt sie mit«, befahl Choi Rose.

Ihre Handlangerinnen gehorchten aufs Wort. Sie packten mich an den Armen, zogen mich auf die Beine und schleiften mich hinter sich her. Wenn ein paar der *Ahjummas* es für seltsam hielten, so ließen sie sich nicht davon ablenken.

Ich versuchte, es den Menschen nicht übel zu nehmen. Sie hatten zwar nichts von uns zu befürchten, da es zu den wichtigsten Gesetzen gehörte, Menschen nichts anzutun, trotzdem hätte ich mir etwas mehr Zivilcourage gewünscht.

Andererseits wurde im Allgemeinen leichter über Frauen hinweggesehen, die Frauen auf offener Straße misshandelten. Es herrschte wohl die Auffassung, dass wir uns gegenseitig nicht übermäßig verletzen könnten.

Eine Fehleinschätzung.

Meine Hüfte schmerzte vom harten Aufprall auf dem Asphalt. Ich hatte mir meinen Fußknöchel aufgeschürft sowie meinen Handballen. Aber zu atmen fiel mir zunehmend wieder leichter.

Ich wehrte mich nicht, als mich die Hexen aus dem Tunnel nach draußen zerrten. Dort warfen sie mich gegen einen Karren, der glücklicherweise voller Kartons war. Der *Ahjushi* oder die *Ahjumma* war weit und breit nicht zu sehen. Vielleicht suchte er oder sie nach weiteren Kartons, die man gegen ein paar Won tauschen könnte.

Ich machte mir nicht die Mühe, wieder aufzustehen. Sie würden mich bloß erneut zurückstoßen. Ich richtete mich allerdings auf, während ich der Wut in mir freien Lauf ließ.

Es war einfach gewesen, während meiner Abwesenheit ruhig zu bleiben, meinen Hass allein auf Rose zu konzentrieren. Jetzt aber, bei der direkten Konfrontation mit den anderen Opalhexen neben der Hexe, die bereits sieben der Unseren getötet hatte, nahm der schwelende Zorn gewaltige Ausmaße an. Ein Waldbrand war entfacht worden. Wie konnten sie dieser Verräterin all unserer Werte weiterhin folgen? Wie konnten sie erlauben, dass sie uns schadete? Sie darin unterstützen, weitere Hexen hinzurichten?

»Wer hätte gedacht, es würde so einfach werden, dich herzulocken?«, sagte Rose, die zu mir schlenderte. Als hätte sie alle Zeit der Welt, und als würde nicht eine einzige Sorge auf ihren zierlichen Schultern lasten.

Ich durfte mich nicht von ihr provozieren lassen. Musste den Blick auf das Wichtige gerichtet halten: Bobby, Subin und den anderen gefangenen Hexen Zeit verschaffen und einen Weg für meine Flucht ebnen.

»Warum?«, wisperte ich.

Sie war zum Reden bereit, und ich würde sie als Informationsquelle nutzen. Unauffällig sah ich mich um. Es gab zwei Eingänge, also keine Sackgasse. Wenn ich mich auf meinen Orientierungssinn verlassen konnte, lag auf der linken Seite eine viel befahrene Straße. Durch die leichte Kurve konnte ich sie jedoch nicht erkennen. Dafür glaubte ich Verkehrsgeräusche wahrzunehmen.

Rose hockte sich vor mich hin. Die Opalhexen, vier an der Zahl, formten einen Halbkreis um sie herum. Zwei beobachteten uns, die anderen beiden besahen sich die Straßenöffnungen.

»Ich wollte dein magisches Potenzial, das selbst größer war als meines«, antwortete sie ehrlich. Sie seufzte. »Leider hat deine Mutter es geschafft, dich aus meinen Fängen zu befreien. Jetzt will ich etwas anderes.«

Mein Herz verkrampfte sich, als ich an *Umma* dachte. »Was hast du mit ihr gemacht?«

Obwohl in mir ein Sturm an Gefühlen herrschte, erkannte ich mit Zufriedenheit, dass bisher niemand zu Rose geeilt war, um Alarm zu schlagen. Das bedeutete, entweder war Bobby und den Hexen die Flucht gelungen oder … An die Alternative wollte ich nicht denken. Sie würde mich lähmen.

Ich dachte hektisch nach. Die Hexen würden sich sofort auf mich stürzen, wenn ich nur Anstalten machte, meine Magie zu nutzen. Aber wie sollte ich ohne sie fliehen?

»Nichts. Sie arbeitet für mich. Das ist alles. Wahrscheinlich so lange, bis ich kriege, was ich will.«

»Und das wäre?«, fragte ich, nicht weil es mich sonderlich interessierte, sondern um sie zum Weiterreden zu bewegen.

Ganz gleich, was es auch war, ich wollte es zerstören oder dafür sorgen, dass ihr Plan niemals aufging. Insbesondere wenn sie etwas wollte, das mir gehörte. Selbst wenn ich noch nicht genau wusste, was es war.

Rose löste sich aus der Hocke und klopfte die Falten aus ihrer weiten Stoffhose. Sie setzte zu einer Antwort an, als sie brutal von den Füßen gerissen wurde. Mit einem kurzen Aufschrei kam sie auf ihrem Hintern auf.

Bacon!

Das *Haechi* hatte seine Form auf fast zwei Meter Höhe vergrößert und Choi Rose einfach umgerannt. Hechelnd stand sie neben ihr, bevor sie sich auf die nächste Hexe stürzte. Die Frauen hatten bereits ihre Angriffsmagie auf Bacon gerichtet, doch die Farben prallten an ihren Schuppen ab.

Ich verlor keine Zeit. Rief meine eigene Magie und nutzte sie als Katapult, um mich auf das Dach des Gebäudes hinter mir zu befördern. Ein Versuch, der auf Anhieb funktionierte. Es war genau die gegenteilige Maßnahme zur Abfederung meines Sturzes aus dem Penthouse.

Oben auf dem Flachdach angekommen, wankte ich für einen Moment, ehe ich mein Gleichgewicht wiederfand. Die Hexen schrien und verfluchten das *Haechi,* das sowohl zu flink als auch zu mächtig war.

Ich hörte Roses frustrierten Schrei. »Ich töte deine Eltern«, rief sie nach oben. Sie konnte mich nicht sehen. Ich hatte mich von der Straße abgewandt. »Wenn du nicht innerhalb von einer Woche zu mir kommst, sind sie tot. Deine Großmutter ebenso«, versprach sie mir. »Ihre Leben sind in deinen Händen.«

Ich wollte weinen, schreien und zetern. Mich beschweren, wie unfair das Leben war. Aber es würde Rose nur eine Möglichkeit verschaffen, mich wieder in ihre Finger zu bekommen. Anstatt meinen Bedürfnissen nachzugeben, rannte ich über das Dach davon.

Ich könnte es vor niemandem rechtfertigen, mich umzudrehen und etwas Dummes zu tun. Vor allem dann nicht, wenn ich noch nicht wusste, ob Bobbys Teil der Mission erfolgreich gewesen war.

Bevor ich zum Treffpunkt lief, den Bobby und ich vorher abgemacht hatten, ging ich zurück zum Markt. Ich musste mich selbst davon überzeugen, dass Subin in Sicherheit war. Und wenn nicht, hatte ich zumindest noch eine Chance, einzugreifen.

Es war ein kalkuliertes Risiko, das ich für Subin und nicht für etwaige Rachegelüste meinerseits einging. Ich nutzte den gleichen Weg wie zuvor und betrat erneut die Passage durch den hinteren Teil des Fischmarkts, bewegte mich langsam und leise.

Ich erschrak, als ich die knienden, gefesselten Gestalten sah. Wie konnte das sein? Wo war Bobby?

Und dann sah ich, dass weder Bobby noch Subin unter den Hexen waren. Ihnen war die Flucht gelungen, während die anderen verurteilten Hexen eine nach der anderen vor meinen Augen starben. Ich konnte mir keinen weiteren Plan mehr zurechtlegen.

Ich war vollkommen erstarrt. Gefangen im Hier und Jetzt und gleichzeitig in der Vergangenheit, als Jisoo gestorben war. Warum konnte ich nicht helfen? Warum konnte ich niemanden retten?

Elana presste eine Hand auf den Brustkorb der Hexe mit dem weißen Haarknoten am Hinterkopf und schloss ihre Augen. Blut rann aus den Augenwinkeln der gefangenen Hexe und vermischte sich mit dem Blut aus Mund und Nase, bevor es auf den tristen Betonboden tropfte. Eine Sekunde später öffnete sich der Mund der Rosenquarzhexe, und ihr Edelstein zerbrach. Feuer schoss aus ihren Augen und erschreckte mich mehr als alles andere. So schnell die tosenden Flammen gekommen waren, so schnell erloschen sie wieder und hinterließen rußgeschwärzte Augenhöhlen.

Leblos fiel die Hexe zur Seite.

Die zwei Hexen, die noch lebten, wimmerten und weinten. Innerhalb von einer Minute hatte sich Elana auch derer entledigt.

Die Opalhexen ordneten die toten Körper dicht nebeneinander gedrängt an und entzündeten sie mit magischer Energie. Zusammen vergingen sie zu glühender Magie, um die Ahninnen damit zu besänftigen.

Ich fragte mich, ob unsere Vorfahrinnen nicht vor Hass auf Choi Rose versuchten, ihr die Macht zu entziehen. Aber was, wenn sie dieses Vorgehen guthießen?

Elana wandte sich in meine Richtung. Ihr Gesicht war gen Boden gerichtet. Die Fäuste geballt. Eine Träne rann ihre Wange hinab. Sie machte mich wütender als alles andere. Sie hatte nicht das Recht zu trauern, nachdem sie fünf Hexen getötet hatte. Sie war eine Mörderin. Ich verfluchte sie.

Aufgewühlt blieb ich in meinem Versteck. Ich hielt es für sicherer, abzuwarten bis die Opalhexen verschwunden waren, um ihnen nicht versehentlich in die Arme zu laufen.

Aber ehrlich gesagt, ich konnte mich immer noch nicht bewegen.

Der Hass auf Elana verblasste neben dem Hass auf mich selbst. Auf meine eigene Angst und meine eigene Schwäche. Wenn ich wirklich das Zeug für eine Anführerin gehabt hätte, wäre ich runtergesprungen und hätte Verantwortung übernommen.

Obwohl es dumm gewesen wäre. Ich wäre von ihnen getötet worden. Ich …

Ich verstand nicht, wie so etwas Schreckliches geschehen konnte. Vor einer Woche war alles noch normal gewesen. Langweilig, ja, aber dafür sicher. Wie konnte meine Welt durch einen einzigen Zirkel derart zerstört werden?

Vor einigen Tagen hatte ich Jisoo noch an meiner Seite gehabt. Sie hatte neben mir geschlafen und von einer Karriere geträumt, die sie nie erreichen konnte.

Diese Welt, in der ich mich nun befand, ergab keinen Sinn mehr für mich.

Ich blinzelte, als das Eisengitter vor mir verschwamm. Jäh fiel mir auf, wie dunkel es geworden war. Die Sonne war längst untergegangen, aber die Hexen hatten eine Glühbirne brennen lassen. Ich drehte den Kopf erst nach links, dann nach rechts. Meine Sicht besserte sich nicht. Dann verschwand meine Umgebung gänzlich, und ich fand mich in einem fremden Hof wieder. Festgestampfte Erde und ein Weg aus ungleich großen Steinen, die zu einem Palast hinaufführten. Frauen in kostspieligen *Hanboks* und Männer in bunten Roben hatten sich am Wegesrand versammelt. Sie geiferten nach einem Spektakel, das ihnen höchstwahrscheinlich von der residierenden Königsfamilie geliefert wurde.

Es fühlte sich an, als wäre ich in ein *Sageuk* gefallen. Was hatte das zu bedeuten?

Die Eltern eines unheimlich stillen Säuglings, den die Mutter auf die Arme eines Soldaten verfrachtete, waren König und Königin. Eine andere Zeit. Jahrhunderte waren seitdem vergangen, aber ich sah das Geschehen vor mir, als würde es sich erst jetzt abspielen.

Eine unheimliche Vision oder ein seltsamer Traum?

Ich wehrte mich nicht gegen den Sog, der mich hier festhielt. Ich kannte mich genug mit Magie aus, um zu wissen, dass mir meine Ahninnen etwas zeigen wollten. So wie sie mir das *Haechi* geschickt hatten, um mich zu beschützen. Sie wollten mich wissen lassen, dass sie nicht mit Roses Handeln einverstanden waren. Ihr Segen war vermutlich erzwungen worden, oder Rose hatte ihn durch Trickserei erhalten.

Ich sollte meinen Zweifeln nicht nachgeben und auf sie vertrauen.

»Bringt sie fort. Weit weg. Setzt sie in der Wildnis aus und kehrt zu uns zurück!«, befahl der König kaltherzig.

Noch bevor irgendjemand protestieren konnte – was vermutlich niemand getan hätte, um seine Hände und Füße nicht zu verlieren –, drehte sich das Königspaar um. Entschlossen verschwanden die Eltern des kleinen Wesens in ihrem Palast.

Die Szenerie verschwamm. Ich musste sie nicht weiterverfolgen, um zu wissen, dass die Soldaten dem Befehl Folge geleistet hatten.

Ich verstand auch, dass dies Prinzessin Baris Geschichte war.

Jahre vergingen in der Vision. Prinzessin Bari wurde von Fremden aufgezogen, weitergereicht, gelehrt, und sie entwickelte sich schließlich zu einer intelligenten jungen Frau. Eines Tages wurde sie von einer Palastwache gefunden, die sie gesucht hatte. Ihre Eltern luden sie vor.

Bari weigerte sich nicht. Ihre Gedanken wurden mir zwar nicht offenbart, aber in ihrem Gesicht regte sich nicht das Geringste. Sie schien nicht mal einen bösen Gedanken über ihre Eltern zu besitzen, obwohl sie die Geschichte um ihr eigenes Schicksal sicherlich gehört haben musste.

Da ihre Eltern selbst zu schwach waren, wurde Bari ihr Anliegen durch einen Sprecher mitgeteilt. Sie sollte sich auf die Suche nach dem Heilwasser begeben, um das Leben ihrer Eltern zu retten. Ihr wurde verschwiegen, dass sich ihre Schwestern geweigert hatten, sich selbst auf den Weg zu machen. Ich glaubte jedoch, dass Bari die mangelnde Hingabe ihrer Schwestern an ihren teilnahmslosen Gesichtern ablesen konnte. Sie standen aufgereiht neben dem königlichen Sprecher auf der Treppe. Diener hielten Schirme über sie, um sie vor der brennenden Sonne zu schützen, die ich als Traumgestalt nicht fühlen konnte.

Ich war wütend. Bari hatte fernab von der Sicherheit des Palastes aufwachsen müssen, und jetzt sollte sie ihr Leben geben, um das ihrer schändlichen Eltern zu retten? Wie konnte sie dem nur zustimmen? Wie konnte sie nicht verlangen, dass sie zumindest von den besten Soldaten begleitet wurde?

Ani. Sie neigte lediglich den Kopf und dankte ihren Eltern über den Sprecher für ihr Vertrauen in ihre Fähigkeiten. Als nichts mehr gesagt werden musste, wandte sie sich ab und machte sich allein auf den Weg. Hunderte, Tausende Kilometer breiteten sich vor ihr aus, aber sie wankte nicht ein einziges Mal.

Die Vision verschwand und wurde von Dunkelheit ersetzt, in der ich mich nur zu gerne suhlte. Bloß einen kurzen Moment …

Ich erwachte mit Schrecken. Meine Wangen waren nass. Bacon. Das *Haechi* hatte mich gefunden und schleckte mein Gesicht ab. Ich drückte sie sanft von mir. Es war düstere Nacht. Mein Herz setzte aus. *Shibal*, ich war eingeschlafen!

»Du hättest mich früher wecken sollen«, beschwerte ich mich bei Bacon, während ich aufstand. Meine Beine kribbelten, und mein Nacken schmerzte vom unbequemen Sitzliegen.

Ich massierte meine Schultern, als ich vorsichtig über das Eisengeländer blickte. Es flackerte nunmehr eine einzige Lampe. Stille war eingekehrt. Keine Spuren der Morde waren zurückgeblieben.

Immerhin hatte mich niemand entdeckt.

»Wir sollten losgehen. Bobby tickt gerade bestimmt aus.« Da ich keine Uhr hatte und mein Handy immer noch ausgeschaltet in Bobbys Wohnung lag, konnte ich nicht mit Sicherheit sagen, wie viel Zeit vergangen war.

Mir fiel es schwer, einen klaren Gedanken zu fassen. Das einzig Gute war, dass niemand von Roses Leuten zurückgeblieben war. Ich war zu verwirrt, um mich großartig um meine Deckung zu kümmern.

Glücklicherweise befand sich der abgemachte Treffpunkt

nicht weit entfernt, und ich hatte zudem Bacon an meiner Seite, die mich immer wieder anstieß, wenn ich plötzlich stehen blieb. Die Hinrichtung der fünf Hexen sickerte erst nach und nach in mein Bewusstsein. Genauso wie Roses warnende Worte, dass sie meine gesamte Familie auslöschen würde, sollte ich nicht innerhalb von einer Woche zu ihr gehen.

Warum eine Woche? Was würde in einer Woche geschehen? Wieso gab sie mir überhaupt Zeit und tötete meine Familie nicht auf der Stelle? Ich war mir nicht sicher, was ich getan hätte, wenn sie mir damit sofort gedroht hätte. Hätte ich mich ergeben? Hätte ich Choi Rose vertraut, dass sie meine Familie in Ruhe ließ, wenn ich mit ihr käme?

Ganz offensichtlich brauchte sie etwas von mir. Nur was?

Und was wollten mir die Ahninnen mit der Vision mitteilen? War darin ein Hinweis versteckt, wie ich den Stab nutzen sollte? Mir blieb eine Woche, um das herauszufinden, wenn ich Roses Schreckensherrschaft ein Ende setzen wollte. Abgesehen von dem Stab hatte ich nichts. Ob eine Woche oder drei Tage, ich war nur ich selbst. Choi Rose war stärker als ich und hatte zudem die geballte Macht des Opalzirkels hinter sich.

Es war hoffnungslos. Vielleicht sollte ich jetzt sofort aufgeben.

Ich ließ meinen Tränen freien Lauf, unterdrückte jedoch jedes Schluchzen. Obwohl selbst mitten in der Nacht viel los war, sah mich niemand an. Pärchen waren mit sich selbst beschäftigt, andere Nachtschwärmer hielten den Blick starr auf ihre Handys gerichtet. Dennoch zog ich die Baseballcap tiefer ins Gesicht.

Ich konnte mir nicht erklären, was mich plötzlich derart die grausame Realität begreifen ließ. Choi Rose hatte nicht gezögert, junge Hexen zu töten, um sich selbst mit ihrem Potenzial zu bereichern. Warum hatte ich geglaubt, sie würde Halt davor machen, weitere Hexen zu ermorden?

Doch es war nicht nur das. Sie hatte dieses Mal die Magie nicht selbst gewirkt. Sie hatte Elana dazu gebracht, es zu tun.

Auch die anderen Opalhexen, die ich zuvor noch teilweise hätte in Schutz nehmen können, weil sie unter Umständen nichts von ihren Plänen gewusst hatten, waren nun auf einen Pfad aufgebrochen, der nur Dunkelheit mit sich brachte.

Ich bezahlte den geringen Eintritt des *Jjimjilbangs,* einer Sauna, mit den zehntausend Won, die ich bei meiner Flucht bei mir gehabt hatte, und zog mich in der Frauenumkleide um. Meine Sachen verstaute ich in einem abschließbaren Schrank, ehe ich in den Gemeinschaftsteil ging.

Bobby und ich waren uns darin einig gewesen, dass dieser Ort am besten als Treffpunkt geeignet wäre. Jeder war in dieselbe orangene (für Frauen) oder rote (für Männer) Uniform gekleidet, die aus einem T-Shirt und einer knielangen, weiten Hose bestand. Man konnte sich, wenn nötig, in einen der Räume zurückziehen, musste dann aber seine Kleidung vorher ausziehen. Ich glaubte nicht, dass Rose die Sauna auch nur in Erwägung zog, wenn sie über mögliche Rückzugsorte nachdachte.

Ich musste mich nicht lange umsehen, bis ich Bobby und Subin in einem abgegrenzten Bereich gefunden hatte. Sie saßen zusammen in einer Art Minitunnel. Dieser war einer von vielen, die sich unter einem erhöhten Gang befanden. Statt einer Mauer waren die Höhlen als Rückzugsorte eingebaut worden. Sie konnten nur von einer Seite eingesehen werden und boten so Schutz vor unwillkommenen Blicken. Die Temperatur im Gemeinschaftsraum war angenehm warm, kein Vergleich zu der Hitze, die im Sommer teilweise draußen herrschte.

Dennoch war es mir zuwider, mich zu ihnen zu quetschen. Außerdem wurde ich plötzlich von einer seltsamen Vorsicht ergriffen. Ich hatte Subin seit Jisoos Tod nicht mehr gesehen, was wenn …

Die Angst zwang mich dazu, mich vor dem runden Eingang in den Schneidersitz zu setzen. Bacon hätte sich hier wohlgefühlt, aber ich hatte das *Haechi* natürlich draußen lassen müssen.

Als ich Subin sah und Subin mich sah, war ich hier und gleichzeitig in der Vergangenheit. Mein Atem stockte.

Ihre Miene spiegelte so viele verschiedene Gefühle wider, dass ich keines davon fassen konnte.

Ich hatte sie noch nie derart aufgelöst gesehen. Sie wirkte wie eine Fremde, und das machte mir größere Angst als alles andere. Was würde Jisoo sagen? Was würde sie tun, um uns zwei näherzubringen?

»Subin-*Unni* ...«, begann ich. Bobby schüttelte leicht den Kopf, als wollte er mich warnen. Wovor war jedoch die Frage.

»Warum?«, wisperte Subin mit zitternder Stimme. Sie saß wie ich im Schneidersitz. Bobby war mit dem Rücken an die Wand gelehnt, sodass sie problemlos an ihm vorbeisehen konnte. »Warum hast du mich gerettet?«

Überrascht blinzelte ich. Ich wollte meine beste Freundin umarmen und ihr helfen, doch ihr Verhalten, das so gar nicht ihrer Natur entsprach, verwirrte mich. Ich war noch nie gut darin gewesen, meine oder die Gefühle anderer zu begreifen und mit ihnen umzugehen. Trotzdem gab ich mir Mühe, sie zu verstehen.

Natürlich hatte Subin ein Recht darauf, sich schlecht zu fühlen und Angst zu haben. Für mich war es jedoch neu, Verantwortung zu tragen und für sie zu sorgen. Bisher, in unseren behüteten Leben, war sie es immer gewesen, die Jisoo und mich umsorgt hatte. Auch wenn sie dies stets bestritten hatte.

»Subin ...«, versuchte ich es erneut.

»Es war zu viel ...«, sprach sie weiter. Sie vergrub das Gesicht in ihren Händen. »Es war alles zu viel.«

»Viel anderes hat sie in den letzten Stunden nicht gesagt«, murmelte Bobby, dessen aufmerksamer Blick auf mir lag. Er runzelte die Stirn. »Apropos, wo bist du gewesen? Ich habe mir Sorgen gemacht.«

»*Mianhae,* ich bin eingeschlafen«, gestand ich leise, bevor ich mich wieder an Subin wandte: »Es tut mir leid, dass ich nicht eher gekommen bin. Ich musste etwas finden und ...« Ich beugte mich vor und ergriff ihre Hände, aber sie entzog sich mir.

Zum ersten Mal erwiderte sie meinen Blick, ohne durch mich hindurchzusehen. »Sie folterten uns, Hana. Zwangen uns, Dinge zu tun. Die Kinder …« Ihre Stimme brach unter einem heftigen Schluchzen. Es dauerte einen Moment, ehe sie sich wieder genug gefangen hatte, um weiterzusprechen. »Rose ist das pure Böse. Ich weiß nicht, was sie plant, aber es wird schrecklich werden. Jemand muss sie aufhalten.«

Ich sah zur Seite. Jetzt war nicht der Zeitpunkt gekommen, um ihr oder Bobby von dem gesetzten Ultimatum zu berichten. Es wäre Subin in ihrem labilen Zustand nicht zuzumuten.

»Es wird alles gut«, beschwichtigte ich sie mit einer Floskel, weil die Wahrheit zu grausam war. Ich hatte weder einen vernünftigen Plan noch eine realistische Chance, Rose zu besiegen. Der Stab … Sie würde mich auslachen, wenn ich ihr davon berichtete, dass ich alles aufs Spiel setzte, weil ich an seine Magie glaubte.

Ich strich über ihren Arm, aber sie entriss ihn mir. Bei der forschen Bewegung fielen ihr Haarsträhnen ins Gesicht. Sie blickte zu Boden, wirkte vollkommen aufgelöst.

»Gut? Nichts wird mehr gut. Jisoo … Wenn du in dieser Nacht nur nicht darauf bestanden hättest, rauszugehen. Wenn ich mich bloß durchgesetzt hätte …« *Es ist alles deine Schuld.* Sie sprach die verdammenden Worte nicht aus, aber ich spürte sie in der Luft zwischen uns hängen.

Doch wenn nicht Jisoo gestorben wäre, dann wäre ich nun tot.

Anfangs hatte auch ich die Schuld bei mir gesucht, aber sie war nicht bei mir zu finden. Auch nicht bei Subin oder Bobby. Die Schuld lag ganz allein bei Choi Rose, was auch Bobby gesagt hatte. Das erkannte ich endlich, und ich war mir sicher, dass ebenfalls Subin dies mit der Zeit erkennen würde. Gerade in diesem Moment sprachen Schock und Angst aus ihr. Ich glaubte nicht, dass sie es wirklich so sah. Ich bedeutete ihr mehr als eine Schuldzuweisung.

Subin presste ihre Handballen auf die Augen, als würde sie meinen Anblick nicht mehr ertragen. Gleichzeitig überkam sie eine solche Unruhe, dass sie zu zittern anfing. Ihre Zähne klapperten, und ihre Gliedmaßen zuckten unkontrolliert.

»Subin-*Unni*«, wisperte ich erschrocken. Ich versuchte, sie zu beruhigen, aber sie erlaubte nicht mal, dass ich sie an der Schulter berührte.

Hilflos sah ich Bobby an.

»Lass mich«, bat er. Er rückte näher an Subin, bis er seine Hand auf ihr Knie legen konnte. Konzentriert schloss er die Augen. Seine Brauen zogen sich zusammen.

Wenige Sekunden später sackte Subins Kopf nach vorne. Sie war ... eingeschlafen.

Mit offenem Mund sah ich von ihr zu ihm.

»Reg dich nicht auf. Ich habe sie nur in die Traumwelt befördert. Ihr geht es gut. Sie ist bloß mit ihren Kräften am Ende.«

»Ich wusste nicht, dass du das tun kannst.« Ich wedelte mit einer Hand vor Subins Gesicht, aber sie reagierte nicht. Tatsächlich ging ihre Atmung tief und gleichmäßig. Ob er das Gleiche bei seiner Schwester getan hatte?

»Das kann jeder Albdämon«, murmelte er.

Ich ließ die Aussage so stehen, weil er keine Ausreden vorbrachte. Es war die Wahrheit. Das bedeutete, dass er mit seinen Fähigkeiten, die er in Mirro gezeigt hatte, etwas Großes verheimlichte.

»Wir haben jetzt nur das Problem, dass wir sie bewusstlos aus der Sauna bekommen müssen.«

»Das ist kein Problem«, entgegnete er und erhob sich. »Sie gleicht einer Schlafwandlerin. Wenn wir sie ganz ruhig anleiten, wird sie einfache Bewegungen vollführen können.«

»Unheimlich.« Ich bekam eine Gänsehaut. »*Gomawo,* dass du das nie bei mir angewandt hast.«

»Woher willst du das wissen?«

»Was?«

»Du würdest dich nicht dran erinnern können, wenn ich es getan hätte.« Er blinzelte einmal, als er von oben auf mich herabblickte.

»Ist das dein Ernst?«

Er wartete ein paar Sekunden, dann zog er seinen linken Mundwinkel nach oben. »War ein Scherz. Also eigentlich nicht, aber ich schwöre dir, ich habe das nie bei dir angewandt.«

Ich schnaubte, fast vollkommen davon eingenommen, was sein Lächeln selbst in dieser ernsten Situation mit mir anstellte. Wie lange konnte ich mir selbst noch etwas vormachen?

Kopfschüttelnd bat ich Subin sanft, aufzustehen. Ich unterstützte sie mit einer Hand auf ihrem Unterarm. Sie folgte mir in die Frauenumkleide, wo ich ihre und meine Sachen aus den Schließfächern holte. Sie wirkte für alle Anwesenden, als würde sie im Sitzen schlafen. Ihre Augen blieben geschlossen, doch sie gehorchte sofort, wenn ich sie darum bat, die Arme auszustrecken, damit ich ihr das blaue T-Shirt überziehen konnte.

Ich sah mich immer wieder um, weil ich jeden Moment damit rechnete, von anderen zur Rede gestellt zu werden. Als hätte ich meine beste Freundin unter Drogen gesetzt oder so.

Bobby wartete im Schein einer Laterne neben Bacon, die wieder auf eine durchschnittlichen Hundegröße geschrumpft war.

»Wie lange bleibt Subin in diesem Zustand?« Ich hatte ein paar Bedenken. So wenig es mir gefallen würde, von Bobby zum Schlafen gebracht zu werden, noch schlimmer würde sich Subin als Kontrollfreak fühlen, sobald sie davon erfuhr. Obwohl ich dies wusste, konnte ich mich nicht dazu durchringen, sie aufzuwecken. Die Panik in ihren Augen verfolgte mich.

Wir mussten sie zunächst in Sicherheit bringen. Irgendwohin, wo sie Zeit hätte, sich mit ihrer Lage auseinanderzusetzen.

Ich hoffte, das Eingreifen in ihre Privatsphäre wurde dadurch erträglicher, dass ich dabei war und darauf achtete, dass nichts Schlimmes passierte.

»Wohin willst du?«, fragte Bobby, während wir langsam die

Straße entlangspazierten. Ich hatte in der Umkleide überprüft, ob Subin noch ihren Stein trug. Zum Glück hatte man es nicht für nötig gehalten, ihn ihr zu stehlen. Dadurch wäre auch sie davor geschützt, geortet zu werden.

»Zurück nach Mirro«, sagte ich leise, auch wenn es mir widerstrebte. Es war lediglich ein Tag seit unserer Rückkehr vergangen, und ich war eigentlich noch nicht bereit, mich erneut dorthin zu begeben. Aber Subin war hier nicht sicher. Eine weitere Konfrontation mit Rose würde auch ich nicht überstehen. »Ich muss den Stab aber aus deiner Wohnung holen.«

»Warum Mirro?« Es hörte sich nicht wie ein Protest an. Bobby war ehrlich neugierig.

»Wir sind zu verwundbar hier. Ich wollte es zuvor nicht sehen, aber Rose ist zu entschlossen. Was auch immer sie will, ich bin ein Teil davon. Ich kann ihr nicht erlauben, mich zu bekommen.« Zögerlich faltete ich die Hände vor meinem Körper. Subin ging in gleichmäßigen Schritten zwischen Bobby und mir. »Ich habe sie getroffen. Rose.«

»Was?« Mit großen Augen sah er mich an.

»Sie hat mich abgefangen. Mit Bacons Hilfe konnte ich fliehen, aber ... sie hat damit gedroht, meine Familie zu töten, wenn ich nicht innerhalb von einer Woche zu ihr komme.«

»Eine Woche? Warum?«

Ratlos zuckte ich mit den Schultern. »Darüber habe ich auch schon nachgedacht. Aber ich weiß es nicht. Sie hätte mich leicht dazu kriegen können, aufzugeben, wenn sie meinen Eltern sofort gedroht hätte.«

»Was wirst du tun?«

Wir standen an einer Bushaltestelle neben einigen anderen Menschen. Alle waren so auf ihre Handys fixiert, dass niemand Subins schlafwandlerischen Zustand bemerkte. Eine einzige junge Frau blickte auf, aber anstatt uns anzusehen, überprüfte sie in der Spiegelung der gläsernen Haltestelle ihren Pony, den sie um eine Haarrolle gedreht hatte.

»Bleibt mir eine Wahl?«

»Bis dahin ist noch etwas Zeit. Vielleicht findest du heraus, wie du den Stab nutzen kannst.« Aufmunternd lächelnd sah er mich an. »Sie hat noch nicht gewonnen, auch wenn sie dich das sicherlich glauben lassen will.«

»Damit ich zu kämpfen aufhöre?«

Er nickte. »Ein Gegner, der bereits aufgegeben hat, ist am einfachsten zu besiegen. Glaub an dich selbst.«

Wir stiegen in den haltenden Bus und lotsten Subin zu einem der wenigen freien Plätze im hinteren Bereich. Bobby und ich blieben stehen. Bacon würde wie immer auf ihre Weise folgen.

»Was ist bei eurer Rettung schiefgelaufen?«, fragte ich leise, um nicht von den anderen Passagieren gehört zu werden.

Bobby stand dicht neben mir. Während der Bus anfuhr und bremste, stieß er immer wieder leicht gegen mich.

»Die Opalhexen waren ganz gut von dir abgelenkt, doch es dauerte zu lange, Subin von dem Halsband zu befreien«, murmelte er an meiner Schläfe. Mit jeder Silbe streifte sein Atem mein Gesicht und mein Haar. In meinem Bauch kribbelte es. Seit wann war es so anziehend, jemanden sprechen zu hören? Ich schüttelte den Kopf und ermahnte mich selbst. Es war weder der richtige Ort noch der richtige Zeitpunkt, um solche Gedanken zu hegen. »Und sie selbst besaß nicht genug Magie, sich gegen die Hexen zur Wehr zu setzen. Mir blieb die Entscheidung, zu bleiben und zu kämpfen. Oder mit ihr zu fliehen und sie zu dir zu bringen. Lebend. Mir tut es um die anderen leid, Kang Hana. So etwas hätte nicht geschehen sollen. Ich habe dir gesagt, dass du dich auf mich verlassen kannst, und ich habe dich im Stich gelassen. *Mianhae.*«

Die Erinnerung an die Hinrichtungen vertrieb jedwede Empfindung, die ich gegenüber Bobby hegte. Nur noch Wut und Übelkeit blieben zurück, bis sich eine hellere Nuance dazumischte.

Ich legte meine Hand kurzzeitig auf Bobbys, die den blauen Haltegriff festhielt. »Ich bin dir sehr dankbar, dass du mir

Subin gebracht hast, Bobby. Ohne sie ... Ohne sie hätte ich nicht weitermachen können. Ich mache dir keine Vorwürfe.«

Das hier war nicht Bobbys Kampf. Er hatte getan, was er tun konnte.

Er antwortete nicht. Wir sahen uns an, bis die automatisierte Frauenstimme unsere Haltestelle ankündigte. Nacheinander stiegen wir wieder in die schwüle Sommernacht hinaus.

22

Bobby wartete unten mit Subin und Bacon, damit ich zügig den Stab aus seiner Wohnung holen konnte. Ich packte außerdem die kleine Glocke des Goblins sowie eine Tasche mit Kleidung, die wir uns hoffentlich teilen würden. Ich wollte nichts von seiner Schwester tragen müssen. Wir standen schon zu tief in ihrer Schuld, insbesondere wenn sie und Kwon uns erneut aufnehmen würden.

Wir machten uns anschließend auf den Weg zu dem Portal, das Bobbys Wohnung am nächsten lag. Das letzte Mal hatte er davon abgeraten, dieses zu nutzen, weil wir in Schwierigkeiten geraten könnten. Das Tor wurde scheinbar von Dämonen bewacht, die einer Art brutaler Gang angehörten und sich dadurch Macht versprachen. Da das Portal jedoch sehr viel näher lag als das andere, das wir zuletzt genutzt hatten, und wir Subin als zombiegleiche Person im Schlepptau hatten, stimmte ich dafür, Seoul schnellstmöglich zu verlassen. Ich hoffte bloß, ich würde die Entscheidung nicht bereuen.

Motorroller rasten auf den belebten Straßen an uns vorbei. Ich musste Subin sogar einmal grob am Arm zur Seite ziehen, weil sie nicht auf die Geräusche reagierte. Natürlich nicht. Sie tat nur das, was ich ihr sanft einflüsterte. Mehr als sonst war ich von den Fahrern genervt, die weder auf rote Ampeln noch auf Fußgänger Rücksicht nahmen. Da es an den kleinen Straßen meistens keine Bordsteine gab, blieb uns nur die Möglichkeit, hintereinanderzugehen und wachsam zu sein.

Bobby führte uns an, hinter ihm wandelte Subin. Bacon und ich folgten zuletzt.

Wir nahmen die Metro bis zur Station Dangsan, um Zeit zu sparen. Die Helligkeit des Tages erleichterte es uns nicht, unauffällig voranzukommen. Hin und wieder wurden Subin und Bacon beäugt. Das Einzige, worauf man sich jedoch verlassen konnte, war, dass niemand einen ansprach, solange man sich ruhig gab.

Wir begaben uns zum Ausgang und gingen die Treppe nach unten, da sich die Station überirdisch befand. Bobby hatte mir bereits erzählt, dass sich das Portal im Park auf der kleinen Insel zwischen der Yangwha-Brücke und der Seongan-Brücke befand. Die Insel, Seonyudo, war einst als Wasserfilteranlage genutzt worden, bevor sie zu einem Park umfunktioniert worden war. Ich hatte ihr immer einen Besuch abstatten wollen, aber wie bei so vielen Attraktionen in Seoul fand man als Einwohner kaum jemals die Zeit, sie sich alle anzusehen.

Die Insel ließ sich über die Yangwha-Brücke betreten. Ich hatte keine große Lust, sie erneut zu überqueren, nach dem, was das letzte Mal geschehen war. Immerhin erinnerte ich mich daran, dass die hexenabweisende Barriere erst nach dem Eingang zur Insel begonnen hatte.

Wir schritten mit gesenktem Kopf an den Sport treibenden Menschen vorbei, die die frei zugänglichen Fitnessgeräte am Hangang nutzten, und kletterten die Treppe hinauf auf die Brücke. Atemlos kam ich oben an. Der Verkehr war laut, dröhnte in meinen Ohren.

Ich sah mich aufmerksam um. Ein Fahrradfahrer radelte an uns vorbei und streifte mich am Arm, als ich ihn nicht schnell genug zurückzog. Ich rief ihm wüste Beschimpfungen hinterher. Der Weg war an dieser Stelle nicht breit genug, um zu gehen und zu fahren.

»*Ya! Gaesaekki!*«

»Komm.« Bobby nickte zur Insel, die wir bereits sehen konnten.

Von unserer erhöhten Position aus erblickten wir die grünen Baumkronen und den eingezäunten Bereich. Glücklicherweise war der Park bereits für Besucher geöffnet. Andernfalls hätten wir Subin dazu bewegen müssen, über den Zaun zu klettern.

Bacon watschelte voran durch das Tor und auf den Kiesboden. Ein paar Jogger kamen uns entgegen. Von Kopf bis Fuß mit UV-Schutzkleidung bedeckt, nur die Augen waren unter den breiten Sonnenkrempen zu erkennen. Ein knappes Kopfnicken zur Begrüßung, dann waren sie auch schon hinter uns verschwunden.

»Ist dieser Ort nicht ... viel zu öffentlich für ein Portal?« Das hatte ich mich auch schon bei dem anderen Tor gefragt, aber dieser Ort war noch viel belebter. Selbst so früh morgens befanden sich schon zahllose Menschen auf dieser kleinen Insel.

»Es ist hinter einer Barriere versteckt. Wir können sie überschreiten, ohne einen Alarm auszulösen, aber danach ...« Bobby stieß den Atem aus. Neugierig löste ich meinen Blick vom gewundenen Pfad, der von schlanken Birken und immergrünen Tannen flankiert wurde. Bobby kratzte sich am Kinn, auf dem ein Schatten sichtbar geworden war. Er war wohl länger nicht mehr dazu gekommen, sich zu rasieren. »Uns erwartet kein schöner Anblick. Wenn es so wird wie bei meinem letzten Besuch.«

»Ich werde ihn ertragen können«, erwiderte ich trocken.

»Das sollte keine Kritik an dir sein.«

»Was sonst?«

Als hätten wir uns abgesprochen, blieben wir stehen. Subin wurde von Bacon gestoppt, die sich vor sie stellte.

»Eine Warnung. Ich ...« Es war ungewohnt, Bobby derart um Worte ringen zu sehen. »Bevor wir die Barriere überschreiten, werde ich eine Illusion wirken.«

»Wie bitte?«

Ich hatte es geahnt. Die Fähigkeit, die er auch während meiner Rettung aus dem *Gwishin*-Haus benutzt hatte.

Ihn aber diese Fähigkeit nun zugeben zu hören, war überraschend.

»Bitte stell keine Fragen.« Eindringlich sah er mich an. »Ich möchte helfen. Lass es mich tun, ohne dass ich es bereuen muss, weil du deine Neugier nicht kontrollieren kannst.«

»Ich kann meine Neugier durchaus kontrollieren.« Ich stockte. Das war die Wahrheit. Aber es gehörte auch zur Wahrheit, dass ich mehr über Bobby wissen wollte, weil ich ihn mochte. Er hatte jedoch recht. Er wollte mir helfen, und ich sollte ihn lassen, ohne mehr von ihm zu verlangen. Seine Unterstützung hatte mir dabei geholfen, bei Verstand zu bleiben. Die Frage, die sich jedoch am allerschwersten in den Hintergrund drängen ließ, war nicht die nach seinen Fähigkeiten, sondern die nach dem Warum. Warum blieb er bei mir? Warum half er mir? »Wie kann ich helfen?«, fragte ich, anstatt zu riskieren, ihn vor den Kopf zu stoßen.

Die Gewitterwolken lichteten sich, und Bobby lächelte. »Berühre das *Haechi* und mich. Ich werde Subin tragen, weil wir nicht mit ihr reden können. Wir werden nicht gesehen, aber gehört werden können.«

»Was werden die Leute stattdessen sehen?«

»Keine Fragen.«

»Ich will doch nur wissen, ob ich auf etwas achten muss«, murmelte ich beleidigt.

»Hilf mir mal.« Er ging vor Subin in die Knie, sodass ich sie auf seinen Rücken heben konnte. Ich legte ihre Arme um seinen Hals, und er hielt ihre Beine mit den Händen um ihre Kniekehlen. Ich drückte sie auf Drei hoch, damit Bobby problemlos aufstehen konnte. »Berühr mich und Bacon.«

»Komm her, Kleine.« Bacon schrumpfte und sprang auf meine Schulter.

Ich hielt einen Zipfel von Bobbys Hemd zwischen Daumen und Zeigefinger, als er den Kopf schüttelte.

»Hautkontakt ist wichtig.«

Ich räusperte mich. Bobby sah mich abwartend an. Das machte die Situation nicht leichter.

Zögerlich umfasste ich sein Handgelenk. Seine Haut fühlte sich warm an. So angenehm, dass ich am liebsten nie wieder losgelassen hätte. Gefühle wie dieses waren mir unbekannt, trotzdem wusste ich, was sie bedeuteten.

Ich fühlte mich körperlich zu Bobby hingezogen. Ich wollte ihn berühren und ... ich wollte von ihm berührt werden.

Bisher hatte ich noch nie für jemanden etwas Derartiges empfunden. Ich hatte noch keinen festen Freund gehabt und nur einmal jemanden vor Bobby geküsst.

Panik stieg in mir auf, weil ich unsicher war, wie ich damit umgehen sollte.

»Los geht's«, sagte er, ohne sich meines inneren Wirbelwinds bewusst zu sein.

Die Anziehung, die er auf mich ausübte, ließ sich nicht abschütteln.

Langsam verließen wir den Pfad. Getrocknete Blätter knisterten unter unseren Sohlen. Ich hoffte, wir würden bald wieder ebenen Boden betreten, andernfalls würde es sehr schwierig werden, uns leise vorwärtszubewegen. Und dann wäre die Illusion sinnlos.

Apropos ... Ich blickte an mir herunter. Keine Veränderung. Auch Bobby und Subin sahen aus wie vorher. Ich wusste nicht, was ich erwartet hatte. Schließlich war ich ein Teil der Illusion, da war es natürlich, dass ich sie nicht wahrnehmen würde.

Einzig der Mangel an Magie irritierte mich. Ich griff auf meine Sicht zurück und nahm augenblicklich Subins und meine Aura wahr. Wie alle Dämonen, außer Aurendämonen, besaß Bobby keine.

Ich stutzte. Das hatte ich zumindest immer gedacht. Doch nun nahm ich eine wabernde Schwärze wahr. Es war die dämonische Aurenmagie, die ich das erste Mal in Mirro gesehen hatte. War meine Sicht durch diese Welt verändert worden?

Wenn ich Zeit gehabt hätte und nicht auf der Flucht gewesen wäre, hätte ich mich gerne mehr damit beschäftigt. So gab ich mich damit zufrieden, als ich sah, wie Bobbys Aura, die mit glitzernden Punkten durchsetzt war, Nebelschwaden gleich um uns kreiste. Ich glaubte, dass dies seine Magie war, mit der er die Illusion erschuf.

Ich erschrak. Bobby verschwand und ... tauchte einen Wimpernschlag später wieder auf. Ich traf auf Asphalt. Ein eiskalter Schauer rann meinen Rücken herab. Ich blinzelte. Wir hatten die Barriere überschritten.

Vor uns eröffnete sich ein kreisrunder Platz, auf dem steinerne Statuen von Jungen und Wachmännern standen. Normalerweise waren sie früher vor den Eingängen von Grüften, Tempeln oder Dörfern errichtet worden, um *Gwishin* zu besänftigen.

Diese Exemplare waren verwittert, ließen sich aber noch gut erkennen. Sie standen in einem Halbkreis vor dem Portal, das sich mir nach ein paar Momenten als blauer Schimmer, durchsetzt mit silbernen Fäden, offenbart hatte. Mehrere Lagerfeuer steuerten zu der ansteigenden Temperatur des Sommertages bei.

Das, was mich innehalten ließ, waren jedoch weder Statuen noch Feuer oder gegrilltes Fleisch, sondern die Wesen, die sich auf dem Platz scharten.

Ich kannte sie nur aus Büchern, doch die Illustrationen darin waren erschreckend akkurat. Ogerdämonen. Dämonen mit kleegrüner Haut, riesigen Hauern, die aus den kantigen Unterkiefern herausspressen, kleinen schwarzen Augen, breiten Schultern und Muskeln über Muskeln. Das Beeindruckendste waren die Geweihe auf ihren Schädeln.

Sie wuchsen in unterschiedlichen Größen und Formen aus der Stirn, filigraner und geschwungener bei den weiblichen Dämonen, robuster und schwerer bei den männlichen. Einzelne jüngere Dämoninnen wiesen lediglich zwei Hörner auf, die erst noch zu Geweihen anwachsen würden. Die meisten trugen menschliche Kleidung, die jedoch bereits an diversen Stellen gerissen und verschmutzt war.

Die Ogerdämonen benahmen sich, wie es ihrer Natur entsprach: laut und grob. Anstatt zu gehen, liefen sie. Anstatt zu reden, brüllten sie. Und anstatt mit sanften Gesten ihre Zuneigung auszudrücken, schlugen sie sich hart auf Rücken, Arme und Köpfe. Stießen mit ihren Geweihen gegeneinander und brüllten lachend los, wenn sie sich ineinander verhakten.

Ich verstand Bobbys Warnung. Der Anblick erschütterte mich wegen der Grobheit, die sich schlecht in Worte fassen ließ. Sie wurde von jedem Ogerdämon ausgestrahlt und besaß die Macht, Zuschauende zu überwältigen. Ich wusste nicht, ob dies ein Teil ihrer Fähigkeiten war, um andere Dämonen in die Flucht zu schlagen.

Mich innerlich windend verstärkte ich den Griff um Bobbys Handgelenk. Unglücklicherweise verlor ich dabei den Fokus auf den Weg vor mir und stolperte mit Bacon auf meiner Schulter über einen Ast. Mein Schuh verhakte sich in den knisternden Zweigen, und ich verlor für eine Sekunde den Halt.

Instinktiv überbrückte ich den Abstand zwischen Bobby und mir. Haut traf erneut auf Haut. Seine Illusion legte sich wieder um mich.

Panisch sahen wir uns um. Ich erlaubte mir erst ein erleichtertes Ausatmen, als niemand grölend auf uns zeigte.

Ich hatte mir bereits Horrorszenarien ausgemalt, in denen sich die Ogerdämonen auf uns stürzten und uns auseinanderrissen. Ihre unter der Haut deutlich sichtbaren Muskelstränge deuteten auf genügend Kraft hin, um das zu bewerkstelligen. Mir war zwar nicht klar, warum sie niemandem den Durchgang erlaubten, aber ich war auch nicht so neugierig, um sie danach zu fragen.

Ein weiteres Mal bewies ich Bobby, dass ich meine Neugier kontrollieren konnte. Diesen Makel sollte er mir nicht noch mal vorwerfen.

Bobby bahnte uns einen Weg am Rand des Platzes entlang. Bäume und Gestrüpp umgaben ihn auf der einen Seite, das abschüssige Ufer auf der anderen.

Wir hatten drei Viertel des Weges geschafft, als sich ein junges Dämonenmädchen von dem Baumstumpf löste, auf dem es bis dahin gesessen hatte. Aus dem Augenwinkel nahm ich wahr, wie es in unsere Richtung schlenderte. Es fiel auf, weil es sich graziler und ruhiger bewegte als seine Artgenossen. Außerdem wirkte das Mädchen ... anders. Nicht ganz so ... brutal. Es war kleiner, wenn auch immer noch größer als ich. Sein Geweih bestand aus zwei Hörnern mit jeweils zwei Abzweigungen, die in helleren Spitzen endeten. Die Hauer ragten nur wenige Zentimeter aus dem Mund der kleinen Dämonin hervor, reichten kaum über ihre Oberlippe hinaus. Das, was sie am meisten von den anderen unterschied, waren die hellere Haut und das Grün ihrer Augen. Menschliches Grün mit dunkler Pupille. Die Augen der Ogerdämonen waren allesamt schwarz ausgefüllt. Ohne Weiß. Ohne Iris.

Sie machte keine abrupten Bewegungen, doch etwas war komisch daran, als sie sich vor Bobby stellte. Er hielt an, wartete darauf, was sie als Nächstes tun würde, um nicht in sie reinzulaufen. Wir verschmolzen zwar mit unserer Umgebung, konnten aber noch Dinge und Dämonen berühren.

Das Dämonenmädchen verschränkte seine Arme, die ein blasseres Grün aufwiesen als das der anderen. Es war eindeutig zur Hälfte Mensch. Oder eine andere menschenähnlichere Dämonenart.

»Ich weiß, dass ihr da seid«, zischte sie aus dem Mundwinkel. Ihr Blick richtete sich gen Boden. »Hab euch gesehen.« Sie machte eine kurze Pause, in der sie durch uns hindurchsah. Mein Herz rutschte mir in die Hose. »Soll ich schreien?«

Bobby sah mich über seine Schulter hinweg an. Subin regte sich leicht. Jetzt wäre der denkbar ungünstigste Moment für sie, aufzuwachen.

Als wir weiterhin schwiegen, legte das Mädchen den Kopf schief. Seine Augen funkelten.

Panik ergriff mich. Ich konnte nicht zulassen, dass die kleine Dämonin alles vermasselte. Entschlossen trat ich neben Bobby, ohne ihn loszulassen.

»Warum tust du's dann nicht?«, fragte ich herausfordernd.

Sie war anders, und sie benahm sich anders. Letzteres tat sie nicht ohne Grund. Sie hatte einen Hintergedanken.

Sie reckte ihr kantiges Kinn. »Nehmt mich mit euch. Ich kann nicht allein durch das Tor.« Ogerdämonen liefen an uns vorbei, stießen das Mädchen grob in die Seite und hätten mich fast berührt, wenn Bobby mich nicht rechtzeitig weggezogen hätte. Das Mädchen rieb sich eher genervt als vor Schmerzen die getroffene Stelle. »Diese Mistkerle haben keine Manieren. Aber wir sitzen alle im selben Boot. Als Ogerdämon kann man nur in Begleitung durch Portale gehen. Wenn du mich fragst, ist das bloß eine Art von Sklaverei ... Ich habe nie irgendeinen Vertrag unterschrieben, trotzdem bin ich an diese blöden Gesetze gebunden.« Sie hatte sich immer weiter in Rage geredet, sodass ich befürchtete, jemand würde ihr seltsames Verhalten und somit auch uns bemerken. Tatsächlich achtete aber niemand auf sie. Vorhin hatte sie lediglich im Weg gestanden. »Ihr könnt mich mitnehmen.«

»Das ist nicht ...«, wisperte ich.

»Komm schon«, flehte sie und sah in meine Richtung, ohne mich erkennen zu können. Wäre es besser gewesen, während ihres Monologs an ihr vorbeigeschlichen zu sein? Dafür war es nun auch zu spät. »Bevor uns die Dumpfbacken bemerken. Haben nicht viel im Schädel, aber soweit ich das gesehen habe, würdet ihr den Fäusten nicht standhalten. Eure Gehirne ...« Sie stieß ihre eigenen Fäuste aneinander und machte ein schmatzendes Geräusch.

Ich verzog angeekelt den Mund. Bobby verlagerte Subins Gewicht. Wofür auch immer wir uns entschieden, wir sollten es tun, bevor er seine körperliche oder magische Kraft verlor.

»Streck deine Hand aus«, sagte ich widerwillig, als Bobby mir die Entscheidung überließ. Er ging an ihr vorbei, und ich berührte ihre grünliche Haut mit meiner freien Hand.

Sofort bekam sie die Fähigkeit, uns zu sehen. Alle anderen wurden blind gegenüber ihrer Existenz.

»Das kitzelt«, rief sie aus, bevor ich sie daran hindern konnte. In dem Moment schrie den Ahninnen sei Dank ein Ogerdämon auf, als er mit dem Fuß in einem Feuer gelandet war. »Was ist denn mit der passiert?« Sie blickte an mir vorbei und stieß Subin mit einem Finger in die Seite. Ich hätte ihre Hand weggeschlagen, wenn ich sie oder Bobby hätte loslassen können.

»Sie schläft«, antwortete Bobby ruhig.

»Sei still«, fauchte ich gleichzeitig.

Die Dämonin streckte mir die Zunge raus. Ich bereute meine Entscheidung, sie mitzunehmen, augenblicklich. Einzig der Gedanke, es nur durch das Portal schaffen zu müssen, munterte mich auf.

Auf der anderen Seite würden sich unsere Wege trennen, und ich würde ihr provozierendes Gehabe nicht mehr ertragen müssen.

Unserer Situation wohnte eine gewisse Komik inne, während wir im Schneckentempo vorangingen. Die Ogerdämonen wurden unruhiger. Mehrere Kämpfe brachen unter ihnen aus, und wir mussten uns einmal haarscharf an ihnen vorbeimanövrieren. Wenn wir berührt worden wären, hätten wir die Theorie des Dämonenmädchens testen müssen.

Ich hatte das dumpfe Gefühl, dass sie mit dem voraussichtlichen Endzustand unserer Gehirne richtiglag.

Bobbys Haut unter meiner Hand fühlte sich klamm an. Schweiß glänzte an seiner Wange und perlte von seiner Stirn. Seine Kräfte neigten sich dem Ende zu. Unser Weg glücklicherweise auch.

Wir erreichten das Portal. Das Ogermädchen holte lautstark Luft. Ein kühler Wasserfall, der über uns alle fiel. Ein seltsames Jucken, das sofort wieder verschwand.

Ich widerstand dem Drang, meine Begleiter sofort loszulassen, als wir Mirro betraten. Zum Glück. Eine große Dämonenfamilie spazierte an dem Portal auf dieser Seite entlang. Ich wusste nicht, um welche Art es sich bei ihnen handelte, aber sie erinnerten mich an die einflussreichen *Dokkaebis* von der Party, auf der Nuri die Talismane verkauft hatte.

Die Gruppe bestand aus elf Personen. Unter ihnen befanden sich drei Kinder, jünger noch als das Ogermädchen. Sie wirkten sorglos, als sie am helllichten Tag vor ihren Eltern und anderen Familienmitgliedern herumalberten. Gehörten sie zu den Dämonen, die es bevorzugten, tagsüber zu leben? Ich hatte den Eindruck gewonnen, dass die meisten die Nacht im wachen Zustand verbrachten.

Ich schnappte ihr Gespräch über das Portal auf, das auf dieser Seite nicht bewacht wurde. Sie redeten jedoch darüber, dass engagierte Söldner in Seoul darauf achteten, keine ungebetenen Dämonen einzulassen. Also wurden die Ogerdämonen für ihren Einsatz bezahlt?

Es fiel mir immer noch schwer, die Welt der Dämonen zu begreifen, aber allmählich kam ich hinter die einzelnen Machtpositionen. Wie in allen Gesellschaften gab es Unterdrückte und Unterdrücker.

Ich warf dem Ogermädchen einen kurzen Seitenblick zu. Es hatte die Lider gesenkt. Mitleid regte sich in mir trotz meiner Abneigung ihm gegenüber. Die junge Dämonin hatte sich ihr Leben nicht ausgesucht und versuchte bloß, mit dem Los, das sie gezogen hatte, zurechtzukommen.

»Ob sie auch den schlimmsten der Dämonen aufhalten können?«, fragte eine jüngere Dämonin mit veilchenblauen Augen.

»Du meinst den Trickster?«

»Ihn und seine sieben Herdenmeister«, erklärte sie mit angstvoller Stimme. »Hyuna hat von ihnen erzählt.«

Eine Dämonin schnalzte mit der Zunge. »Sie hat wieder nur dummes Zeug im Kopf.«

»Ein Gutes hätte seine Rückkehr aber«, mischte sich der älteste Dämon ein. Alle anderen sahen gespannt zu ihm auf. »Der Jangnandämon würde die widerlichen Dämonenhalblinge vor Angst erzittern lassen.«

»*Haraboji,* das solltest du nicht …«

Sobald wir an der Dämonenfamilie vorbeigegangen und in die Straße links eingebogen waren, löste Bobby die Illusion auf. Er keuchte. Die schwarze Aura zog sich von mir zurück und verband sich erneut mit der Quelle um Bobby. Das Sonnenlicht wurde von den Fenstern der umliegenden Häuser reflektiert und verstärkte die Hitze. Schwarze Stromleitungen reichten von Hausfassade zu Hausfassade, Vorhänge bewegten sich, und Dämonen schlenderten auf dem alten Asphalt. Wie auch das letzte Mal wurden wir kaum beachtet, obwohl wir eine seltsam anmutende Gruppe waren. Zumindest in meinen Augen.

Ich ließ Bobby und das Ogermädchen los, um Subin von Bobbys Rücken zu helfen. Sein Körper war schweißnass von der Anstrengung, sie zu tragen und gleichzeitig die Illusion aufrechtzuerhalten.

»Glaubt ihr, sie haben recht? Denkt ihr, der Trickster kommt zurück?«, fragte das Mädchen mit einem furchtsamen Blick zurück zum Portal.

»Ich weiß nicht.« Ich wusste gar nichts. Weder, was ein Trickster tun konnte, noch …

»Ich gehöre nämlich zu ihnen.« Sie rieb sich über die Arme, als wäre ihr plötzlich kalt. Mein Blick wurde auf ihren Anhänger gelenkt, der aus ihrem Kragen herauslugte. Ein goldener Drache mit einem glänzenden Smaragdauge. »Ich bin ein *Ban*. Ein Dämonenhalbling.«

Es machte mich stutzig, dass sie den Begriff für mich erklärte, obwohl ich ihn eigentlich kennen müsste. Wenn ich selbst eine Dämonin wäre. Ihr nach innen gerichteter Blick ließ mein Misstrauen jedoch abklingen. Sie konzentrierte sich allein auf ihre Angst.

Bobbys Lächeln war warm. Er tätschelte ihren Kopf. Sie war nur wenige Zentimeter kleiner als er, was die Geste hätte merkwürdig wirken lassen. Irgendwie gelang es ihm dennoch, die brüderliche Seite überwiegen zu lassen. »Keine Sorge. Das wird nicht passieren. Diese Gerüchte kommen und gehen.«

Hoffnungsvoll sah sie zu ihm auf. »Bist du auch ein *Ban?*«

»Wir sollten gehen.« Bobby hatte sich bereits von ihr abgewandt. »Subin könnte jeden Moment aufwachen.«

»Bist du sicher, Nuri wird uns nicht die Tür vor der Nase zuschlagen?«

»Vielleicht. Es ist nicht ideal, aber letztlich wird sie nachgeben. Sie kann mir nichts abschlagen.« Warum wirkte er nicht glücklich darüber?

Wir setzten uns in Bewegung. Bacon noch immer auf meiner Schulter. Das Ogermädchen folgte uns.

Streng blickte ich zu ihr. »Was machst du da?«

»Ich komme mit euch.«

»Auf keinen Fall.«

»Wo soll ich sonst hin? Meine Familie befindet sich auf der anderen Seite.« Sie deutete mit einem Finger zurück.

»Das ist nicht unser Problem.«

»Ihr habt mich mitgenommen!«

»Das bedeutet aber nicht, dass wir dich adoptiert haben.«

»Mein Name ist Sulhee.«

»Und?«

Bobby schmunzelte. »Ich bin Bobby, das sind Hana und Subin. Wir machen uns besser auf den Weg.«

»*Ya!* Das kann nicht dein Ernst sein, Bobby!«

Sulhee hakte sich bei ihm ein, nicht ohne mir ein selbstzufriedenes Grinsen zuzuwerfen. Weil ich nicht allein zurückbleiben wollte, setzte ich mich in Bewegung. Subin schlich neben uns her. Bacon sprang von meiner Schulter auf Sulhees, die nach einem kurzen Schrecken hoch entzückt war.

Das durfte nicht wahr sein. »Du fällst mir jetzt auch in den Rücken?«

Bacon schnurrte zufrieden und schmiegte ihren Kopf an Sulhees Hals.

23

»*Ya!* Was macht ihr wieder hier?«, rief Nuri aus, nachdem wir in ihr Haus gestolpert waren. Bobby hatte nichts davon gehalten, anzuklopfen. Er sah erschöpft aus, weshalb ich nicht mit ihm über etwas diskutierte, das mir egal war.

Ich war nach wie vor der Meinung, dass Nuri mich nicht ausstehen konnte. Der unnütze Talisman hatte mich darin bestätigt. Deshalb war es mir auch nicht wichtig, mich sonderlich freundlich zu geben.

Halmoni würde irgendeine Weisheit ausspucken, würde sie von meinem unhöflichen Verhalten gegenüber meiner Gastgeberin erfahren. Wie immer würde ich sie allerdings ignorieren und weitermachen wie bisher.

Kwon saß am runden Tisch und hielt gerade einen vollen Löffel Reis auf halbem Weg zu seinem Mund. Im Gegensatz zu Nuri wirkte er amüsiert und keineswegs überrascht, uns so schnell wiederzusehen. Es duftete nach frisch gegrilltem Schweinebauch und Gemüse. Ein Fenster war geöffnet und ließ eine erfrischende Brise ins Haus, während mein Magen rumorte.

»*Mianhae,* wir müssen hier noch mal unsere Zelte aufschlagen«, sagte Bobby, ohne dabei entschuldigend zu klingen.

»Bobby-*Oppa!*« Nuri warf die Arme theatralisch in die Luft und erntete ein Lachen von Kwon. Bobby stellte sich an seine Seite und klopfte ihm auf die Schulter. Eine geschlossene Front gegen Nuri.

Die Beziehung zwischen Bobby und Nuri erinnerte mich an das neckische Verhältnis zwischen Subin, Jisoo und mir. So, wie es nie wieder sein würde.

Ich ließ sie untereinander diskutieren und führte Subin in das Zimmer, in dem Bobby und ich das letzte Mal übernachtet hatten. Nachdem sich Subin auf die *Yo*-Matratze gelegt hatte, zog ich ihr vorsichtig die Schuhe aus und deckte sie zu.

»Du kannst dich jetzt ausruhen«, flüsterte ich und strich ihr das Haar aus dem Gesicht. Sofort verließ sie jede Kraft. Als wäre mit meiner Erlaubnis der Zauber gebrochen worden und sie könnte sorglos schlafen.

Ich betrachtete sie einen Moment länger und überlegte, ob meine Entscheidung die richtige gewesen war. Sie herzubringen, anstatt in Seoul nach weiteren geflohenen Hexen zu suchen. War ich zu sehr auf den Stab fixiert?

Meine Mutter hatte mir gesagt, ich solle auf mein Erbe hören. Ich konnte mir nicht vorstellen, dass sie Prinzessin Bari und den Stab gemeint hatte, aber was, wenn doch? Es hatte sich alles so gefügt, als wäre es Schicksal gewesen. Was würden mir andere Hexen aus dem Smaragdzirkel nutzen? Es war nicht böse gemeint, aber sie waren alle zu schwach. Selbst zusammen konnten wir uns der *Yeohwang* nicht entgegenstellen. Nicht, nachdem sie das Potenzial von sieben Anwärterinnen in sich aufgesogen hatte.

Subins Brustkorb hob und senkte sich gleichmäßig. Ich wünschte, Bobby könnte mir auch einen derart ruhigen Schlaf schenken. Ich wusste nicht, ob ich die Bilder von den Hinrichtungen je wieder loswerden würde.

Auf nackten Sohlen schlich ich zurück in den Wohnraum. Sofort fiel mein Blick auf Sulhee, die von Ecke zu Ecke ging und diverse Gegenstände anfasste und betrachtete.

Ich entriss die Holzschatulle ihren Händen und stellte sie zurück an ihren Platz.

»Hast du keine Eltern?«, fragte ich, bevor sie mir erneut die Zunge rausstrecken konnte.

»Wir werden verlassen, sobald wir fünf Sonnen alt sind«, murrte sie. Immerhin verschränkte sie die Arme vor der Brust und fasste nichts mehr an.

»Fünf Sonnen? Fünf Tage?«

Stirnrunzelnd sah sie mich an. »Du bist dümmer, als du aussiehst.«

»*Ya!*« Sie konnte froh sein, dass ich ihr keins überbriet.

Trotzdem duckte sie sich an mir vorbei, als hätte sie mit einem Schlag gerechnet. Erneut regte sich ungewollt Mitleid in mir. Sie musste ein Leben voller Brutalität geführt haben. Aber wie sollte ich damit umgehen? Ich war nicht diejenige gewesen, die gut mit Kindern konnte, sondern Jisoo. Sie hatte Freude dabei empfunden, den Kleinen Wissen zu vermitteln und sie zu trösten, wenn es ihnen schlecht ging.

Mehr und mehr hatte ich das Gefühl, dass Jisoo und Subin meine Identität waren. Ohne sie war ich nichts.

Obwohl Subin wieder bei mir war, fühlte es sich anders an. Mit Jisoos Tod hatte sich alles geändert.

»Hana weiß nicht viel über die Höllendimensionen«, mischte sich Bobby ein. An mich gewandt erklärte er: »Eine Sonne ist in der Menschenwelt fast ein Jahr.«

»Oh.« Meine Unwissenheit würde mich noch in große Schwierigkeiten bringen. »Das ist immer noch sehr jung.«

»So ist es einfach.« Sulhee zuckte mit den Schultern, als wäre das keine große Sache. »Ich habe überlebt. Andere Kinder nicht. Ein Reisender hat mich mit in die Menschenwelt genommen. Seitdem versuche ich, Mirro zu betreten. Beharrlichkeit zahlt sich aus.«

»Wie alt bist du jetzt?« Sie hatte mir den Rücken zugewandt, aber ich hatte bereits auf dem Weg zu Nuri einen guten Blick auf sie erhascht. Obwohl ich mit ihrer Art nicht gänzlich vertraut und sie zudem ein *Ban* war, sah man ihr die Kindlichkeit noch an.

»Dreizehn oder vierzehn Sonnen. So genau weiß ich das nicht. Zeit vergeht.« Höchstens sechs Jahre jünger als ich.

Nuri und Kwon warfen sich einen besorgten Blick zu.

Ich haderte mit mir. Sulhees Auftauchen war mir nicht ganz geheuer.

»Was hast du jetzt vor?« Ich überbrückte den Abstand zwischen uns und zwang sie, mich anzusehen.

»Ich bin hier, oder nicht?«

»Du kannst nicht bleiben«, gab ich vehement zurück.

»Es ist nicht dein Haus.«

Ich öffnete den Mund, doch ehe ich dieses Blag zurechtweisen konnte, fuhr Nuri dazwischen. Sowohl akustisch als auch körperlich.

Sie drängte sich zwischen Sulhee und mich und legte einen Arm um die Schultern der Jüngeren, wobei sie sich strecken musste. Sulhee war auch größer als Nuri.

»Natürlich bleibst du hier. Solange du möchtest.«

»Lass gut sein«, bat mich Bobby, während Nuri Sulhee mit Frühstück versorgte. »Wenn sich Nuri einmal etwas in den Kopf gesetzt hat, lässt sie sich nicht mehr davon abbringen.«

So wie mir Abneigung entgegenzubringen zum Beispiel, dachte ich, ließ es aber ungesagt.

Ich beobachtete Kwon, Nuri und Sulhee, als wären sie eine glückliche Familie, die an einem Tisch saß.

Mein Bauchgefühl sagte mir, dass wir Sulhee nicht vertrauen sollten.

Bevor ich Bobby von meiner Vorahnung erzählen konnte, durchdrang ein gellender Schrei das friedvolle Haus.

»Subin-*Unni!*«

Sofort machte ich kehrt und rannte ins angrenzende Zimmer. Subin warf sich von einer Seite auf die andere. Ihre Haut glühte mit rosafarbener Aura, weil sie ihre Magie nicht in sich halten konnte. Albträume hatten Subin in ihren Klauen.

Ich wollte Bobby bereits um Hilfe bitten, als meine beste Freundin jäh die Augen aufschlug. Das Glühen verging. Ihre Atmung wurde ruhiger. Ihr Blick war zur Decke gerichtet. Langsam blinzelte sie.

»Du bist in Sicherheit«, beruhigte ich sie und strich über ihre Hand. Ich saß neben ihr auf dem Boden, versuchte, ihr gleichzeitig Nähe und Abstand zu geben; unsicher, was von beidem sie mehr brauchte.

Ein paar Augenblicke vergingen, ehe sie sich gesammelt hatte. Mit äußerster Behutsamkeit drehte sie ihr Gesicht zu mir.

Ich konnte nichts darin lesen.

»Wo sind wir?« Ihre Stimme war kratzig. Ich wies mich innerlich selbst zurecht. Ich hätte zumindest daran denken können, ihr einen Becher Wasser bereitzustellen, anstatt mich von Sulhee ablenken zu lassen.

»In Mirro. Der Unterwelt«, fügte ich schnell hinzu, als mir klar wurde, dass sie den Namen genauso wenig kannte wie ich früher.

»Was?« Sie stützte sich auf ihre Unterarme und sah sich hektisch um, als erwartete sie, jeden Moment von Monstern angegriffen zu werden. »Du hast einen Weg gefunden? Wie?«

»Dir wird hier nichts geschehen. Leg dich wieder hin«, bat ich sie leise. Erst nachdem sie gehorcht hatte, beantwortete ich ihre Frage. »Bobby hat ihn mir gezeigt.«

»Bobby ...« Sie schloss die Augen. Dieses Mal war es einfach, ihren Gedanken zu folgen. Die Emotionen in ihrem Gesicht zu lesen. Sie dachte an die verhängnisvolle Nacht zurück, als mich Bobby berührt hatte. Erinnerte sie sich auch an die Worte in der Sauna? Bereute sie sie? »*Mianhae,* Hana. Das hätte ich nicht sagen sollen ...« Das reichte aus. Ein Stein fiel von meinem Herzen. Mehr musste ich nicht von ihr hören. Ich würde ihr alles verzeihen. Ich nickte. »Es ist nur ... ich bin ... Es tut so weh.«

Tränen rannen ihre Wangen hinab und fielen auf den geblümten *Yo*. Ich war für einen Moment so geschockt, dass ich zunächst nicht reagierte. Ihr Weinen wurde heftiger. Ich streckte eine Hand nach ihr aus, doch sie drehte sich auf die Seite. Fort von mir.

»Bitte lass mich allein.«

»Subin-*Unni* ...«

»Ich brauche etwas Zeit für mich, Hana. Bitte.«

Wie sollte ich ihr diese Bitte abschlagen? Wie sollte ich meinen Wunsch über den ihren stellen, nur damit ich mich besser fühlte?

»Okay. Ich bringe dir was zu trinken.«

»Ich brauche nichts. Geh.«

Ich verließ das Zimmer.

Sulhee stand an der offenen Tür, an den Rahmen gelehnt. Sie hatte Bacon draußen gelassen, wie sie es wieder gewollt hatte. Ich wusste immer noch nicht, warum sie nicht ins Haus wollte, konnte sie aber schlecht dazu zwingen. Auch wenn ich mich in ihrer Anwesenheit wohler fühlte.

»Was ist mit ihr passiert?«, fragte Sulhee überraschend ernst.

»Etwas Schlimmes«, sagte ich mit Blick auf Subins Gestalt. Sie regte sich nicht unter der Decke. »Etwas, das wir beide uns vermutlich nicht mal ausmalen können.«

»Vielleicht ein Ritual?« Sie zog eine Grimasse.

»Wie kommst du darauf?«

»Die Zeichen an ihren Handgelenken. Jemand hat ihr Blut benutzt, um einen Spiegel zur Hölle zu kreieren.« Ich riss die Augen auf. Zeichen an den Handgelenken? Warum war mir das nicht aufgefallen? Und dann erinnerte ich mich an die Sauna zurück. Hauchzarte Narben an den Innenseiten, die ich für die Kratzer einer Katze gehalten hatte. »Tatsächlich ist so auch Mirro entstanden, wusstest du das? Der Spiegel war so lange geöffnet, dass Seoul geprägt und kopiert wurde. Schwupps, plötzlich war Mirro da.«

Ich sah sie einen Moment schweigend an. Halb war ich noch mit Subin beschäftigt, halb kämpfte ich mit meinem Erstaunen. »*Du* weißt, wie Mirro entstanden ist?«

Ich erinnerte mich an Bobbys ausweichende Antwort. *Er* hatte keine Ahnung gehabt.

Sulhee zuckte mit den Schultern. »Ich weiß solche Dinge, weil ich gelernt habe, zu schweigen und zuzuhören.«

Ich schnaubte. »Kaum zu glauben.«

»Ich fühle mich sicher hier. Deshalb rede ich.«

Ein weiterer Funken des Mitleids. *Nein, Hana, lass dich nicht von ihr um den Finger wickeln. Du weißt, dass etwas nicht ganz richtig ist.*

»Jedenfalls bin ich nicht sicher, ob ich deiner Aussage trauen kann. Nicht mal Bobby weiß das.«

»Wirklich keine Überraschung, dass ich klüger als ihr beide bin.« Sie grinste breit, sodass ihre verlängerten Hauer Gesellschaft von zwei Reihen weißer Zähne bekamen. »Ich habe euch erwischt, oder nicht?«

Unwillkürlich lächelte ich.

»Was?« Sie verengte die Augen.

»Du hast recht.« Ich wehrte mich nicht gegen das Lächeln und ließ auch das Gefühl von der düsteren Vorahnung für einen klitzekleinen Moment los. »Ich weiß dich zu schätzen, Sulhee. Du hast mich zum ersten Mal seit langer Zeit zum Lachen gebracht.«

Sie zog die Nase kraus und wirkte, als würde sie jeden Moment die Flucht ergreifen. »Wenn das dein Lachen ist, will ich nicht wissen, wie du ausrastest, wenn du einen richtigen Lachanfall bekommst.« Kopfschüttelnd löste sie sich von dem Türrahmen. »Du bist seltsam. Ich hau mich jetzt aufs Ohr. Nuri hat gesagt, ich darf in ihrem Zimmer schlafen. Das besitzt einen Kühlungszauber. Gute Nacht.«

»Schlaf gut.«

Ich ging an dem *Gumiho* Kwon vorbei und nahm meinen Lieblingsplatz auf der Dachterrasse ein. Hier fand mich Bacon ein paar Minuten später. Ich freute mich, dass sie sich zu mir gesellte und ihre Abneigung gegenüber dem Haus sich nicht auf die Terrasse bezog. Sie sprang auf den niedrigen Tisch neben mir und legte ihren Kopf auf meinen Schoß. Gedankenverloren kraulte ich sie hinter ihren Ohren. Als Belohnung bekam ich lautes Schnurren zu hören.

Müdigkeit saß mir trotz des unwillentlichen Nickerchens vor ein paar Stunden tief in den Knochen. Aber ich wusste, dass an Schlaf in nächster Zeit nicht zu denken war. Die Erinnerung an die Hexenmorde brodelte an der Oberfläche.

Eine geraume Zeit verging, in der ich nichts weiter tat, als in den blassblauen Himmel zu starren. Aktiv kämpfte ich gegen sämtliche negative Gedanken an, die über mich hereinzubrechen drohten. Eher früher als später müsste ich mich mit dem Stab und seiner Macht beschäftigen. Ich würde nicht zulassen, dass Choi Rose meine Familie hinrichtete. Selbst wenn ich nicht herausfand, wie ich den Stab nutzen konnte, würde ich mich ihr stellen. Es gab keinen Ausweg. Meine Eltern wären wahrscheinlich von mir enttäuscht, aber wie könnten sie von mir verlangen, nicht zu kommen? Es ging schließlich nicht nur um ihre Leben, sondern auch um das von meiner Cousine, meiner Tante und *Halmoni*.

»Hier bist du.« Bobby trat aus dem Haus und schlüpfte in die Latschen, die für Gäste bereitstanden.

Ich setzte zu einer Antwort an, die mir jedoch im Hals stecken blieb, als mein Blick auf ihn traf.

»Du hast deine Haare gefärbt? Gerade jetzt?«

Er strich sich beinahe schüchtern über sein grün schimmerndes Haar.

»Gefällt es dir?«

»Wurdest du von Ogerdämonen inspiriert?«, zog ich ihn auf. Die Farbe erinnerte mich an Sulhees Haut. Er setzte sich Bacon und mir gegenüber auf den Tisch.

»War die einzige, die Nuri hier hatte.« Er grinste. Die übliche Selbstsicherheit war zurückgekehrt. »Also? Gefällt es dir?«

Ich sah ihn an. Anstatt jedoch auf die Farbe zu achten, konnte ich den Blick nicht von seinen Augen wenden. Mir wurde klar, wie sehr ich sie bereits gewohnt war. Wie leicht es mir fiel, sie in meinem Inneren nachzuzeichnen, wenn ich meine Lider schloss.

Bobby war zu einer Person geworden, die einen Teil meines Lebens beanspruchte. Einen Teil meiner Gedanken. Einen Teil meiner Vergangenheit, Gegenwart und Zukunft. Teil meines ...

»Interessiert es dich?«

»Interessiert es *dich?*«, erwiderte er prompt.

»Was genau fragst du?« Die Stimmung hatte sich so schnell gedreht, dass mir schwindlig wurde. Selbst Bacon fühlte sich nicht länger wohl und sprang vom Tisch. Nun befand sich keine Barriere mehr zwischen Bobby und mir. Unsere Knie berührten sich fast. Wir saßen beide im Schneidersitz, den Rücken gerade, und doch waren unsere Körper zueinander geneigt.

»Interessiert dich wirklich, was ich bin? Was ich denke und was ich tue?« Seine Stimme war kratzig. Sie wirkte so roh wie die Worte, die ohne Vorankündigung von seinen Lippen perlten. Er beugte sich zu mir. Ich wich nicht zurück. »Interessierst du dich für mich, Kang Hana?«

Ich kam mir vor wie ein gestrandeter Fisch, öffnete und schloss meinen Mund. Die Frage kam so unerwartet. Die Antwort lag mir auf der Zunge. Warum konnte ich sie nicht verkünden?

Bobbys Grinsen wurde breiter. Verschleierte er damit den Schmerz, der mein Zögern auslöste? Ich konnte ihn nicht lesen. In diesem wichtigen Moment war er ein Buch mit sieben Siegeln. Dabei wollte ich ihm die Wahrheit sagen. Ich wollte ihm sagen, dass ich mich für ihn interessierte. Für seine Meinung und sein Handeln. Für seine Gedanken und sein Leben.

Er hob eine Hand und strich mein Haar aus dem Gesicht. Federleicht tanzten seine Fingerkuppen über meine Wange und hielten für einen kurzen Moment an meinem Mundwinkel inne. Sofort vermisste ich seine Berührung, als er seine Hand sinken ließ.

Bobby hatte sich in mein Herz geschlichen. Ich glaubte nicht, dass ich ihn so schnell wieder loswerden würde.

Bevor ich meine Gedanken in Worte kleiden konnte, wurde die Tür aufgestoßen. Kwon trat auf die sonnige Terrasse. Bacon machte einen großen Bogen um ihn und sprang von der Abgrenzung nach unten in den Hof.

Wenn ich nicht gewusst hätte, zu was Bacon fähig war, hätte ich mir Sorgen gemacht. So war ich bloß enttäuscht, erneut von ihr verlassen worden zu sein.

»Bist du bereit?« Kwon war die angespannte Stimmung nicht aufgefallen.

Bobby zögerte noch einen Moment, dann erhob er sich aus dem Schneidersitz und klopfte seine Jeans aus. »Lass uns gehen.«

»Wohin?« Ich sah von Bobby zu Kwon, der einen schwarzen Rucksack schulterte.

»Wir wollten in die Thermen gehen. Ein bisschen Entspannung.«

»Ich will mitkommen.« Ich wollte nicht von Bobby getrennt sein. Ich wollte nicht allein mit Nuri und Sulhee zurückbleiben.

Aber konnte ich Subin zurücklassen?

Ich rechtfertigte mein Handeln damit, dass Subin mich ohnehin nicht sehen wollte. Vielleicht war es gut, wenn ich Abstand zwischen uns brachte. Außerdem würde ich nicht schlafen können und ... Mir kam der Gedanke, Bobby zu bitten, meine Träume festzuhalten, damit sie mich nicht plagten.

»Könntest du ...«, begann ich, doch Kwon plapperte zeitgleich los. Er würde sich freuen, wenn ich sie begleitete. Bobby sah mich nicht an und fragte auch nicht nach. Er hatte mich wahrscheinlich nicht gehört.

Schweigend folgte ich den beiden Dämonen nach draußen. Es war besser so.

24

Die Thermen waren eine neue Erfahrung für mich. Die Grandeur erinnerte mich an die alten Königspaläste in Seoul, die ich bereits mehrmals besucht hatte. Jisoo hatte sich im Palast Changgyeonggung ständig verschiedene *Hanboks* anziehen wollen. Subin und mich hatte sie ein einziges Mal dazu überreden können. Mittlerweile hatten wir einen Haufen Fotos von ihr in einem bunten *Hanbok* und Subin und mir in Alltagskleidung unter den Dächern der Palastgebäude. Deshalb kannte ich mich auch gut genug aus, um die verschiedenen Dachziegel und dekorativen Tierfiguren wiederzuerkennen.

Innerhalb des Areals gab es insgesamt drei Thermenbecken, die jeweils durch einen überdachten Gang miteinander verbunden waren, sowie ein Haupthaus mit ebenso geschmücktem Dach. Die Säulen waren rot, die Unterseite des Daches grün, manchmal mit bunten Blumen verziert. Auf den zwei Enden des Hauptdaches saßen Yong-du (Drachenkopf), Chwui-du (Adlerkopf) und Chi-mi (Eulenschwanz) und waren gut von der anderen Straßenseite erkennbar. Es irritierte mich leicht, da sie eigentlich dort platziert wurden, um böse Geister und Dämonen fernzuhalten. War das nicht merkwürdig in einer Dimension eigens geschaffen für ebenjene?

»Auch wir wehren uns gegen *Gwishin* und Dämonen«, antwortete Kwon, als ich die Frage laut stellte. »Du bist schließlich auch keine böse Dämonin, aber in den Höllen wandeln sie zuhauf.«

Ich schluckte. Beinahe hätte ich mich selbst verraten. Für eine Weile hatte ich vergessen, dass hier niemand abgesehen von Bobby wusste, dass ich eine Hexe war.

Wem machte ich etwas vor? Ich hatte es sogar selbst vergessen.

Im Inneren trennten sich unsere Wege für kurze Zeit. Ich bekam ein weißes *Sokchima* und ein Handtuch ausgeliehen. Der weite Rock wurde unter den Achseln festgebunden und bedeckte meinen Körper bis auf meine Schultern. Der Stoff war leicht, doch mit Wasser vollgesogen würde ich mich darin nicht elegant bewegen. Trotzdem akzeptierte ich die traditionelle Kleidervorschrift. Mein Haar steckte ich zu einem Knoten am Hinterkopf zusammen, bevor ich das mittlere und größte Becken aufsuchte. Kwon und Bobby standen bereits davor. Sie trugen Stoffhosen, die an den Fußknöcheln gebunden waren, und offene *Magojas,* weiße Seidenwesten. Mein Blick glitt zu Bobbys Oberkörper, der darunter hervorblitzte. Seine stahlharten Muskeln ließen mich schlucken.

Mein Blick klebte auf dem Stück sichtbarer Haut.

Mir gelang es erst, mich zu bewegen, als Kwon und Bobby nacheinander ins große Becken stiegen. Zu den Seiten war alles offen, und wir konnten in den sonnigen Tag hinausblicken. Einige Pärchen und Familien schlenderten den platt getretenen Pfad entlang, der mit Bäumen und Grünpflanzen gesäumt war. Die Decke über uns war mit Laternen bestückt und strahlte in kräftigen Rottönen. Sternenförmige und blumige Muster.

Ich legte mein Handtuch auf eine steinerne Liege und folgte den Dämonen über eine flache Treppe ins heiße Wasser. Einmal ganz drin, reichte es mir bis knapp zur Brust. Ich blieb jedoch nicht stehen, sondern suchte mir in der Nähe von Kwon und Bobby eine Bank, die unter Wasser lag, und setzte mich darauf. Mit dem Rücken lehnte ich gegen den warmen Stein.

Ich schloss die Augen, auch wenn das Bild von Bobbys trainiertem Bauch mich verfolgte. Ein Teil meiner Anspannung löste sich. Sein Bauchnabel und weiter unten ... Der Bund seiner Hose hatte sehr tief gesessen und ...

Ich schüttelte den Kopf.

Kwon und Bobby unterhielten sich leise. Ihre Stimmen vermischten sich mit dem Rauschen eines kleinen Wasserfalls am anderen Ende des Beckens und den gemurmelten Worten anderer Besucher. Die Thermen waren jedoch leer genug, um sich fallen zu lassen, ohne Angst zu haben, jemandem im Weg zu stehen oder beobachtet zu werden. Würde mich jemand anstarren, würde ich dies sicherlich sofort bemerken.

Ich dachte an Subin. Vielleicht sollte ich sie morgen hierher mitnehmen? Oder Nuri sollte sie begleiten, da sie mich schließlich nicht sehen wollte.

Ich versuchte, es ihr nicht übel zu nehmen. Sie war nicht undankbar mir gegenüber, sie war traumatisiert. Sobald sie etwas Zeit gehabt hatte, die Erlebnisse zu verarbeiten, würde sie zu ihrem alten Selbst zurückkehren.

Ich presste die Lippen zusammen. Die Anspannung kehrte zurück.

Seit dem Ahnenmond war ich eine Meisterin darin geworden, mir etwas vorzumachen. Ich wusste nicht, was Subin miterlebt hatte. Ob sie, wie Sulhee angenommen hatte, von Rose für ein Ritual benutzt worden war. Aber ich sollte mich schnellstmöglich davon verabschieden, dass irgendetwas – und wäre es nur unsere Freundschaft – wieder zur Normalität zurückkehrte. Der Zug war längst abgefahren.

Erinnerungen ließen sich nicht beseitigen, Traumata nicht so schnell besiegen, und Tote würden nicht wiederauferstehen.

Ein Seufzen entfloh mir. Ich öffnete die Augen. Mein Blick traf auf Bobbys. Seinen Blick – desjenigen, der mir am meisten bedeutete –, hatte ich nicht bemerkt. Jetzt prickelte es in meinem gesamten Körper.

Die Welt hielt den Atem an. Kwon plapperte weiter.

Ich stieg von der Steinbank und watete durchs Wasser in den hinteren Teil des Beckens. Dort, wo sich niemand aufhielt. Grüne Pflanzen wuchsen aus riesigen Keramiktöpfen, und Wasser tropfte von den Blättern. Ich wusste, Bobby würde mir folgen.

Ich wusste, Kwon würde zurückbleiben.

Als ich *seine* Anwesenheit unmittelbar neben mir spürte und sich die Wellen langsam legten, fühlte ich mich ruhiger und aufgewühlter zugleich. Mein Herz klopfte so heftig, dass ich glaubte, es würde mit jedem Schlag meinen Brustkorb sprengen.

Langsam stieg ich aus dem Wasser die Treppe hinauf. Der Seidenrock klebte an meiner Haut. Bobby blieb bei mir. Gemeinsam schritten wir über einen der unzähligen Pfade, bis wir von Felsen und Pflanzen gleichermaßen umgeben waren. Keine neugierigen Blicke. Keine lauten Stimmen. Nur unsere Atmung und das Zwitschern der Vögel.

»Du hast mich gefragt, ob ich mich für dich interessiere«, begann ich, bevor mich der Mut verließ. Oder bevor mir wieder eine Ausrede einfiel, warum jetzt nicht der richtige Zeitpunkt war. Ich klammerte mich an die Tatsache, dass ich die Gegenwart mehr zu schätzen wusste als vor Roses abscheulicher Tat. Wenn nicht jetzt, wann dann?

Bobby umfasste sanft meinen Unterarm und drehte mich zu sich um. Ein Zittern ergriff mich. Seine Augen wurden dunkel. Sie strahlten eine allumfassende Intensität aus.

»Du musst nicht …«

»Bist du ehrlich zu mir?«, unterbrach ich ihn eilig. »Ich brauche deine Antwort, bevor ich dir meine geben kann.«

Seine Stirn kräuselte sich. Mit dem Daumen vollführte er kreisende Bewegungen auf meiner Haut, die mich um den Verstand brachten.

»Was meinst du damit?«

»Wenn ich dich etwas frage … irgendetwas, wirst du mir immer die Wahrheit sagen?«

Die Falten glätteten sich. Seine Hand fuhr herab bis zu meinen Fingern, die er festhielt. Er hob meine Hand an seine Lippen und hauchte jeweils einen Kuss auf die einzelnen Knöchel. »Natürlich.«

Ich nickte. »Okay. Ich glaube dir. Ich vertraue dir.« All meinen übrig gebliebenen Mut zusammennehmend verringerte ich den Abstand zwischen uns. Fast berührten wir uns überall und nicht nur an unseren Händen. Am stärksten spürte ich Bobby jedoch in meinem Herzen und in meiner Seele. »Ich interessiere mich für dich, Bobby. Ich fühle mit dir. Ich möchte dich in meinem Leben behalten.«

Die Sekunden, in denen er nichts weiter tat, als mich anzusehen, waren die längsten meines Lebens. Er legte eine Hand an meinen unteren Rücken. Übte leichten Druck aus.

»Ich will dich auch«, raunte er.

Vor Erleichterung wäre ich in die Knie gegangen, wenn er mich nicht festgehalten hätte.

Ich konnte nicht sagen, wer von uns den letzten Schritt tat. Vielleicht bewegten wir uns beide. Unsere Lippen berührten sich. Dieses Mal wollte ich den Kuss. Doch genauso wie beim letzten Mal war ich nicht darauf vorbereitet. Der Sturm an Gefühlen überwältigte mein Sein, doch im Auge der Katastrophe fühlte ich einen inneren Frieden.

Ganz gleich, welchen Krieg ich ausfechten würde, mit Bobby zusammen würde ich ihn gewinnen.

Er seufzte. In diesem kurzen, leisen Geräusch steckte so viel Wahrheit. Er fühlte wie ich. Er hatte sich nach mir im gleichen Maß gesehnt wie ich mich nach ihm.

Meine Finger krallten sich in die Weste, ehe ich mutig genug war, um mit den Fingerspitzen über den Bauch zu streichen, den ich zuvor angeschmachtet hatte. Er bewegte sich leicht unter der Berührung. Bobby lächelte an meinen Lippen.

In diesem Moment dachte ich bloß an ihn und war glücklich.

Der Kuss dauerte nicht lang genug. Aber so schön er auch war, wir konnten beide nicht die Situation vergessen, in der wir uns befanden. Trotz allem waren wir von Dämonen umgeben und mussten uns früher oder später einer verrückt gewordenen Hexe stellen.

Mein dümmliches Grinsen ließ sich nicht so leicht abstellen, als wir zu Kwon zurückkehrten. Er hatte das Wasserbecken verlassen und sich mit dem Rücken auf heiße Steine gelegt. Auf seinen Augen lag ein feuchtes Tuch, das ihm Bobby abnahm.

»Wir sollten zurückkehren. Ich möchte Nuri nicht so lange mit zwei Fremden allein lassen.«

»Fühlt sich an, als sollte ich das sagen und nicht ihr Bruder«, witzelte Kwon. Seine braune Haut glänzte schweißnass. Dadurch wirkte sie beinahe unnatürlich, als stünde er kurz davor, sich in seine vollkommene *Gumiho*-Form zu wandeln. Ich kannte sie nur von Skizzen in Büchern. Kwon war tatsächlich der erste neunschwänzige Fuchs, dem ich je begegnet war. Seine orangefarbenen Augen glitzerten amüsiert.

Bisher war er neben Bobby das beste Beispiel dafür, dass ich ein verzerrtes Bild von Dämonen gehabt hatte. Nicht alle waren böse. Nicht alle verdienten den Tod.

Was dachte ich da? Es war genau wie bei Menschen und uns Hexen. Die meisten von uns kümmerten sich um ein gutes Leben, aber auch unter den Hexen gab es einige faule Früchte.

Wir waren alle gleich.

Auf dem Nachhauseweg schien Kwon zu spüren, dass wir nicht mehr zum Plaudern aufgelegt waren. Er war ungewöhnlich schweigsam. Selbst die Tatsache, dass Bobby und ich Händchen hielten, ließ er unkommentiert.

Entgegen unseren Befürchtungen war es still im Haus. Ich sah einmal bei Subin rein, nur um festzustellen, dass sie wieder eingeschlafen war. Ich nahm das zweite Bettwäscheset und ging nach draußen auf die Dachterrasse. Ich hatte mich davon verabschiedet, im Inneren des Hauses Schlaf zu finden. Die Wände und Decken fühlten sich so einengend an, dass ein Albtraum vorprogrammiert war.

Ohne ihn darum gebeten zu haben, kam Bobby nach draußen. Wir breiteten schweigend den *Yo* auf den Holzplanken unter dem Sonnensegel aus. Hier war die Hitze auszuhalten, als wir uns auf die Decke legten.

Ich bettete meinen Kopf auf meine gefalteten Hände. Bobby nahm eine ähnliche Haltung ein, sodass wir uns ansehen konnten. Eine Weile verging, in der wir nichts taten, ehe der Albdämon mich entschlossen an sich zog.

Die restliche Anspannung, die auch nach den Thermen noch meinen Körper durchzogen hatte, löste sich auf.

»Wir könnten für immer hier bleiben«, sagte Bobby leise. Die Worte kitzelten an meinem Ohr. Ich drängte mich enger an ihn. Meine Arme an seine Brust gepresst und mein Gesicht an seinen Hals gedrückt. Ich atmete Bobbys Geruch ein, der mir in so kurzer Zeit vertrauter geworden war als der jeder anderen Person. »Wir könnten uns zusammen ein Leben aufbauen.«

Anstatt zu lachen und den Traum zum Platzen zu bringen, anstatt Nein zu sagen, stieg ich über die unsichtbare Grenze direkt hinein in die Vorstellung von Bobby und mir zusammen.

»Zuerst müssten wir hier ausziehen«, murrte ich an seiner Haut.

Sein Lachen war rau. Sein Adamsapfel hüpfte aufgeregt. Mir entschlüpfte ein Lächeln.

»Ich verstehe nicht, warum du Nuri nicht magst. Sie verhält sich doch freundlich.«

»Manche Menschen ... oder Dämonen sind sich eben nicht grün.« Viel mehr als diese Entschuldigung konnte ich ihm nicht geben. »Aber sobald wir unser eigenes Haus hätten, könnten wir glücklich werden.«

»Würdest du dich nicht langweilen?«

»Ich würde zuerst alle Geheimnisse in Mirro aufdecken.« Allein die Vorstellung, mich den lieben langen Tag nur mit Recherchen zu beschäftigen, hätte mich vor Wochen noch in die Flucht getrieben. Doch nun gab es kaum einen glücklicheren Gedanken.

»Dann bleibt es an mir hängen, mit Bacon Gassi zu gehen?«

»Sie braucht dich nicht zum Gassi gehen. Nutze deine Zeit lieber, um was Anständiges zu lernen«, witzelte ich.

»Welcher Job würde dir für mich gefallen?«

»Hm.« Während ich überlegte, küsste ich seinen Hals. Seine Finger gruben sich in meinen Rücken, als würde er sichergehen wollen, dass ich keine Illusion war. »Wie wäre es mit etwas Handwerklichem?«

»Zwei linke Hände sind da nicht für geeignet.«

Ich drückte meine Nase tiefer in sein T-Shirt. Durch die Sonne war es aufgewärmt worden, und der Geruch, Bobbys Geruch, wurde freigesetzt. Eine Mischung aus frisch gewaschener Wolle und einer herben Note. »Du bist geschickter, als du glaubst.«

»Aber auch fauler, als *du* glaubst.«

»*Aigoo,* wenn du so faul bist, willst du wahrscheinlich am liebsten den ganzen Tag im Bett liegen und mich das Geld verdienen lassen, hm?«

Er rückte kurzzeitig ab, um seine Lippen lächelnd auf meine Stirn zu pressen. »Genau.« Mit geschlossenen Augen fand ich wieder meinen neuen Lieblingsplatz an seinem Hals. »Aber ich kann für uns kochen. Das mache ich ja sowieso schon.«

»Ramen zubereiten gilt nicht als kochen.«

»Ich werde mich steigern.«

Wir lachten einen Moment beide über den Ernst in seiner Stimme. Das Traumgespinst führten wir weiter und weiter. Das Netz spann sich immer enger um uns. Irgendwann konnte ich nicht mehr sagen, wo der Traum begann und wo die Wirklichkeit aufhörte. Wo Bobby begann und wo ich zu Ende war.

Meine Lider fühlten sich schwer an. Ich lauschte Bobbys Erzählung von einem glücklichen Leben. Jeder Zweifel, ob er für mich so fühlte wie ich für ihn, wurde vom Klang seiner Stimme davongetragen.

Kurz bevor ich einschlief, durchfuhr mich jedoch der Gedanke daran, dass ich in den Augen der anderen Hexen endgültig und vollkommen beschmutzt wäre. Körperlich und seelisch gehörte ich Bobby.

Es war mir egal.

25

Es war ein Traum. Ich stand auf einer Weide, die ich nie zuvor gesehen hatte. Trotzdem kam sie mir bekannt vor.

Das Gras reichte mir bis zu den Knien. Die Wildblumen leuchteten bunt und üppig im Licht der untergehenden Sonne. Sanfte Hügel umschlossen die Weide. Berge und eine Stadt zeichneten sich dunkel am Horizont ab.

Wenige Meter vor mir gab es einen platt getretenen Kreis im Gras. In ihm saß Prinzessin Bari. Es konnte niemand anderes sein. Ich wusste es sofort.

Obwohl sie Männerkleidung trug, erkannte ich sofort ihr Gesicht von meiner anderen Vision auf dem Fischmarkt. Das schwarze glatte Haar fiel offen auf ihre Schultern. Eine glitzernde Spange hielt ihre vorderen Strähnen am Hinterkopf zusammen.

Sie saß im Schneidersitz auf einer bunt gemusterten Decke. In ihrem Schoß lag ein Blumenkranz, an dem sie bis vor wenigen Augenblicken gearbeitet hatte. Als hätte sie meinen Blick gespürt, sah sie auf. Ein Lächeln breitete sich auf ihren vollen Lippen aus, und ihre Augen verengten sich vor Freude. Kleine Fältchen bildeten sich.

»Sei gegrüßt, Kang Hana. Ich habe sehr lange auf dich gewartet.« Sie sprach zwanglos mit mir, aber da ich um ihren Status wusste, blieb ich höflich.

»Wo bin ich?« Zögerlich näherte ich mich ihr, um nicht über die Distanz schreien zu müssen.

»Setz dich doch.« Ich gehorchte, blieb aber auf dem Gras, um ihr nicht zu nahezukommen. »Du befindest dich in deinem Traum im Jetzt und in meinem Traum im Damals. Es ist in Ordnung, wenn du nicht verstehst. Das ist nicht das Wichtige«, fügte sie eilig an, als sie meinen aufsteigenden Argwohn bemerkte.

»Wenn das nicht das Wichtige ist, was kann es dann sein?« Vorausgesetzt, ich sprach im Traum nicht mit mir selbst ...

»Ich will dir so viel erzählen, aber die Zeit rinnt mir davon.« Sie sah mit verklärtem Blick an mir vorbei. »Er kommt, um mich zu holen.«

»Wer kommt?« Ich blickte mich hektisch um. Die Szenerie hatte sich jedoch nicht verändert. War noch genauso friedvoll wie vor wenigen Sekunden. »Ich kann kämpfen, wenn du es nicht kannst.«

Wieder sah sie mich an. Sanft. Verständnisvoll. »Ich habe für sehr lange Zeit gekämpft. Ich gebar wundervolle Söhne und mächtige Hexen. Damit meine Reise durch uns fortgesetzt werden würde. Endlich ist die Zeit für mich gekommen, mein Schwert niederzulegen.« Tatsächlich lag neben ihr ein Schwert, das ich bis dahin nicht wahrgenommen hatte. »Ich werde sterben.«

»Nein!«, rief ich aus. Ich war kurz davor, aufzustehen und sie zu schütteln.

»Sei nicht traurig. Sei stattdessen klug.«

Eine unerklärliche Traurigkeit hatte mich bei ihrer Enthüllung ergriffen. Tränen rannen meine Wangen hinab. Dabei kannte ich sie nicht einmal. Die Verbundenheit zwischen uns war jedoch nicht zu leugnen. Ich war unbestritten ihre direkte Nachfahrin.

»Was wollt Ihr von mir, wenn ich Euch nicht retten kann?«

»Es ist nie darum gegangen, jemanden zu retten, Kang Hana. Es geht darum, das Richtige zu tun und zu verhindern, dass sie die Grenzen zerfetzen. Du kannst das nicht zulassen. Benutze den Stab und beende es, bevor es beginnt.«

»Was?« Ich beugte mich vor. Dringlichkeit ließ mich den

Anstand vergessen. »Bevor was beginnt? Ich habe es bereits versucht, aber der Stab funktioniert nicht!«

»Der Stab muss erweckt werden. Er hat für sehr lange Zeit geschlafen.« Wieder ihr geduldiges Lächeln, als würde sie ihrem unmittelbaren Tod nicht in die Augen sehen. Es war schwer zu erklären. Auf der einen Seite wusste ich, dass sie vor Jahrhunderten schon gestorben war, auf der anderen lebte sie noch in meinem Jetzt. »Er braucht vielleicht einen kleinen Schubs.«

Die Sonne war hinter der Stadt verschwunden. Dunkelheit wurde wie ein Tuch über uns ausgebreitet und über das Firmament gespannt. Die Gräser um uns herum sanken ein, die Blumen verloren ihre Blüten. Der Gestank nach Rauch drang in meine Nase.

Einzig der Blumenkranz in Prinzessin Baris Schoß leuchtete. Sie nahm ihn in ihre Hände, als sie sich zu mir beugte, und ihn mir aufsetzte. Ich war zu perplex, um mich dagegen zu wehren.

Der Kranz fühlte sich auf meiner Stirn schwerer an, als er sein dürfte.

»Du wirst dich deines Erbes besinnen müssen, Kang Hana.« Prinzessin Bari strich mir eine Strähne von der Wange. Für einen kurzen Moment wirkte es, als wollte sie noch mehr sagen, doch der Augenblick wurde vom Gebrüll bösartiger Monstren gekappt. Eine Hitzewand brannte auf meiner Wange. Widerwillig wandte ich mich von der Prinzessin ab und dem Tor zu einer der Höllen zu.

Ich konnte nichts außer Dunkelheit erkennen. Aber die Hitze und das Gebrüll blieben.

Als ich mich zurückdrehte, war Bari verschwunden. Schockiert stand ich auf, suchte nach ihr und fand sie unmittelbar vor dem Portal. Dutzende Hände schienen nach ihr zu greifen und ihren Körper festzuhalten. Ihre Miene war jedoch so friedvoll wie zuvor.

»Geht nicht!«, brüllte ich und lief ihr nach. Ich bekam

ihre linke Hand zu fassen, doch sie war zu heiß. Meine Handflächen brannten, als wäre Bari bereits ein Teil der Hölle. »Ihr verdient es nicht, dort eingesperrt zu werden.«

Wenn nur ein Bruchteil der Legende wahr war, dann verdiente Prinzessin Bari genau das Gegenteil. Ein friedliches Nachleben.

»Ich will nicht allein sein.«

Da. Der wahre egoistische Grund. Prinzessin Bari war länger ein Teil von meiner Reise gewesen, als mir bis dahin bewusst gewesen war. Ihre ständige Präsenz, die ich nun verlor, wurde mir erst jetzt bewusst.

»Allein ... Einzige, ... dir helfen kann, ... zu besiegen«, war Baris kryptische Antwort, die ich kaum über das Brüllen der Bestien hinweg verstehen konnte.

Wie sollte Alleinsein mir helfen?

»Prinzessin Bari!«

Ihr Lächeln war das Letzte, was ich sah, als sie von dem Tor verschlungen wurde und ich erwachte.

Keuchend kam ich in Bobbys Armen zu mir. Dunkelheit umhüllte uns. Das Licht einer Laterne spiegelte sich in Bobbys Augen wider, als er mich sorgenvoll ansah. Er hatte sich auf einem Arm abgestützt. Mit einer Hand berührte er zärtlich mein Gesicht.

»Du hattest einen Albtraum?«

Ich brauchte ein paar Sekunden, um mich zurechtzufinden. Meiner und Baris Traum. Der Stab. Ihre Warnung. Das Höllentor.

»Du hast nichts gesehen?«, fragte ich, als ich meine Stimme wiedergefunden hatte.

»Es ist eine Sache der Privatsphäre«, stellte er beleidigt klar.

Ich war jedoch zu unruhig, um ihn zu beschwichtigen. Gleichzeitig fühlte ich mich schwach und gänzlich unvorbereitet für das Kommende. »Ich wünschte aber, du wärst dabei gewesen«, wisperte ich, um niemanden im Haus aufzuwecken, falls sie noch schliefen. »Dieses Mal zumindest.«

»Warum?«

»Weil ich nicht verstehe, was ich gesehen habe. War es ein Traum oder war es mehr?«

»Mehr? Was könnte es sonst sein? Was hast du gesehen?«

Ich schloss meine Augen, um alles noch einmal durchzugehen. Jede einzelne Sequenz. Bobby hielt mich wieder an sich gedrückt. Ich hatte zu zittern begonnen, obwohl es nicht viel kälter als tagsüber war. Baris Anwesenheit war tatsächlich verschwunden. In meinem Innersten gab es einen Ort, der von unbekannter Leere gekennzeichnet war. Der Platz, an dem sie ausgeharrt und an dem sie auf mich aufgepasst hatte.

Während ich die Lider geschlossen hielt, berichtete ich Bobby, was geschehen war. Von meinem Erwachen auf der Wiese bis zum Ende des Traums vor dem Höllentor.

»Sie sagte, dass nur Alleinsein mir helfen kann, zu siegen. Ich nehme an, Choi Rose zu besiegen?« Bobby küsste meine Nasenspitze. »Aber ich glaube nicht, dass das stimmt. Du hast mir so viel geholfen. Und Bacon. Ich bin sicher, dass auch Subins Unterstützung dabei helfen wird, Rose zu stürzen.« Ich schüttelte den Kopf, als könnte ich dadurch die Erinnerung vertreiben. »Je länger ich darüber nachdenke, desto sicherer bin ich mir, dass es ein Traum gewesen ist.«

»Ein sehr ungewöhnlicher Traum«, stimmte Bobby zu.

»Aber ich hätte mir das Portal zur Hölle nicht vorstellen können«, gab ich zu Bedenken. »Ich kann dir auch nicht sagen, in welche der drei Höllen sie gezogen worden ist. Oder warum. Sie hat nichts Falsches getan.« Ich stöhnte auf, als sich so viele Erinnerungen und Gedanken scheinbar willkürlich vermischten. »Träumte ich davon, weil mir Sulhee von einem Höllenspiegel erzählte?«

»Höllenspiegel?«, echote Bobby erstaunt. »Was hat sie darüber gesagt?«

»Nicht viel. Nur dass es sein kann, dass Rose Subin dafür benutzt hat, um einen solchen Spiegel heraufzubeschwören. Und dass Mirro durch so einen Spiegel entstanden ist. Nicht mal du hast das gewusst«, neckte ich Bobby, doch sein Blick war in weite Ferne gerichtet. Seltsam.

»Choi Rose ...«

»Ich weiß. Ihre Niederträchtigkeit kennt keine Grenzen. Wir müssen sie eher früher als später aufhalten. Sie hat uns mehrmals bewiesen, dass sie bereit ist, über Leichen zu gehen.«

Bobby erhob sich. Es wunderte mich nicht, dass er nicht mehr schlafen wollte. Auch ich war zu aufgewühlt. Allerdings störte es mich, als er wortlos die Terrasse verließ, um nach drinnen zu gehen. Hatte ich was Falsches gesagt?

Nervte ihn mein Aufruhr wegen eines Traums? War das etwas, das ein Albdämon nicht nachvollziehen konnte, weil er tagtäglich mit den Träumen anderer konfrontiert war? Für ihn waren sie Normalität. Ich musste kindisch wirken mit meiner Angst vor einer einfachen Vision von Prinzessin Bari.

Obwohl die Erklärung Sinn ergab, blieb ein nagendes Gefühl zurück. Die dunkle Vorahnung, die ich seit Sulhees Erscheinen verspürte, blieb.

Bacon tauchte plötzlich auf der Mauer auf. In ihrem Maul lag der Stab der Verdammnis in seiner unscheinbaren Form eines normalen Stocks.

»Hast du das Haus etwa doch betreten?«, tadelte ich das *Haechi,* als es den Stab neben mir auf den *Yo* ablegte, bevor es sich danebensetzte.

Bacon schnurrte zufrieden, als ich ihre Ohren kraulte. Nachdenklich nahm ich den Stab an mich und legte ihn quer auf meinen Schoß. Ich hatte tagelang wie besessen danach gesucht, nur um jetzt mit diesem schrottigen Teil festzusitzen. Segen und Fluch zugleich.

Ich dachte zurück an den Traum von einer gemeinsamen Zukunft mit Bobby in Mirro, den wir vor dem Schlafengehen gesponnen hatten.

Es wäre so einfach, hierzubleiben und die Augen und Ohren zu verschließen. Wenn es nur einen Zauber gäbe, mich alles vergessen zu lassen.

Ich entließ einen langen Atemzug. Natürlich meinte ich das nicht so. Ich würde meine Familie nie ihrem Schicksal überlassen.

Aber es war schön, sich vorzustellen, ohne Verantwortung zu leben.

Ich legte mich wieder hin. Den Stab aufs Kissen gebettet. Bacon leckte meinen Handrücken, bevor sie mit ihrer roten Nase darüberstrich.

Wie sollte ich an meinen Erfolg glauben, wenn ich Roses Fängen nur gerade so entkommen konnte? Wenn Bacon nicht gewesen wäre, hätte sie mich noch in Noryangjin erledigen können.

Ich presste die Augen zusammen. Überraschenderweise holte mich der Schlaf wieder ein.

Ein paar Stunden später, nachdem ich frisch geduscht war, saßen wir gemeinsam auf dem niedrigen Tisch auf der Dachterrasse. Kwon und Nuri hatten gekocht, Sulhee hatte den Tisch gedeckt, und ich hatte darauf achtgegeben, nicht im Weg zu stehen. Subin war überraschenderweise aufgestanden und hatte meine Nähe gesucht. Sie saß dicht an meine Seite gepresst. Den Blick hielt sie auf ihre Schüssel gerichtet. Offenbar konnte sie nicht so leicht wie ich vergessen, dass wir von Dämonen umgeben waren. Immerhin war sie weitestgehend wieder zu sich gekommen. Genug, um niemandem zu sagen, dass wir Hexen waren.

Bobby war erst vor wenigen Minuten von einem Spaziergang zurückgekehrt. Er hatte mich nicht gefragt, ob ich ihn begleiten wollte. Ich war zu ängstlich gewesen, um mich ihm einfach so anzuschließen. Die Wärme, die am Tage noch zwischen uns existiert hatte, schien aus unerfindlichen Gründen erkaltet.

Er hatte sich mir gegenüber zwischen Sulhee und Kwon niedergelassen, sodass ich nicht mal ein leises Wort von ihm stehlen konnte. Zudem wich er meinem suchenden Blick aus. Ein

Schmerz, wie ich ihn bisher noch nicht gekannt hatte, erblühte in meiner Brust.

Ich war so glücklich in seinen Armen gewesen. Wie konnte ich jetzt so traurig sein? Ich wusste nichts mit meinen Gefühlen anzufangen.

Sulhee streichelte Bacon, die sich die Zuwendung mit geschlossenen Augen gefallen ließ. Ich war noch immer nicht dahintergekommen, nach welchen Kriterien sie ihre Zuneigung verteilte. Sulhee schien ihr jedenfalls zu gefallen.

Ich steckte meine Nase fast in meine Reisschüssel, weil ich so frustriert wegen Bobby war. Ich traute meinem eigenen Gesichtsausdruck nicht. Es war zum Verrücktwerden.

Nuri und Kwon sprachen über die neue Fuhre an *Bujeoks,* die Nuri hergestellt hatte und die bald verteilt werden müssten. Dieses Mal wollte Kwon helfen.

Das Geräusch von Trommeln und Streichinstrumenten näherte sich uns schon seit längerer Zeit und wurde so laut, dass ich ihre Stimmen kaum darüber hinweg verstehen konnte.

Neugierig löste ich mich von Subin, die sich widerwillig aufrecht hinsetzte, um auf die Straße zu blicken. Ich stellte mich an den Rand der Terrasse. Gruppen von Dämonen bewegten sich auf dem Asphalt. Sie trugen monsterhaften Masken, die ich zum Teil von Museumsausstellungen kannte. Sie hatten ihren Ursprung im *Deulnoreum,* einem Masken-Tanz-Drama, das in Busan von Menschen auf dem geernteten Feld aufgeführt wurde. Die maskierten Dämonen hielten verschiedene Talismane und Banner in die Höhe. Gelbes Papier flatterte im sanften Wind.

»Gibt es eine Party?«, fragte Sulhee, die neben mir aufgetaucht war und euphorisch das Treiben beobachtete. Dämonen mit Trommeln kamen nun vorbei. Sie amüsierten sich und lachten lauthals, als einer von ihnen stolperte. Wohl nicht mehr ganz nüchtern. »Ich bin noch nie auf einer Party gewesen!«

»Du bist dreizehn Jahre alt. Keine Party für dich.« Ich zog sie am Kragen zurück zum Tisch. Sie wehrte sich.

»Ich bin vierzehn!« Ihr gelang es schließlich, sich aus meinem Griff zu winden und mich mit einem sturen Funkeln in den Augen anzustarren. »Und du hast mir gar nichts zu sagen!« Wieder streckte sie mir ihre Zunge raus.

»*Ya!* Wenn ich dich in die Finger kriege!« Ich griff nach ihr, doch sie duckte sich unter meinem Arm hindurch und rannte auf die andere Tischseite.

»Ich mache, was ich will.«

»Nicht in diesem Haus, du kleines Biest!«

»Es ist ein Fest«, sagte Kwon ruhig, aber bestimmt. Damit trieb er einen unsichtbaren Keil zwischen Sulhee und mich. Wir beide wurden von ihm abgelenkt. »Zu Ehren der Verstorbenen. Ähnlich wie *Chuseok* in der Menschenwelt.«

»Warum tragen sie Masken?«, fragte Sulhee.

»Damit der Tod sie nicht sieht, während sie sich verabschieden.«

»Ihr glaubt an den Tod als Person?« Dieses Mal war ich diejenige, die ihre Neugier nicht im Zaum halten konnte.

»Nicht mehr viele, aber noch genug, um die Tradition aufrechtzuerhalten. Der Rest macht mit, weil es ein Grund ist, um zu feiern.«

»Ich will mitmachen«, quengelte Sulhee und stampfte mit den Füßen auf.

»Es sieht nach Spaß aus«, stimmte ich schließlich doch zu.

Bobby schüttelte den Kopf. »Ich halte das für keine gute Idee. Was ist, wenn dich jemand ... erkennt?«

Nuri und Kwon sahen mich neugierig an. Sie hatten sich mittlerweile bestimmt längst zusammengereimt, dass jemand hinter mir her war. Trotzdem hätte ich mir von Bobby mehr Zurückhaltung gewünscht. Er wollte es nicht verstehen, aber ich vertraute Nuri nicht.

»Wir könnten auch Masken tragen«, murmelte ich, teilweise entmutigt von seinem Verhalten.

»Ich weiß nicht ...« Sein Blick glitt zu dem Stab, den ich auf dem Tisch zurückgelassen hatte.

Ein Stich durchfuhr meine Brust. Er hatte recht. Ich sollte die Zeit nutzen, um den verdammten Stab zu enträtseln und nicht, um Spaß zu haben. Was hatte ich mir dabei gedacht? Meine Eltern wären enttäuscht von mir.

»Ich möchte mitgehen.« Es waren die ersten Worte, die Subin im Beisein aller verlor.

Überrascht kniete ich mich an ihre Seite. »*Jinjja?*«

»Ich möchte mich verabschieden. Auch wenn wir in ... Mirro sind. Ich möchte es versuchen.«

Ich schluckte. Ihre Worte waren wie ein Eimer kaltes Wasser, das über mir ausgekippt wurde.

Während ich über Spaß nachgedacht hatte, hatte sie an Jisoo und die anderen Hexen gedacht. Ich konnte nicht fassen, zu was für einer egoistischen Person ich geworden war. Oder war ich schon immer so gewesen? Fiel es mir so leicht, Jisoos Tod von mir abzustreifen?

Seither war nicht mal ganz eine Woche vergangen, aber es kam mir vor wie eine halbe Ewigkeit. Meine Gefühle die meiste Zeit wie ein dunkler Sturm am Horizont. Weit genug entfernt, um sie ignorieren zu können.

Du musstest die Trauer abwenden, sagte ich mir selbst. *Sonst hätte sie dich zerstört. Es ist wichtig, weiterzumachen.*

Ich konnte nicht bestimmen, ob ich mein Verhalten lediglich vor mir selbst rechtfertigte oder ob die Wahrheit in den Worten begraben war.

Vielleicht ein bisschen von beidem.

»Damit ist es entschieden.« Kwon klatschte grinsend in die Hände. Er wusste nicht, von wem wir uns verabschieden wollten, aber er nahm die Stimmung wahr und hatte sich entschlossen, sie zum Guten zu kippen. Seine orangefarbenen Augen glänzten feurig. Sulhee war wohl nicht die Einzige, die sich auf das Fest freute. »Wir müssten noch ein paar Masken von den letzten Jahren haben. Ich sehe mal nach.«

Bobby schwieg stoisch. Nuri lächelte sanft, während ihr Partner auf die Suche nach den Verkleidungen im Haus verschwand. Ich wollte Bobby zur Seite ziehen, aber Sulhee lenkte mich ab. Flink hatte sie zwischen Subin und mich gefasst und den Stab gegriffen. Sie tanzte mit ihm aus meiner Reichweite.

Aber wenn ich etwas wirklich wollte, konnte mich kein Quälgeist aufhalten.

Bevor sie den Stab genauer betrachten konnte, war ich aufgesprungen und hatte ihn ihr entrissen. Theatralisch rieb sie sich das Handgelenk.

»Aua!«

»Fass ihn nicht an«, fauchte ich.

»Das ist nur ein Stock.« Ihre Unterlippe bebte. »Ich wollte ihn als Teil meines Kostüms ...«

»Das war etwas harsch, Hana«, tadelte mich Nuri.

Ich ignorierte sie.

»Er ist wertvoller, als du es bist«, entgegnete ich, genervt von Nuri und von ihr.

Sulhee verschränkte die Arme und reckte das Kinn. Plötzlich konnte sie ihre Tränen doch zurückhalten. »Ich glaube, etwas ist nicht ganz richtig mit Leuten, die Dinge über andere Leute stellen. Aber mach nur weiter so. Ich hoffe, du bist glücklich.«

Ich schnaubte. »Du bist unmöglich. Es ist deine Schuld, dass ich das gesagt habe.«

»Die Schuld kannst du schön selbst behalten.«

Bevor ich mich zu weiteren Diskussionen verleiten ließ, trat ich an ihr vorbei ins Haus. Ich brauchte dringend etwas Abkühlung. Dieser Hitzkopf war noch schuld daran, dass mir eine Ader platzte.

Obwohl ich das bei unserer Rückkehr hatte vermeiden wollen, zog ich doch wieder eine von Nuri geliehene Robe an. Sie war aus blauer Seide und am Saum mit Blüten bestickt. Immerhin trug ich eine von Bobbys Jeans sowie ein T-Shirt von ihm darunter. Da wir nicht genügend Masken besaßen, gab ich mich mit einem schwarzen Tuch zufrieden, das ich an meinem

Hinterkopf festknotete. Es verdeckte Mund und Nase, ließ aber von unten genug Luft rein, damit ich nicht darunter schwitzte.

Wir waren fast zum Aufbruch bereit, als mich Nuri im Vorgarten abfing. Sie setzte mir ungefragt einen bunten Blumenkranz auf. Ein gelber Talisman war daran befestigt und legte sich auf meinen Hinterkopf. Ich hatte nicht schnell genug die chinesischen Zeichen lesen können, um mir seine Wirkung zu erschließen.

Ich erstarrte. Sofort befand ich mich wieder in dem Traum, als mir Prinzessin Bari ihren Blumenkranz gegeben hatte.

»Wofür ist der?«, krächzte ich. Mit zittrigen Fingern berührte ich die zarten Blumen. Wo hatte sie den Kranz plötzlich hergezaubert?

Nuri hatte sich für die Maske eines Tigers entschieden, wodurch mir ihr Gesichtsausdruck verborgen blieb. Ihre Augen waren von Schatten umhüllt.

»Für die Unschuldigen«, sagte sie leise. Sulhee quietschte erfreut wegen irgendetwas. »Damit die Seelen dich nicht angreifen.«

»Und was ist mit euch?«

Sie senkte ihren Kopf. »Es gibt einen Unterschied zwischen dir und uns.«

Spielte sie damit darauf an, dass ich eine Hexe war? Wusste sie Bescheid?

Mein Blick fiel auf Subin, aber sie trug lediglich die Maske eines Bären. Ohne Kranz.

»Was ist mit Subin? Ist sie nicht unschuldig?«

»Sie wird dir mit der Zeit sicherlich davon erzählen.« Auch Nuri sah meine beste Freundin an, die schützend die Arme um ihren Oberkörper geschlungen hatte.

»Was meinst du damit?«

»Behalte ihn auf. Dann wird er dich schützen.«

»So wie mich dein *Bujeok* auch das letzte Mal geschützt hat?« Im Gespensterhaus hatte er nicht das Geringste bewirkt.

»Manchmal sieht man nicht, dass man dem Tod von der

Schippe gesprungen ist, weil es nicht geschehen ist. Das bedeutet jedoch nicht, dass einem nicht Glück geschenkt worden ist.« Mit diesem rätselhaften Satz ließ sie mich allein auf dem Gartenpfad.

Dann hüpfte sie wie ausgewechselt zu Kwon und hakte sich lachend bei ihm ein. Er wuschelte ihr durchs Haar, was sie mit einem spielerischen Schlag gegen seine Schulter quittierte. Er schüttelte sich, ehe einen Moment später Fuchsohren aus seinem Kopf wuchsen und neun perfekte Schwänze mit weißem Fell überzogen erschienen. Sie breiteten sich auf seiner Rückseite wie ein Fächer nach oben hin aus. Die orangefarbenen Augen des *Gumihos* strahlten intensiver, die Zähne wirkten schärfer als noch vor einer Sekunde und seine Fingernägel waren schwarz und spitz geworden. Anscheinend war das seine Verkleidung für das Fest. Seine wahre Gestalt.

Ich musste mich dazu zwingen, ihn nicht offenkundig anzustarren, aber sein Aussehen faszinierte mich. Noch nie zuvor hatte ich einen neunschwänzigen Fuchs in seiner ganzen Gestalt gesehen.

Nuri tätschelte liebevoll seine Wange und küsste ihn.

Ich schüttelte den Kopf. Ich wurde nicht schlau aus ihr. Aber sie hatte genügend Fragen bei mir aufgeworfen, um mich zögern zu lassen. Wäre es besser, den Kranz abzulegen?

Ich berührte die Klingel des Goblins, die ich in meine Hosentasche getan hatte. Notfalls bliebe mir noch ein Ausweg.

Nachdem allesamt an mir vorbeigegangen waren, nahm ich den Kranz von meinem Kopf und ließ ihn zu Boden fallen. Die chinesischen Zeichen auf dem gelben Papier sagten mir nichts. Ich wusste nicht, ob Nuri mich verfluchen oder mir Glück schenken wollte. Ich war mir allerdings sicher, nichts von beidem zu wollen.

Ich fühlte mich besser, als ich mit dem Stab an meinem Gürtel befestigt, draußen zu den anderen stieß. Bacon war auch in ihrer vergrößerten Form dabei. Sie blieb treu an meiner Seite.

»Du hast was verloren! Kann ich ihn haben?« Sulhee

wedelte mit dem Kranz vor meinem Gesicht. Ich hatte nicht bemerkt, dass sie noch einmal zurückgegangen war.

Ich warf Nuri einen Blick zu, aber sie achtete nicht auf uns. Ihre Aufmerksamkeit galt allein Kwon, der sein Gesicht gegen ihre Maske presste und sie damit zu necken schien.

»Behalte ihn ruhig«, murmelte ich. Ich machte mir bestimmt zu viele Gedanken. Nuri hätte mir nicht im Beisein ihres Bruders schaden wollen.

Subin ging ein Stück voran, hielt sich allein zwischen unserer Gruppe und einer anderen mit Dämonen. Schwarze Äderchen durchzogen ihre Gesichter, und ich glaubte, mich an Skizzen zu erinnern, die ich während meines Unterrichts im Zirkel gesehen hatte. Ich konnte mich jedoch nicht mehr an ihre Namen erinnern.

»Sulhee?« Fragend sah sie mich über ihre Schulter hinweg an. Sie setzte ihre blaue Maske wieder auf, die die schreiende Grimasse eines Adligen zeigte. »Was sind das für Dämonen?«

»Oh, die habe ich schon länger nicht mehr gesehen. Adeos. Sie sind super stark, hab ich gehört. Wenn man ihr Blut zum Kochen bringt, gibt es keinen Felsen, den sie nicht bewegen könnten. Gruselig, oder?«

Ich sagte nichts. Unsere Vorstellungen von dem, was gruselig war, gingen offensichtlich auseinander. Ich hätte mir vor meiner Flucht niemals vorstellen können, jemanden wie sie mit langen Fängen, kleinem Geweih und grüner Haut als normal anzusehen.

Die Definition von gruselig veränderte sich immer mehr für mich.

Obwohl ich schon ein paarmal durch die Straßen von Mirro gewandert war, kannte ich mich immer noch nicht genügend aus. Ich glaubte jedoch, dass wir uns einer Art Zentrum näherten. Musik und Stimmen wurden lauter. Banner waren hier zwischen Häusern gespannt. Einzelne Kohlepfannen waren aufgestellt worden und spendeten Licht und Wärme. Funken sprühten. Dunkle Magie knisterte auf meiner Haut. Einzelne

Neonanzeigen ähnelten denen in Seoul und priesen gutes Essen, Entertainment oder beides an.

Wir betraten den Marktplatz, über dem sich der glitzernde Nachthimmel spannte. Die Trommeln pochten in meinen Adern. Begeistertes Gebrüll fraß sich in meinen Verstand und zog meine gesamte Aufmerksamkeit auf sich. Hunderte Dämonen hatten sich hier versammelt, um sich von den Toten zu verabschieden. Eine Maske war grausiger und skurriler als die nächste. Gewänder raschelten. Schausteller luden zum Verweilen ein, indem sie ihre Kunststücke mit der Menge teilten. Ein riesiger Tisch an einem Ende des Platzes war mit Speisen bedeckt. Essstäbchen ragten aus dem Reis auf und lockten verirrte Geister an. Wie beim *Charye* üblich, waren Reis und Suppe im Norden platziert und Gemüse und Obst im Süden. Das abgekühlte Fleisch war im Westen und Osten angerichtet, der Reiskuchen samt *Soju* in der Mitte. Details waren anders, aber die Verbindung zwischen Menschen-, Hexen- und Dämonenwelt war sichtbar.

Neben mir stießen zwei Dämonen an und tranken *Soju,* bevor sie *Hangwa,* eine Art Cookie aus Reismehl, Honig und Früchten, von einem Tablett klaubten.

Es war überwältigend und angsteinflößend. Ich blieb stehen, während sich alle anderen um mich herum weiterbewegten. Trotz der Ähnlichkeiten glaubte ich nicht, dass ich hergehörte.

Hexen hatten hier nichts zu suchen.

26

Ich wusste nicht, wohin ich sehen sollte. Alles zog meinen Blick an. Links von mir waren hölzerne Totempfähle in die Erde gesteckt worden. Die Stoffstreifen an Masten waren mit Glocken bestückt, die unheimlich rasselten. Verstorbene wurden von ihnen angelockt. Anders als die steinernen Wächter vor den Thermen, die böse Geister in die Flucht jagten.

Erst jetzt nahm ich zwischen den Feiernden auch weinende Dämonen wahr. Manche hatten ihre Masken nach oben geschoben, um ihre Nasen zu putzen und die Augen zu trocknen. Andere hielten einander fest, um sich gegenseitig vor einem großen Gedenkgesteck Trost zu spenden.

»Ich …«, flüsterte ich, ohne zu wissen, was ich sagen sollte.

»Sie wirken wie wir.« Subin war zu mir zurückgekehrt. Sie stand neben mir und schien genauso beeindruckt und überfordert wie ich. Selbst mit Maske kannte ich sie gut genug, um das zu erkennen.

»Sie sind mehr als das«, entgegnete ich. »Sie *leben.* Sie fühlen alles so viel intensiver als wir. In Seoul lebten wir kaum. *Überlebten* wir kaum.« Meine Stimme zitterte, weil ich die Schwere dieser Wahrheit begriff. Ich erkannte plötzlich den Grund für mein eigenes Verhalten. Für meine ständige Sehnsucht nach den nächtlichen Ausflügen. Ich hatte mich wie eine Verdurstende inmitten meines Zirkels gefühlt. Wir hatten über die Jahrzehnte verlernt, was es hieß, das Leben auszukosten.

»Und jetzt?«

Mein Herz setzte aus.

So viel Macht besaß Bobby. Er musste nur zwei Worte sagen,

nachdem er so lange geschwiegen hatte, und ich fiel auseinander.

Ich hatte nicht die Kraft, ihn anzusehen, obwohl er direkt neben mir stand. Auf meiner anderen Seite.

Subin drückte kurz meine Hand, bevor sie zu Sulhee aufschloss. Es wunderte mich, dass sie sich der Dämonin näherte. Sie gab mir keine Gelegenheit, Bobby nicht zu antworten.

Langsam, mit wild pochendem Herzen, drehte ich mich zu Bobby. Auch er trug lediglich ein Tuch, das seine untere Gesichtshälfte verbarg. Seine Augen brachten mich noch um den Verstand.

»Ich fürchte mich davor, alles zuzulassen. Ich fürchte mich davor, verletzlich zu sein. Ich habe mich nie getraut, etwas außerhalb meines Zirkels zu lieben, weil ich weiß, dass ich den Verlust nicht überleben würde.« *Jemanden zu lieben.*

Ich erinnerte mich daran, dass er schon bei unserem vergangenen Gespräch an kein gutes Ende geglaubt hatte, während ich noch naiv daran festhielt, dass unsere Verbindung niemals enden würde.

Sein Blick wurde weicher. Der Abstand zwischen uns war vergessen. Er berührte mit den Knöcheln meine Wange. Nur das Stück Stoff zwischen uns.

»So darfst du nicht über Enden denken. Du wirst den Schmerz ertragen. Du wirst überleben.« Er lehnte seine Stirn an meine. Meine Hände krallten sich in sein T-Shirt. »Wir beide werden das. Ich glaube daran.«

»Was …« Ich stockte. Eine grausige Melodie erhob sich über das leiser gewordene Trommeln, und eine Stimme erklang geisterhaft auf dem Platz. Geigenspiel gesellte sich zum Gesang, und ein Klavier wurde angeschlagen, das sich auf einer kleinen Bühne links von uns befand.

Bobby lächelte, was ich an seinen Augen erkannte. Er zog mich durch die Menge zu den bereits Tanzenden. Schwungvoll drehte er mich in seinen Armen, bevor wir eine ähnliche Haltung wie beim Walzer einnahmen. Seine linke Hand an meinem unteren Rücken und die rechte mit meiner verschränkt, während ich meine andere Hand in seinen Nacken legte. Unsere ineinanderliegenden Hände waren allerdings nicht seltsam von uns gestreckt, sondern nah, beinahe zwischen uns. Um einiges angenehmer.

Wir tanzten zur schaurigen Musik. Ich gestattete ihm sogar, unsere Gesichtstücher anzuheben, um einen Kuss zu stehlen, obwohl noch ein Restärger über sein Verhalten zurückgeblieben war. Es war gut möglich, dass er ein paar Stunden für sich gebraucht hatte, damit er seine Gedanken ordnen konnte. Doch auch wenn dies der Fall gewesen war, hätte er mich mit einem einfachen Satz darauf vorbereiten können. So hatte er mich mit meinen Zweifeln allein gelassen.

Ich legte meine Wange an seine Brust und bildete mir ein, sein Herz über die Musik hinweg schlagen zu hören.

Wenn ich doch nur alle Sorgen vergessen könnte. Von Bobby gehalten zu werden, glich dem Zentrum eines Sturms. In seinen Armen war es friedvoll. Um uns herum wurde die Welt zerstört.

Nachdem das Lied geendet hatte, führte ich Bobby an der Hand zu Subin. Sie hatte sich vor den langen Tisch gestellt. Eine weiße Kerze lag in ihren Händen, als hätte sie auf mich gewartet. Ich beobachtete, wie sie die Kerze an einer anderen entzündete und in den Messinghalter steckte. Sie legte ihre Hände zusammen. Ich senkte den Blick. In meinem Kopf wiederholte ich Jisoos Namen immer wieder.

Ich sträubte mich ein wenig, mich von ihr zu verabschieden. Erst jetzt wurde mir bewusst, wie sehr ich mich an die lächerliche Idee geklammert hatte, dass sie nicht endgültig verschwunden war. Bis zu diesem Zeitpunkt hatte ich gehofft, jemand würde in mein Leben springen, um mir zu sagen, dass alles nur ein fürchterlich schlechter Scherz gewesen war.

Es passierte nicht.

Meine beste Freundin, meine Jisoo war für immer fort. Sie würde nie wieder zu mir und Subin zurückkehren.

Nachdem eine Minute vergangen war, erschien Kwon neben uns. Obwohl er lächelte, konnte ich Verständnis in seinem Gesicht aufglimmen sehen.

»Lasst uns trinken!«

Ich wurde von Subin überrascht, die als Erste nach dem *Soju* griff. Kwon hatte ein paar Gläser auf einem Tablett vorbereitet, die er uns nun hinhielt. Zögerlich hob ich eins an.

»Auf Jisoo«, sagte ich, nachdem wir alle ein Glas hielten. Alle, bis auf Sulhee, die sich mit Bacon auf der Tanzfläche amüsierte. Das *Haechi* tapste um die Dämonin herum und passte darauf auf, dass ihr niemand der anderen Teilnehmenden zu nahekam.

Wir leerten den Alkohol in einem Zug. Der Rest der Nacht wurde daraufhin zu einem verschwimmenden Regenbogen. Wir tanzten. Wir aßen frittiertes Hühnchen. Wir lachten.

Selbst Subin ließ sich von der feierlichen Stimmung anstecken, als auch die letzten Dämonen sich von ihren Lieben verabschiedet hatten und die Tränen getrocknet waren. Mein Herz ging auf. Sie lächelte Sulhee an und wirkte für einen Moment wie die Person, die kein Trauma durchleiden musste.

Vielleicht war das hier ein Schritt zur Heilung. Aber mir war auch klar, dass dazu Choi Rose besiegt werden müsste. Mit ihr als *Yeohwang* würden wir nie wieder ein normales Leben führen können.

Ich wurde von Bobbys Armen zu denen eines anderen weitergereicht, weil es der Tanz scheinbar verlangte. Der Dämon war ein Goblin und hatte sich nicht die Mühe gemacht, eine Maske zu tragen. Ich erkannte ihn augenblicklich an den weißen Ringen um seine Pupillen und den spitzen Ohren. Er wirbelte mich in seinen Armen herum. Meine Tuchmaske flatterte hoch und enthüllte für wenige Sekunden mein Gesicht, als ich von jemand anderem aufgefangen wurde.

Er hatte seine Tigermaske auf den Kopf geschoben, und ich erstarrte unter seinem festen Griff. Als ich meine Sicht rief, wurde meine Ahnung bestätigt.

Es war der Aurendämon, der uns in der Nacht vor dem

Ahnenmond angegriffen hatte. Da ich unfähig gewesen war, ihn zu töten, hatte Bobby ihm das Genick gebrochen. Keine tödliche Verletzung, wie ich damals gewusst hatte und jetzt bestätigt sah.

Ich wollte mich aus seinen Händen winden, die meine Hüfte umfasst hielten, aber er verstärkte den Griff. Hatte er mich auch erkannt?

Mein Tuch vor dem Gesicht war wieder an Ort und Stelle. Doch hatte die Sekunde ausgereicht, in der es von meinem Schwung hochgeflattert war?

»Nicht so schnell«, warnte er und drückte mich an sich.

»Lass mich los. Ich will nicht mehr tanzen«, zischte ich.

Er legte seinen Kopf schief. »Kennen wir uns nicht?«

»Ich habe dich nie zuvor gesehen.« Ich machte ein abfälliges Geräusch.

»Nimm dein Tuch ab.«

»Verpiss dich.« Ich wand mich in seinem Griff, war kurz davor, meine Magie einzusetzen und mich damit zu verraten. Panik breitete sich in mir aus. Er durfte nicht zu misstrauisch werden. Er durfte nicht seine eigene Sicht benutzen. Dann würde er sofort erkennen, was ich war und dass ich definitiv nicht hierher gehörte.

»Wenn du sie nicht loslässt, breche ich dir wieder das Genick.« *Bobby.*

Vor Erleichterung versagten mir beinahe die Knie.

Glücklicherweise war der Aurendämon so von Bobby überrascht, dass er seinen Griff ausreichend lockerte, damit ich mich ihm entwinden konnte. Ich versteckte mich hinter Bobby, hielt mich an seiner grünen Robe fest.

Mir egal, wenn ich dadurch als Feigling abgestempelt wurde, aber es ging hier nicht nur um mich. Wenn meine Identität aufgedeckt würde, geriete auch Subin in Gefahr.

Bobby wartete keine Reaktion ab, sondern nahm meine Hand und zog mich neben sich. Zusammen kämpften wir uns einen Weg durch die Menge zu einem der runden Stehtische.

Dort wurden unsere Gläser schnell neu aufgefüllt. Bald schon vergaß ich das Prickeln in meinem Nacken sowie die unheilvolle Begegnung. Bobby wog mich in seinen Armen. Ich lächelte ihn an. Er schien keineswegs von dem Aufeinandertreffen besorgt zu sein, was schließlich auch auf mich abfärbte.

»Vergiss diese Nacht nicht«, wisperte ich an seinem Hals, auf den ich einen Kuss hauchte. Eine Anlehnung an Dantes *Göttliche Komödie*. »Denn es ist der Beginn *unserer* Ewigkeit.«

Ich war eindeutig betrunken.

»Ich werde mich immer erinnern.« Bobby offenbar auch. Andernfalls würden wir über die kitschigen Worte lachen. Oder sie würden niemals unsere Lippen verlassen.

Vielleicht war es etwas Gutes, dass der Alkohol in dieser Nacht unsere Zungen löste.

»Ich muss aufs Klo«, verkündete ich plötzlich, als sich meine Blase bemerkbar machte.

»Ich auch!« Sulhee stand neben mir. Bacon lag neben ihr zusammengerollt auf dem Boden und kümmerte sich nicht um die Dämonen, die um sie herumsteigen mussten.

»Wie lange stehst du schon da?« Es ärgerte mich, dass sie größer war als ich.

»Soll ich euch begleiten?«, fragte Bobby.

»Warum?« Sulhee zog die breite Nase kraus. Sie hatte ihre Maske abgelegt, der Blumenkranz thronte aber noch immer auf ihrem schwarzen Haar.

Ich verdrehte die Augen.

»Wir schaffen das schon«, beschwichtigte ich Bobby und drückte kurz seine Hand. Meine Stoffmaske ließ ich in der Tasche der blauen Robe. Es waren bei Weitem nicht mehr so viele Dämonen wie noch vor ein paar Stunden anwesend, und ich fühlte mich nicht länger in Gefahr. Niemand hier war auf Krawall aus.

»Okay. Ich warte hier.«

Sulhee hakte sich bei mir ein. Ohne sie an meiner Seite wäre ich unkontrolliert über den Asphalt getorkelt. Es war mir ein wenig peinlich, dass ich mich bei einer Dreizehnjährigen festhalten musste. Sie beschwerte sich über mein Gewicht, das sie angeblich runterzog.

Die Toiletten befanden sich auf der gegenüberliegenden Seite des Platzes hinter einem geschmückten steinernen Torbogen und am Ende einer kurzen Straße. Wir mussten ein paar Minuten in der Schlange ausharren, bevor wir nacheinander an die Reihe kamen.

Auf dem Rückweg verglühten die Laternen um uns herum, und Dunkelheit hüllte uns ein. Meine Augen brauchten einen Moment, ehe sie sich daran gewöhnt hatten. Ich schluckte. Mein Hals fühlte sich trocken an. Uns hatte sich eine Gestalt in den Weg gestellt.

Der Aurendämon.

Sofort war ich wieder nüchtern.

»Ich habe mich an dich erinnert, kleines Hexenbiest«, knurrte der Dämon. Er stand wenige Meter von uns entfernt. Weit genug, um keine unmittelbare Gefahr darzustellen, nah genug, um uns in Schach zu halten.

»Kennst du ihn?«, fragte Sulhee neugierig.

»*Ani.* Lass uns gehen.« Ich drehte sie grob in die andere Richtung, zurück zu den Toiletten.

»Ich habe dir nie dafür gedankt, dass du mein Leben verschont hast«, rief der Dämon lauter und klang dabei alles andere als dankbar. »Lass es mich nun nachholen, indem ich deinen hübschen Schädel von deinem Hals löse.«

Ich wusste, er würde mich nicht gehen lassen. Entschlossen packte ich Sulhee an den Schultern und sah ihr in die Augen.

»Verschwinde. Benachrichtige Bobby. Oder Kwon. Wen auch immer du zuerst findest.«

»Ich will nicht …« Sie blickte zu dem Dämon, der nähergekommen war.

»Los!«

Sie löste sich von mir, war einen Meter gegangen, als sich ein Seil um ihren Fußknöchel wand. Sie wurde brutal daran zurückgezogen und über den Boden bis zu dem Dämon geschleift.

Kein Seil. Eine Peitsche.

Sulhee schrie auf. Ob vor Schmerzen oder aus Angst, konnte ich nicht sagen. Trotzdem wurde ich fast blind vor Wut. Ich hatte einen gefüllten Speicher voll mit magischer Aura. Zur Hölle mit meinem Versuch, unentdeckt zu bleiben. Hier ging es um Leben und Tod.

Bevor ich die Magiebälle aus meinen Händen entlassen konnte, hatte der Dämon Sulhee an den Haaren hochgezogen. Er hielt sie wie einen Schutzschild vor seinem Körper. Mit seiner freien Hand umfasste er hart ihr Kinn. Tränen rannen ihre grünen Wangen herab.

»Du solltest dich nicht mit einer Hexe verschwören. Weißt du das nicht?«

Der Blick hinter Sulhees Fassade war wie ein Messerstich mitten ins Herz. Sie war bloß ein Kind, das um sein Leben fürchtete.

»Ich verspreche dir, du wirst eines grausamen Todes sterben, wenn du sie nicht sofort gehen lässt«, schrie ich außer mir. Die magischen Bälle brannten in meinen Handflächen. Ich konnte sie nicht auf ihn schleudern, solange er Sulhee vor sich hielt. »Du willst etwas von mir und nicht von ihr«, versuchte ich zu verhandeln. »Lass sie gehen.«

»Das ist schon richtig.« Er grinste selbstgefällig. »Aber ich glaube, ich kann dir mehr wehtun, indem ich sie verletze.«

Ich war der Verzweiflung nahe. Die Sekunden rannen mir davon. Dann endlich kehrte die Erinnerung an jenen Abend vollständig zurück.

Eine Chance.

»Das mag stimmen, aber damit wirst du nicht an das Geld kommen. Schon vergessen? Für jede Hexe ist ein Kopfgeld ausgesetzt.« Das war der ursprüngliche Grund für seine Attacke auf Subin, Jisoo und mich gewesen.

»Gutes Argument.«

»Also?« Mein Puls schlug so laut in meinen Ohren, dass ich befürchtete, seine Antwort nicht zu verstehen.

»Ich nehme euch beide mit. Wenn ich sie jetzt gehen lasse, wird sie einen Aufstand machen. Das wollen wir ja nicht, oder?«

Es war nicht das, was ich beabsichtigt hatte, aber ich wertete es dennoch als kleinen Triumph. Schließlich war er von dem Plan abgerückt, Sulhee hier und jetzt etwas anzutun. Ich hatte uns Zeit verschafft. Irgendwie würde ich sie schon zu nutzen wissen.

»Geh voraus«, wies er mich an. »Und keine Spielchen mit deiner Magie. Oder sie ist schneller tot, als du Hexendreck sagen kannst.«

Ich entließ die Magiebälle nicht, sondern saugte die Magie unter größter Anstrengung wieder in mein Potenzial ein. Dies war mit einigen Schmerzen verbunden, weshalb man es nur in Situationen wie solch einer tat. Wenn die Aura zu Magie geformt worden war, war sie nur noch halb so mächtig, wenn man sie wieder in sich aufsog.

Während ich den Befehlen des Dämons gehorchte, überlegte ich fieberhaft, wie ich Sulhee mit meiner Magie helfen sollte. Es gab zwei Möglichkeiten. Entweder nutzte ich sie für eine Reihe kleiner Ablenkungen, wenn wir an unserem Zielort angekommen waren. Oder ich setzte sie als einen einzigen tödlichen Schlag ein.

Zweifel stiegen in mir auf. War ich plötzlich so weit, ein Leben zu nehmen? Konnte ich das tun, woran ich zuvor gescheitert war?

Ich stutzte.

Diese Straße kam mir definitiv bekannt vor. Sie führte direkt zum ersten Portal, durch das mich Bobby geführt hatte. Wäre der Dämon wirklich so unklug und würde mich aus Mirro hinausführen? Dann würde ich mit meiner Magie nicht haushalten müssen und …

Meine Hoffnung wurde mit einem Mal zerschlagen.

»Dort rein«, wies mich der Dämon an.

Ich stand vor einem heruntergekommenen Haus, das nicht mal Fenster besaß. Ein Lagerort vielleicht? Ich drückte die Klinke nach unten und trat in das spärlich belichtete Innere.

Mein erster Gedanke war, dass es gemütlich gewesen wäre, wenn ich es nicht als Geisel betreten hätte. Der Raum war größer als gedacht und mit diversen Holzmöbeln ausgestattet. Es gab eine offene, rustikale Küche, ein breites Doppelbett, Teppiche und Schränke, die mit allerlei Krimskrams und Büchern gefüllt waren. Ein alter Röhrenfernseher und nackte Glühlampen, die von der fabrikhallenähnlichen Decke hingen.

»Da drüben liegen Ketten. Leg sie dir selbst an.« Ich sah den Haufen mit Ketten neben der Kommode. Nutzte er sie normalerweise für seine Sexspielchen? Ekel überkam mich und ließ mich zögern. »Tu es, oder ihr passiert was.«

Ich sah nicht zurück, aber ich hörte Sulhees Wimmern.

»Ja, ja. Ich habe verstanden.«

Mir blieb keine andere Wahl. Ich setzte mich neben das Bett auf den Boden, dabei spürte ich den Stab an meinem Bein. Wenn ich ihn doch nur benutzen könnte. Immerhin verhüllte die Robe, die darüber fiel, ihn vor meinem Feind.

Mit zusammengebissenen Zähnen legte ich mir zunächst die Fußschellen an, die mit einer Kette an einer Eisenschlaufe am Boden befestigt waren. Anschließend ließ ich die Schellen um meine Handgelenke zuschnappen.

»Fein.« Der Dämon führte Sulhee zu dem einzigen Stuhl im Raum und wartete, bis sie sich gesetzt hatte, bevor er sie mit einem Seil einschnürte. Er griff mehrmals um ihren Oberkörper herum, bis sie sich nicht mehr rühren konnte. Es war ein Wunder, dass sie damit überhaupt noch atmen konnte.

Ich bekam Flashbacks von der Hexenhinrichtung. Man hatte die Hexen ebenso gefesselt, um sie dann zu töten.

»Wie … heißt du?«, fragte Sulhee mit zitternder Stimme.

Der Aurendämon zögerte einen Moment, ehe er mit den Schultern zuckte. »Song Taemin.«

»Warum lässt du mich jetzt nicht gehen? Ich kenne mich nicht in Mirro aus und werde sowieso nicht mehr zu den anderen finden.«

Taemin schnaubte lediglich. Ein Grinsen breitete sich auf seinem Gesicht aus, als er sein Werk begutachtete. Dann fiel sein Blick auf mich, und das Grinsen wurde noch breiter. Das schwarze Haar strich er sich aus der Stirn, bevor er die Robe auszog und auf das Sofa warf. Darunter kamen eine braune Stoffhose und ein schwarzes T-Shirt zum Vorschein. Beides wirkte an ihm nicht sonderlich vorteilhaft. Er war zu schlaksig und die Kleidung zu groß.

»Wow, das war überraschend einfach. Jemand hungrig?«

Blinzelnd beobachtete ich, wie er sich in der Küche etwas zubereitete.

Mir war klar, dass ich betrunken genug war, um mir Dinge einzubilden. Aber ... hatte er uns gerade eine Mahlzeit angeboten?

Was bei allen drei Höllen ging hier vor sich?

27

»Wie heißt du eigentlich?«, fragte Taemin Sulhee. Er lehnte über der Küchentheke, während *Jjigae* in einem Topf kochte. Der Geruch von Rind mit *Kimchi* ließ mir das Wasser im Mund zusammenlaufen, obwohl ich eben erst gegessen hatte.

»Ich bin Sulhee. Das ist Kang Hana.« Die Halbdämonin hatte ihre Angst offenbar unter Kontrolle. Sie wirkte fast so, als würde sie sich mit einem Freund unterhalten. Einzig die Schweißperlen, die an ihren Schläfen glänzten, verrieten ihr Unwohlsein. »Ich wusste wirklich nicht, dass sie eine Hexe ist. Sonst hätte ich mich ganz von ihr ferngehalten. Wirklich, Taemin-*Oppa!* Ganz weit weg.«

Oppa? Herrlich. Sie war sich für nichts zu schade.

»Keine Loyalität mehr in den Kindern heutzutage«, sagte Taemin an mich gewandt und grunzte. »So enttäuschend.«

»Das habe ich nicht …«, begann Sulhee, wurde aber von ihm unterbrochen.

»Wenn du könntest, würdest du fliehen und sie zurücklassen?« Sulhees Schweigen war Antwort genug. »Siehst du. Kein Sinn für Loyalität.«

Er wandte seine Aufmerksamkeit wieder dem scharfen Tofueintopf zu. Aus dem Kühlschrank holte er anschließend vorgefertigtes *Gimbap,* das er in üppige Scheiben schnitt, um sie auf einem Holzbrett zu arrangieren.

»Worauf wartest du?«, fragte ich leise. »Warum bringst du es nicht hinter dich und tötest mich endlich?«

»Bist du so erpicht darauf, zu sterben?«

»Im Gegenteil, aber mir gefällt es nicht, dass du die Situation derart auf die leichte Schulter nimmst und dich über mich lustig machst.« Anders ließ sich sein lässiges Verhalten nicht beschreiben.

»Tu ich nicht. Das ist lediglich eine Vorsichtsmaßnahme. Ehrlich, du solltest dich vielmehr geschmeichelt fühlen. Außerdem …« Er probierte einen Löffel des Eintopfs, bevor er den Seidentofu dazugab. »Ich will dich überhaupt nicht töten. Ich weiß, ich weiß, ich habe dich anderes glauben lassen, aber so ein Dämon bin ich gar nicht.«

Vor Erstaunen konnte ich meinen Mund kaum schließen.

»Was für ein Dämon bist du dann?«, fragte ich, nachdem ich mich wieder gefasst hatte. Vernebelte mir der Alkohol die Sinne? In welchem Film befand ich mich gerade? Ich kam mir vor, als hätte ich ein anderes Drehbuch gelesen.

Taemin stützte die Arme auf der Theke auf. In einer Hand hielt er einen Bund Frühlingszwiebel. »Sagen wir einfach, jemand schuldet mir etwas, und ich beabsichtige, das einzutreiben, was mir zusteht.«

»Damit meinst du aber nicht mich und meinen Kopf?«

»*Aniyo.*«

»Aber wie …« Einerseits verstand ich, was er sagen wollte, andererseits wusste ich nicht, was ich mit den Schulden einer anderen Person zu tun hatte.

»Ähm, hass mich nicht, aber ich hatte nicht wirklich Zeit, darüber nachzudenken.« Glucksend schaltete er den Gasherd aus. »Ihr seid einfach aufgetaucht, nicht wahr? Ich muss jetzt erst überlegen, was der beste Plan ist.«

Ich musste mich dazu zwingen, nicht die Augen zu verdrehen. »Weder Sulhee noch ich haben etwas mit deinen Schulden zu tun«, betonte ich das Offensichtliche.

»Stimmt. Ihr seid lediglich ein Begleitschaden, aber ich verspreche, ich werde mein Bestes geben, euch nicht zu töten.«

Ich öffnete den Mund und schloss ihn wieder. Was entgegnete man auch auf eine derart lapidare Aussage?

»Das ist nicht gut genug«, war schließlich meine lahme Erwiderung.

»Es ist ja nicht so, als hättest du eine Wahl. Vertrau mir und wir alle bekommen, was wir wollen. Du darfst mich übrigens auch gerne *Oppa* nennen. Bist bestimmt jünger als ich. Ich bin dann so frei und spreche *Banmal* mit dir. Jemand *Sundubu Jjigae?*«

Ich sagte nichts. Meine Gedanken sprangen chaotisch wie Zikaden umher, und ich musste mich anstrengen, sie zu ordnen. Sulhee ließ sich von Taemin am Tisch füttern, während er gleichzeitig selbst einen Löffel schlürfte. Auch wenn die Brühe gut roch, wurde mir wieder übel, was entweder an der Situation oder am Alkohol lag.

Während Taemin abgelenkt war, sah ich mich erneut um. Anfangs hatte ich angenommen, es gäbe keine Fenster, doch es existierten mehrere schmale Oberlichter, die mit Zeitungspapier zugeklebt waren. Abgesehen von der Vordertür konnte ich zwei weitere Türen ausmachen. Vorausgesetzt, es gab ein Badezimmer, bestünde die Möglichkeit, dass eine Tür ein Hinterausgang war.

Nachdem er und Sulhee aufgegessen hatten, schaltete er den Fernseher ein. Ein paar Minuten zappte er durch die Kanäle, bevor er sich für ein *Sageuk* entschied.

Meine Frustration stieg durch seine Entspanntheit ins Unermessliche. Hierfür hatte ich keine Zeit. Ich musste mich um Subin kümmern. Ich musste den Stab erwecken und meine Familie retten. Ich wollte ... Zeit mit Bobby verbringen.

Als ich meine Beine zum Schneidersitz faltete, spürte ich nicht nur den Stab an meinem Gürtel, sondern die Klingel in meiner Tasche. Die Klingel des Goblins.

Sollte ich die Chance nutzen und ihn rufen, obwohl ich ihm versichert hatte, ich würde es nicht tun?

Es sprach zu viel dagegen. Die beiden wichtigsten Gründe: Erstens, ich traute ihm nicht. Zweitens, falls er im unwahrscheinlichen Fall wirklich auftauchte, wollte ich seine Hilfe nicht für eine Lappalie wie diese hier verschwenden. Jetzt, da ich wusste, dass Taemin es nicht auf meinen Kopf abgesehen hatte, erschien mir die Lage weniger gefährlich und vielmehr einfach ärgerlich.

Ich seufzte innerlich. Wenn Dämonen nur nicht von gegenseitigen Schulden besessen wären, würde es mein Leben um vieles angenehmer gestalten.

Je länger das Drama andauerte, desto schwerer wurden meine Lider, bis ich sie irgendwann nicht mehr geöffnet halten konnte. Ich schlummerte ein.

Abrupt riss ich die Augen auf. Ein Schnarchen, das einem Donnergrollen glich, störte jeden Frieden, den ich vermeintlich im Schlaf gefunden hätte.

»Endlich«, murrte Sulhee. Sie sah mich genervt an. »Du hast tief und fest geschlafen.«

Ich hob die Brauen. »Du redest mit mir? Ich dachte, du würdest mich hassen, jetzt, da du weißt, dass ich eine Hexe bin«, wisperte ich, um Taemin nicht aufzuwecken. Er lag bäuchlings auf seinem Bett und schnarchte vor sich hin. Der Fernseher war auf stumm geschaltet.

»Als ob das eine Neuigkeit gewesen wäre. Das wusste ich von Anfang an. Hast du einen Plan?« Sie war noch immer an den Stuhl gefesselt und konnte sich, wie es aussah, keinen Zentimeter bewegen.

»Äh, ja«, antwortete ich, als ich meinen Schock überwunden hatte. Sulhee hatte gewusst, dass ich eine Hexe war? Diese Neuigkeit musste ich erst verdauen, aber vor allem musste ich Sulhees Verhalten verstehen. Das hatte jedoch Zeit bis nach unserer Flucht. »Gib mir eine Sekunde.«

Die gesamte Nacht war so verwirrend. Immerhin hatte mein kurzer Schlummer dabei geholfen, meine Übelkeit zu vermindern. Ich fühlte mich auch längst nicht mehr so betrunken wie während unserer Entführung.

Taemin kannte sich zu meinem Glück nicht sonderlich gut mit Hexen aus. Er war dem Ammenmärchen erlegen, dass wir unsere Magie nicht nutzen konnten, wenn wir mit Eisen gefesselt waren. Das war nur dann der Fall, wenn sie ähnlich wie die Halsbänder, die die Opalhexen den anderen angelegt hatten, mit Zaubern belegt waren.

Ich kreierte pink leuchtende Magie um meine Handgelenke und tränkte sie mit Angriffsabsicht. Die Magie erhitzte sich, und als Resultat brach das Eisen auf. Ich achtete darauf, dass es nicht mehr meine Haut berührte. Das Gleiche tat ich mit den Fesseln an meinen Füßen. Ein Auge immer auf Taemin gerichtet, der weiterhin fest schlief.

Ich dachte kurz darüber nach, Taemin zu töten, als ich mein Potenzial an einer Truhe auflud, die aus Seoul stammen musste. Den Gedanken verwarf ich jedoch gleich wieder. Es war eine Sache, im Kampf eine solche Entscheidung zu treffen, aber eine ganz andere, jemanden im Schlaf kaltblütig zu ermorden.

Nachdem ich Sulhee befreit hatte, nahm ich den Stab der Verdammnis von meinem Gürtel. Versuchsweise füllte ich ihn mit meiner Magie, aber nichts geschah. Wann, wenn nicht jetzt, würde er erwachen?

Vielleicht hätte ich im Moment der größten Angst nach ihm greifen sollen?

»Worauf wartest du?«, zischte Sulhee.

Ich drehte mich zur Tür um. Der Weg war nicht mehr frei. Das Schnarchen hatte aufgehört, was mich hätte warnen sollen. Taemin war erwacht. Kein Lächeln. Er nutzte meine Schockstarre aus und packte mich am Hals. Er übte gerade genug Druck aus, um mir klarzumachen, dass er es ernst meinte. Sulhee schlug auf ihn ein, doch er schien den Angriff auf seinen Rücken nicht mal zu bemerken. Sein Fokus galt allein meinem Gesicht.

»Ich wollte es wirklich nicht tun«, verkündete er und klang ehrlich bestürzt, dass er sich in dieser Situation wiederfand.

Nun, damit waren wir schon zu zweit.

Panik durchflutete mich, als er den Druck seiner Hände verstärkte und mir die Luft abschnürte. Ich kratzte mit den

Fingernägeln meiner freien Hand über seine Haut. Hatte in diesem Moment jegliche Selbstverteidigungstaktiken aus meinem Gehirn vertrieben.

Auch die blutigen Spuren, die ich auf seinen Armen hinterließ, schien er nicht zu spüren. Ich holte mit dem Stab aus, wollte ihm damit eins überbraten, solange ich noch bei Bewusstsein war, als die Spitze des Stabs seine Brust berührte.

Ohne mein Zutun leuchtete er golden auf und verlängerte sich zu seiner ursprünglichen Form. So wie ich ihn in dem Spukhaus gefunden hatte.

Das glänzende Metall, die schwarzen filigranen Dornenranken und die Fassung mit dem leuchtenden Smaragd.

Der Stab war erwacht.

Es war kaum mehr als eine Sekunde vergangen, als Taemin von der Macht des Stabs nach hinten geschleudert wurde. Glücklicherweise hatte er mich instinktiv losgelassen. Mit einem lauten Krachen flog er gegen den Fernseher, der polternd zusammen mit ihm auf den harten Steinboden fiel. Er verdrehte die Augen, bis das Weiß sichtbar wurde, ehe die Lider herabsanken. Seine Brust bewegte sich noch, aber er war für den Augenblick ausgeknockt.

Irritiert trat ich näher. Sulhee folgte meinem Beispiel von der anderen Seite. Sie sah von ihm zu dem Stab in meiner Hand.

»*Daebak!* Jetzt weiß ich, warum ich ihn nicht berühren sollte.« Mit vor Erstaunen aufgerissenen Augen nahm sie den Blumenkranz von ihrem Kopf.

Ich setzte zu einer Erwiderung an, als die Tür von einer explosionsartigen Kraft aufgebrochen wurde. Sie schlitterte zwei Meter über den Boden, bis sie kurz vor Taemins lebloser Gestalt zum Halten kam.

Bobby hatte uns gefunden und stand wie ein zorniger Gott im Türrahmen.

Instinktiv hatte ich den Stab der Verdammnis mit der glühenden Edelsteinspitze auf ihn gerichtet. Als ich ihn jedoch erkannte, stellte ich den Stab senkrecht auf den Boden.

»Bobby«, krächzte ich und hustete. Taemins Angriff war nicht spurlos an mir vorübergegangen.

»Geht es euch gut?« Er stürmte ins Haus, nahm erst mich in die Arme und überprüfte dann Sulhees Verfassung mit einem musternden Blick. Als er keine unmittelbaren Verletzungen ausmachen konnte, schien ein Teil der Wut von ihm abzufallen. Sein grünes Haar schimmerte dunkel in dem dämmrigen Licht.

»Wie hast du uns gefunden?« Schock und Angst fanden ihren Weg zurück zu mir, da ich mich durch Bobbys Anwesenheit sicher genug fühlte, um sie zuzulassen.

»Warum hast du so lange gebraucht?«, murmelte Sulhee beleidigt, aber sie wirkte glücklich, als Bobby ihren Kopf tätschelte.

»Was ist mit ihm passiert?«, fragte Bobby, anstatt mir zu antworten. Er stieß mit seiner Schuhspitze gegen Taemins Bein.

»Ich habe den Stab verwendet. Wie ...«

Bobby lächelte sanft. Er kannte mich und meine Beharrlichkeit zu gut. »Nuri hat Sulhee einen Ring gegeben. Mit ihm konnten wir ihren Aufenthaltsort bestimmen. Eigentlich war er für den Fall gedacht, dass ihre Verwandten sie entführen ...« Er schüttelte den Kopf. Sulhee zeigte mir daraufhin den filigranen Silberring an ihrem kleinen Finger. »Wer ist er? Kein Verwandter, nehme ich an? Ist er nicht der vom Fest vorhin?«

Er wirkte verunsichert. Warum, konnte ich nicht sagen. Taemins Gesicht war von ihm abgewandt, deshalb konnte Bobby ihn nicht erkennen.

»*Ani*. Ich habe ihn in Seoul getroffen. Weißt du noch, die Nacht, in der ... in der du meine Freundinnen und mich getroffen hast. Du hast sein Genick gebrochen.«

»Ah, jetzt erinnere ich mich.«

»Du hättest ihn direkt töten sollen.« Subin stand im Raum, ohne dass ich ihr Eintreten bemerkt hätte, so sehr war ich auf Bobby fixiert gewesen. Ihr folgten Nuri und Kwon. Bacon war nicht dabei. Subins entschlossener Blick war auf Taemin gerichtet. »Ich erinnere mich an ihn und an alles, was danach geschah.«

Ich schluckte schwer. Wünschte Subin sich, dass ich ihn hätte töten sollen oder Bobby?

»Es passiert auch in Mirro oft, dass Dämonen andere Dämonen angreifen«, sagte Kwon laut. Er und Nuri waren die Einzigen, die nicht wussten, dass Subin und ich Hexen waren.

»Eine Entführung ist aber ungewöhnlich«, gab Nuri zu bedenken. Bobby warf ihr einen scharfen Blick zu.

Ich überlegte, ob ich ihnen von Taemins Geschwafel über Schulden erzählen sollte, entschied mich dann aber dagegen. Vielleicht später, wenn Ruhe eingekehrt war und wir diesen Ort verlassen hatten.

»Was hast du mit ihm gemacht? Lebt er noch?«, fragte Kwon und hockte sich neben den zerstörten Fernseher.

»Natürlich lebt er noch«, murmelte ich. »Irgendwie habe ich den Stab benutzt.« Unwillkürlich berührte ich meinen wunden Hals. »Er wollte mich töten, und ich habe reagiert.«

Bobbys Hand legte sich über meine. Unsere Blicke fanden sich. Ich sah die Angst und die Entschuldigung in seinen Augen. Die Reue, dass er nicht für mich da gewesen war.

»Es ist nicht deine Schuld«, sagte ich ihm, in der Hoffnung, er würde die Worte hören.

Er senkte den Blick.

»Hilf mir mal«, bat er Kwon. Gemeinsam hoben sie Taemin auf den Stuhl und fesselten den Dämon mit Seilen an dem Betonpfeiler zwischen Küche und Schlafbereich.

»Wir kümmern uns später um ihn«, verkündete Bobby und klopfte sich den Schmutz von den Händen. »Lasst uns nach Hause gehen. Es ist schon spät.«

»Ich bin todmüde.« Sulhee streckte sich gähnend. Sie ging neben Nuri als Erste nach draußen. Subin und Kwon folgten, sodass Bobby und ich die Nachhut bildeten.

Ich warf einen letzten Blick auf den bewusstlosen Aurendämon. Bobby hob die Tür vom Boden auf und lehnte sie gegen den Türrahmen.

»Glaubst du nicht, dass jemand reingeht und ihn befreit?«

»Hat er etwas von Komplizen gesagt?« Ich verneinte. »Solange er sich nicht von dem Knebel befreien kann und zu schreien anfängt, wird niemand nachsehen. Komm.«

Er streckte seine Hand aus. Nach kurzem Zögern legte ich meine hinein. Sulhee hatte sich bei Kwon eingehakt. Als spürte sie meinen Blick, sah sie über ihre Schulter zu mir zurück.

Ich erinnerte mich an ihre Stimmungsschwankungen, die teilweise bloß gespielt waren, um Taemin in Sicherheit zu wiegen. Zumindest wollte ich das glauben.

Trotzdem, etwas war definitiv faul, aber niemand außer mir schien das wahrzunehmen. Alle anderen hatten Sulhee als neues Mitglied dieser ungleichen Truppe aufgenommen. Nicht mal Subin schenkte ihr einen misstrauischen Blick. Im Gegenteil, sie unterhielt sich sogar mit ihr.

Bei wem lag also das Problem? Bei Sulhee oder bei mir?

28

Ich war so unfassbar müde, aber ich fand keinen Schlaf. Während das Haus leiser wurde und sich nacheinander alle in ihre Decken legten, war ich hellwach auf der Dachterrasse. Bobby war ins Badezimmer gegangen.

Ich saß auf der Bank. Mir gegenüber war der Stab der Verdammnis gegen das Geländer gelehnt. Ich sah ihn an.

Ich wollte ihn nicht berühren. Die Macht, die mich und den Stab unkontrolliert durchflutet hatte, machte mir Angst.

Aber ich konnte mich Choi Rose auch nicht ohne ihn stellen. Jetzt, da er erwacht war, musste ich ihn zu nutzen lernen. Warum war die Furcht plötzlich so groß?

Ich pfiff vor Nervosität eine bekannte Melodie, während ich mit den Beinen wippte. Es war noch immer dunkel, und ich fühlte mich wohler damit, von der Finsternis umgeben zu sein. Es war schwieriger, sich seinen Gefühlen am Tag zu stellen. Man fühlte sich entblößter und schwächer.

»Hör auf.« Überrascht hielt ich inne. Subin trat auf die Terrasse. Tadelnd sah sie mich an. »Hast du *Halmonis* Warnung vergessen? Pfeife in der Nacht und du angelst dir einen Geist. Heute Nacht sind viele Geister unterwegs.«

Ich schnaubte. »Das ist neu, dass du *Halmonis* Sprichwörtern Glauben schenkst.«

»Ich weiß nicht mehr, was ich glauben soll und was nicht.« Sie setzte sich neben mich. »Für mich hat es sich immer so angefühlt, als würde unser Zirkel vom Leben bestraft werden. Jetzt sehe ich, wie gut wir es gehabt haben. Wie sehr wir von unseren Eltern beschützt worden sind.«

»Ich weiß, was du meinst. Subin-*Unni,* ich ...«

Sie ergriff meine Hand, die auf meinem Bein gelegen hatte, und drückte sie. »Entschuldige dich nicht noch mal. Es verändert nichts, und ehrlich gesagt, es ist nicht deine Schuld. Nichts davon. Choi Rose ist ... wahrlich ein Monster.«

Darauf konnte ich nichts erwidern.

Euphorie und Traurigkeit siegten zeitweise über meine Angst. Es fühlte sich beinahe wie früher an, als hätte ich meine beste Freundin wieder. Ich wollte nichts tun oder sagen, dass diesen Frieden zwischen uns zerstörte.

Subin lehnte sich zurück. Ich stand auf und berührte den Stab. Das hatte ich seit unserer Rückkehr bisher vermieden. Ich spürte das stete Pochen unter seiner Oberfläche. Der Stab war wie ein lebendiges Wesen, das auf meine Berührung reagierte, sich gar danach verzehrte.

»Heute Nacht ... Ich werde heute Nacht zurückgehen. Nach Seoul«, sagte ich leise.

»Und was wirst du tun? Dich von Rose und ihren Schergen töten lassen?«, erwiderte Subin abwertend.

»Ich habe den Stab der Verdammnis.« Entschlossen drehte ich mich zu der einzigen anderen Hexe in Mirro um. Zumindest die einzige, die ich kannte. »Ich werde Roses Potenzial auslöschen. Danach können sich die anderen Zirkel zusammenschließen, um dem führerlosen Opalzirkel Einhalt zu gebieten.«

»Sie fürchten sich.«

»Vor ihr«, betonte ich. »Wenn sie nicht mehr da ist, gibt es keinen Grund mehr, weiter in Angst zu leben. Zusammen sind wir stärker als der gesamte Opalzirkel.«

»Nehmen wir an, du hast recht. Wie willst du ihr nah genug kommen, um sie mit dem Stab zu berühren? Ich glaube nicht, dass sie es dir so einfach macht.«

»Sie erwartet mich bereits. Sobald ich in Seoul bin, finde ich einen Weg ins Hauptquartier. Wenn sie mich sieht, wird sie mir erlauben, mich ihr zu nähern, weil sie ...«

»… dich töten will? Das ist das Einzige, was passieren wird.«

Ich sagte Subin nicht, dass ich meine Zweifel hatte, dass Rose lediglich meinen Tod wollte. Es gab etwas anderes, das ich ihr nur geben konnte, während ich lebte. Sonst hätte sie mich bereits in Noryangjin getötet. Die Chance war zu gut gewesen, um sie andernfalls verstreichen zu lassen.

»Ich verstehe es, wenn du hier bleiben willst und …«, murmelte ich, anstatt mit ihr darüber zu diskutieren, was Rose vorhatte oder nicht.

»Hier bleiben? In Mirro? Auf keinen Fall.«

»Was willst du dann, Subin-*Unni?*«

»Ich weiß es nicht.« Sie seufzte laut und blickte in den Nachthimmel. »Ich möchte Dinge, die ich nicht haben kann. Ich möchte zurück zu … Manchmal möchte ich nicht mal atmen, weil es so anstrengend ist. Ich fühle mich nicht wie ich selbst. Aber wissen wir überhaupt, wer wir wirklich sind, bevor wir uns in Extremsituationen wiederfinden?«

Ich setzte mich wieder neben sie. »Ich wünschte, ich könnte dir helfen, deine Gedanken zu ordnen.«

»Manchmal sind sie so laut, dass ich kaum etwas anderes hören kann.« Ihre Stimme verlor sich. Nach ein paar Sekunden löste sie den Blick von den Sternen, um mich anzusehen. »Du warst schon immer die Stärkste von uns Dreien. Dieses Mal kannst du jedoch nichts tun, um zu helfen. Ich habe dir nicht alles gesagt, was geschehen ist, und ich glaube nicht, dass ich es jemals tun kann. Früher oder später wirst du mich jedoch hassen, Hana.«

Ich presste die Lippen zusammen. Entschlossen umfasste ich Subins Hände mit meinen, nachdem ich den Stab gegen den Tisch gelehnt hatte.

»Das wird niemals geschehen, Subin-*Unni*. Du bist meine Familie. Ich könnte dich niemals hassen.«

Das traurige Lächeln auf ihren Lippen sprach Bände. Sie glaubte mir nicht, doch sie wollte das Thema auf sich beruhen lassen.

Vorerst gestattete ich ihr den Wunsch, aber ich würde ihr das Gegenteil beweisen. Es gab nichts, das meine Meinung über sie ändern würde.

»Jisoo wäre stolz auf dich. Du bist weit gekommen. Weiter, als auch Choi Rose dir sicher zugetraut hätte.« Subin tätschelte meinen Kopf. »Gute Arbeit, Hana.«

»Aber ich habe doch noch nichts getan«, protestierte ich.

Sie kniff mir in die Wange. »Du hast mein Leben gerettet, und du hast dich geweigert, aufzugeben. Das ist genug.«

Tränen sprangen mir in die Augen. Subins Worte öffneten die Truhe in meinem Inneren, in die ich meine Trauer um Jisoo eingeschlossen hatte.

»Subin-*Unni* ...« Ich wischte mir die Tränen von den Wangen.

»Gute Nacht, Hana.« Sie küsste meine Stirn und ließ mich dann allein mit meinen aufwühlenden Gedanken zurück.

Ich blickte kurz auf den *Yo* unter dem Segeltuch. Es wäre unmöglich, mich jetzt hinzulegen.

Ich nahm den Stab an mich, schlich durch das Haus und ging in den Vorgarten. Dort wurde ich von einem euphorischen *Haechi* begrüßt, das meine Hände abschleckte.

»Kommst du mit mir?« Mit wedelndem Schwanz lief Bacon zum Gartentor. »Das werte ich dann mal als ein Ja.«

Ich wollte zumindest auf einen Teil meiner Fragen Antworten erlangen. Und um an sie zu kommen, musste ich mich Song Taemin stellen. Es war nicht so, als würde ich mich vor ihm fürchten, aber ich wusste bereits, dass die erneute Begegnung kein Zuckerschlecken werden würde. Auch wenn er dieses Mal derjenige von uns beiden sein würde, der gefesselt wäre.

Ein kleiner Trost.

Anschließend würde ich mich nach Seoul begeben. Ich konnte nur hoffen, dass mich ein gewisser Dämon begleiten würde.

Ich brauchte ein paar Anläufe, ehe ich den Weg wiederfand. Erst zum Platz und von dort aus zum Tor, wo sich die kleine

Wohnung befand, in der Sulhee und ich mehrere Stunden einer ungewissen Zukunft entgegengeblickt hatten.

Sofort sah ich, dass etwas nicht stimmte. Die Tür lag wieder auf dem Boden. Jemand war entweder eingetreten oder ... Ich hielt den Stab fest und zog Kraft aus dem steten Pochen. Langsam betrat ich die Wohnung. Eine einzelne Glühlampe leuchtete. Das Licht reichte aus, um den leeren Stuhl zu erkennen. Die Seile waren gerissen und lagen auf einem Haufen davor.

Taemin hatte sich befreien können und das einzig Sinnvolle in seiner Lage getan. Er war geflohen. Vermutlich direkt durch das Portal nach Seoul, wo ich ihn nie wieder finden würde.

»Verflucht«, murmelte ich. Mutlos sah ich mich in dem Raum um, doch ich fand keine Antworten. Abgesehen von den Möbeln gab es kaum persönliche Gegenstände. Diejenigen, die es gab, verrieten mir nichts über sein Leben oder über die Person, die ihm etwas schuldete.

Immerhin fand ich eine braune Lederhalterung, die eigentlich für einen Dolch gedacht war. Den Dolch ließ ich vor Ort. Die Lederhalterung veränderte ich mit ein paar Knoten zu einer Art Geschirr, in das ich meine Arme führen konnte, damit es auf meinem Rücken anlag. In etwa wie Waffengurt, den Polizisten in Filmen trugen.

Nach kurzem Zögern umfasste ich den Stab mit geschlossenen Augen. Ich wusste nicht, was ich tat, aber ich wusste, was ich erreichen wollte.

Das Pochen leitete mich. Ich stellte mir vor, wie der Stab zu seiner unscheinbaren Form zurückfand. Ein plötzlich aufkommender Wind wehte durch mein Haar.

Als ich die Augen öffnete, hielt ich wieder den braunen Stock in meiner Hand. Mein Herz klopfte vor Aufregung. Ein paarmal ließ ich den Stab die Form wechseln, ehe ich mir sicher war, dass ich die vollkommene Kontrolle darüber besaß. Zufrieden steckte ich ihn zurück in die Schlaufe der Lederhalterung an meinem Rücken.

Ich schloss mich Bacon an, die draußen auf mich gewartet

hatte. Sie hatte sich auf den Boden gelegt. Vor ihren riesigen Tatzen befand sich ein Stück Stoff. Grüne Seide. Es könnte alles Mögliche und nichts sein. Aber die Art, wie Bacon es bewachte, ließ mich stutzig werden.

»Es gehört nicht Taemin«, sagte ich laut. Bacon schleckte sich die Nase. »Glaubst du, der Schuldner hat ihn gefunden und sich seiner entledigt?«

Natürlich antwortete das *Haechi* mir nicht. Ich konnte mir selbst auch nicht antworten. Die Wahrscheinlichkeit, dass ich Taemin jemals wiederfinden würde, wurde immer geringer.

Bacon hob ihre linke Tatze, und etwas Gelbes sprang mir ins Auge. Ich beugte mich herab. Gelbes Papier knisterte zwischen meinen Fingerspitzen. Rote Zeichen, die von Nuri gemalt worden waren. Es war der Talisman, der an dem Blumenkranz befestigt gewesen war.

»Seltsam.« Dann sah ich ebenjenen Kranz ein paar Meter weiter auf dem Boden liegen. Ich erinnerte mich daran, dass Sulhee ihn vom Kopf genommen hatte.

Ich zerknüllte das *Bujeok* und steckte das Papier in meine Tasche. Hatte es uns beschützt oder hatte es wieder keine Wirkung gezeigt?

»Komm. Wir gehen, bevor sich jemand Sorgen macht.«

Jemand. Oder Bobby.

Er saß auf der Treppenstufe vor Nuris und Kwons Eingangstür. Sein Haar war feucht, das Gesicht gründlich geschrubbt. Er blickte auf, als sich Bacon an seinen Beinen rieb, um sich dann hinzulegen.

Seine Miene wirkte bemitleidenswert. Mein Herz krampfte sich zusammen.

Du wirst den Schmerz ertragen.

Ihn zu verlieren ... Wenn ich den nächsten Schritt ging, würde ich den Schmerz tatsächlich ertragen können?

Aber was wäre dann? Würde ich leben können, ohne voranzugehen? Mit einem Was-wäre-wenn im Herzen?

Ich ging über den Pfad. Bobby sah auf.

In meinem Bauch flatterten tausend Schmetterlinge. Ich konnte kaum atmen, weil mich die Erkenntnis überwältigte.

Entschlossen stellte ich mich zwischen seine Beine und nahm sein Gesicht in meine Hände. Ich beugte mich zu ihm herab. Unsere Lippen schwebten für ein paar Sekunden Millimeter voneinander entfernt, bevor ich meine Entscheidung mit einem Kuss besiegelte.

Er atmete mich ein. Seine Hände packten mich. Er grub sie in meinen Rücken, drückte mich verzweifelt an sich. Es gab keine Mauern mehr zwischen uns.

»Ich bin bereit, es zu riskieren«, teilte ich ihm mit.

Er ließ mich los. Langsam legte er seine Hände auf meine und nahm sie von seinem Gesicht. Behutsam, ohne den Blick von meinem Gesicht zu wenden, erhob er sich. »Ich bin bereit, dir mein Herz zu überlassen. Wenn du es willst.« Ich schluckte schwer, stolperte über meine eigenen Worte. »*Saranghae*. Ich bin in dich verliebt. Bitte bleib bei mir.«

Meine Tränen schmeckten salzig. Der Damm war gebrochen. Ich weinte, weil ich mich erleichtert fühlte.

Ich war mutig gewesen und hatte getan, was ich für richtig hielt. Obwohl so viel gegen ein Uns sprach. Gegen die Liebe einer Hexe und eines Dämons.

Bobbys Augen glitzerten wie die hellsten Sterne in der dunkelsten Nacht.

Ich nahm den Anblick vollkommen in mich auf. Ich würde mich für eine Ewigkeit an ihn erinnern.

29

Er antwortete mit einem Kuss, den ich bis in meine Zehenspitzen fühlte. Er sagte nicht *Saranghae* zurück, was mich mehr störte, als ich gedacht hätte. Aber ich ermahnte mich, geduldig zu sein. Nur weil ich mich dazu bereit gefühlt hatte, es laut auszusprechen, bedeutete es nicht, dass er es auch tun musste.

Seine Hände lagen auf mir, während ich gierig in ihn hineinfiel. Er schmeckte nach einem Versprechen für die Zukunft. Ich sog kurz an seiner Unterlippe, lächelte, als ihn ein leises Geräusch verließ. Der Griff um meine Taille wurde fester.

Wir legten uns auf der Dachterrasse ein paar Stunden schlafen. Arm in Arm hielten wir einander fest. Ich fühlte mich beruhigt. Auch wenn er seine Gefühle nicht in Worte packte, konnte ich spüren, wie viel er für mich empfand. Das Verhalten einer Person war oftmals deutlicher als Worte.

Bevor ich endgültig einschlief, dachte ich an meine erste Begegnung mit Bobby zurück. Damals hatte er blondes Haar gehabt. Ich war mit Subin und Jisoo unterwegs gewesen. Ich hatte seinen durchdringenden Blick gespürt, während wir in Hongdae durch die Straßen spaziert waren.

Als Jisoo und Subin sich an einem pinken Waffelstand bedient hatten, der irgendeine K-Pop-Band unterstützte, hatte ich mich zu ihm umgedreht. Ihn und mich hatten fünf Meter getrennt, aber sein Blick ... Er durchschnitt jeden Meter, bis er auf meine Seele traf.

In jener Nacht war unser Schicksal besiegelt worden. Ich hatte es mir selbst nicht eingestehen wollen, doch seitdem waren meine Ausflüge von einer andersartigen Dringlichkeit gewesen. Ja, ich wollte die Welt erleben, aber noch viel mehr wollte ich nur einen weiteren Blick auf den Dämon erhaschen. Die Person, die ich nicht lieben durfte.

Ich blickte in Bobbys entspanntes Gesicht. Sanft berührte ich seine Wange, um ihn nicht zu wecken.

Er war die Person, ohne die ich nicht mehr leben wollte.

O Hana, wie dramatisch du geworden bist. Jisoo würde dich anfeuern und gleichzeitig dahinschmelzen.

Kurz nach Mittag erwachte ich mit klarem Verstand.

Es gab vieles, das nicht nach Plan verlaufen war, aber ich hatte den Stab zum Leben erweckt. Die Zeit für Ausreden war vorbei, und ich musste mich dem Kampf stellen.

Ich war jedoch froh, dass ich durch mein Geständnis zumindest eine Sache von meiner To-do-Liste streichen konnte. Und noch viel besser war die Tatsache, dass ich Bobby damit nicht in die Flucht geschlagen hatte. Wir waren uns sogar näher als zuvor.

Ich drehte mich auf die Seite und beobachtete ihn hoffentlich nicht wie ein Creep.

Wurden Albdämonen auch von Albträumen geplagt? Natürlich. Nuri war von ihnen heimgesucht worden. Wie hatte ich das vergessen können? Bobby hingegen schien in diesem Moment an keinen zu leiden. Seine Mundwinkel zuckten.

»Wie lange willst du dich noch schlafend stellen?«

»Solange, bis du mein Gesicht aus dem Gedächtnis zeichnen kannst, weil du es dir so gut eingeprägt hast.« Er hielt die Lider noch geschlossen.

Ich drückte ihm einen Finger in die Brust. »Ich habe einen besseren Vorschlag.« Neugierig geworden, öffnete er ein Auge. Er umfasste meinen Zeigefinger, damit ich ihn damit nicht mehr nerven konnte. »Du bleibst einfach für immer in meiner Nähe. Dann muss ich mir gar nichts merken.«

Wieder bemerkte ich die Sterne in seinen Augen.

Mir wurde ganz warm.

»*Saranghae*«, wiederholte ich aus einem Impuls heraus. Ich entzog ihm meinen Finger, damit ich mich über ihm aufstützen konnte. Bobby strich mit seinen Händen über meinen Körper. Als seine Hand den Weg unter mein T-Shirt fand, das eigentlich seins war, erzitterte ich. Er berührte meinen Rücken, fuhr mit der Hand rauf und runter, während unsere Blicke ineinander verhakt blieben. Der darauffolgende Kuss war erschütternd. Seine Lippen waren weich und seine Zunge warm, als sie gegen meine stieß.

Ich stöhnte. Meine Muskeln zitterten, und ich konnte mich nicht mehr halten. Unelegant ließ ich mich auf Bobby sinken. Er lächelte an meinem Mund. Ich spürte ihn von Kopf bis Fuß, und es war nicht genug.

Wann wäre es jemals genug?

Hitze breitete sich weiter aus, als ich spürte, dass er genauso erregt war wie ich.

Ich hatte noch nie zuvor mit jemandem geschlafen, aber mit Bobby konnte ich es mir vorstellen. In seinen Armen fühlte ich mich sicher.

Unser Moment war viel zu schnell vorbei.

»Frühstück gefällig?«, rief Sulhee aus dem Inneren des Hauses, sich nicht die Mühe machend, rauszukommen.

Bobby und ich seufzten gleichzeitig.

Ich ließ meine Stirn auf Bobbys Schulter sinken. Seine Arme schlossen sich um mich, und wir blieben einfach liegen.

»Ich weiß, warum ich deine Wohnung lieber mag«, murrte ich.

Ich hörte Bobbys Grinsen in seiner Stimme. »Wenn du denkst, was ich denke, stimme ich dir zu.«

Interessiert hob ich wieder meinen Kopf, um das Glitzern in seinen Augen einzufangen. »Ach ja, was denken wir denn?«

Ich konnte vor Aufregung fast nicht atmen. Noch nie zuvor hatte ich mich einem Mann so nahe gefühlt. Ich hatte mit einigen Jungs in unserem Umkreis geflirtet und auch einen von ihnen geküsst, aber es waren Spielereien gewesen.

Bei Bobby war es anders. Unsere Verbindung war ernst und ehrlich und für Größeres bestimmt.

Doch im Haus seiner Schwester würden wir niemals die Gelegenheit erhalten, die körperliche Seite unserer Beziehung näher zu erkunden.

Sein Blick auf mir war so hitzig, dass er mich in Brand setzte.

Kwon störte unsere Zweisamkeit, indem er mit klapperndem Geschirr auf die Terrasse trat, um den Tisch zu decken. Seine Anwesenheit war wie ein Eimer kaltes Wasser, das über mich gegossen wurde.

Sofort rollte ich von Bobby runter.

Bobby setzte sich auf, räusperte sich und sah auf seine Hände.

Nachdem ich unter Kwons beiläufigem Blick errötet war, erhob ich mich, um mich im Bad für die nächsten fünf Minuten zu verstecken. Oder zehn.

Glücklicherweise war es nicht besetzt. Subin, Nuri und Sulhee schienen schon seit längerer Zeit wach zu sein. Sie wuselten in der Küche herum. Offenbar hatte sich Subin mit den Dämoninnen arrangiert. Oder sie ließ sich ihr Unwohlsein nicht anmerken.

Nachdem ich mich in aller Eile geduscht und mir die Zähne geputzt hatte, überließ ich Bobby mit einem Grinsen das Badezimmer. Auf der Terrasse kämmte ich meine Haare, bevor ich mich zu den anderen setzte.

Die gestrige Nacht fühlte sich wie ein weit entfernter Traum an, jetzt da wir friedlich beisammensaßen. Ich musterte Sulhee genau, während sie sich *Kimchi* auf ihren Berg Reis schaufelte.

Sie wirkte gut gelaunt und zufrieden. Konnte sie die Ereignisse einfach so von sich streifen? Sie war kaum vierzehn, und trotzdem hatte sie schon so viel Schlimmes erlebt. Mich überkam der Impuls, sie zu umarmen und ihr zu versichern, dass so etwas nicht noch einmal passieren würde.

Ich tat nichts von beidem.

»Kwon und ich haben miteinander gesprochen, und wenn du möchtest, kannst du bei uns bleiben, Sulhee«, sagte Nuri aus dem Nichts heraus.

Ich erstarrte mit den Stäbchen in der Luft. Seltsamerweise sah Sulhee erst mich an, ehe sie ihre Aufmerksamkeit wieder Nuri schenkte. Ein strahlendes Lächeln breitete sich auf ihren Lippen aus.

»*Jinjja,* Nuri-*Unni?*« Sie klatschte in die Hände. »*Gomawo!*«

Nuri wirkte zufrieden mit der Reaktion. Kwon sprach davon, wie sich ihr Leben von nun an verändern würde.

Ich hörte nicht mehr hin.

Aus unerfindlichen Gründen war mir der Appetit vergangen. Ich legte die Stäbchen neben meine Schüssel.

Es störte mich.

Es störte mich gewaltig.

Nuri und Kwon hätten mich in ihre Unterhaltung miteinbeziehen sollen. Schließlich war Sulhee mit mir hergekommen. Ich trug die Verantwortung für die Ogerdämonin.

Ich ballte eine Faust auf meinem Oberschenkel.

Sulhee war in Sicherheit. Kwon und Nuri würden sie beschützen. Die junge Dämonin hatte ihren Traum verwirklichen können und würde von nun an in Mirro leben. Es wäre grausam von mir gewesen, sie aus egoistischen Gründen nach Seoul zu zerren. Dort hätte ich nicht mal Zeit für sie, weil ich vorhatte, gegen die stärkste Hexe aller sieben Zirkel zu kämpfen.

Doch alle diese Gründe, so korrekt sie auch waren, halfen nicht dabei, den Stich in meinem Herzen abzumildern.

Bobby warf mir bei seiner Rückkehr aus dem Bad einen neugierigen Blick zu. Weil ich meiner Stimme nicht vertraute, konnte ich ihm nicht erzählen, was geschehen war.

Ich brauchte eine halbe Stunde, ehe ich mich wieder gesammelt hatte. Meine heftige Reaktion überraschte mich sehr. Ich hatte nicht gedacht, Sulhee bereits derart nahegekommen zu sein.

Nachdem wir den Tisch gemeinsam abgeräumt hatten, erkannte ich jedoch, dass ich nicht die Einzige war, der der Abschied schwer fiel. Bobby hatte während des Essens verkündet, dass wir uns heute wieder nach Seoul aufmachen würden. Es hätte nicht viel gefehlt, und Nuri wäre vor Freude in die Luft gesprungen. Sie wurde lediglich von ihrer eigenen Traurigkeit zurückgehalten, dass nicht nur Subin und ich gehen würden, sondern auch ihr Bruder.

Sulhee setzte sich neben mich auf das Sofa. Ich hatte bereits fertig gepackt und wartete lediglich auf meine zwei Begleiter.

»Du solltest glücklich sein. Bald kann ich dich nicht mehr nerven.« Sie kniete sich hin und wandte sich mir damit gänzlich zu. »Außerdem hast du Bobby-*Oppa,* der dich begleitet.«

Ich sah auf meine Hände hinab, bemüht, sie entspannt zu lassen. »Ich habe mich an dich gewöhnt.«

Stille breitete sich zwischen uns aus.

»Irgendwie mag ich dich auch«, flüsterte Sulhee. Tränen glänzten in ihren grünen menschlichen Augen, als ich doch aufsah.

»Ich habe nicht gesagt, dass ich dich mag.«

»Brauchtest du auch nicht.« Sulhee beugte sich vor und umarmte mich. Sie tat das, was ich mich nicht getraut hatte. Es fühlte sich gut an. Vor Erleichterung, dass sie mir die Chance ermöglichte, mich richtig zu verabschieden, stiegen auch mir Tränen auf.

»Bitte pass auf dich auf«, sagte ich, als ich ihr über das Haar strich.

Meine Verbindung zu Sulhee war schwer zu beschreiben. Ich verstand selbst nur die Hälfte von dem, was ich empfand. Aber es reichte aus, um mich widerwillig von ihr zu trennen. Gleichzeitig pochte weiterhin die Warnung in meinem Hinterkopf, dass in Sulhee mehr steckte, als uns allen bewusst war.

»Kommst du wieder?«

Ich ließ sie los.

Im unwahrscheinlichen Fall, dass ich gegen Rose gewann,

wäre es mir als neue *Yeohwang* nicht mehr erlaubt, Mirro zu betreten. Wenn ich versagte, wäre ich höchstwahrscheinlich zu tot, um irgendwo hinzugehen. Aber vielleicht könnte ich als Geist zu Sulhee zurückkehren?

Trotzdem nickte ich. Auch wenn ich noch keine Möglichkeit sehen konnte, wollte ich den Glauben daran nicht aufgeben. Hoffnung hielt uns alle am Leben.

Der Abschied von Kwon und Nuri fiel mir nicht schwer. Ich war lediglich froh, dass sie mir keine weiteren Talismane andrehen wollte. Dieses Mal hätte ich entschieden abgelehnt und damit wahrscheinlich einen letzten unnötigen Streit heraufbeschworen.

Subin, Bacon und ich schlenderten bereits auf die Straße, um Bobby Raum zu geben, sich von seiner Schwester zu verabschieden. In Momenten wie diesen wurde mir wieder bewusst, wie wertvoll seine Hilfe war.

Seine Unterstützung, die er mir zuteilwerden ließ, obwohl er ein Dämon war und ich eine Hexe.

Ich lächelte sanft. *Ani*. Worte waren in der Tat nicht das Ausschlaggebende, wenn es um Liebe ging.

Wir verließen Mirro durch das unbewachte Portal und kamen in Seoul am Märtyrerschrein raus. Subin blieb schweigsam. Bobby und ich unterhielten uns über dies und das. Ich hatte ihm nicht erzählt, dass ich bei Taemin gewesen war, und er hatte nicht gefragt. Entweder konnte er es sich bereits denken oder er wollte nicht mit mir darüber reden, wenn ich selbst nicht das Thema ansprach.

War jemand zurückgegangen und hatte wie ich Taemins Flucht bemerkt? Ich wurde nicht schlau aus seinem Verschwinden. Ich selbst hatte die Seile überprüft. Er hätte sich allein nicht befreien können. Ich glaubte mittlerweile auch nicht länger, dass ihn sein Schuldner weggeschafft hatte. Wenn er ihn gefunden hätte, hätte er die Situation doch ausgenutzt und ihn getötet, oder nicht?

Nicht allen fällt es einfach, zu töten, erinnerte ich mich. Natürlich. Ich war nicht die Einzige, die Hemmungen hatte, ein Leben zu nehmen.

Es war frustrierend. Die Antwort auf so viele Fragen war in greifbarer Nähe, aber ich konnte sie nicht fassen. Es fehlte eine einzige Verbindung, die sie alle miteinander verknüpfte.

»Auf gar keinen Fall.« Bobby verschränkte die Arme, und Subin stemmte die Hände in die Hüften.

Seltsam, dass sie sich ausgerechnet jetzt in einer Sache einig waren.

Ich versuchte, mich nicht von ihrer Vehemenz aus dem Konzept bringen zu lassen.

Vor einer halben Stunde hatten wir Bobbys Wohnung erreicht. Ich hatte schweigend auf der Terrasse gesessen. Von außen hatte ich vielleicht ruhig gewirkt, doch meine Gedanken rasten. Als ich zu einer Lösung gekommen war, hatte ich mich erneut an Bobbys Schrank bedient. Dieses Mal, um mir ein schwarzes T-Shirt auszuleihen, das so groß war, dass es mich verschlingen konnte. Darunter trug ich den Stab versteckt in seiner Halterung. Zunächst hatte ich darüber nachgedacht, ihn bei Subin zu lassen, mich dann aber nach gründlicher Überlegung dagegen entschieden.

Der Stab unterlag meiner Verantwortung. Ich würde ihn nicht mehr weiterreichen oder zurücklassen können wie bisher. Nachdem er nun erwacht war, konnte ihn jeder benutzen. Seine Macht war unermesslich, und ich sollte diejenige sein, die dafür sorgte, dass sie nicht missbraucht wurde.

Ich richtete den schwarzen Fischerhut auf meinem Kopf, während ich mich dem Spiegel zuwandte.

»Ich werde mich nicht einmischen«, beschwichtigte ich beide. »Ich sehe mich lediglich etwas um. Begutachte die Umgebung.«

»Glaubst du wirklich, dass Rose nicht den halben Zirkel auf die Straße geschickt hat, um nach dir Ausschau zu halten?«, fragte Subin.

»Mit Sicherheit sogar. Gerade deshalb wird sie nicht damit rechnen, dass ich mich freiwillig dem Quartier nähere.« Trotz ihres Versprechens, meine Familie hinrichten zu lassen.

Als ich Bobby vor der Hinrichtung zum Quartier geschickt hatte, war ich unsicher und ängstlich gewesen. Heute erfüllten mich Mut und Entschlossenheit. Ich würde meine Aufgabe nicht mehr auf jemand anderes abwälzen.

»Warum? Was willst du damit erreichen?« Bobby schüttelte den Kopf. »Du hast gerade erst gelernt, den Stab zu benutzen. Bist du wirklich schon bereit?«

»Ich sagte doch, ich will mich nur umsehen.« Sie machten sich Sorgen, deshalb versuchte ich, nicht verärgert zu sein. Ich drehte mich zu ihnen um und lächelte aufmunternd. »Vertraut mir. Bacon wird mich begleiten.«

»Warum können wir nicht mitkommen?«, fragte Bobby. Ich hörte, was er eigentlich sagte. *Warum möchtest du mich nicht dabeihaben?*

»Zu zweit oder zu dritt sind wir viel zu auffällig. Ich bin in drei Stunden wieder da.«

Ich drückte einmal seine Hand, bevor ich die Wohnung verließ. Bacon erwartete mich bereits in geschrumpfter Form und setzte sich auf meine Schulter. Mit dem *Haechi* als Begleitung fühlte ich mich weniger allein. Ja, es war meine Entscheidung, ohne die anderen zu gehen, aber ich stand zu meiner Aussage. Eine einzelne Person, die an dem Hauptquartier vorbeilief, würde in der Masse weniger auffallen als eine ungleich wirkende Gruppe.

Insbesondere, da Rose sicherlich wusste, dass ich Subin befreit hatte. Sie würde nach uns beiden Ausschau halten.

Dieses Mal blieb Bacon in verkleinerter Form bei mir, als ich mit der Metro nach Gangnam fuhr, wofür ich dankbar war. Sie schien zu spüren, dass ich sie brauchte. Es dauerte fast vierzig Minuten, bis wir das Hauptquartier erreicht hatten.

Das Wetter war heute unbeständig. Der Himmel war bewölkt, und einzelne Regentropfen färbten den Asphalt dunkel.

Die Temperaturen blieben jedoch hoch, sodass sich eine fast unerträgliche Schwüle ausbreitete. Schweiß sammelte sich in meinem Nacken unter meinem Haar. Den Hut hätte ich mir längst vom Kopf gerissen, wenn er nicht zusammen mit der OP-Maske meine Verkleidung vollendet hätte.

Wie gewöhnlich war nachmittags sehr viel los am Apgujeong-Rodeo, was mir in die Karten spielte. Ich war bloß eine Person von vielen, die von der Arbeit nach Hause ging. Und wenn mich doch jemand ansah, weil ich bei der Hitze eine Maske trug, dann vermutlich, weil er dachte, ich wäre ein Idol und würde mich verkleiden, um nicht angesprochen zu werden. Das passierte in Gangnam gar nicht so selten.

Ich passte mich der Geschwindigkeit der anderen an, als ich am Hauptquartier vorbeistreifte. Sofort fiel mein Blick auf die zwei Opalhexen, die am Haupteingang postiert waren. Ich sah nach ganz oben. Das Fenster, durch das mich meine Mutter gestoßen hatte, war bereits ersetzt worden. Von außen wirkte alles wie immer.

Ich drehte ein paar Runden in der Umgebung, ehe ich zurückkehrte. Bis auf die beiden Opalhexen in dunklen Kleidern und mit den Amuletten konnte ich nichts Ungewöhnliches erkennen.

Die Wahrheit war, ich war so selten hier gewesen, dass ich Veränderungen nicht mal wahrnehmen würde. Was sollte ich tun?

Bacon, die es sich in meiner Armbeuge bequem gemacht hatte, und dabei wie ein kleiner Welpe aussah, schnüffelte kurz.

»Hast du was gerochen?«

Ich blieb auf der anderen Straßenseite zwischen den Gebäuden des Hauptquartiers und des Quartiers des Opalzirkels stehen. Aufmerksam sah ich mich um. Ein schwarzer SUV hatte ein paar Meter neben dem Eingang geparkt. Mehrere Hexen stiegen aus. Unter ihnen befand sich *Umma*.

Ich biss mir auf die Unterlippe, bis sie blutete, weil ich mich so zurückhalten musste, um nicht nach ihr zu rufen. Trotz der Sehnsucht spürte ich auch Erleichterung in mir aufsteigen. Noch lebte sie.

Anscheinend konnte ich mich zumindest auf Roses Wort verlassen.

Sie würde meine Familie erst töten, wenn die Zeit abgelaufen war und ich mich nicht gestellt hätte.

Ich bildete mir ein, dass *Umma* meinen Blick spürte, da sie sich umsah, kurz bevor sie ins Gebäude begleitet wurde. Sie fand mich nicht.

Ich wischte mir mit dem Handrücken über den blutigen Mund und zupfte anschließend die schwarze OP-Maske wieder zurecht.

Es wäre unmöglich, das Hauptquartier ungesehen zu betreten. Ein Überraschungsangriff wäre ausgeschlossen, wenn mir nicht irgendein Einfall käme, wie ich die Opalhexen loswürde, ohne dass sie Alarm schlugen.

Was wäre damit, mich freiwillig zu stellen? Würden sie mir den Stab abnehmen oder würden sie sich nicht die Mühe machen, mich nach Waffen zu durchsuchen? Sie wüssten vermutlich nichts mit dem Stab anzufangen, aber ich glaubte nicht, dass sie ihn mir lassen würden.

Ich beobachtete, wie sich der SUV in den Verkehr einfädelte und davonfuhr, als ich mich an die Tiefgarage erinnerte. Ob sie genauso bewacht wurde wie der Vordereingang?

Selbst wenn, dort gab es weniger Augen und Ohren, wenn ich mich dazu entschied, die wachhabenden Hexen auszuschalten. Die Chance, es bis zu Rose zu schaffen, wäre höher.

Aber wie käme ich an den Kameras vorbei, die zweifellos existierten?

Mit Bobby an meiner Seite könnte ich mit dem Hintergrund verschmelzen. Konnte ich was Derartiges selbst tun?

Meine Angriffsmagie wäre keine Hilfe, aber wie sähe es mit *Chiyu,* der Heilmagie, aus? Ich hatte Stunden um Stunden damit verbracht, *Umma* dabei zuzusehen, wie sie anderen half, indem sie Schmerzen linderte und Wunden heilte. Am faszinierendsten war für mich immer die Manipulation von Haut gewesen.

Konnte ich etwas Ähnliches tun?

»Du musst hier warten«, sagte ich zu Bacon und stellte sie auf der Abdeckung eines öffentlichen Mülleimers ab. Sie sah mich vorwurfsvoll an, aber ich ließ mich von meinem Vorhaben nicht abbringen.

Eine Hand hielt ich vor meinem Gesicht. Mein Potenzial war aufgefüllt, und aus ihm kreierte ich einen bläulichen Magiestreifen, der sich über meine Hand legte. Ich spürte meine Haut als durchlässige Einheit, die ich mit meiner Magie tränkte. Aber anstatt sie dazu zu bringen, sich zu heilen oder eine Wunde zu schließen, versuchte ich, ihr Farbe zu entziehen.

Das Ergebnis war ernüchternd. Ein kurzes Flimmern, doch meine Haut blieb unverändert. Was auch immer Bobby anstellte, ich könnte es nicht mal eben so duplizieren.

Aber ich würde auch nicht aufgeben.

Das Flimmern verpuffte zu einer schwarzen Wolke, die mich auf eine Idee brachte.

Ich musste es riskieren.

Entschlossen wechselte ich die Straßenseite und begab mich in die Nähe der Tiefgarageneinfahrt. Ich stellte mich in den Schatten der Betoneinfahrt und versuchte, das Ergebnis zu wiederholen. In größerem Ausmaß.

Mein gesamter Körper prickelte, als wären meine Gliedmaßen eingeschlafen, aber es funktionierte. Schwarze Wolken umhüllten mich. Mit der Körpermagie versuchte ich, den Nebel wie ein Magnet bei mir zu behalten. Dadurch wurde jede Bewegung meinerseits von den Wolken begleitet und meine Gestalt erfolgreich verhüllt.

Ich verlor keine Zeit. Meine Magie floss in einem konstanten Strom aus meinem Potenzial, das ich gleichzeitig aufladen musste. Die Anstrengung würde ich nicht lange durchhalten können.

Ich lief die Einfahrt hinab. Mir kam glücklicherweise kein

Auto entgegen, bis ich das untere Parkdeck erreicht hatte. Wie ich es in Erinnerung hatte, war es zwar hell erleuchtet, doch es gab durchaus schattige Ecken.

Ich hielt mich am Rand hinter einer Säule als schwarze Wolke versteckt. Von hier aus zählte ich drei Kameras, deren Fokus auf die Fahrstühle gerichtet war. An der hintersten Kreuzung, kurz vor den Fahrstühlen, gab es außerdem ein Pförtnerhäuschen, in dem ein Mann saß. Er war vermutlich derjenige, der die Kamerabilder kontrollierte.

Entweder hatte er meinen Schatten nicht wahrgenommen oder er war die ganze Zeit schon mit seiner Suppe beschäftigt gewesen.

Ich verengte die Augen, als mir klar wurde, dass abgesehen von ihm niemand anderes hier war. Keine Opalhexen. Trotzdem, es wäre ein Risiko, mit dem Fahrstuhl zu fahren. Selbst wenn ich den Mann irgendwie ausknocken könnte. Ich würde nicht sehen, wer sich auf der anderen Seite der Fahrstuhltüren befand, bis ich ausstieg, und dann wäre es möglicherweise schon zu spät.

Neben den beiden Fahrstühlen gab es Glastüren, die zum Treppenhaus führten. In welchem Stockwerk würde sich Rose zu welchem Zeitpunkt aufhalten? Ich hatte keine Ahnung von ihrem Tagesplan. Was machte man so den lieben langen Tag, nachdem man sieben Anwärterinnen getötet hatte?

Wut preschte wie eine Bestie an die Oberfläche meiner Gedanken und störte kurzzeitig meine Konzentration.

Glücklicherweise hielt ich mich immer noch hinter der Betonsäule auf. Ich stieß die Wut von mir und fokussierte mich erneut auf den schützenden schwarzen Nebel.

Ich sollte mich besser auf den Weg machen, solange ich noch die Kraft besaß.

Ich warf einen letzten Blick auf den Pförtner, der sich gerade einen Instantkaffee zubereitete, und machte mich dann auf demselben Weg nach draußen, den ich beim Eintreten benutzt hatte.

Sobald ich die Tiefgarage verlassen hatte und an der Oberfläche angekommen war, entließ ich die Magie. Kraftlos schöpfte ich nach Atem. So lange wie gerade hatte ich noch nie Magie festgehalten und manipuliert.

Ein lautes Hupen ließ mich zusammenschrecken.

Versehentlich war ich mitten auf der Zufahrt stehen geblieben. Ein weißer SUV kam aus der Garage gefahren. Ich sprang sofort zur Seite und hielt den Kopf gesenkt, jedoch nicht ohne einen Blick zu riskieren. Das Fenster auf der Rückseite war teilweise unten. Ich konnte Choi Roses obere Gesichtshälfte erkennen.

Das Auto fuhr an mir vorbei und verschwand ein paar Sekunden später im dichten Feierabendverkehr.

Zu knapp.

Ich konnte von Glück sagen, dass sie mich nicht auf dem Weg nach oben angefahren hatten. Ich war so in Gedanken versunken gewesen, dass ich nicht mehr darüber nachgedacht hatte, dass Autos auch aus der Garage rausfuhren.

Kopfschüttelnd wechselte ich die Straßenseite und sammelte Bacon auf, die brav auf mich gewartet hatte.

Wie versprochen war ich drei Stunden nach meinem Aufbruch wieder in Bobbys Wohnung. Ich war überrascht, dass er und Subin sich nicht die Köpfe eingeschlagen hatten. Ich wusste, dass sie sich gegenseitig nicht mochten, aber um des Friedens willen hatten sie sich zusammengerissen.

Auf dem Nachhauseweg ging ich noch in einem Restaurant vorbei und nahm *Jjajangmyeon* mit. Meine Stimmung wurde sogleich besser.

Subin und ich setzten uns an die Theke in Bobbys Küche. Bobby blieb auf der anderen Seite stehen.

Ich berichtete den beiden von meinen Beobachtungen und meinem Plan, das Hauptquartier durch die Tiefgarage zu betreten. Ich schnitt nur kurz an, wie ich meine Identität verschleiert hatte, weil ich wusste, dass sie meinen Leichtsinn nicht gutheißen würden.

»Das große Problem bleibt, dass ich nicht weiß, wann sich Rose wo aufhalten wird. Ich glaube nicht, dass ich die Zeit haben werde, mich in jedem Stockwerk umzusehen.« Dann wäre all die Vorbereitung umsonst. Im Gebäude selbst wimmelte es nur so von Opalhexen. Einigen würde ich vielleicht ausweichen können, aber nicht allen.

»Welcher Tag ist heute?«, fragte Subin nach ein paar Minuten des einvernehmlichen Schweigens.

»Der neunundzwanzigste«, sagte Bobby prompt. Ich selbst hatte keine Ahnung gehabt.

Subin wischte sich mit einer Serviette über den Mund. »Ich weiß, wo sie sich morgen Abend um neun Uhr aufhalten wird.«

»Was? Warum?«

Ich hatte mich bereits damit abgefunden, blind ins Gebäude einzudringen, sodass mich Subins Aussage völlig aus der Bahn warf.

»Es ist abnehmender Sichelmond. Er sagte mir, während ... während sie mich als Spiegel nutzte, dass sie in dieser Nacht ein Ritual vollführen müsste.« In einem Satz warf Subin so viele Fragen auf. Wer war *er?* Hatte Sulhee also recht mit ihrer Annahme gehabt, das Subin als Spiegel zu einer Höllendimension benutzt worden war? »Und wir wissen ja bereits, wo sie normalerweise ihre Rituale vollzieht.«

»Warum neun Uhr?« Die Uhrzeit erschien mir willkürlich.

»Sie hat uns immer zu dieser Zeit benutzt. Ich weiß nicht, warum.« Subin zuckte mit den Schultern. Ihre Augen hielt sie gesenkt.

»Das ist der Zeitpunkt, zu dem alle drei Höllendimensionen in einer Linie stehen«, antwortete Bobby leise. »Das weiß sie wahrscheinlich.«

»Wenn sie es weiß und es davon abhängig ist, kann es nichts Gutes heißen.« Ich legte die Stäbchen hin und wischte mir übers Gesicht. »Was genau bedeutet das für die drei Dimensionen?«

»Die Höllen befinden sich in ständiger Bewegung. Sie sind nicht an der Menschenwelt fixiert. Wenn sie in einer Linie aufgereiht sind, was einmal am Tag geschieht, wird Macht freigesetzt. So ist es schon immer gewesen.«

»Was passiert mit dieser Macht?«

Bobby wich meinem Blick aus, als er sich daran machte, die Überreste des Essens in den Müll zu werfen.

»Normalerweise verpufft sie, soweit ich weiß. Es ist schwer, sie für sich zu nutzen. Für euch Hexen ist sie unbrauchbar. Für *Dokkaebis* und Eumak- und Mipungdämonen, die Magie nutzen können, mangelt es an einer Möglichkeit, sie zu erreichen. Mehr weiß ich auch nicht.«

Ich stand auf, um mir die Hände zu waschen. Bobby streifte im Vorbeigehen meine Hüfte, ohne dass Subin dies mitbekam. Ein gestohlenes Lächeln. Mein Herz flatterte.

»Was hat sie bloß vor?«, fragte ich, nachdem ich meine Hände abgetrocknet hatte.

Subin öffnete den Mund, aber kein Ton verließ ihn. Ihre Wangen färbten sich rot.

»Ich vertrete mir draußen ein bisschen die Beine«, sagte sie schließlich. Sie wartete keine Antwort ab, als sie sich die Schuhe anzog und ging.

»Sie weiß mehr, als sie sagt«, gab Bobby zu Bedenken.

»Aber sie trägt auch mehr Schmerz als wir in sich.« Mein Blick fiel auf den Stab in seiner unscheinbaren Form. Ich hatte ihn beim Hereinkommen abgenommen und auf den Wohnzimmertisch gelegt. »Ich hoffe bloß, dass die Geheimnisse des Einzelnen nicht das Versagen aller bedeuten.«

Bobby legte eine Hand in meinen Nacken und zog mich an sich. Ich umfasste seine Mitte.

Immerhin gab es eine gute Sache in meinem Leben, die mir Kraft schenkte, mich meinem Schicksal zu stellen. Das Schicksal, das in jener Nacht mit dem Aurendämon begonnen hatte und mit Choi Rose enden würde.

Ihn hatte ich nicht töten können, doch bei Rose würde ich

nicht zögern. Sollte es so weit sein und müsste ich mich entscheiden, würde ich ihr Leben nehmen, um das meines Zirkels zu bewahren.

30

Lange Rede, kurzer Sinn: Bobby und Subin waren nicht von meinem Plan begeistert. Selbst wenn ich den Schatten auf Subin ausweiten könnte, würde uns die Kamera möglicherweise aufnehmen. Oder der Pförtner wäre besonders aufmerksam in dieser Nacht und würde uns entdecken.

»Auch mit meiner Hilfe sind wir nicht sicher. Ich kann manipulieren, was andere sehen, nicht aber, was die Kamera aufnimmt«, sagte Bobby. »Außerdem macht uns meine Illusion nicht unbesiegbar. Wir wären immer noch verletzlich.«

»Ich glaube nicht, dass sie ihre Sicherheitsvorkehrungen aufstocken. Sie sind arrogant und selbstsicher.«

»Es ist zu riskant. Die Wahrscheinlichkeit ist zu hoch, dass wir entdeckt werden, bevor du überhaupt in die Nähe von Rose kommst. Alles wäre umsonst.« Subin schüttelte den Kopf.

»Wir können aber nicht nichts tun«, beschwerte ich mich. »Der Zeitpunkt morgen ist zu gut. Je näher das Ende der Woche rückt, desto mehr wird sie mich erwarten. Das Überraschungsmoment können wir dann knicken.«

»Ich sage nicht, dass …«, begann Bobby, doch Subin unterbrach ihn leise.

»Da sind Menschen gewesen.«

»Was?« Ich war so entsetzt, dass ich von der Couch aufsprang. »Im Hauptquartier? Das ist unmöglich.«

Bobby sah irritiert zu mir auf. Er saß auf dem Boden, einen Arm auf dem Tisch abgelegt.

»Was meinst du damit? Ich habe mich doch selbst mit

Nichtmagischen unterhalten, als ich an Informationen kommen musste.«

»Das sind Menschen, die von Hexen abstammen oder in irgendeiner anderen Weise in unsere Welt hineingeboren worden sind. Manchmal sind sie auch mit Hexen verlobt. Aber die meint Subin nicht, oder?« Ich war mir sicher, ihren Tonfall richtig gedeutet zu haben.

Sie nickte. »Rose hat sämtlichen Hexen und ihren Nachfahren, ob männlich oder weiblich, per Dekret untersagt, jegliche Art von körperlicher Arbeit zu erledigen. Selbst dem Smaragdzirkel, obwohl sie uns am allermeisten hasst. Die Begründung war, dass wir über den Menschen stehen und sie für uns arbeiten müssen.«

»Wie sichert sie sich ihr Schweigen?« Ich war sprachlos über so viel Skrupellosigkeit, setzte mich aber wieder neben Subin. »Sie sehen doch bestimmt die Rituale und Seltsamkeiten.«

»Sie werden verzaubert. Ich bin ihnen nur ein paarmal begegnet, aber sie waren nicht ganz richtig im Kopf.«

»Sie kann Menschen verzaubern?« Meine Stimme überschlug sich. »Wie? Das ist unmöglich.«

»Magie, die wir nicht mal verstehen können.«

Schamanenmagie, schoss es mir durch den Kopf.

»Je mehr ich erfahre, desto sicherer bin ich mir, dass sie dies von langer Hand geplant hat. Vielleicht seit mehreren Jahren. Wenn wir den Stab nicht hätten ...«

»Selbst mit ihm ist ein Sieg nicht garantiert.« Subin zupfte Flusen von ihrer Hose.

»Aber immerhin besteht eine Chance. Ich wünschte, ich könnte wenigstens mit *Halmoni* über ihn reden. Sie kennt sich besser damit aus. Wenn ich nur eine Möglichkeit habe, ihn einzusetzen, muss der Zauber funktionieren.«

Zusammen kreierten wir einen neuen Plan. Bobby verließ uns, um sogenannte Aurenringe zu besorgen, die für zwölf Stunden unsere Auren verändern würden. Für den Fall, dass eine der Hexen misstrauisch wurde und unsere Auren überprüfte.

Subin und ich fanden einen Weg, wie wir statt Schatten Schimmer kreierten, die unsere Gesichtszüge für den Betrachter leicht veränderten. Ich bezweifelte, dass irgendjemand die menschlichen Diener genau ansah, aber ich wollte nicht sofort erkannt werden, sollte das versehentlich geschehen.

Wir beobachteten gemeinsam für den Rest des Tages und den Abend, wer im Quartier ein- und ausging, obwohl ich mich vorher noch dagegen gewehrt hatte. Aber wir hatten ein Café entdeckt, von dem aus wir einen guten Blick auf den vorderen Bereich des Gebäudes erhaschen konnten.

Tatsächlich war ich auch bei meiner Expedition zuvor zu ungeduldig gewesen.

Subin machte mich auf die menschlichen Sklaven, denn etwas anderes waren sie nicht in den Augen der Opalhexen, aufmerksam. Sie wurden in einer Gruppe von zehn Personen ins Gebäude gebracht. Ein Mann führte sie an. Er war mit Sicherheit entweder mit einer Opalhexe verheiratet oder stammte von einer ab.

»Hier.« Überrascht blickte ich auf. Bobby war zu uns gestoßen und setzte sich auf den Hocker neben mir. Er legte drei schwarze Ringe auf die Theke, die an das Schaufenster grenzte, durch das wir die geschäftige Straße beobachten konnten.

»Deine Haare«, rief ich aus. »Sie sind schwarz.«

»Gut beobachtet, Sherlock.«

Aus dem Augenwinkel nahm ich wahr, wie Subin einen der Ringe an sich nahm, aber nicht ansteckte. Mein Fokus lag jedoch auf Bobby, den ich mit den schwarzen Haaren kaum wiedererkannte.

»Warum?«

»Kannst du dir die Frage nicht selbst beantworten?« Er grinste.

»Dein Einsatz ist beeindruckend.« Unter der Theke drückte ich seine Hand. Ich schämte mich zwar nicht für meine Gefühle, aber ich wollte sie Subin in unserer unsicheren Situation nicht unter die Nase reiben.

»Für die, die ich liebe, tue ich alles«, raunte er so leise, dass ich ihn kaum verstand.

Mein Herz polterte. Meinte er mich damit? Hatte er seine Gefühle endlich offenbart?

Ich war so überwältigt, dass ich nichts darauf erwidern konnte.

»Sie funktionieren?«, fragte Subin, die verständlicherweise nichts von meinem inneren Sturm mitbekam.

Widerwillig wandte ich mich ihr zu. Bobby beugte sich zu ihr vor, wodurch seine Schulter meine berührte. Sein Gesicht war meinem so nah, dass ich die schwarzen Wimpern hätte zählen können. Mein Blick senkte sich auf seine vollen Lippen, die Worte formten, die ich über das Rauschen in meinem Kopf nicht hören konnte.

Subin antwortete etwas.

Ich war gefangen von einem Albdämon.

Ein schelmisches Grinsen. Bobbys Augen, die sich in meine Richtung bewegten.

Er wusste ganz genau, was er tat. Seine Hand bewegte sich unter meiner und berührte mein Knie.

Die Schmetterlinge in meinem Bauch explodierten zu Millionen Farbpartikeln. Ein Feuerwerk meiner Gefühle.

»Hana?« Subins Tonfall hatte eine verärgerte Nuance angenommen. Sie rief mich wohl nicht zum ersten Mal.

»Hm?«

Bobby zog sich endlich zurück. Nur seine Hand drehte sich, und er verschränkte seine Finger mit meinen.

»Hat sich meine Aura verändert?«

Blinzelnd versuchte ich, meine Sicht heraufzubeschwören. Tatsächlich schimmerte um Subin nunmehr die Aura eines einfachen Menschen. Ohne goldenen Schimmer. Attraktiv für jeden Aurendämon wie Song Taemin.

»Es funktioniert«, bestätigte ich. »Immerhin ein Teil unseres Plans.«

Ich teilte Bobby mit, dass wir die Menschen zwar gesehen

hatten, aber uns kein Weg offenbart worden war, wie wir uns in die Gruppe schleichen könnten.

»Gut, dass ihr mich habt.« Er grinste und löste seine Hand von meiner. Ich spürte den Verlust körperlich. Mir wurde sofort kalt. »Der Goblin, von dem ich die Ringe habe, konnte mir auch mit dem Problem helfen. Ich weiß, wohin die Menschen gebracht werden, wenn sie nicht arbeiten.«

Wer hätte gedacht, dass so viele Dämonen Spione hatten, die die Hexen beobachteten?

Einmal mehr wurde mir bewusst, wie unwissend wir aufgewachsen waren.

»Das ist genial«, sagte Subin leise, um keinen der anderen Gäste auf unser Gespräch aufmerksam zu machen. »Die Sicherheitsvorkehrungen sind dort bestimmt um einiges lascher als hier.«

»Zudem gibt es keine Kameras. Ich hab's schon überprüft.« Bobbys Augen funkelten.

Ich hob die Brauen. »Das alles hast du in vier Stunden gemacht? Die Ringe, dein Haar und der Späheinsatz?«

»Bist du enttäuscht oder beeindruckt?« Sein Lächeln strahlte wohltuende Wärme aus. Es traf mich unerwartet, so hatte ich doch eher mit dem Schalk gerechnet.

Ich blickte nach draußen. Die Sonne war längst untergegangen.

»Wie weit ist es von hier?«

»Nicht weit. Zehn Minuten zu Fuß.«

»Wenn wir uns jetzt einschleusen, werden wir dann zu früh ins Quartier gebracht? Wir wissen zu wenig über die Schichtdauer.«

Bobby schüttelte den Kopf. Es war seltsam, die Rollen vertauscht zu sehen. Nun war ich die Vorsichtige und er der Risikobereite.

Die dunkle Vorahnung, die in letzter Zeit nur durch Sulhees Anwesenheit ausgelöst worden war, ließ sich jedoch mit näherrückender Stunde zunehmend schlechter ignorieren. Und das, obwohl die Ogerdämonin nicht einmal hier war. Alles hing zusammen, aber ich sah die Fäden nicht.

Ich klebte in dem Netz, das jemand anderes gesponnen hatte, während ich nicht mal gewusst hatte, dass dieser jemand existierte.

»Es ist okay, wenn wir uns nach Sonnenaufgang reinschmuggeln. Dann werden wir zur Nachtschicht eingeteilt und vor sieben Uhr ins Quartier gebracht.«

»Es wäre aber klug, die Ringe erst anzuziehen, wenn wir Gefahr laufen, erkannt zu werden, bevor sie ihre Wirkung zu früh verlieren«, überlegte Subin laut.

»Es gibt ganz schön viele Lücken in diesem Plan«, murmelte ich. »Aber ich gebe zu, er ist besser als meiner.«

»Dann los.«

Wir brachten unsere Gläser zur Rückgabe und verließen das Café. Bobby führte uns in die entgegengesetzte Richtung des Quartiers, dem ich einen kurzen Blick zuwarf. Ob sich *Umma* und *Appa* immer noch darin aufhielten? Oder durften sie weiterhin in unserem Zirkelhaus wohnen, bis Rose entschied, dass meine Zeit abgelaufen war, und sie sterben mussten?

Dieser einzige Gedanke reichte aus, um sämtliche Zweifel im Keim zu ersticken. Ich hatte nur eine Chance, wie ich es auch Subin und Bobby gegenüber immer wieder betonte.

Unsere Verkleidung würde nur ein oder zwei Stunden im Hauptquartier selbst standhalten müssen. In den Häusern, in denen die Sklaven sich ausruhten, würde wohl kaum auf Sicherheit geachtet werden. Wenn die männlichen Zirkelmitglieder die Rolle übernahmen, sich um die Menschen zu kümmern, würden sie nicht mal unsere Auren überprüfen können.

Trotzdem entschieden wir uns, die Ringe für die ersten zwei Stunden zu tragen, falls irgendetwas schieflief. Anschließend sollten wir das Tragen von der jeweiligen Situation abhängig machen.

So gut Bobbys Informationen auch waren, der Goblin hatte nicht sagen können, wie es im Inneren der Häuser aussah.

Das, was für unser Eindringen von Vorteil war, war für ihn ein Nachteil. Er hatte sich ohne Kameras in kein System einhacken können, um mehr über das Haus zu erfahren. Aber ohne Kameras wurde unser Einschleichen leichter.

Wir brauchten ein bisschen länger als die angekündigten zehn Minuten, aber schließlich erreichten wir das vergleichsweise unscheinbare Haus, für das wir uns entschieden hatten. In Gangnam fand man normalerweise elegant wirkende Hochhäuser. Dieses Exemplar war zweistöckig und befand sich am hinteren Ende eines Parks zwischen zwei grandiosen Anwesen.

Wir liefen an dem Eingang des Hauses vorbei und kletterten über die Gartenmauer auf der Rückseite. Der Park war zwar selbst um die Zeit gut besucht, aber niemand achtete auf uns, als wir den beleuchteten Pfad verließen.

Der Garten war dunkel und verwildert. Perfekt, um sich versteckt zu halten.

Wir warteten hinter einem Busch, der schon seit einer Weile nicht mehr beschnitten worden war, aber niemand verließ das Haus, um nach dem Rechten zu sehen.

»Alles andere hätte mich überrascht«, gab ich zu. Die Männer aus dem Opalzirkel waren stets genauso hochnäsig wie ihre Hexen. Wahrscheinlich hatten sie den Job nur widerwillig übernommen.

»Das Fenster da oben.« Bobby deutete auf den zweiten Stock. Es war tatsächlich geöffnet, weil das Rohr einer Klimaanlage behelfsmäßig daran befestigt worden war.

Rose hatte wirklich an allen Ecken und Enden gespart, um nur das Nötigste für die menschlichen Sklaven zu tun. Das würde uns helfen.

»Und was ist, wenn auffällt, dass plötzlich mehr Menschen da sind als vorher?«, fragte Subin.

»Das müssen wir riskieren.« Es war das einzige große Problem, für das ich keine Lösung hatte. Selbst Bobby konnte dieses Mal nichts aus dem Hut zaubern.

»Notfalls kreiere ich eine Illusion.« Er blickte zum Haus hoch. Ein Schatten fiel über sein Gesicht. »Jetzt oder nie.«

Ich fragte mich, was in den Stunden seiner Abwesenheit geschehen war. Vorhin hatte er mich noch zurückhalten wollen, jetzt war er derjenige, der mit voller Geschwindigkeit voranpreschte.

Trotz der Angst, ihn in eine Katastrophe zu führen, beschwerte ich mich nicht. Wir brauchten Bobby. Ich konnte ihn nicht dazu überreden, zurückzubleiben, weil das Leben meiner Familie auf dem Spiel stand.

Und obwohl mir Bobby mit jeder Sekunde mehr bedeutete, brachte ich es nicht über mich, ihn zu retten und meinen Zirkel im Stich zu lassen.

Ich nahm mir jedoch vor, ihn im Quartier nicht in den Ritualraum zu lassen. Er sollte mir helfen, hineinzukommen, aber Rose würde ich mich allein stellen.

Ohne ihn und ohne Subin.

Wenn alles danebenging, würden sie noch entkommen können. Vielleicht würde sich ihnen auch die Möglichkeit bieten, den Smaragdzirkel zu retten.

Wir harrten in unserer Position aus, während die Nacht voranschritt. Subin rieb sich über die Narben an ihren Unterarmen, als würde sie sich ins Gedächtnis rufen, warum sie hier war. Ich setzte mich irgendwann auf den Boden und schlang die Arme um meine Knie. Bobby lehnte seinen Kopf auf meine Schulter.

Ich wollte ihm so vieles sagen, aber in Gegenwart von Subin traute ich mich nicht.

Überraschenderweise war sie es, die das Schweigen brach und das Wort an den Albdämon richtete.

»Warum hilfst du uns eigentlich?«

Ich schmunzelte. Eine Frage, die ich nach meiner Flucht vor Rose mit dem gleichen vorwurfsvollen Unterton gestellt hatte. Am liebsten wollte ich mich schützend vor Bobby stellen, doch ich war neugierig, welche Antwort er ihr geben würde.

Gleichzeitig war ich erstaunt, dass Subin der Antwort dieser Frage erst so spät nachjagte. Ich hatte zwar nicht aktiv darüber nachgedacht, aber im Nachhinein wäre ich fast sicher gewesen, sie hätten sich bereits in den Stunden darüber unterhalten, in denen ich das erste Mal das Quartier ausgekundschaftet hatte.

Offensichtlich hatten sie die Zeit lediglich in schweigendem Einklang verbracht.

»Ist das wichtig?«

Ich war enttäuscht, dass Bobby nicht sofort gestand, dass er unendlich in mich verliebt war. Stattdessen sollte ich froh sein. Ich hatte Subins Gefühle schützen wollen, indem ich ihr gerade nichts davon verriet.

Mein Hirn verknotete sich. Ich wollte so vieles Gegensätzliches, dass ich kaum klar denken konnte. Für die Situation momentan nicht förderlich.

»Wichtig genug, um es dich zu fragen. Wichtig genug, weil ich nicht weiß, ob wir dir vertrauen können.«

Ihre Worte trugen ausreichend Gewicht, um ihn dazu zu bringen, den Kopf von meiner Schulter zu heben. Ich spürte den Verlust mehr noch als den seiner Hand im Café. Mit jeder Berührung hinterließ Bobby eine Spur auf meiner Haut. Sie grub sich tief in mein Herz und meine Erinnerung und pochte wie eine offene Wunde.

Fühlte es sich so an, verliebt zu sein? Oder steckte mehr dahinter?

Die dunkle Vorahnung brodelte wie ein schwarzer Sturm am Horizont, als sich Subins Augen verengten.

»Ich möchte nicht über meinen Grund reden«, sagte Bobby leise. »Aber wenn du mir nicht vertraust, zwingt dich niemand, dich an den Plan zu halten.«

Bobbys Stimme war eisern. Ein eiskalter Schauer rann meinen Rücken hinab.

»Für Zweifel ist keine Zeit mehr«, wandte ich ein. Es verlangte mir einiges ab, meinen Stolz hinunterzuschlucken. Aber hier ging es nicht um mich und auch nicht um Subins oder Bobbys Gefühle.

Daraufhin sagte niemand mehr etwas.

Rund eine Stunde vor Sonnenaufgang wurde in mehreren Räumen das Licht angeschaltet. Ich vernahm gedämpfte Stimmen. Wenig später hörten wir das Zuschlagen einer Tür und das Aufbrummen mehreren Automotoren. Die erste Schicht wurde ins Quartier gebracht.

»Sie werden nicht nur als Bedienstete missbraucht, oder?« Es gelang mir endlich, einen Teil meiner Vorahnung in Worte zu kleiden.

Subin schniefte. »Rose tut ihnen das an, was sie auch mir angetan hat, und noch viel mehr. Zumindest ihren Schreien nach zu urteilen.«

»Wie hat sie so lange ihr Gesicht wahren können?« Fassungslos schüttelte ich den Kopf. »*Halmoni* hat mich vor ihr gewarnt, aber ich glaube nicht, dass sie das ganze Ausmaß ihrer Verderbtheit gekannt hat.«

Eine halbe Stunde später kehrten die Autos mit der Nachtschicht zurück. Wir warteten noch ein paar Minuten. Das Haus verfiel erneut in einen Schlummer. Die Vorhänge wurden zugezogen und die Lichter gelöscht.

»Jetzt«, sagte ich.

Nicht nur ich war innerlich zum Zerreißen gespannt. Bobby und Subin hatten das Haus so konzentriert angestarrt, dass sie beim Klang meiner Stimme zusammenzuckten.

Ich lächelte sanft und wünschte mir eine andere Welt, in der wir bloß fürchten mussten, unsere Eltern oder unsere Mitbewohner zu wecken.

Wir stiegen mittels Räuberleiter auf den Carport, und von dort zog ich mich als Erstes an dem Fenstersims hoch. Der Weg war nicht weit und für mich als untrainierte Person problemlos machbar.

Bevor ich den anderen half, mir nachzukommen, steckte ich den Kopf in den Raum. Menschen lagen chaotisch auf *Yos* verteilt und schliefen scheinbar tief und fest. Die Tür war angelehnt, aber nicht geschlossen.

Ich hob ein Bein über die Fensterbank und deutete mit einer Hand an, dass Subin folgen konnte. Ich schlüpfte ins Zimmer, darauf bedacht, nicht auf Hände oder Haare zu treten. Sofort erkannte ich die offensichtliche Problematik. Die Menschen trugen ihre Uniformen, während sie schliefen.

Wir hatten gedacht, sie würden sich entkleiden und wir könnten eine von den Uniformen aus einem Schrank stehlen. Das konnte immer noch möglich sein, wenn die Uniformen nicht genau abgezählt waren. Ich lugte durch den Türspalt. Der Flur war leer und wurde lediglich von einer Messingleuchte neben der Treppe erhellt. Drei braune Türen mit dunklen Maserungen wechselten sich mit blau gestreifter Tapete ab. Auf den Holzdielen lag ein abgetretener Teppich. Auf ihn setzte ich meinen ersten Schritt, als ich mich von Tür zu Tür arbeitete. Bis auf eine waren sie angelehnt. Ein Zimmer war leer, im anderen schliefen weitere Menschen. Ich erblickte dort zwei Frauen und zwei Männer in der aufgehenden Sonne, die durch die fadenscheinigen Vorhänge strahlte.

Nach kurzem Zögern öffnete ich auch die letzte Tür. Dahinter befand sich das ranzige Badezimmer, das zuletzt vor einer Ewigkeit geschrubbt worden war. Ich wollte nichts anfassen. Schnell zog ich mich wieder zurück.

»Hast du andere Uniformen gefunden?«, fragte Subin, die das Problem ebenso erkannt hatte.

Ich schüttelte den Kopf. »Wenn es sie gibt, werden sie vermutlich unten aufbewahrt«, wisperte ich.

Die Männer und Frauen mussten ganz schön erledigt sein, dass sie drei Fremde nicht bemerkten. Einer von ihnen hatte einen Arm um seinen Bauch gelegt. Rote Striemen leuchteten darauf.

Ich ballte eine Faust. Ich verabscheute Rose mit meinem ganzen Sein.

31

»Planänderung«, verkündete ich. »Im anderen Zimmer schlafen zwei Männer und zwei Frauen. Wir nehmen die Plätze von drei von ihnen ein.«

»Aber was machen wir mit ihnen?«

»Sie bleiben hier. Bobby, kannst du eine Illusion kreieren, bis wir weg sind?«

Er dachte kurz darüber nach. »Es wäre besser, wenn wir sie an einen Ort bringen, der nicht gleich entdeckt wird. Für eine Illusion müsste ich sie durchgehend berühren.«

Mit einem Kopfnicken deutete ich zur Tür. Ich führte sie auf leisen Sohlen in den leeren Raum. »Das hier wäre eine Möglichkeit. Wir müssten nur sicherstellen, dass sie nicht aufwachen.«

»Glaubst du nicht, dass die wachhabenden Männer reinschauen?«

»Es sieht nicht aus, als würde hier jemand drin schlafen.« Ich zog meinen Pferdeschwanz fester. »Eine andere Möglichkeit bleibt uns nicht. Hier sind weniger Leute als gedacht, und wir können sie wohl kaum aus dem Fenster tragen.«

Subin nickte. »Wir sind zwar keine Aurendämonen, aber mit einem rückwärtigen Energiestoß kann ich sicherstellen, dass sie tief und fest schlafen.«

Ich blinzelte sprachlos.

»Ein was?« Bobby war genauso erstaunt wie ich.

Subins Wangen färbten sich dunkel.

»Davon habe ich noch nie was gehört.«

»Wir sollten dir nichts davon sagen.« Subin rieb sich über

die Arme. »Deine Mutter hat uns das während der Jagd beigebracht. Jisoo war sogar besser darin als ich.«

»Warum?« Warum durfte ich davon nichts erfahren? Warum war es mir nicht beigebracht worden?

Ein weiteres Geheimnis meines Zirkels.

»Du warst zu mehr bestimmt als zu kleinlicher Heilmagie«, antwortete Subin vorsichtig. Sie wusste, wie sehr ich damit zu kämpfen gehabt hatte, von den Jagden ausgeschlossen zu sein.

»Okay.« Erneut stopfte ich meine Gefühle tief in die unsichtbare Tasche und verschloss sie für einen späteren Zeitpunkt. »Dann machen wir das. Die vierte Person tragen wir in den anderen Raum. Ich weiß nicht, wie sehr sie unter ... unter ...«

»Roses Hypnose stehen?«, schlug Subin vor. Sie lächelte versöhnlich.

Ich nickte. Wieder hieß es warten. Wir blieben im leeren Zimmer, bis sich mein Magen vor Hunger zusammenzog. Wir hätten uns Lunch mitnehmen sollen. Kurz nach der Mittagszeit machten wir uns schließlich an die Arbeit.

Subin legte jeweils eine Hand auf den Brustkorb der vier Menschen und entzog ihnen einen Teil ihrer Aura. Aber anders als die Aurendämonen nahm sie diese nicht auf, sondern verschloss sie zu einem magischen Ball, den ich sogar sehen konnte. Er blieb jeweils auf deren Brustkörben liegen. Ein kleiner Strom floss davon zurück in die Körper.

»Eine Art Zeitbombe«, kommentierte ich.

»Sobald sich das Energieknäuel aufgelöst hat, wacht die Person auf. Ich schätze uns bleiben neun oder zehn Stunden.« Wenn wir heute Abend um halb sieben zum Quartier gebracht werden, werden die Menschen noch mindestens zwei volle Stunde schlafen. Der einzige Grund, warum wir so lange gewartet hatten.

»Dann können wir einen der Männer hier lassen. Er wird uns deshalb nicht verraten können.«

»Und was, wenn die Wachen misstrauisch werden, weil er nicht aufwacht?«, warf Bobby ein.

»Besser das, als dass die Anzahl nicht stimmt«, gab ich zurück.

»Trotzdem gefällt es mir nicht. Was, wenn wir ihn trotzdem in den Raum mit den anderen legen? Dann stimmt die allgemeine Anzahl, aber wir werden nicht näher beäugt.«

Subin und ich sahen uns an, bevor wir Bobbys Plan zustimmten.

Meine Lider waren schwer. Ich fühlte mich trotz des Adrenalins, das durch meine Adern jagte, als könnte ich drei Tage durchschlafen.

Wir trugen wie abgemacht zuerst einen der Männer in den vollen Raum. Dieses Mal hörten wir ein paar Stimmen aus dem unteren Stockwerk, aber niemand sah nach dem Rechten, als Bobby und ich die Diele entlangtorkelten. Ich trug die Füße und Bobby den schweren Oberkörper.

So ähnlich verfuhren wir auch mit den anderen drei Sklaven. Ich fühlte mich schlecht, als ich die Kleidung der Frau von ihrem Körper zog. Alle drei waren nur noch in Unterwäsche, als wir sie in dem leeren Raum zurückließen. Wir legten zwei Decken über sie, sodass sie auf dem ersten Blick wie ein Haufen Kissen und Decken wirkten.

Wir zogen uns gleichzeitig um. Ich fühlte mich seltsam mit Bobby im gleichen Zimmer, aber er wandte sich ab. Einen kurzen Blick erhaschte ich jedoch auf seinen durchtrainierten Oberkörper. Zwischen seinen Schulterblättern war ein Tattoo, das ich jedoch nicht genauer erkennen konnte.

Ich konnte kaum glauben, dass jemand wie er sich zu mir hingezogen fühlte. Doch ich war mir fast sicher, dass er das Gleiche von mir dachte.

Die Uniform für die weiblichen Bediensteten bestand aus einem weißen Kleid, das an der Hüfte mit einer schwarzen Schürze zusammengebunden wurde. Die Schürze war abgesehen von den weißen Nähten einfach gehalten und reichte bis zu den Knien. Der Rock streifte meine Fußknöchel. Ein kleines bisschen zu kurz, aber ich bezweifelte, dass jemand auf meine Sneakers achtete.

Ich löste meinen Pferdeschwanz und frisierte mein Haar zu einem niedrigen Dutt. Einzelne fransige Strähnen zog ich wieder raus, damit sie mir ins Gesicht fielen. Ich würde meine Gesichtszüge, wie von Subin angewiesen, erst kurz vor unserem Aufbruch verändern. Tatsächlich hatte ich vor, noch ein paar Stunden Schlaf zu finden. Die Aufregung raubte mir so viel Kraft, dass ich mich gerade null Komma null dazu bereit fühlte, Rose gegenüberzustehen.

Zum Schluss blieb der Stab. Ich hob meinen Rock in dem Moment, in dem sich Bobby wieder zu uns umdrehte. Seine Augen wurden riesig.

»Bobby! *Ya!*«

»*Mianhae!*«, presste er hervor und wandte sich abrupt ab.

Ich befestigte den Ledergurt behelfsmäßig um meinen Oberschenkel. Der Stab war in seiner unscheinbaren Form fast genauso lang, sodass es nicht zu komisch wurde, ihn so zu tragen.

Nachdem sich auch Subin umgezogen hatte, begaben wir uns in den zweiten Raum mit den *Yos,* in dem die vier Leute eben noch geschlafen hatten. Ich legte mich auf den Rücken, deckte mich aber nicht zu. Dafür war es zu warm. Anders als in dem ersten Zimmer gab es hier keine Klimaanlage, die die aufgestaute Hitze des Tages eliminierte.

Wir einigten uns darauf, dass wir uns mit Wachehalten abwechselten. Bobby übernahm die erste Schicht. Ich schloss die Augen und war Sekunden später eingeschlafen.

Subin weckte mich, nachdem ich nach meiner mittleren Schicht wieder eingeschlafen war.

»Alles in Ordnung?«, fragte ich leise.

Sie nickte. »Einmal hat jemand nachgesehen. Ihm ist nicht aufgefallen, dass wir nur noch zu dritt hier liegen.«

In meinem Bauch kribbelte es. Es war ein Mann hier gewesen, und ich hatte einfach weitergeschlafen. Mein Selbsterhaltungstrieb war nicht besonders stark. Die Erkenntnis hätte mir Sorgen bereiten sollen, wenn es mir nicht zugutekäme. Wahrscheinlich fühlte ich mich nur deshalb bereit, Choi Rose vom Thron zu stoßen.

Ich setzte mich auf und begann unter Subins wiederholten Instruktionen meine Gesichtszüge ein wenig zu verändern. An sich blieb mein Gesicht, wie es war, nur für jeden, der mich ansah, wirkte es anders. Eine kleinere Nase, rundere Wangen und dünnere Lippen.

»Funktioniert es?«

Ich sah Bobby an. Er lächelte. Es war immer noch ungewohnt, ihn mit seiner Naturhaarfarbe zu sehen. Sie stand ihm so gut.

»Wenn man genau hinsieht, funktioniert es nicht«, sagte der Albdämon langsam.

»Niemand sieht so genau hin wie du«, entgegnete Subin.

Ich errötete und wandte eilig den Blick ab. Es war mir peinlich, dass sie es bemerkt hatte.

Glücklicherweise wurden wir von den herannahenden Stimmen abgelenkt. Schwere Schritte waren auf der Treppe zu hören.

Ich atmete tief durch, senkte die Lider und versuchte, meinen Gesichtsausdruck möglichst neutral und emotionslos zu halten.

Die Tür wurde aufgestoßen. Aus den Augenwinkeln sah ich einen Mann, gänzlich in Schwarz gekleidet. Eine Sekunde verging, in der er uns bloß ansah. Mein Puls stieg. Schweiß bildete sich auf meiner Stirn.

»Aufstehen. Frühstück ist fertig.«

Mein Magen knurrte zur Antwort. Der Opaltyp hatte sich jedoch bereits abgewandt. Ich glaubte nicht, dass er es gehört hatte.

Nacheinander betraten wir den Flur und schlossen uns der Reihe der anderen Sklaven an. Alle Köpfe waren gesenkt, während wir nach unten stiegen. Uns wurden Schüsseln mit Reis sowie Einwegstäbchen in die Hände gedrückt. Hier unten gab es auch eine Toilette, die wir abwechselnd betreten durften. Meine Blase drückte, doch ich entschied mich dafür, zunächst den Reis zu verputzen.

Niemand außer den Opalzirkel-Zugehörigen verlor ein Wort. Die Männer unterhielten sich über ihre Familien und den bevorstehenden Schichtwechsel. Die drei schlafenden Menschen im zweiten Raum waren bisher nicht entdeckt worden, und ich fasste Mut, weil sich keine der Wachen mehr im oberen Stockwerk befand.

Auf der engen Toilette überprüfte ich noch einmal mein Aussehen. Ich selbst konnte mich jedoch mit den Veränderungen nicht täuschen. Der Aurenring befand sich in der vorderen Tasche der Schürze. Ich würde ihn erst anziehen, wenn wir das Haus verließen. Hier liefen wir noch keiner Gefahr, einer Hexe zu begegnen.

»Du da!«, rief jemand in meine Richtung, als ich mir einen Weg zurückbahnte. »*Ya!*«

Ich schritt weiter, als hätte ich ihn nicht gehört. Der Mann packte mich grob am Arm. Mein Herz raste.

Gespielt träge sah ich bis zu seinem Kinn. Ich hatte beobachtet, dass keiner der Menschen den Männern in die Augen sah.

»Warum hast du deine Schuhe nicht ausgezogen? Hat dir niemand beigebracht, was sich gehört? *Aishi.*«

Ich murmelte eine Entschuldigung. Daran hatten wir tatsächlich nicht gedacht. Ich konnte nur hoffen, dass Bobby und Subin sich hinter den anderen versteckten, damit sie nicht genauso auffielen wie ich.

»Lass gut sein, Jin. Wir müssen jetzt eh los«, mischte sich ein anderer ein. Er wirkte ein paar Jahre älter.

Der Griff um meinen Oberarm wurde fester und schmerzhafter. Ich musste mich darauf konzentrieren, nicht aufzustöhnen. Oder mich mit meiner Magie zur Wehr zu setzen.

»Ich weiß nicht, was sich Choi dabei denkt, dieses Gesindel ins Quartier zu lassen.« Jin stieß mich vor sich her zum Ausgang.

Ich stolperte über meine eigenen Füße, konnte mich aber rechtzeitig mit einer Hand an der Wand abstützen, bevor ich der Länge nach hinfiel.

»Besser als vorher. Oder willst du den Hexen wieder als Bediensteter zur Verfügung stehen?«

Jin grunzte lediglich.

Ich war froh, als die Zeit des Wartens endlich vorbei war. Wir wurden auf zwei Vans aufgeteilt und mussten uns im hinteren Teil auf den Boden setzen. Bobby und Subin folgten in mein Auto, worüber ich froh war. Ich wollte sie im Blick behalten.

Kurz bevor die Türen zugeworfen wurden, sah ich Bacon auf der Straße vorbeihuschen. Ich musste mir ein Grinsen verkneifen. Wenn alle Stricke rissen, würde ich mich immer auf das *Haechi* verlassen können.

Ich hatte Subin erklärt, dass es aufgetaucht war, als ich das erste Mal von den Opalhexen angegriffen worden war. Sie war genauso erstaunt gewesen wie ich. Mittlerweile konnte ich mir nicht mehr vorstellen, ohne Bacon auf der Flucht zu sein.

Da wir allein waren und uns die Fahrer nicht sehen konnten, nahm ich Subins und Bobbys Hand jeweils in meine.

Jetzt, wo die Konfrontation nahte, spürte ich den Wunsch in mir aufsteigen, mehr Zeit zum Üben mit dem Stab verbracht zu haben. Nicht weil ich glaubte, ich besäße die Kontrolle nicht. Sondern damit ich mich vorbereiteter fühlte.

Ich betete, dass ich keinen Fehler beging und meine Familie vor Roses Blutdurst schützen konnte.

Zehn Minuten später kamen wir vor dem Hauptquartier zum Halten. Ich ließ meine Freunde los. Mein Fuß wippte. Ich atmete durch die Nase ein.

Warum dauerte das so lange?

Die Türen wurden von außen aufgezogen.

»Raus mit euch. In einer Reihe.« Die Menschen, die scheinbar nicht mehr für sich selbst denken konnten, stiegen nacheinander aus. Ich war die Letzte aus unserem Auto.

Wir nahmen zwar den Haupteingang, doch von dort aus wurden wir zu den Treppen gelotst, die sich hinter einer schweren Brandschutztür befanden. Das Foyer war leer und wurde lediglich von zwei Hexen hinter einer langen weißen Theke besetzt. Sie sahen kurz auf, als wir in einer Reihe zu den Treppen schlurften.

Eine von ihnen kam mir bekannt vor. Ich blickte zur anderen Seite, damit sie mir nicht mal im Vorbeigehen ins Gesicht sehen konnte.

Im Gegensatz zu draußen herrschten im Quartier eisige Temperaturen. Die Klimaanlage lief auf Hochtouren. Im Treppenhaus musste ich niesen.

Jin verengte die Augen, aber ich machte mich kleiner, sodass er mich nicht in der Menge erkennen konnte.

Beengt harrten wir vielleicht fünf Minuten aus, als drei Opalhexen durch die Tür stolzierten.

Das war der Moment, als mir der Ring einfiel. Panisch fischte ich ihn aus meiner Schürze und steckte ihn sofort an. Beruhigt atmete ich auf, als ich ihn bereits an Subins und Bobbys Fingern erkannte. Sie waren nicht so abgelenkt gewesen wie ich.

Die Opalhexen suchten sich jeweils drei Bedienstete aus. Ich wollte mich noch näher an Bobby stellen, aber es war bereits zu spät. Wir wurden getrennt. Subin, Bobby und eine andere Frau wurden mit ins Foyer genommen. Sie wagten es nicht, zu mir zurückzusehen.

Ich war auf mich allein gestellt. Als ich mich an den Gedanken gewöhnte und die Panik unterdrückte, erkannte ich, dass es besser so war. Ich hatte ohnehin vorgehabt, den Ritualraum ohne Bobby aufzusuchen.

Im Foyer hatte die Digitaluhr hinter der Theke kurz vor sieben gezeigt. Mir blieben zwei Stunden, bis das unheilvolle

Ritual beginnen würde. Rose würde sich bestimmt bereits kurz vorher im Ritualraum aufhalten. Das wäre der perfekte Zeitpunkt, um anzugreifen.

Bis dahin müsste ich noch die hypnotisierte Menschensklavin mimen.

Ich wurde mit zwei anderen zum Fahrstuhl geführt. Wenn ich die sieben Stockwerke hätte hochlaufen müssen, wäre ich mit geplatzter Lunge zusammengebrochen. Ich nahm an, dass wir den Lift nur nahmen, weil die Opalhexe selbst keine Lust hatte, sich mit den Treppen abzumühen. Es ging ihr nicht um uns.

Auf der siebten Etage befanden sich Konferenzräume, eine Küche und Toiletten. Immerhin keine Büros und keine schwarzmagischen Räume, vor denen ich mich hätte fürchten müssen.

Außerdem schienen wir die Einzigen zu sein, die sich hier aufhielten. Das Risiko, erkannt zu werden, war gering.

»Ihr wisst, was zu tun ist«, sagte die Opalhexe. Sie holte bereits ihr Smartphone aus der Hosentasche und verließ uns, um sich in dem ersten Konferenzraum auf einen der Stühle zu setzen.

Da ich keine Ahnung hatte, was zu tun war, folgte ich den anderen beiden. Zielstrebig steuerten sie die Küche an. Dort gab es eine Abstellkammer, in der sich ein gut ausgestatteter Putzwagen befand. Ich nahm mir ein paar Utensilien raus, zog mir Plastikhandschuhe an und begab mich ins Zimmer, das der Treppe am nächsten war. Leider war es auch genau gegenüber des Saals, in dem unsere Aufpasserin saß.

Es würde schwierig werden, an ihr vorbeizuschleichen. Sie war zwar von den Videos abgelenkt, die sie sich ansah, aber mir blieb noch genug Zeit, einen Ausweg zu finden.

Ich mühte mich nicht damit ab, besonders gründlich zu putzen. Ich bezweifelte, dass die Hexe sich dazu herablassen würde, unsere Arbeit zu überprüfen.

Ich blickte mehrmals nach draußen. Da ich keine Uhr besaß,

musste ich immer wieder unauffällig in den Flur blicken, in dem sich eine Wanduhr befand.

Etwa um halb acht war die Sonne gänzlich untergegangen. Eine halbe Stunde später war der Sichelmond aufgestiegen, und ich war zeitweise in einen anderen Raum gegangen. Um halb neun wurde es Zeit zu handeln.

Die Hexe hatte sich mittlerweile auf die Couch im Konferenzsaal gesetzt, die sich am hinteren Ende befand. Die Beine hatte sie auf die Lehne gelegt. Auf dem Bildschirm ihres Handys spielte weiter irgendein Video, als ich kurz durch die Tür lugte.

Ich bewegte mich rückwärts zu der Brandschutztür. Sobald ich sie erreichte, wäre ich nicht mehr sichtbar. Nur noch wenige Meter.

Meine Nase juckte. Nicht niesen.

Ich presste mit den Fingern meine Nasenflügel zusammen.

Ein heftiger Windstoß packte mich von hinten und drückte mich zwei Meter nach vorn. Strauchelnd fand ich mein Gleichgewicht wieder.

Die Hexe starrte mich an. Magie knisterte.

»Was tust du da?«

Innerlich fluchte ich.

»Die Tür«, stotterte ich. »Ich putze die Tür.« Zum Glück trug ich noch immer die Handschuhe und hielt einen Lappen in der Hand.

Ihre Augen verengten sich, während sie langsam von der Couch aufstand. Als sie mich erreicht hatte, sah sie an mir vorbei zur Brandschutztür.

»Sie ist sauber genug«, sagte sie leise. Ich wusste nicht, woher ich es wusste, aber sie überprüfte meine Aura. Sie war misstrauisch geworden. Ich fluchte innerlich. »Warum machst du nicht hier bei mir weiter?«

Ich verbeugte mich ehrerbietig.

Nachdem ich einen Eimer mit warmem Wasser und Putzmittel gefüllt hatte, kehrte ich in den Konferenzsaal zurück.

Die Hexe beobachtete mich noch einige Minuten lang von der Couch aus, aber irgendwann wurden ihre Langweile und Müdigkeit zu groß. Gähnend legte sie sich wieder hin.

Ich wusste nicht, ob ich ihrem Verhalten trauen konnte.

Die Zeit rannte mir davon. Ich wischte und putzte und wedelte Staub, bis der Raum blitzblank glänzte. Das Geräusch von zerspringendem Geschirr ließ die Hexe und auch mich aufschrecken.

»Was zum …« Sie lief an mir vorbei, um nach dem Rechten zu sehen.

Jetzt oder nie.

Ich ließ den Lappen und die Handschuhe fallen und rannte in die entgegengesetzte Richtung zur Treppe.

Bobby stand da und hielt die Tür geöffnet.

»Was machst du hier?«

»Dich retten.« Seine Worte hätten wie ein gut gemeinter Witz klingen können, aber seine Stimme war dunkel und angespannt. Ein Lächeln konnte ich außerdem weit und breit nicht entdecken. »Ich dachte mir, du brauchst vielleicht eine Ablenkung.«

»Du bist das gewesen? Was hast du getan?« Ich ließ die Tür lautlos hinter mir ins Schloss fallen. »Einen ganzen Schrank umgeworfen?«

»So in etwa.«

»*Gomawo.* Sie hat mich echt nicht aus den Augen gelassen. Wie spät ist es?«

»Kurz vor neun. Wir haben nicht mehr viel Zeit.«

»Wo befindet sich der Ritualraum?«

»Im Penthouse«, murmelte ich. Dort, wo die sieben Anwärterinnen ihr Leben gelassen hatten. »Wo ist Subin?«

»Sie war meine Ablenkung und wollte nachkommen.«

Ich nickte. Immerhin eine Person, die sich retten konnte, falls ich versagte. Bobby würde ich auf dem Weg ins Penthouse überzeugen müssen, mich zu verlassen.

Ich holte den Stab unter meinem Rock hervor, bevor wir die

Treppen nach oben liefen. Tatsächlich war ich weniger außer Atem, als ich dachte.

Trotzdem stürmte ich nicht sofort durch die Tür, nachdem wir den höchsten Stock erreicht hatten. Ich atmete tief durch und erweckte den Stab. Er glühte auf, wuchs an und wandelte sich von Holz zu Eisen. Der Smaragd leuchtete erwartungsvoll.

»Du solltest hier bleiben.« Ich löste den Knoten in meinem Nacken, sodass mein Haar nach vorne fiel. Sofort fühlte ich mich befreiter. Ich war keine Sklavin mehr, sondern eine Smaragdhexe, die Rose in ihre Schranken weisen würde.

»Hana…«

»Ich weiß, du wirst nicht auf mich hören.« Ich seufzte, bevor ich mir ein Lächeln abrang. »Aber sobald etwas schief geht, läufst du weg, ja? Keine Heldentaten.«

Er packte mein Handgelenk und zog mich an sich. Mit der Wange wurde ich an seine steinharte Brust gedrückt. Sein Herz schlug heftig gegen mein Ohr.

Er machte sich Sorgen.

»Es wird alles gut«, sagte ich und gaukelte eine Selbstsicherheit vor, die ich nicht mal ansatzweise verspürte.

Ich sah zu ihm auf. Er nutzte die Gelegenheit, um seine Lippen fast verzweifelt auf meine zu pressen. Überrascht bewegte ich mich für wenige Sekunden nicht. Als mich jedoch die Gefühle überkamen, die ich für Bobby in der kurzen Zeit entwickelt hatte, erwiderte ich den Kuss.

Ich öffnete meinen Mund und begegnete seiner Zunge mit meiner. Bobby drängte mich gegen die Tür, bis er mich mit seinem Körper einschließen konnte. Ein leises Raunen entrang sich seiner Kehle.

Eine unsichtbare Hand ballte sich um meine inneren Organe. Ich wünschte, ich könnte alles vergessen und mit ihm davonlaufen.

Ichliebedichichliebedichichliebedich.

Wenn er nicht derjenige gewesen wäre, der den Kuss beendet

hätte, hätte ich ewig so weitermachen können. Er lehnte seine Stirn atemlos gegen meine.

»*Mianhae*«, entschuldigte er sich heiser. »Nicht der richtige Zeitpunkt.«

»Genau der richtige Zeitpunkt«, widersprach ich. »Aber jetzt muss ich gehen.«

»Ich …«

Ich wartete einen Moment. Als er seinen Gedanken jedoch nicht fortsetzte, berührte ich seine Wange. »Ich weiß.«

Ich weiß, dass du mich auch liebst.

Ich weiß, dass du noch nicht bereit bist, es zu sagen.

Ich weiß, dass wir die Nacht überstehen müssen, um zusammen sein zu können.

Saranghae, *Bobby.*

Wir lösten uns voneinander. Ich zog mit meiner freien Hand die Tür auf und linste durch den Spalt.

Stimmen, die von der schweren Tür zuvor verschluckt worden waren, brandeten nun wie die See auf. Menschen, Hexen und Nichtmagische, wie Bobby sie genannt hatte, gleichermaßen. Ich sah mich um.

Mein Herz schlug mir bis zum Hals, als mein Blick auf die Stelle fiel, an der ich Jisoos leblosen Körper gehalten hatte. Natürlich waren die … Leichen längst fortgeschafft worden. Was hatte ich denn gedacht? Dass Rose sie in ihrem schönen Hauptquartier verrotten lassen würde? Als ständige Erinnerung an ihre verwerfliche Tat? Wohl kaum. So eine Person war sie nicht.

Auf der Längsseite gegenüber der Fensterfront, die bereits repariert worden war, befand sich ein langer Tisch. Er war mit einer schwarzen Samtdecke bezogen, und auf ihm waren verschiedene kalte Speisen platziert. Reis, *Kimchi,* anderes fermentiertes Gemüse, gegrillte Makrelen, geschnittene Melonen und Ananas sowie Kaki.

Menschensklaven holten noch weitere Gerichte aus den Räumen, die ich von hier aus nicht erkennen konnte. Opalhexen und Hexen aus den Zirkeln Topas, Rubin und Saphir tummelten sich in kleinen Grüppchen. Auf der Galerie hielt sich niemand auf. Nur auf der Empore direkt gegenüber von mir stand Choi Rose bereit. Nun, sie stand nicht, sondern sie saß auf einem Teppich. Ihr Kopf war gesenkt, die Handflächen auf ihren Oberschenkeln. Es wirkte fast so, als würde sie beten. Unter ihr, dort, wo die Anwärterinnen von ihr getötet worden waren, befand sich nun ein großes steinernes Becken. Die Flüssigkeit darin besaß die Farbe von blauer Tinte.

Das konnte nichts Gutes bedeuten.

Ich würde sicherstellen, dass sie ihr Ritual weder beginnen noch beenden können würde.

Weil ich wusste, dass ein weiterer Blick in Bobbys Richtung meinen Entschluss ins Wanken bringen würde, schritt ich voran, ohne mich ein letztes Mal umzusehen. Seinen Kuss schmeckte ich noch auf meinen Lippen. Seine warme Haut spürte ich an meinem Handgelenk und ... Er hielt mich erneut fest, aber nicht um mich zurückzuhalten. Ich spürte dieses Mal mehr als dass ich sah, wie er eine Illusion um uns wob.

Innerlich dankte ich ihm. Ich wollte ihn weit weg von der Gefahr wissen, die Rose ausstrahlte, aber ich wollte seine Hilfe nicht abschlagen. Immerhin wusste ich, dass er mit der Illusion ebenso schnell verschwinden konnte, wenn der Stab nicht seine Aufgabe erledigte.

Die Macht pulsierte jedoch in ihm, und ich zweifelte nicht an ihr. Wenn überhaupt, war ich erstaunt, dass niemand sonst in dem von Kerzenlicht erhellten Raum die reine Macht spürte. Sie war für mich so offensichtlich. Fast sichtbar schien sie um den Stab zu wabern. Eine uralte Kraft, die bereits Prinzessin Bari beschützt hatte.

Und nun würde sie das Hexenwerk von Seoul beschützen.

Wir stiegen die Treppe rechts von uns hoch. Langsam und mit Bedacht. Niemand stellte sich uns in den Weg. Ob absichtlich oder unabsichtlich.

Ich hielt meinen Blick auf Rose gerichtet, die ihren Kopf

weiterhin gesenkt ließ. Mittlerweile war ich ihr so nah, dass ich sehen konnte, wie sie lautlos ihren Mund bewegte. Ich setzte meine Sicht ein, aber die Magie blieb in ihr verschlossen. Was auch immer sie murmelte, es war kein schwarzmagischer Zauberspruch, wie sie ihn scheinbar in letzter Zeit des Öfteren angewendet hatte.

Ich hatte die Ecke erreicht. Fünf Meter. Vier. Drei. Zwei.

Die Aufregung und Nervosität verflogen. Ich war bereit.

Die Macht des Stabs flammte auf, als ich die Spitze auf Roses geraden Rücken richtete. Nur noch einen halben Meter entfernt.

Etwas Spitzes durchfuhr meinen Hals.

Perplex legte ich eine Hand auf die Stelle, die Bobby nicht mehr festhielt. Papier kräuselte sich unter meinen Fingern. Ich zog es von meiner Haut und erkannte gerade noch, bevor es in meiner Hand zu Asche verglühte, dass es ein gelber Talisman gewesen war. Einer von Nuris *Bujeoks.*

Bobby nahm mir den Stab ab. Ich beobachtete ihn, doch ich konnte mich nicht mehr bewegen. Mir wurde schwindelig.

Was geschah hier?

Roses Schultern erzitterten einen Moment, bevor ich ihr Lachen vernahm. Wie ein Crescendo wurde es lauter und lauter.

Ich war unfähig, den Blick von ihr zu wenden. Die Erkenntnis, dass etwas ganz und gar nicht nach Plan lief, breitete sich wie Säure in meinen Adern aus. Mein Sein zerfiel.

Rose erhob sich. Meine Sicht war auf sie allein beschränkt.

Ihre Lippen waren zu einem grausamen Lächeln verzogen. Um ihre dunklen Augen gruben sich keine Falten, was sie unnatürlich aussehen ließ. Wie eine Maske, die sie sich aufgesetzt hatte.

Bobby stand neben mir. Er rührte sich nicht.

»Da bist du ja. Sogar eine Minute zu früh.« Ihre Zähne blitzten auf. »Ich wusste, ich kann mich auf dich verlassen.«

»Auf mich verlassen?«, presste ich hervor. Abgesehen von meinen Augen waren meine Gesichtsmuskeln das Einzige, das ich noch bewegen konnte. Mein Magen rumorte. Übelkeit stieg in mir auf. »Ich bin nicht ...«

Rose schnalzte mit der Zunge. Das Geräusch steigerte seltsamerweise meinen Schwindel.

»Nicht du. Du bist genau wie deine Mutter. Wie Chaos. Unberechenbar. Ihn habe ich gemeint.« Sie nickte in Bobbys Richtung. »Den Dämon.«

»Bobby?« Mein Verstand arbeitete so schrecklich langsam. Kein Wunder, dass ich Rose ein weiteres Lachen entlockte. Sie amüsierte sich über mich und meine Dummheit.

»Ich nehme ihn jetzt, Dämon.«

Bobby sah mich nicht an, als er vortrat und Rose den Stab der Verdammnis überreichte.

Der Albdämon hatte mich verraten.

32

Rose umfasste den Stab mit ihren gierigen Fingern. Ich flehte ihn innerlich an, sich in ihrem Besitz zurück in einen einfachen Stock zu verwandeln. Entweder hörte er mich nicht oder gehorchte mir nicht mehr.

Ich starb tausend Tode. Weil Rose den Stab besaß.

Weil ich die gewissenlose Königin der Hexen nicht aufhalten konnte.

Weil ich zugelassen hatte, dass Bobby mich verriet.

Ich war so blind gewesen. Hatte lediglich den Zweifeln Beachtung geschenkt, die mit seinem Herzen und nicht mit seinen Absichten zu tun gehabt hatten. Er hatte mich getäuscht. Von Anfang an.

Er hatte mich vom Boden gekratzt, mich aufgerichtet und wie ein Lamm zur Schlachtbank geführt. Freiwillig war ich ihm gefolgt. Und freiwillig hatte ich ihm meine Kehle dargeboten.

Ichhassedichichhassedichichhassedich, dachte ich, aber ich fühlte nichts.

»Ich habe getan, was du mir aufgetragen hast.« Bobbys Stimme zog mir den Boden unter den Füßen weg. Er klang so ruhig und gefühlskalt. Überhaupt nicht, wie ich ihn kannte.

»Und mit welchem Eifer! Es hätte nicht besser funktionieren können.« Sie betrachtete den Stab fasziniert. »Gut, dass du mir gestern noch von eurem Plan berichtet hast.«

Er gehört dir nicht, wollte ich schreien, doch mir blieben die Worte im Hals stecken. Ich war überwältigt.

»Das war unsere letzte Zusammenarbeit«, betonte Bobby.

Ich schmeckte Magensäure in meinem Mund. Ich konnte sie im letzten Moment wieder runterschlucken.

Nein, nein, nein.

»Du hast mit ihr …«

Rose unterbrach mich. »Du solltest nun gehen, Dämon. Inna wird dir das Heilwasser für deine Schwester geben.«

Das Heilwasser? Ein weiteres der Artefakte? Warum brauchte seine Schwester es? Hatte er mich allein dafür verraten? Dann erinnerte ich mich daran, was sie zu mir gesagt hatte. Dämonenenergie war das Einzige, das ihre Schmerzen erträglich machte. Sie war ganz offensichtlich krank und Bobby …

Es ergab keinen Sinn. Ich konnte und wollte nicht glauben, dass er in der Zeit nichts für mich empfunden und mich derart leichtfertig hintergangen hatte.

Glaubst du tatsächlich, du bist so unwiderstehlich? Er hat dir bloß etwas vorgespielt, um dich samt Stab an Rose auszuliefern. Ein Kinderspiel.

Ich folgte Bobbys Blick. Auf der anderen Seite der Empore stand eine Opalhexe bereit. Sie hielt eine schimmernde Phiole in der Hand.

Das Heilwasser.

Ich kann zwar nichts Genaues zu dem Stab sagen, aber immerhin weiß ich, dass das Heilwasser wirklich existiert. Ich habe es mit eigenen Augen gesehen, das hatte Bobby gesagt. Ich erinnerte mich wieder. Zwar hatte er von Mino geredet, aber das war bloß eine weitere Lüge gewesen.

Die Finsternis zog Schlieren durch mein Sichtfeld. Er hatte um die Existenz des Heilwassers gewusst, weil Rose es ihm bereits gezeigt hatte.

Es wurde nahezu unmöglich, mir einzubilden, dass er irgendetwas ernst gemeint hatte. Jedes Wort war eine Lüge. Jeder Kuss ein Stich ins Herz.

Ich möchte nicht über meinen Grund reden. Subin hatte er im Gegensatz zu mir nicht anlügen können. Also hatte er gar nichts gesagt.

Ich wusste nicht, wie ich aufrecht stehen bleiben konnte.

Wortlos drehte er sich um. Mit jedem Schritt, den er sich von mir entfernte, wurde meine Seele in weitere Fetzen gerissen.

Ich hätte auf meine Instinkte hören sollen. Ihm nicht vertrauen und vor ihm davonlaufen sollen. Stattdessen hatte ich mich auf ihn verlassen und mich jeden Tag mehr auf ihn gestützt.

Ich hatte an eine gemeinsame Zukunft geglaubt.

Ich fürchte mich davor, alles einzulassen. Ich fürchte mich davor, verletzlich zu sein. Ich habe mich nie getraut, etwas außerhalb meines Zirkels zu lieben, weil ich weiß, dass ich den Verlust nicht überleben würde, echoten meine eigenen Worte in mir.

Der Schmerz wurde unerträglich. Rose wechselte den Stab von ihrer linken in ihre rechte Hand. Sie war amüsiert. Sie war so glücklich.

Ich war dem Abgrund nahe.

So darfst du nicht über Enden denken, hatte Bobby von mir verlangt. Und dann: *Du wirst den Schmerz ertragen. Du wirst überleben.*

Er hatte unser Ende gekannt. Natürlich hatte er es gewusst. Aber die Reichweite meiner Gefühle war ihm nicht klar gewesen.

Ich hatte ihn eingelassen, und ich hatte verloren. Denn in eben diesem Augenblick erschien mir der Schmerz als so unendlich, dass ich davon überzeugt war, ihn nicht überleben zu können.

Ich konnte nicht mal die Energie aufbringen, ihn zu hassen.

Ich war hilflos wie ein Neugeborenes.

Nach Jisoos Tod hatte ich in mir die Kraft gefunden, weiterzumachen, weil ich mich dem Verlust nicht stellen konnte. Jetzt war ich leer. Ich hatte keine Reserven mehr. Mir blieb nichts anderes übrig, als den Schmerz einzulassen und von ihm besiegt zu werden.

»Es war falsch von mir, an ihm zu zweifeln.« Rose grinste. Zum ersten Mal wandte sie den Blick vom Stab und sah mich an. »Er hat mich schließlich auch nie zuvor enttäuscht.«

»Zuvor?« Wie lange reichte ihre Zusammenarbeit bereits zurück?

»Ich schätze, uns bleibt etwas Zeit. Der Mond steht fast richtig.« Sie beugte sich vor. Mit ihrer freien Hand zog sie einen knisternden Talisman aus ihrer mitternachtsblauen Robe. Die roten Symbole schimmerten, als sie das gelbe Papier an mein Schlüsselbein presste. Von dort aus wurde die Taubheit aus meinen Gliedmaßen vertrieben. »Folge mir.«

Wie aus dem Nichts tauchten neben mir zwei Opalhexen auf. Ich erkannte sie wieder. Sie waren in Noryangjin dabei gewesen, als Elana die Hexen hingerichtet hatte.

Würden sie mich festhalten, während sie das Gleiche mit mir tat? Hatte Rose das vor?

Ich wollte nicht sterben. In mir regte sich ein kleiner Funke des Widerstands. Ein Gefühl, das sich den Weg durch den Sumpf des Schocks erkämpfte.

Langsam setzte ich einen Fuß vor den anderen und folgte, wie befohlen, Rose die Galerie entlang. Hexen neigten ehrerbietig den Kopf und wichen meinem Blick aus. Allein die Opalhexen kuschten nicht. Sie standen vollkommen hinter ihrer *Yeohwang*.

Wir erreichten das Steinbecken, das mir bereits beim Eintreten aufgefallen war. Immer noch wusste ich nicht, was für eine Flüssigkeit darin waberte. Es war wohl kaum Tinte, wie ich anfänglich gedacht hatte, oder?

Die Geschäftigkeit um uns herum setzte sich fort.

Es hätte mich nicht gewundert, wenn sich der Tisch unter der Last des Büfetts verbogen hätte. Ich fragte mich, wer das alles essen sollte. Erwartete Rose eine Horde an Gästen?

Das Ende war scheinbar noch nicht gekommen.

Sie drehte sich zu mir um und stieß den Stab sanft auf den Boden. Er veränderte sich nicht. Die Verbindung zwischen ihm und mir war gekappt. Ich spürte weder seine Macht noch seine Aura.

Aber ich fühlte mein Potenzial, das nicht voll war. Allmählich kehrte ich zu mir selbst zurück. Mein Blick huschte kurzzeitig zum Namsan Tower, den ich als Silhouette in der Ferne durch die Fensterfront erkennen konnte. So viel Magie.

»Der Dämon hat mich gekannt, bevor er dich kennengelernt hat«, begann sie. Was sollte ich von ihrer Gesprächigkeit halten? Es gab noch etwas, das sie von mir wollte, sonst hätte sie mich längst weggesperrt oder getötet. Ich wurde unruhiger, je mehr ich wieder zu mir selbst fand. Okay. Bobby hatte mich verraten. Ich würde mich später mit dem Untergang meiner Gefühle auseinandersetzen. Jetzt galt es zu überleben, denn irgendwo in diesem Gebäude befanden sich Subin und vermutlich auch meine Mutter. Ich wollte sie beschützen. Daran hatte sich nichts geändert. *Komm schon, Hana, irgendwo in dir findest du die Kraft, die du brauchst.* Ich sah Jisoos lächelndes Gesicht vor mir. Sie würde wollen, dass ich weitermachte. »Ich hätte ihn fast während der Jagd getötet. Doch dann habe ich mich stattdessen dafür entschieden, ihn zu benutzen. Er war nur allzu bereit, nachdem ich seinen Freund auseinandergerissen hatte. Er hat mir von bösartigen Dämonen erzählt und den Gebieten, in denen sie sich aufhielten. Ich habe die Informationen weitergegeben, und wir Hexen hatten schon bald die Straßen sauberer gemacht, als sie es je gewesen waren.

Langsam, aber sicher habe ich das Vertrauen von mehr und mehr Hexen gewonnen. Ich habe gesehen und gespürt, was wahre Macht ist.« Mit ihren Fingerspitzen berührte sie die dunkelblaue Oberfläche des Beckens, die sich daraufhin kräuselte. Von ihren Fingerkuppen tropfte die Flüssigkeit herab. »Manipulieren, berechnen, töten. Das hätten Hexen schon immer tun sollen. Ohne Ausreden. Nicht unter der lächerlichen Begründung, *Menschen* beschützen zu wollen. Sie sind kaum besser als Dämonen, aber um einiges erbärmlicher. Dämonen sind immerhin mächtig und besitzen einen gewissen Stolz. Nun, alle bis auf Bobby jedenfalls.«

Mir gefiel die Richtung ihrer Erzählung nicht. Unglücklicherweise konnte ich dadurch eins und eins zusammenzählen. Dinge, die ich nicht wissen und verdrängen wollte, stellten sich in den Vordergrund. Dort konnte ich sie nicht ignorieren.

Aber ich konnte Choi Rose davon ablenken, dass ich mein Potenzial am Namsan Tower auflud. Ich musste nur beten, keinen anderen Hexen aufzufallen. Die Angst vor einem möglichen Ausbrennen wurde von der Furcht vertrieben, gegen Choi Rose zu verlieren, ohne mich gewehrt zu haben. Und ob ich dieser großen Macht würdig war? Wer interessierte sich schon dafür?

»Er hat mich deinetwegen geküsst«, sagte ich. Die Frage war längst beantwortet. »Warum?«

»Hm, ich habe ihm nicht aufgetragen, dich zu küssen. Du musstest bloß von ihm berührt werden, damit du als Anwärterin ausgeschlossen würdest. Er hat mir gesagt, er würde einen Dämon engagieren.« *Song Taemin.* Er und Bobby hatten unter einer Decke gesteckt. Wie hatte ich es nicht sehen können? »Ich habe sieben Hexen gebraucht, aber dein Potenzial konnte ich mir leider nicht einverleiben. Das war besonders ärgerlich im Hinblick auf die Größe. Doch ich habe dich für etwas anderes benötigt.«

Das hatte ich nicht erwartet. Ich hatte geglaubt, sie wäre gerade darüber verärgert gewesen, dass sie mich nicht hatte töten können. Deshalb war mir Bobbys Berührung auch seltsam vorgekommen. Nicht wie etwas, das von Rose hätte gefordert sein können.

Wieder einmal lag ich falsch.

Noch ein bisschen. Mein Potenzial füllte sich so viel mehr mit der grünen Magie, als ich es für möglich gehalten hätte.

»Was konnte ich dir geben, dass …« Ich erstarrte. Der Stab glänzte und zog meine Aufmerksamkeit auf sich. Der Magiestrom von mir zum Tower wurde gekappt. Rechtzeitig, bevor Rose es sehen konnte.

Die *Yeohwang* bemerkte meine Reaktion und lächelte wissend. Sanft strich sie über den eingefassten Smaragd.

»Nur eine direkte Nachfahrin von Prinzessin Bari kann den Stab finden und erwecken«, bestätigte sie meine erschütternde Erkenntnis. »Bobby sollte dich anleiten, dich beobachten und dir, wenn nötig, helfen.«

»Aber … du hast deine Hexen geschickt, um mich zu töten! Du hast mich selbst bedroht!« Die Magie brodelte unter meiner Oberfläche. Ich würde Choi Rose besiegen. Auch ohne den Stab.

»Du wärst misstrauisch geworden, wenn ich es nicht getan hätte. Außerdem hast du mehr Motivation gebraucht, nachdem du dir bereits viel Zeit gelassen hast. Dass du deine Freundin rettest, war nicht geplant gewesen, aber es hat mir die Möglichkeit gegeben, dir die Bedrohung deutlich vor Augen zu führen. Bobby hat mir natürlich regelmäßig Berichte zukommen lassen. Ich denke, ich werde kein Problem haben, ihn nach dem heutigen Abend erneut für mich zu gewinnen.«

»Und jetzt? Wirst du mich töten?« Meine Stimme zitterte und machte meinen Mut damit zunichte.

Ich war bloß eine neunzehnjährige Hexe, die kaum etwas mit ihrer Magie anzufangen wusste.

»Dich töten?« Sie lachte auf. »Warum sollte ich das tun? *Ani.* Ich habe etwas viel Passenderes für dich geplant.«

»Und ich für dich!« Ich schmetterte eine Wolke aus magischer Aura, die mit glühenden Blitzen durchsetzt war, auf die *Yeohwang*. Sie konnte nicht ausweichen. Stattdessen hob sie einen Schild hoch, gegen den meine Angriffsmagie prallte.

Ich schrie durch zusammengebissene Zähne und entließ Magiesalve nach Magiesalve, bis ihr Schild zu wackeln schien. Ihr Gesicht verzog sich zu einer Grimasse.

Bald. Nur noch ein bisschen. Fast hatte ich sie.

Als ich von ihr zum Tower blickte, um mein Potenzial gleichzeitig aufzuladen, kostete ich den Sieg bereits. Choi Rose schrie auf. Ihr Schild löste sich auf. Meine Magiewolke traf sie an der Schulter. Ich setzte nach, doch im gleichen Moment wurde ich von einem fremden Magieball getroffen.

Meine Konzentration wurde gestört. Ich verlor den Halt. Konnte weder neue Aura in mich aufsaugen noch angreifen.

Ich fiel rücklings auf den Boden. Mein Potenzial war leer. Als ich nach der magischen Aura des Büfetttisches griff, schlug mir Choi Rose mit dem Stab gegen die Wange.

Ich schmeckte Blut.

Ihre Augen verengten sich. »Seit du ein kleines Blag gewesen bist und du dir meinen Thron unter den Nagel reißen wolltest, warte ich darauf«, zischte sie ungehalten. Ihr Haar war durch meinen Angriff durcheinandergeworfen worden. Sie hatte nicht mit einem Kampf gerechnet und wirkte ungehalten. »Ich werde dir zeigen, dass der Thron und die Krone mir gehören. Und nur mir. Du wirst sie nie bekommen. Du wirst nie wieder fähig sein, Magie zu wirken.«

»*Ani.*« Jegliches Blut wich aus meinem Gesicht. Ich krabbelte rückwärts über den Boden. Es gab keine magische Aura mehr um mich herum. Die Opalhexen hatten alles leergesaugt.

»Ich spüre die Vibrationen *seiner* Macht. Ohne dich hätte ich sie nie benutzen können.« Sie ragte über mir auf. »Wenn du genau darüber nachdenkst, ist alles Kommende deine Schuld.«

Ich schrie auf, während sie den Smaragd auf mich richtete. Der Schmerz blendete mich, als die Spitze meinen Brustkorb berührte. Sämtliche Magie, das letzte Bisschen, wurde aus meinem Potenzial gesogen, doch damit war es noch nicht vorbei.

Rose biss die Zähne zusammen.

Ich hätte es nicht für möglich gehalten, aber die Qual nahm größere Ausmaße an. Ich beugte mich vor, um mich zu übergeben, als mir die Kehle zugeschnürt wurde. Panik setzte ein. Ich erstickte, während das Potenzial brutal aus mir herausgezogen wurde. Der Smaragd leuchtete heller und heller.

Der Stein, Jisoos Stein, der in der Kuhle zwischen meinen Schlüsselbeinen lag, brach. Ich fiel zur Seite, rollte mich zusammen.

Die Stabspitze löste sich von meiner Brust. Meine Kehle öffnete sich. Mein Magen verkrampfte sich. Ich übergab mich auf dem steinernen Boden, bis nichts mehr in mir drin war. Weder Nahrung noch Magie ... oder mein Potenzial.

Ich war zu einem Schatten meiner selbst geworden.

Ich war nichts.

33

Wieder wurde ich grob auf die Beine gezogen. Die Hexen mussten mich an den Armen festhalten, andernfalls wäre ich wieder in mich zusammengefallen. Wie ein zerstörtes Kartenhaus.

»Bringt sie an den Rand«, sagte Rose, die nicht so triumphierend klang, wie ich erwartet hätte. So wichtig war ich ihr nicht. Sie war gedanklich bereits weitergerückt und auf die kommende Zeremonie fokussiert. »Meinetwegen kann sie sich das große Finale ansehen. Danach bringt ihr sie nach unten. Ich werde damit beschäftigt sein, Seoul zum Besseren zu verändern.«

»*Yeohwangnim.*« Bevor mich die Opalhexen wegführen konnten, erschien Elana zwischen uns und Rose. Die Hexen waren scheinbar zu neugierig auf das Gespräch, um sich abzuwenden. Ich konnte kaum den Worten folgen. Mein ganzer Körper zitterte. Ich benötigte fast meine gesamte Konzentration dafür, weiterzuatmen. »Bist du sicher, dass das die beste Idee ist? Der Jangnandämon ist aus gutem Grund seit Jahrhunderten in der Hölle eingesperrt.«

Jangnandämon? Der Begriff regte eine Erinnerung an, aber ich konnte sie nicht greifen.

Wo hatte ich ihn zuletzt gehört?

»Sicher, es gibt gute Gründe. Er ist der mächtigste aller Dämonen. Die anderen haben sich von ihm bedroht gefühlt. Heute werde ich ihn mit dem Stab der Verdammnis zurückholen und damit kontrollieren.« Roses Gesichtsausdruck wurde scharf. Elana senkte den Blick. »Zweifelst du etwa an meinen Fähigkeiten?«

»Niemals würde ich …«, ereiferte sich Elana prompt. Sie ergriff Roses freie Hand und drückte sie fest, führte sie mit dem Rücken an ihre Stirn. »Bitte vergebt mir, *Yeohwangnim.*«

»Dir sei vergeben«, verkündete Rose großzügig. Ihr kalter Blick erfasste mich. »Bringt dieses elende Wesen endlich zur Seite, damit ich beginnen kann.«

Die beiden Opalhexen murmelten Entschuldigungen, bevor sie mich wegschleppten. Eine weitere wies einen Menschen an, meine Kotze aufzuwischen.

Ich machte ihnen die Arbeit nicht leicht. Meine Gedanken zogen sich allmählich aus dem klebrigen Sumpf. Rose und Elana hatten etwas mit ihrem Gespräch in Gang gesetzt.

Ich merkte, dass ich weiter funktionieren konnte, wenn ich mich nicht auf den Fakt konzentrierte, dass ich nie wieder würde Magie wirken können. Vielleicht gab es noch einen Weg, Rose aufzuhalten und meinen Zirkel zu retten.

Ich ballte meine Hände zu Fäusten. Es war okay, schwach zu sein. Aber nicht jetzt. Sobald ich alles in meiner Kraft Stehende gegeben hatte, um Rose zu zerstören, dürfte ich mich von der Verzweiflung verschlingen lassen. Nicht vorher.

Wir hielten unweit der Fahrstühle an. Ich durfte mich gegen die Wand lehnen. Die anderen anwesenden Hexen scheuchten die zurückgebliebenen menschlichen Sklaven zu einer Gruppe zusammen. Sie tummelte sich neben dem Büfett. Auf ihren Gesichtern fanden sich keine Emotionen. Sie wirkten wie Schlafwandelnde, die sich zufällig an diesen Ort begeben hatten.

Jangnandämon. Jangnandämon.

Ich bewegte meine Lippen, formte die Worte lautlos. Sie kitzelten meinen Verstand. War es auch etwas gewesen, dass Bobby gesagt hatte?

Natürlich. In der Legende von Prinzessin Bari war es ein Jangnandämon gewesen, der das letzte Hindernis dargestellt hatte. Ihm hatte sie Söhne gebären müssen. Von ihm hatte sie den Stab der Verdammnis erhalten.

Sie hatte ihn dem Dämon abgenommen und mit seiner Macht eingesperrt.

Aber war er auch der Dämon, vor dem sich die Dämonenfamilie in Mirro gefürchtet hatte? Damals hatte ich die Verknüpfung nicht gemacht, weil ich von Sulhees Angst abgelenkt worden war. Jetzt aber schien mir die Verbindung glasklar.

Der Jangnandämon würde die widerlichen Dämonenhalblinge vor Angst erzittern lassen. Daran erinnerte ich mich.

Würde das geschehen, wenn ihn Rose aus der Hölle befreite? Wie konnte sie das überhaupt nur in Betracht ziehen?

Weil sie glaubt, ihn mit dem Stab kontrollieren zu können. Manchmal würde ich meine innere Stimme erwürgen wollen. So wahr ihre Einwände auch stets waren, sie waren nicht immer willkommen.

Die Hexen des Rubin-, Topas- und Saphirzirkels standen in unmittelbarer Nähe zu den Opalhexen. Die anderen anwesenden Zirkel hatten sich demonstrativ auf der gegenüberliegenden Seite des Beckens positioniert. Kein einziger Vertreter des Smaragd- oder Rosenquarzzirkels war anwesend. Das hatte sich nicht geändert und erfüllte mich gleichermaßen mit Stolz und Sorge.

Ab und zu spürte ich neugierige oder bemitleidende Blicke auf mir. Spätestens jetzt hatte jeder erfahren, was Rose mir angetan hatte.

Ich traute mich nicht, ihre Blicke zu erwidern. Ich würde unter ihnen entweder zu Stein erstarren oder in Flammen aufgehen, denn in meinem tiefsten Innern regte sich eine Überzeugung. Dass ich es verdient hatte.

Ich war dumm genug gewesen, Bobby zu vertrauen. Einem Dämon. Bei meinem Glück war seine Schwester wahrscheinlich in seinen Verrat eingeweiht gewesen und hatte mir mit den Talismanen schaden wollen. Ihr distanziert-höfliches Verhalten ergab Sinn. Ich konnte bloß hoffen, dass sie sich davon nicht beeinflussen ließ, wenn es um Sulhees Wohlergehen ging.

»Hana.« Allein ihre Stimme reichte, und meine Knie wurden weich. »Oh, Hana.«

»*Umma*«, wisperte ich.

Umma war plötzlich da. Sie ließ sich nicht von den Opalhexen neben mir aufhalten, und weil sie Roses Aufmerksamkeit nicht auf sich ziehen wollten, hielten sie sich zurück.

»Oh, *uri Ttal*«, meine Tochter, »was machst du nur hier?«

Ich drängte die Tränen zurück. Wenn ich jetzt zu weinen begann, würde ich nicht mehr aufhören können.

Umma sah genauso aus wie das letzte Mal, als wir vor über einer Woche hier gewesen waren. Bloß die Schatten unter ihren Augen waren dunkler, die Lippen angespannter. Sie streichelte mein Haar, hielt mein Gesicht in ihren Händen.

»Du hast gesagt… Ich habe den Stab gefunden, *Umma.*« Meine Stimme zitterte. »Du hast gesagt, ich soll meinem Erbe vertrauen, aber jetzt ist alles verloren.«

»Das habe ich nicht damit gemeint, Hana.« Ich bemerkte ihren misstrauischen Blick auf die Opalhexen, die jedem Wort von uns lauschten. »Blicke in dich selbst. Horche in dich hinein.«

»In mir ist nichts mehr. Sie hat mir alles genommen.«

Ummas sanftes Lächeln war so fehl am Platz, und doch oder vielleicht gerade deshalb spendete es mir Zuversicht.

»Niemand kann dir etwas nehmen, das zu geben du nicht bereit bist. Und vergiss nicht, ganz gleich, was du entdeckst, *Appa* und ich haben dich immer geliebt. Du bist unsere Tochter.« Sie küsste meine Wange. »Unser Zirkel flieht heute Nacht«, flüsterte sie so leise, dass ich sie kaum verstand. Mach dir keine Sorgen um uns, Hana. Kümmere dich um dich selbst und Subin.«

»Du weißt…?«

»Ich hab dich lieb, *uri Ttal. Appa* liebt dich auch. Sei mutig. Hab Vertrauen in dich selbst.«

»Es wird Zeit.« Elana stand hinter uns und sah *Umma* an. »Rose möchte dich nicht hier haben.«

»Was ist mit meiner Tochter?« *Ummas* Miene verschloss jedes einzelne Gefühl. Sie wollte den Opalhexen nichts von sich geben. Ich war so stolz auf sie.

Elana wirkte müde. »Ich werde sie später nach unten begleiten. Bitte geh, ohne einen Aufstand zu machen. Das wird ihr nur schaden.«

Umma zögerte kurz, bevor sie sich ein Nicken abrang. Ich stürzte nach vorne und schlang die Arme um sie. Sie war mir noch nie so stark erschienen. Ich hatte sie so vermisst.

»Folge deinem Erbe, Kang Hana«, wiederholte sie.

Sie löste meine Arme von ihrem Körper und drehte sich um. Ich beobachtete schweigend, verzweifelt, wie sie in den Lift stieg und mich verließ. In ihrer Hand lag die Klingel des Goblins, die ich ihr gegeben hatte. Mein Zirkel brauchte seine Hilfe mehr als ich.

Ruhiger, entschlossener kämpfte ich gegen die Leere in meinem Sein an. *Halte durch, Hana. Umma* vertraute mir immer noch. Sie sah mich weiterhin als ihre Tochter an. Ich hatte sie nicht enttäuscht.

Nur weil sie noch nicht wusste, dass ich einen Dämon geliebt hatte …

Rose stellte sich vor das Becken, sodass mir ihre Seite zugewandt war. Der Stab leuchtete, getränkt mit meiner Magie und meinem Potenzial. Es kribbelte mir in den Fingern, mich auf ihn zu stürzen und an mich zu reißen.

Elana und fünf andere Opalhexen positionierten sich um das Becken. Sie reichten sich die Hände, nur Rose hielt ausschließlich den Stab umfasst, als würde sie ihn nie wieder loslassen.

Eine Hitzewelle überkam mich. Ohne Magie besaß ich auch keine Sicht mehr. Ich konnte weder die verschiedenfarbigen Auren erkennen noch ausmachen, wer in diesem Moment Magie verwendete.

Denk nicht daran. Konzentriere dich. Suche nach einem Ausweg.

Rund zwei Meter rechts von mir befanden sich die Fahrstühle, in einem von ihnen war *Umma* verschwunden. Vier Hexen standen zwischen ihnen und mir. Ohne Magie käme ich nicht an ihnen vorbei.

Ich betrachtete das Schimmern des Stabs. Ich konnte mir vorstellen, wie die Magie aller Hexen auf ihn konzentriert wurde. Die Oberfläche im Becken kräuselte sich. Das Blau intensivierte sich.

Haarsträhnen fielen mir ins Gesicht. Ein Sturm kam auf, den wir draußen sehen und im Inneren fühlen konnten. Er war kalt. Regen peitschte an die Fensterfront, die unter dem starken Wind vibrierte.

Eine Gänsehaut breitete sich auf meinem Körper aus. Die Härchen auf meinen Armen stellten sich auf, als ein Donnergrollen das Böse ankündigte.

Einige Hexen wechselten verunsicherte Blicke.

Wir taten so etwas nicht.

Die Hexen von Seoul existierten ausschließlich, um Dämonen zum Schutz von Menschen zu töten. Nicht, um sie aus den Höllen heraufzubeschwören.

Ein buntes Feuerwerk am Hangang erleuchtete den Sturm. Es war bloß kurz und mit wenigen Raketen, die vermutlich aus Verzweiflung abgeschossen wurden, bevor der Regen weiter zunahm. Rot. Blau. Silber.

Elana löste sich aus dem Zirkel, aber die Magie schien stabil zu bleiben. Selbst ich spürte das Knistern.

Ich konnte Elanas Gesichtsausdruck nicht erkennen, weil sie mir den Rücken zugewandt hatte. Sie löste zwei der menschlichen Sklaven von ihrer Gruppe und geleitete sie ans Becken.

Mir schwante Böses. Niemand griff ein.

»Tu es nicht!«, wollte ich rufen, doch es kam lediglich ein Krächzen raus. »Elana!«

Sie reagierte nicht. Ob es daran lag, dass sie nicht reagieren wollte oder sie mich tatsächlich über das Donnergrollen draußen nicht hörte, wusste ich nicht.

Was ich wusste, war, dass sie die Menschen zur Schlachtung

brachte. Sie führte sie neben Rose, die mit ihrer Magie einen leuchtenden Dolch formte, wie sie es während des Ahnenmonds getan hatte. Ich konnte ihn nicht sehen, aber ich konnte ihn fühlen. Ich konnte ihn erahnen durch die Art, wie sie ihre Hand hielt.

Blut spritzte, ehe es dann aus den Kehlen sickerte. Zwei Opalhexen hielten die Opfer so, dass ihr Blut sich mit der Tinte im Becken vermischte.

Vor Übelkeit krampfte sich mein Magen erneut zusammen, doch es gab nichts mehr, was ich hätte hervorwürgen können.

Erst nachdem kaum noch Blut mehr hervorquoll, wurden die Leichen weggeschafft. Der Kreis schloss sich erneut. Rose senkte ihre Lider. Ihre Lippen bewegten sich, ebenso die der anderen Zirkelhexen. Ich konnte nicht hören, was sie vor sich hin murmelten.

Der Wind nahm zu. Das Klappern der Fenster wurde unglaublich laut.

Mich überkam eine so grundlegende Furcht, wie ich sie noch nie zuvor gespürt hatte. Sie drängte sogar meine Verzweiflung über den Verlust meiner Kräfte in den Hintergrund. Der Instinkt zu fliehen wurde beinahe übermächtig. Unwillkürlich wichen auch viele der anderen Hexen zurück.

Die Magie explodierte über dem Becken. Sie war so stark, dass sogar ich die glühenden Funken erkennen konnte.

Stille, die noch dröhnender war als das Gewitter zuvor. Für ein paar Sekunden gab es nichts außer das Schweigen.

Das Klatschen von Wasser gegen die Steinwand des Beckens war das Zeichen, das den Sturm erneut freisetzte. Jedes Augenpaar war auf die Person gerichtet, die sich aus dem Becken löste.

Der Dämon, der einer Hölle entstieg.

34

Zuerst sah ich bloß feuchtes Haar, dann folgten ein gebräuntes Gesicht und rote Augen mit schwarzen runden Pupillen. Das glatte blonde Haar reichte bis zu seinen muskulösen Schultern, auf denen schwarze Linien tätowiert waren. Er war der größte Mann, den ich bisher gesehen hatte, und er stand nackt im blutigen Becken. Die Feuchtigkeit perlte von seiner Haut. Bildete rote und blaue Striemen.

Sein aufmerksamer Blick streifte über die Anwesenden, bevor er auf Roses Gesicht haften blieb.

Ich konnte trotz allem das Brodeln seiner verschlossenen Macht spüren. Blitze schlugen in den Blitzableiter des Gebäudes. Einer nach dem anderen in kürzester Zeit. Es war so schrecklich laut.

Der Trickster stieg ohne Hilfe aus dem Becken. Rose nickte.

Zwei Hexen begaben sich zitternd in die Nähe des Jangnandämons und reichten ihm eine Robe aus schwarzer Seide. Sie halfen ihm, sie anzuziehen und zu binden.

Der Dämon sah beeindruckend aus. Mächtig. Gefährlich. Er trug die Gestalt eines Mannes in seinen besten Jahren, aber sein Blick sprach von durchlebten Jahrtausenden.

»Willkommen zurück, Trickster«, sagte Rose mit lauter Stimme. Ich bildete mir ein, eine leichte Unsicherheit herauszuhören.

Die *Yeohwang* stellte sich vor den Dämon. Der Stab glänzte.

»Mein Name ist Woong«, dröhnte er. Ich traute mich kaum zu atmen, aus Angst, seine Aufmerksamkeit auf mich zu ziehen. »Ich erkenne dich. Du hast mich befreit, Hexe?«

»Das habe ich.« Rose richtete sich auf. Bestimmt durchfuhr sie Stolz, dass sie etwas Derartiges bewerkstelligt hatte – aller Widerstände zum Trotz.

»Warum?«

Keine Luftsprünge. Keine Dankbarkeit. Nur eine einfache Frage.

»Mit deiner Hilfe will ich Seoul von Dämonen befreien. Sie sind kaum mehr als Insekten, die auf den Straßen krabbeln und juckenden Ausschlag hinterlassen«, antwortete Rose voller Überzeugung. Man musste ihr ihre Furchtlosigkeit lassen. Furchtlosigkeit, die durchaus von Wahnsinn aufrechterhalten wurde. »Ich möchte meinen Zirkel stärken, damit wir die Stadt entwirren und schließlich neu kreieren können. Wir sollten Menschen für unsere Bedürfnisse nutzen dürfen, anstatt sie zu beschützen und unsere Leben nach ihnen auszurichten. Anders als unsere Ahnen es vorgesehen haben, ergreifen wir wichtige Machtpositionen und zeigen mutig, wer wir sind und zu was wir imstande sind. Mit dir wird das möglich sein.«

Ihre Beweggründe waren genau diejenigen, die ich befürchtet hatte.

»Ich soll helfen?« Ich konnte den Ton in seiner Stimme nicht deuten. War er erfreut? Entsetzt? Erbost? »Dämonen und Hexen sind seit sehr langer Zeit Feinde. Ich wurde von einer der ersten eurer Art betrogen.« Es kostete ihn etwas, das zuzugeben.

Als hätte er meine Gedanken vernommen, verschloss sich seine Miene. Sein Gesicht neigte sich einen Moment in meine Richtung. »Es ist ihre Schuld, dass ich so lange eingesperrt gewesen bin.«

»Da vorne ist ihre direkte Nachfahrin. Du kannst deine Wut an ihr auslassen, aber du wirst *mir* helfen«, betonte Rose. Der Trickster, Woong, folgte mit dem Blick ihrer Handbewegung und fixierte mich. Ich vergaß kurzzeitig, zu atmen.

Ich konnte der Düsternis in seinen Augen nicht entkommen. Sie glich einem Strudel, der mich tiefer und tiefer zog. Ich erzitterte, als ich das Versprechen in dem Blick erkannte.

Er würde mich für die Taten meiner Vorfahrin büßen lassen.

Gleichzeitig existierte jedoch ein Zwiespalt in ihm, den ich nur bemerkte, weil er einmal blinzelte und seine Gesichtszüge für einen kurzen Moment weicher wurden.

Bei Roses letzten Worten sprang sein Blick jedoch wieder zurück zu ihr.

Vor Erleichterung atmete ich aus. Die roten Augen schienen den drei Höllen als Fenster zu dienen, solche Intensität ging von ihnen aus.

Es war ein Kampf der Mächtigen. Ohne Höflichkeit. Ohne Ehrerbietung.

»Ach ja?«

»Ich werde dich mit dem Stab dazu bringen«, sagte Rose und berührte mit dessen Spitze seine Brust, wie sie es auch bei mir getan hatte.

Der Trickster krümmte sich. Spürte er ähnliche Schmerzen, wie ich sie empfunden hatte? Kein Stöhnen stolperte jedoch über seine Lippen.

Er ging in die Knie. Sein Kopf war gesenkt, sodass sein blondes Haar ihm ins Gesicht fiel.

Roses Grinsen drehte mir den Magen um. Sie bekam alles. Der Triumph gehörte ihr. Sie würde für ihre Taten nicht zur Rechenschaft gezogen werden.

Es war vorbei.

»Das ist der Stab der Verdammnis, falls du seine Existenz vergessen hast«, erklärte sie mit vor Arroganz triefender Stimme. »Mit ihm habe ich dich in die Menschenwelt geholt, und durch ihn werde ich mir deine Hilfe sichern. Ob du willst oder nicht, spielt keine Rolle.«

Woong gluckste.

Ich wusste zuerst nicht, von wem das Lachen stammte, doch er war der einzige Mann im Raum. Abgesehen von Bobby, wie mir einen Moment später bewusst wurde. Er war zurückgekehrt und hatte sich in der Nähe des Beckens positioniert. Was tat er da?

Ich wurde von Woong abgelenkt, der das größere Ereignis darstellte. Die größere Gefahr.

»Ahh.« Er zog den Ausruf in die Länge, sich beinahe darin sonnend. »Ich habe vergessen, wie sehr das schmerzt.«

»Du tust also besser, was ich sage. Dann werde ich dich nicht …«

Es geschah so schnell, dass ich nicht mal blinzeln konnte. Der Trickster packte den Stab mit beiden Händen. Seine Augen leuchteten rot. Seine Stirn legte sich in Falten. Es war deutlich, dass er große Qualen litt, aber er ließ sich davon nicht aufhalten.

Endlich setzte auch bei Rose Furcht ein. Sie zog und zerrte an dem Stab, doch der Dämon ließ nicht los.

Die Hexen waren allesamt zu schockiert, um zu reagieren. Niemand wirkte Magie gegen ihn.

»Wer hat dir gesagt, du könntest ihn gegen mich verwenden?«, presste er hervor.

»Ich … Ich habe darüber in den dunkelsten Tagebüchern gelesen. Baris eigene Worte …«

Woong zog sie durch den Stab an sich. Obwohl er weiterhin kniete, befanden sich ihre Gesichter nun auf einer Höhe.

»Du bist nicht sie«, stellte er klar. »Jemand wie du, mit so geringer Macht, wird niemals dazu in der Lage sein, mich oder das Land zu regieren.«

»Tu ihr nicht weh!« Elana tat einen Schritt vor.

Eine Ironie des Schicksals, dass sie die gleichen Worte benutzte wie ich zuvor. Warum erwartete sie eine andere Reaktion?

Woong blickte sie an. Er löste eine Hand von dem Stab und packte Elanas Nacken. Mit einem endgültigen Knacken hatte er ihr Genick gebrochen.

Das Entsetzen, das auf Roses Gesicht geschrieben stand, war ehrlich. Sie musste mitansehen, wie ihre Geliebte vor ihren Augen starb.

Dennoch ließ sie den Stab nicht los.

Ihre Gier war größer.

Der Trickster öffnete seine Hand. Elana fiel zu Boden. Ihre leeren Augen starrten ins Nichts.

»Du bist nichts im Vergleich zu mir«, sagte der Dämon, als er den Stab wieder mit beiden Händen umfasste. Das Donnergrollen nahm zu, als würde es von ihm kontrolliert werden.

Wieder folgte Blitz auf Blitz, bis der Ableiter auf dem Dach des Gebäudes der Naturgewalt nicht mehr standhalten konnte. Mit einem dröhnenden Getöse brach er entzwei und fiel an den Fenstern vorbei in die Tiefe.

Das war offenbar der Moment, in dem die Hexen aus ihrer Starre erwachten. Sie bedienten sich ihres Potenzials und wirkten erstaunliche Angriffsmagie. Durch die bunten Energiebälle, die durch den Raum flimmerten, um den Dämon zu treffen, erkannte ich, dass Rose wahrlich mit mir gespielt hatte.

Die Angriffe der Opalhexen während meiner Flucht waren nicht mit diesem Spektakel zu vergleichen. Die Magie in diesem Raum war tödlich.

Die Hexen neben mir beteiligten sich nicht an der Attacke, sondern zogen lediglich einen Schutzschild, der uns vor irregeleiteten Angriffen schützte.

»Helft uns!«, rief eine Opalhexe in unsere Richtung, als klar wurde, dass der Trickster nicht sofort tot umfallen würde. Ein Großteil der Magiebälle schien sogar einfach an ihm abzuprallen, als würde er sie nicht mal spüren. Ähnlich wie an Bacons Schuppen.

Die Hexen aller anwesenden Zirkel sahen sich an. Der Schutzschild löste sich auf, und sie preschten voran. Ich ging in die Knie und presste mir die Hände auf die Ohren. Das Donnergrollen war so laut, dass ich nicht mehr meine eigenen Gedanken hören konnte. Dazu gesellte sich das Zerspringen von Glas und Geschirr. Die Fensterscheiben klapperten und zersprangen erneut. Regen und Wind rauschten wie eine unbändige Gewalt ins Innere und rissen an meiner Kleidung, meinen Haaren und peitschten in mein Gesicht. Es war gleichzeitig wie ein Déjà-vu und wie ein Kreis, der sich schloss. Es hatte mit meiner Flucht aus dem Penthouse begonnen und würde mit meinem Tod hier enden.

Jemand, der dieses Mal nicht *Umma* war, warf sich über mich und schützte mich, bevor ich von einem Regen aus Glasscheiben zerschnitten werden konnte.

Ich blickte zwischen Arm und Schulter der Person über mir und sah, wie Woong mit einer Hand einen riesigen Spiegel aus dem Nichts kreierte. Er war oval und mannshoch. Die silberne Oberfläche sog die auf ihn gerichtete Magie in sich auf.

Er war so mächtig. Und das, obwohl er weiterhin die Schmerzen spürte, die ihm vom Stab hinzugefügt wurden.

»Steh auf.«

Bobby. Bobby hatte mich beschützt. Und jetzt versuchte er, mich zum Aufstehen zu bewegen. Er zog an meinen Schultern.

Instinktiv wehrte ich mich gegen ihn, ehe mein Verstand einsetzte. Das war nicht vernünftig.

Ja, ich verachtete Bobby mehr, als ich in Worte fassen konnte, aber ich musste hier weg. Musste das Chaos für mich nutzen.

»Ich kann das allein«, herrschte ich ihn an.

Sofort ließ er mich los. Eine Erschütterung ließ den Boden erzittern. Wir beide sahen zu dem Dämon. Ihm war es gelungen, Rose den Stab zu entreißen.

Die Hexe war kreidebleich. Ihre Arroganz eine blasse Erinnerung. Sie kniete sich vor dem Dämon hin, der den Stab festhielt.

Rose legte ihre Handflächen aneinander. Die Angriffe versiegten. Der Sturm tobte weiter. Die Welt, die sich gegen den Trickster zur Wehr setzte.

Bobby drängte mich zur offenen Fensterfassade. Erneut ein Déjà-vu. Als *Umma* das Hinausstürzen als letzte Möglichkeit zur Flucht für mich gesehen hatte. Würde ich mich in der gleichen Situation wiederfinden?

»Bobby!«, rief ich, weil ich wollte, dass er stillhielt. Dass er mir Zeit zum Durchatmen gab, auch wenn wir keine Zeit stehlen konnte. Mein Herz pochte in doppelter Geschwindigkeit. »Hör auf.«

Er drehte sich zu mir um. Seine Augen wurden groß. Ich sah es zu spät. Er reagierte zu spät. Ein Magieball traf mich an der Seite, fuhr teilweise durch mich hindurch und traf Bobby mitten auf den Bauch.

Zeitgleich krümmten wir uns vor Schmerzen. Es brannte. *Ani.* Ich brannte.

Blut quoll aus meiner Seite und färbte meine Hände, die ich darauf presste, rot. Würde ich so sterben?

Ich stand gefühlt lichterloh in Flammen. Und obwohl Bobby dieselben oder noch stärkere Schmerzen spüren musste, gelang es ihm, mich aufzufangen. Er hielt mich fest an sich gedrückt.

Sein Blut, das sein T-Shirt tränkte, mischte sich mit meinem. Es sickerte warm aus meiner Seite und der Innenseite meines Arms.

Ich sah zurück. Mein Blick traf auf den des Tricksters. Er wusste, wer ich war. Sein Gesicht spiegelte Abscheu und Verlangen wider. Wenn ich blieb, würde er mich auseinanderreißen.

Prinzessin Bari hatte sich ihm gestellt und hatte gewonnen. Ich war nicht sie. Würde nie sie sein.

Kraftlos sah ich von ihm zu Bobby. Wenn ich nur eine letzte Minute hätte, wollte ich ihn ansehen.

Ja, er hatte mich betrogen.

Ja, er trug die Schuld an dem Desaster.

Aber ich hatte ihn geliebt. Und meine Liebe hatte ihn in den schönsten Farben gezeichnet. Er war zu dem wertvollsten Gemälde meines Lebens geworden. So leicht gäbe ich es nicht her.

Im Hier und Jetzt hatte er versucht, mich zu schützen. Ich wollte nicht, dass sich die Hoffnung regte; wollte, dass Lüge nicht gleich Lüge war. Tränen traten mir in die Augen.

»*Mianhae,* Kang Hana«, raunte er. Seine kalten Lippen an meiner Stirn. Regen rann in Strömen von unseren Gesichtern.

Das Leben verließ ihn schneller als mich, obwohl ich unwillkürlich begonnen hatte, meine Hände auf seine Wunde zu pressen anstatt auf meine. »Vergiss mich. Vergiss alles.«

Mit mir im Arm drehte er sich um. Ich wusste, was kommen würde, weil mich *Umma* bereits einmal darauf vorbereitet hatte. Einmal schon war ich gefallen und hatte mich selbst retten können.

Dieses Mal fehlten mir Kraft und Magie. Ich griff nach Bobby, aber er entzog sich mir. Ich fiel. Und schrie. Ein grüner Magieball traf ihn in den Rücken. Er wankte am Abgrund.

Der Regen verschleierte meine Sicht. Dann sah ich ihn über mir fallen.

Ich schrie nach ihm, aber mein Hals war zu wund, sodass kaum ein Laut meine Lippen verließ.

Ichliebedichichliebedich.

Ichhassedichichhassedich.

Heute würden wir beide sterben. Ich konnte ihn nicht mehr sehen. Es war zu dunkel. Ich drehte mich. Der Wind riss an meiner Kleidung.

Bobby war nicht dabei gewesen, als Rose den Stab bei mir eingesetzt hatte. Er hatte nicht gesehen, dass ich keine Magie mehr besaß. Das schmerzhafte Pochen meiner Wunde riss mich in die Dunkelheit. Der Schock und die Angst und die Gewalt der Nacht setzten mir zu.

Er würde sterben.

Ich würde sterben.

Doch ich lebte.

Hart kam ich auf Bacons Rücken auf. Das weiche Fell verriet sofort, dass sie meine Retterin war. Aus ihren Seiten sprossen beeindruckende Flügel, die ich in all der Zeit niemals gesehen hatte. Instinktiv krallte ich mich an ihrem Fell fest. Subin saß hinter mir und zog mich hoch. Sie sagte etwas, aber ich konnte sie nicht verstehen. Ich konnte nichts verstehen. Weder, warum sie hier war, noch, warum Bacon fliegen konnte oder wieso ausgerechnet Bobby mich gerettet hatte.

»Bobby« krächzte ich. »Bobby.«

Bacon schien mich gehört zu haben. Sie sank tiefer herab, bis wir den Boden erkennen konnten. Ich schrie auf.

Bobby lag in einer Blutlache. Um ihn herum Menschen, Hexen und zu meiner Überraschung auch Dämonen mit bunter Haut und Hörnern, als wären sie von Woong gerufen worden. Als würden sie sich nicht mehr darum kümmern, sich versteckt zu halten.

Chaos brach aus.

»*Mianhae,* Hana, wir können hier nicht bleiben.«

Ich konnte nicht atmen.

Mir wurde schwarz vor Augen. Das konnte nicht wahr sein. Bacon stieg erneut in die Höhe, obwohl ich sie anflehte, zurückzukehren. Subin hielt mich fest, sodass ich mich nicht in den Abgrund stürzen konnte.

»*Jebal*«, flehte ich unter Tränen. »Subin-*Unni, jebal* ...«

»*Mianhae*«, wiederholte sie bloß und verstärkte den Griff ihrer Arme um meinen Körper. »*Jinjja mianhae.* Aber ich kann dich nicht gehen lassen.«

Mir wurde gänzlich schwarz vor Augen ...

Bobby, ich ...

Glossar

-nim	-님	Höflichkeitssuffix
-yo	-요	Höflichkeitssuffix
Ahjumma	아줌마	(formell) ältere Dame
Ahjushi	아저씨	(formell) älterer Herr
Aigoo	아이구	O Gott!
Aishi	아이씨	(ugs.) in etwa wie: verdammt
Ani	아니	Nein
Appa	아빠	Papa
Ban	반	Hälfte (hier: Dämonenhalbling)
Banmal	반말	Bezeichnung für informelle koreanische Sprachbenutzung
Bonghwang	봉황	Phönix (mythisches Geschöpf)
Bujeok	부적	Talisman, oft von Schaman*innen kreiert
Charye	차례	Ritual, das sowohl Teezeremonien an Feiertagen wie Chuseok und Neujahr umfasst, sowie die Art, das Essen während dieser Tage auf dem Tisch anzurichten
Cheonjeong	천정	wörtl. Zenit (hier: Reinheitsritual)
Chimaek	치맥	eine Kombination aus frittiertem Hähnchen und Bier
Chiyu	치유	wörtl. Heilung (hier: Heilmagie)
Chuseok	추석	traditioneller Feiertag. Südkoreanisches Erntedankfest, bei dem die Familie zusammenkommt und gemeinsam isst
Daebak!	대박!	(ugs.) Unglaublich! Wahnsinn!

Deulnoreum	들놀음	traditioneller Maskentanz, meistens während der Erntezeit. Variiert in verschiedenen Gegenden
Dokkaebi	도깨비	Goblin, eine mythische Gestalt, die Menschen helfend zur Seite steht oder ihnen Streiche spielt
Dwaesso!	됐어!	Vergiss es!, Egal! (auch: Na dann!, Fertig!)
Gaesaekki	개새끼	(ugs.) in etwa wie: Hurensohn; wenn Eltern damit ihre Kinder ansprechen hingegen als Kosewort
Gimbap	김밥	Koreanisches Reisgericht, das mit Seegras zu einer Rolle geformt ist
Gisaeng	기생	Frauen, die für Unterhaltung und körperliche Dienste ausgebildet worden sind (seit der Joseon-Dynastie)
Gochujang	고추장	eine scharfe, fermentierte Chilipaste
Gomawo	고마워	Danke
Gomusin	고무신	traditionelle Schuhe aus Gummi
Gonggyeok	공격	wörtl. Angriff (hier: Angriffsmagie)
Gumiho	구미호	Neunschwänziger Fuchs (mythische Gestalt)
Gut	굿	Gut-Rituale werden von koreanischen Schaman*innen durchgeführt, meist um die Verbindung zwischen Lebenden und Geistern zu stärken
Gwishin	귀신	Geist
Haechi	해치	Haechi (mythisches Geschöpf)
Halmoni	할머니	Großmutter
Hanbok	한복	traditionelle Männer- und Frauenkleidung
Hangul	한글	koreanisches Alphabet
Hangwa	한과	traditionelle Süßigkeit, die oft bei Zeremonien wie Chuseok oder Hochzeiten serviert wird
Hanok	한옥	traditionelles Haus
Haraboji	할아버지	Großvater
Hyung	형	älterer Bruder/Mann für männliche Personen (informell)

Jagi	자기	Kosename für Partner*in
Jebal	제발	Bitte
Jinjja	진짜	wirklich, echt, sehr
(Sundubu) Jjigae	(순두부) 찌개	scharfer (Seidentofu) Eintopf
Jjajangmyeon	짜장면	koreanisches Nudelgericht mit schwarzer Sojabohnenpaste, Fleisch und Gemüse
Jjimjilbang	찜질방	öffentliches Badehaus mit Sauna und Pool
Joesunghamnida	죄송합니다	Es tut mir leid. Entschuldigen Sie. (sehr formell)
Kimchi	김치	fermentiertes Gemüse (v. a. Chinakohl und Rettich)
Maboeb	마법	Magie
Magoja	마고자	traditionelle Seidenweste
Mandu	만두	gefüllte Teigtaschen
Manyeo	마녀	Hexe
Mianhae	미안해	Es tut mir leid, sorry (informell)
Norigae	노리개	traditionelles Accessoire, das üblicherweise am Hanbok-Rock hängt – dekorativ sowie als Glücksbringer
Nuna	누나	ältere Schwester/Frau männlicher Personen (informell)
Oppa	오빠	älterer Bruder/Mann aus Sicht von weiblichen Personen (informell)
PC Bang	PC방	PC-Raum, Internetcafé, in dem Computerspiele kostengünstig und rund um die Uhr gespielt werden können
Saekki	새끼	(ugs.) in etwa wie: Bastard
Sageuk	사극	Bezeichnung für ein historisches koreanisches Drama
Samgyeopsal	삼겹살	gegrillte (gebratene) Schweinebauchstreifen
Samjoko	삼족오	dreibeinige Krähe (mythisches Geschöpf)
Saranghae	사랑해	Ich liebe dich (informell)
Shibal	씨발	(ugs.) in etwa wie: Fuck
Soju	소주	koreanische Spirituose aus Reis

Sokchima	속치마	weiter weißer Unterrock
Umma	엄마	Mama
Unni	언니	ältere Schwester/Frau aus Sicht von weiblichen Personen (informell)
Uri Ttal	우리 딸	Meine (unsere) Tochter
Ya!	야!	Ausruf in etwa wie: Ey!
Yeohwang	여왕	Königin
Yo	요	Koreanische Matratze, die auf dem Boden liegt

Danksagung

Was für eine Reise! Im wahrsten Sinn des Wortes. »Emerald Witches« ist nur durch viele glückliche Umstände und das Vertrauen des Piper Verlags entstanden. Ich bin unglaublich dankbar, dass der Verlag und meine Lektorin Karin Pauluth weiterhin an meiner Seite sind. Dadurch konnte ich mir den Traum erfüllen, diese Dilogie zu schreiben und dafür nach Seoul, Südkorea zu reisen, um all die Settings, die hier erwähnt werden, selbst zu besuchen. Es war eine Reise, die ich für immer in meinem Herzen tragen und von der ich in vielen Jahren noch meinen Enkelkindern erzählen werde. Haha.

Ich hätte mir niemals vorstellen können, dass ich einmal mutig genug wäre, für meine Leser*innen allein in ein fremdes Land ans andere Ende der Welt zu reisen. Doch eure Unterstützung und eure lieben Worte in den vergangenen Jahren haben mir geholfen, dieses Ziel zu verwirklichen. *Gomawo!*

Ich kann jedem nur empfehlen, Südkorea und Seoul im Besonderen wenn möglich einen eigenen Besuch abzustatten. Ich habe versucht, dieser glamourösen und doch traditionellen Stadt in »Emerald Witches« gerecht zu werden und Leben einzuhauchen, aber wie sagt man so schön? Nichts übertrifft die eigenen Erfahrungen.

Ich bin jedoch noch vielen anderen Menschen zu Dank verpflichtet. Das klingt wie eine unangenehme Aufgabe, aber tatsächlich ist sie essenziell, und ich tue es von Herzen, denn ohne diese Menschen wüsste ich manchmal nicht, wo mir der Kopf stünde. Sie alle haben dazu beigetragen, dass aus einer groben Idee eine fertige Dilogie wurde.

Julia Schmuck – auch wenn wir uns nicht einigen können, wer Eloise und wer Penelope ist, eins ist sicher: Ohne dich wäre alles doof und das Schreiben am allermeisten. Danke für fünfzehn Jahre Freundschaft.

Liebe Wiebke, für mich bist du ein absoluter Glücksgriff. Es ist niemals einfach als Autorin, sein Buch aus der Hand zu geben, aber wenn man eine tolle, verständnisvolle und engagierte Lektorin wie dich hat, dann freut man sich sogar darauf. Du drückst den Finger im Manuskript genau darauf, wo es wehtut. Danke sehr!

Was würde ich ohne Ana Woods tun? Vermutlich nicht so konzentriert arbeiten. Ich bin wirklich froh, dass ich meinen Arbeitsalltag mit dir am anderen Ende von Deutschland als weniger einsam empfinde. Fast so, als würden wir in der gleichen Firma, aber im Homeoffice arbeiten. Ich danke dir sehr für deine lieben Worte!

Meine liebe Anja Kestermann, danke für deine Freundschaft, dein Verständnis und deine Unterstützung in allem, was ich so fabriziere. Rebecca Siebert, dein tägliches Guten Morgen ist auch jetzt noch nicht versiegt. Vielen Dank! April Dawson, unser Wiederkennenlernen macht mich unglaublich glücklich. Ich bin froh, dich gefunden zu haben. Danke für dein sonniges Gemüt! Überhaupt danke auch an die K-Gruppe Alex, Bianca, Kara und Steffi! Ihr seid die absoluten Besten! *Jinjja!* Mit euch über K-Dramen und meinen Husband zu schwärmen ist an manchen Tagen das Highlight. *Saranghae!*

Ich danke auch meinen Betaleserinnen Maria Kremtz und Amelie Carow. Ihr seid großartig und helft mir immer sehr, eine andere Sichtweise auf das Manuskript zu bekommen. Ich danke euch.

Nika Nylea und Alex, vielen Dank, dass ihr noch einmal einen prüfenden Blick auf die koreanischen Begriffe geworfen habt. Und Nika, ich warte immer noch darauf, dass ich dich in Japan besuchen kann!

Vielen lieben Dank, Agata Scheffler und Nina Rüddenklau, für eure Unterstützung auf Patreon!

Und zum Schluss, aber immer in meinem Herzen, danke dir, liebe Leserin, lieber Leser. Du bist ein wichtiger Grund, warum ich diese Dilogie schreiben konnte. Deine Freude schenkt mir Kraft. Ich hoffe, du begleitest mich noch eine ganze Weile.

Eure Laura

Es geht spannend weiter in »Emerald Witches – Seidenblume«.

1

Ich wehrte mich gegen Subin, als würde mein Leben davon abhängen. Es gab keinen anderen Gedanken in mir als den, dass ich zu Bobby zurückkehren musste.

Ich musste herausfinden, ob er noch lebte.

Ich musste sichergehen, dass er nicht meinetwegen gestorben war.

Subin hielt mich mit aller Macht fest an sich gedrückt, während ich mit den Fingernägeln über ihre Arme kratzte und versuchte, sie mit meinem Ellbogen zu treffen. Ich hatte nichts anderes mehr in mir außer meiner Körperkraft, die durch die blutende Wunde an meiner Seite rasant abnahm.

Wenn ich meine Magie gehabt hätte, hätte ich zurückkehren können. Ich hätte mich erfolgreich gegen Subin zur Wehr setzen und von dem Haechi springen können. Aber Choi Rose hatte mir mein Potenzial mit dem Stab der Verdammnis genommen. Ich war nichts mehr.

Mit Schrecken erkannte ich, dass wir im strömenden Regen bereits über den Hangang flogen. Wir waren schon weit vom Hauptquartier der Hexen von Seoul in Gangnam entfernt. Wie sollte ich in meinem Zustand allein zu Bobby zurückfinden?

Ich wollte ihn schütteln und ihn anschreien. Er hatte mich betrogen und an Choi Rose verkauft, um das Heilwasser für seine Schwester zu bekommen. Gleichzeitig wollte ich ihn in den Arm nehmen.

Ich wollte ihn nicht loslassen.

Warum?

Tränen mischten sich mit den Regentropfen auf meinen Wangen. Bacon wankte im starken Wind, trotz der riesigen Flügel, die links und rechts aus ihren Seiten gesprossen waren. Das Haechi hatte nur ein Ziel vor Augen. Uns in Sicherheit zu bringen.

Ich krallte meine Finger in Bacons Fell, das mit blau-grauen Schuppen durchsetzt war. Mir schwindelte es. Ich musste der Wahrheit ins Auge blicken. Weder Bacon noch Subin, meine beste Freundin, würden auf mich hören.

Sie hatten für mich eine Entscheidung getroffen, die ich selbst hatte treffen wollen.

»Pass auf!«, schrie Subin.

Zuerst glaubte ich, sie würde mich ermahnen, doch ihr Aufschrei galt Bacon. Vor uns war eine riesige goldene Lichtsäule erschienen, und wir steuerten geradewegs darauf zu.

Bacon machte eine scharfe Linkskurve, doch die Magiewelle, die von der Lichtsäule ausging, ergriff uns und schleuderte uns ab vom Kurs. Ich verlor den Halt auf Bacon und auch Subin konnte mich nicht mehr umklammern. Ich fiel in die Tiefe.

Die Geschichte meines Lebens. Fallen und fallen und fallen. Es gab nie mehr ein Ausatmen. Nie mehr sicheren Boden unter meinen Füßen.

Ich hatte Bobby mein Herz gegeben, und er hatte es in Brand gesetzt.

Hart kam ich auf der Wasseroberfläche auf, ehe ich tiefer sank. Schmerz durchfuhr meine Gliedmaßen, meinen Oberkörper. Ich konnte nicht schwimmen, aber ich hielt instinktiv den Atem an. Dunkelheit umgab mich. Orientierungslosigkeit ließ mich panisch werden, als ich wild mit Armen und Beinen ruderte.

Meine Finger streiften Stoff, bevor ich einen Moment später Subin erkannte. Licht der Hannam-Brücke drang bis zu uns durch. Subin umfasste meine Hand und versuchte, uns nach oben zu ziehen.

Obwohl mir alles schmerzte, mein Herz, meine Seele und mein Körper, dachte ich nicht einen Moment darüber nach, aufzugeben. Ich wollte meinen Eltern das Leid ersparen, aber ich war auch noch nicht bereit, meine Hoffnung zu Grabe zu tragen.

Wir hatten uns unbeabsichtigt wieder der Lichtsäule genähert, die auch bis tief ins Wasser reichte. Eine unsichtbare, magische Wand stieß uns wie ein gleich gepolter Magnet zurück.

Einen kurzen Moment an der Oberfläche, ehe wir wieder in die Tiefe gedrückt wurden. Verzweifelt hielt ich mich an Subins Handgelenk fest. Ihre Augen waren weit aufgerissen, doch sie schien mich nicht zu sehen.

Gold glänzte in ihren Pupillen, und ich wurde in ihre Vision gezogen, die nicht möglich hätte sein sollen und die ich nicht verstand.

Wir sahen Woong, den Trickster, den Choi Rose aus der dritten Hölle befreit und der sie daraufhin getötet hatte. Er stand an der zersplitterten Fensterfront des Wolkenkratzers und blickte auf die Lichtsäulen, die überall in der Stadt erschienen waren. Insgesamt sieben, in verschiedenen leuchtenden Farben.

Hinter Woong konnte ich hauptsächlich Opalhexen erkennen, die verletzt und gefesselt auf dem Boden knieten. *Umma* konnte ich unter ihnen nicht ausmachen. Sie hatte mir gesagt, sie würde fliehen. War es ihr gelungen?

Die erste goldene Lichtsäule, die uns vom Weg abgebracht hatte, löste sich auf, und wenige Augenblicke später erschien wie aus dem Nichts ein Mann neben Woong. Schwarze Flügel sprossen aus seinem muskulösen weißen Rücken. Er hielt den Kopf gesenkt, sodass das rote Haar in seine Stirn fiel. Langsam kniete er sich hin. Bis auf eine schwarze Hose trug er keine Kleidung. Runen, die wie Glut auf seiner Haut glommen, zogen sich über seinen gesamten Körper. Weitere Lichtsäulen lösten sich auf, mehr Fremde erschienen kniend vor ihrem … vor Woong.

»Die sieben Herdenmeister wieder vereint«, sagte der Trickster und berührte fast beiläufig einen Anhänger um seinen Hals, den ich vorher nicht wahrgenommen hatte. Woong war nackt dem tintenschwarzen Becken entstiegen und hatte nichts am Leib getragen. Oder er hatte uns lediglich eine Illusion gezeigt. Schließlich war er der Meister der Illusionen, ein Jangnandämon. Die brutalste und stärkste Art von Dämon.

Ich wusste nicht, was »Herdenmeister« bedeutete, aber die rohe Gewalt, die die knienden Sieben ausstrahlten, verhieß nichts Gutes für die Zukunft der Hexen. Jäh löste Woong seinen Blick von der Skyline der Stadt und schien direkt *mich* anzusehen. Ein süffisantes Lächeln erschien auf seinen vollen Lippen. Er strich mit einer Hand sein blondes Haar zurück.

»Da bist du ja«, raunte er leise, als würde er nicht wollen, dass die anderen ihn verstanden. »Ganz gleich, wohin du läufst und wo du dich versteckst, ich werde dich immer finden. Ich werde dich kriegen. Versprochen.«

Prustend versuchte ich, Luft zu holen.

Ich hatte Subin verloren, und statt Luft atmete ich Wasser ein. Hektisch schlug ich um mich. Meine Lunge brannte. Dieses Mal drang kein einziger Lichtstrahl bis zu mir. Ich würde sterben. Ich würde wirklich sterben.

Der einzige Trost war, dass Woong seinen Willen nicht bekäme und mich nicht foltern könnte, wie er es zweifellos vorhatte. Nur weil ich die direkte Nachfahrin von Prinzessin Bari war. Der Sagengestalt, die Woong angeblich ausgetrickst und eingesperrt hatte.

Meine Kräfte verließen mich. Kälte betäubte meine Glieder. Ich spürte nicht mal mehr meine einst schmerzenden Wunden. Ein letztes Mal riss ich meine Augen auf, in der Hoffnung, etwas zu erkennen.

Ich ertrank.

Das Gesicht, das vor mir auftauchte, war Bobbys. Der Moment des Sterbens schenkte mir seine Anwesenheit. Wie sollte ich da traurig sein?

Doch sein schelmisch grinsendes Gesicht wurde von einer breiten Schnauze und langen Fangzähnen zerschlagen. Bacon hatte mich gefunden. Sie tauchte unter mich, sodass ich kraftlos auf ihren Rücken sank, als sie mit mir durch die Oberfläche brach. Ich hustete, während ich gleichzeitig versuchte, Atem zu holen. Mein Magen krampfte sich zusammen, aber das Wasser wurde erst erfolgreich aus meinen Lungenflügeln gepresst, als ich festen Boden unter mir spürte.

Wir hatten das Ufer erreicht.

Ich kämpfte mich zitternd auf alle viere, bevor ich würgte und würgte. Ein Schwall Wasser folgte auf den nächsten. Ich versuchte, mich an der Wirklichkeit festzuhalten, doch sie entglitt mir mit jeder Sekunde mehr.

Irgendwann hörten die Krämpfe auf. Das Zittern blieb, und meine Zähne klapperten lautstark aufeinander. Ich brach zusammen und rollte mich mit letzter Kraft auf den Rücken. Der Regen prasselte auf mein Gesicht.

Ich war nicht tot.

Trotzdem besaß ich nicht die Kraft, mich umzusehen. Über mir ragte eine Brücke auf, vermutlich die Hannam-Brücke. Wo war Subin?

Als ich nach ihr rufen wollte, verließ lediglich ein Krächzen meinen Mund. Es fiel mir schwer, wach zu bleiben, aber ich kämpfte gegen die Erschöpfung an. Wenn Woong mich in diesem Zustand fand, würde ich ihm nichts entgegensetzen können.

Ich lachte auf, hustete erneut. Ich würde ihm nie wieder etwas entgegensetzen können, weil ich keine Hexe mehr war.

Etwas oder jemand bewegte sich hinter mir in den Sträuchern. Es war nicht der Regen. Meine Instinkte setzten endlich ein, und ich drehte mich schwerfällig um, bis ich mich in die Hocke gekämpft hatte. Im gleichen Augenblick traten zwei Fremde auf den Anglerplatz, den ich mittlerweile im Licht einer weit entfernten Laterne als solchen erkannt hatte.

Bacon blieb neben mir sitzen und wirkte nicht verängstigt oder aufgewühlt. Sie schüttelte entspannt ihr Fell und schleckte sich mit der rauen Zunge über die Innenseite ihrer Pfote.

Der *Dokkaebi* war der erste, der in mein Sichtfeld trat. Ich erkannte ihn erst, nachdem ich mir das Wasser aus dem Gesicht gewischt hatte. Spitze lange Ohren, schwarzes, mit Silber durchzogenes Haar und weiß umrandete Pupillen. Es war der Goblin, der mir seine Klingel gegeben hatte als Dank dafür, dass ich sein Haus von den *Gwishin* befreit hatte. Dabei war ich von den Geistern beinahe getötet worden. Ihm folgte ein Fremder mit geflochtenem, schulterlangem Haar und buschigen Brauen über runden Augen. Er wirkte überraschend sanft, als er sich vor mich hinkniete.

»Wer seid ihr?«, knurrte ich. Ich konnte mich mit meinem Mut verteidigen. Wenn sie glaubten, ich könnte ihnen schaden, würden sie mich vielleicht in Ruhe lassen.

»Wir sind Freunde«, sagte der Goblin.

»Hab keine Angst«, fügte der andere hinzu. War er auch ein Dämon? Ich konnte zumindest keine offensichtlichen Merkmale wie geschuppte Haut, Fangzähne oder Hörner ausmachen.

Mit meinem fehlenden Potenzial war mir offensichtlich auch die Sicht auf Auren abhandengekommen. So hilflos mussten sich normale Menschen ständig fühlen.

Beängstigend.

»Ich habe keine …«

»Du hast keine Freunde?« Der *Dokkaebi* lachte auf, als er auf mich herabsah. »Jetzt schon. Mein Name ist Mino, und das ist Castro. Wie du bereits weißt, bin ich ein Goblin, und mein Freund ist ein Schamane.«

»Schön, dich kennenzulernen.« Castro zwinkerte mir mit einem Auge zu und reichte mir die rechte Hand, die ich geflissentlich ignorierte.

Mein Verstand hatte Probleme damit, Minos Worte zu verarbeiten.